LIESELOTTE ROSITZKA
Todesgarten

Buch
In einem kleinen, idyllisch gelegenen Dorf liegt die stillgelegte Gärtnerei Berthold. Um ihre Bewohner und die mysteriösen Dinge die in ihrem Garten geschehen kreisen wilde böse Gerüchte. Als in diesem Garten schon die vierte Leiche gefunden wird steigt die Feindschaft der Anwohner gegen das Ehepaar Paula und Georg Berthold ins Unermessliche. Auch Hauptkommissar Stefan Berger und Kommissar Gruber die diesen Fall bearbeiten, stufen die Bertholds als Hauptverdächtige ein. Doch bei ihren Nachforschungen ergibt sich eine unheimliche Spur die sie in die Vergangenheit führt.
Dieser Psychokrimi führt die Leser in tiefe Abgründe der menschlichen Seele.
Autorin
Lieselotte Rositzka wurde in Ludwigsthal geboren. In ihrer Kindheit, die sie zum größten Teil in der Nähe von Bad Kissingen verbracht hat, schrieb sie schon Theaterstücke. Als junge Frau zog sie nach Ingolstadt. Dort wurden im Donaukurier ihre Kindergeschichten veröffentlicht. Danach verfasste sie Kriminalromane, unter anderen auch ein Theaterstück, das in Berlin uraufgeführt wurde. Zurzeit lebt die Autorin in Landshut.
Von Lieselotte Rositzka ist außerdem erschienen:
Getriebener Geist. Mystery Krimi Roman
Hass in meinen Schuhen Krimi Roman

LIESELOTTE ROSITZKA
Todesgarten

Roman

Bibliografische Information der Deutschen Nationalbibliothek:
Die Deutsche Nationalbibliothek verzeichnet diese Publikation in der Deutschen Nationalbibliografie; detaillierte bibliografische Daten sind im Internet über http://dnb.dnb.de abrufbar.

©2016 Lieselotte Rositzka

Herstellung und Verlag:
BoD – Books on Demand, Norderstedt

Umschlaggestaltung: Eva Körmer

ISBN: 978-3-7431-5363-9

Vorwort

Anne, die kleine Tochter von Georg und Paula liegt seit einem tragischen Unfall im heimischen Garten im Koma. Georg, der die ständigen Vorhalte von Paula nicht mehr erträgt lässt sich von seiner Firma ins Ausland versetzten. Doch das Heimweh treibt ihn wieder nach Hause. Anne ist inzwischen gestorben und Paula kann ihr Leben nur noch mit starken Beruhigungsmitteln ertragen. Ihre Schwester Lynn und ihre Freundin Melanie versuchen ihr zu helfen.

Doch als das ehemalige Kindermädchen der Familie tot im Garten aufgefunden wird überstürzen sich die Ereignisse.

Bei der Suche nach dem Mörder der jungen Frau stossen die Kommissare Berger und Gruber nach und nach auf horrormäßige Taten. Die Nerven aller Beteiligten liegen blank.

Paula schnellte mit jähem Ruck in die Höhe. Einen winzigen Moment blieb sie starr in ihrem Bett sitzen.

Dann schwang sie ihre Füße auf den Boden und fuhr im Dunkeln in ihre Pantoffeln.

Anne hatte gerufen. Das Kind benötigte ihre Hilfe. Als Paula leise in Annes Zimmer trat, ärgerte sie sich, dass sie am Abend die Rollos nicht heruntergelassen hatte.

Der Mond hing dicht und prall vor Annes Fenster und sein fahles Licht floss über die Möbel im Raum. Sie musste den Vollmond aussperren. Er hatte stets eine beunruhigende Wirkung auf sie. Warum nicht auch auf das Kind? Auf Zehenspitzen näherte sie sich dem Fenster, blieb aber am Bett des Kindes stehen.

Die Stille irritierte sie. Sie bückte sich und tastete über das leere Kopfkissen. Die Realität schlug wie Keulenhiebe auf sie ein. Weinend sank sie auf den Boden.

Anne konnte nicht mehr hier sein. Anne war tot. Am Vormittag war sie an ihrem Grab gestanden. Sie hatte gesehen wie die Leichenträger den kleinen Sarg in die Grube gleiten ließen.

„Anne".

Der Schmerz war zu groß. Jetzt in der Nacht holte er sie voll ein. Aus den Augen, die am Grab fast teilnahmslos auf die Erde gestarrt hatten, stürzten jetzt die Tränen haltlos hervor.

Ihr Hausarzt hatte ihr vor diesem schweren Gang Beruhigungspillen gegeben. Später, als sie wieder alleine im Haus gewesen war, hatte sie, ehe die Pillen ihre Wirkung verlieren würden, noch eine Ration davon eingenommen.

„Anne!" Der klägliche Hilferuf ihrer Tochter war in ihrer Fantasie entstanden. Paula spürte den harten Boden nicht. Ihr Rücken wurde vom Bettpfosten gestützt. Die Tränen rannen nur noch vereinzelt über ihr feuchtes Gesicht. Sie schmeckte das Salz auf ihrer Haut, aber sie fühlte sich zu schwach um aufzustehen und das bittere Nass abzuwischen.

Die Geräusche der Nacht zogen durch das offene Fenster in das Zimmer. Der Vorhang begann sich aufzubauschen. Das Wehen wurde stärker. Der Mond verschwand hinter einer dicken Wolke und nahm sein Licht von Paulas Gesicht. Von Annes Zimmer.

Das ferne Grollen kam näher. Blitze zuckten grell am Himmel und die ersten Regentropfen, trieben die Schwüle des Tages, die bis in die Nacht hinein über dem Land gelegen hatte, hinweg. Paula fühlte sich etwas leichter. Sie ließ die frische Luft ins Zimmer und schloss das Fenster erst, als der Wind den nun strömenden Regen zu ihr hereinpeitschte. Sonst gab es nichts mehr hier zu tun.

Mit hängenden Schultern verliess Paula Annes Zimmer.

Der Donner hallte dumpf durchs Haus. Sie zuckte erschrocken zusammen, dann lachte sie bitter auf. Die einfachste Lösung wäre doch, wenn ein gewaltiger Blitz ihr Haus in Brand stecken würde. Alles wäre zu Ende.

Aber nichts geschah. Das Gewitter ebbte langsam ab. Der schmerzende Gedanke an Annes Tod blieb ihr erhalten.

Paula hatte ihre Zimmertür weit offen stehen gelassen und so hörte sie, als der Morgen graute, wie Jemand die Eingangstür öffnete. Sie richtete sich erschrocken hoch.

Außer ihr besaß nur Georg einen Schlüssel für das Haus. Georg, ihr Mann. Er war also gekommen.

Jetzt, da Anne unter der Erde lag, war er zurückgekehrt.

Lange Zeit hatte sie sich nichts sehnlicher gewünscht, als dass er hier wäre, ihr zur Seite stehen würde. Aber darauf hatte sie vergeblich gehofft. Und nun schob sich schon allein bei dem Gedanken ihn sehen zu müssen ein brennendes Würgen in ihrer Kehle hoch. In panischer Hektik schlüpfte sie aus dem Bett, huschte zur Tür und verschloss sie.

Jetzt plumpste unten im Flur etwas Schweres auf den Boden. Eine Tür nach der anderen wurde geöffnet.

Paula hielt den Atem an. Vielleicht hatte sie sich getäuscht? Vielleicht war es gar nicht Georg, der da im Haus herum rumorte? Doch dann knarrten seine festen

Schritte die Treppe herauf. Vor Annes Tür blieb er eine Weile stehen, dann näherte er sich ihrem Zimmer.

„Paula", Georg klopfte hart an ihre Tür.
„Paula, wir müssen miteinander reden."
Reden, was sollte sie mit ihm noch reden? Der Feigling betrat ja nicht einmal mehr das Zimmer seiner Tochter.
Der Ärger über ihn vertrieb für einen Moment die Trauer um Anne. Schon lagen ihr verbitterte, böse Worte auf der Zunge, aber sie konnte sie ihm nicht entgegenschreien.
Er klopfte noch einmal. Doch als sie weiterhin schwieg, gab er auf und schepperte, als wäre er mit schwerer Last beladen, die Treppe hinab.
Paula stand unentschlossen in ihrem Zimmer. Was sollte sie nur tun? Ewig konnte sie Georg nicht aus dem Weg gehen. Sollte sie sich der Auseinandersetzung mit ihm stellen oder sollte sie darauf hoffen und warten dass er das Haus ohne mit ihr gesprochen zu haben, wieder verließ? Doch, dass er das tatsächlich tat, stand eins zu einer Million. Sie kannte keinen anderen Menschen, der seine Ziele so strikt verfolgte wie er. Ihre sämtlichen Glieder versteiften sich und es war, als brächte sie keinen Fuß vor den anderen. Doch dann setzte sie sich mechanisch, wie eine aufgezogene Puppe in Bewegung. Sie öffnete leise die Tür und ging ebenso leise ins Bad, wusch sich, zog sich an und ging nach unten.

Als Paula ins Wohnzimmer trat, saß Georg starr wie ein Holzklotz auf dem Sofa. Seine Hand umklammerte den Bierkrug als wolle er sich daran festhalten.

Paula blieb stehen, sah verächtlich auf ihren Mann.

Sie hatte sich vorgenommen sich ihm gegenüber auszuschweigen, ihn nicht an ihrem Schmerz teilhaben zu lassen. Doch in dem Moment als er sie ansah, lag ein Funken Trauer und Ratlosigkeit in seinen Augen. Das war zuviel für Paula. Sie konnte das bohrende Gefühl der Angst, Wut, Verzweiflung, das sich in den letzten Monaten in ihr aufgestaut hatte, nicht mehr zurückhalten.

„Ja, trinke du nur dein Bier, besaufe dich", schrie sie ihn an. „Das hast du oft genug getan. Damit hast du dich an der Verantwortung vorbeigedrückt. Wo warst du als ich dich brauchte? Und warum bist du jetzt gekommen? Jetzt wo es zu spät ist?"

Georg ließ die bitteren Vorwürfe seiner Frau über sich herabdonnern. Sie hatte Recht. Er hatte damals den Anblick des kranken Kindes nicht mehr ertragen. Aber es war nicht nur das Kind gewesen. Er hatte den ständigen Vorwurf in Paulas Augen nicht mehr ausgehalten.

Paula war während ihrer erregten Worte im Wohnzimmer hin und hergelaufen. Jetzt blieb sie abrupt vor ihm stehen. Ihre Stimme wurde um einige Töne leiser als zuvor. „Willst du etwa hier bleiben?"

Georg versuchte ihren Blick festzuhalten. „Ja, ich will hier bleiben. „Ich arbeite wieder in meiner alten Firma."

„So plötzlich? Das glaube ich dir nicht, " zweifelte sie.

„Ich weiß inzwischen, dass du dich nach Annes Unfall freiwillig für die Arbeit im Ausland zur Verfügung gestellt hast. Es war gar kein Muss, wie du mir damals zu verstehen gegeben hast."

„Wer sagt das?" brummte Georg und sah zur Seite: „Und wenn's so gewesen wär, täte dies jetzt auch nichts mehr zur Sache. Hier ist mein Zuhause."

„Dein Zuhause!" fauchte Paula. „Monatelang hast du mich mit dem kranken Kind hier alleine gelassen. Wo war da dein Zuhause? Jetzt da ich mich ans Alleinsein gewöhnt habe, tauchst du plötzlich auf und machst dich breit." „Was heißt hier, breit machen?" knurrte Georg. „In dem Haus hätte eine Großfamilie Platz. Wir werden uns schon nicht gegenseitig zertreten. Jetzt setz dich doch endlich zu mir an den Tisch. Dein ewiges Hin und Hergerenne macht mich ganz nervös."

„Gut, dann macht es dich eben nervös", sagte Paula ironisch. „Ich steh oder sitze wies mir beliebt. Wenn du unbedingt bleiben willst kann ich's dir nicht verwehren, aber glaube ja nicht, dass ich für dich koche oder wasche und in meinem Schlafzimmer hast du auch nichts mehr zu suchen."

Ohne eine Antwort von ihm abzuwarten drehte sie sich um und ging in die Küche.

Georg trank sein Bier aus und stellte sein leeres Glas auf den Tisch. Das Trinken unterstellte ihm Paula zu Unrecht.
Er hatte sich nie sinnlos betrunken, obwohl es ihm oft danach zu Mute war. Aber er hatte sich tatsächlich in seiner Firma freiwillig für die Arbeit in Russland zur Verfügung gestellt
Die Luft im Zimmer lag schwül und dick über ihm. Fahrig wischte er sich den Schweiß von der Stirn. Wenn er Paula nur endlich sagen oder zeigen könnte, wie er sich fühlte.
In den ersten Wochen nach Annes Unfall hatte er ebenso wie Paula gehofft dass Anne wieder gesund werden würde. Aber eines Tages hatte ihn Professor Meinert, der Chefarzt der Klinik zu sich gebeten. Er hatte ihm bedauernd erklärt, dass Anne nie mehr aus dem Koma erwachen würde. Zuerst hatte er es nicht glauben wollen. Er hatte Professor Meinert gebeten noch andere Spezialisten heranzuziehen. Aber der Arzt hatte ihn jeder Hoffnung beraubt.
Es war nur die Maschine, die Anne noch am Leben gehalten hatte. Annes nächste Station sollte ein Pflegeheim sein. Paula hatte sich mit Händen und Füssen dagegen gewehrt. Schließlich hatte sie sich durchgesetzt und das Kind zur Pflege nach Hause geholt.

Ab dem Moment, an dem er seine Bedenken darüber geäußert hatte, verachtete ihn Paula noch mehr, als unmittelbar nach Annes Unfall. Jetzt kam es ihm so vor, als ob sie ihn sogar hasste.

Aber in der Ferne war ihm klar geworden wie sehr er seine Frau noch liebte. Er hatte sich vorgenommen, nach seiner Rückreise um sie zu kämpfen. Doch er hatte nicht gewusst dass Anne inzwischen verstorben war. Wie sollte er gegen diesen Schmerz, gegen diese Trauer angehen?

Er fühlte sich ja selbst wie ausgebrannt.

Schwerfällig stand er auf und ging in den Garten. In den letzten Monaten war hier alles brach gelegen und dementsprechend sah es hier aus. Wo früher Gemüse, Salate und Blumen angepflanzt waren, wucherte das Unkraut fleißig dahin. Aber die wilde Natur lebte sich nicht nur auf den Beeten aus. Sie zeigte ihre Spuren im ganzen Garten. Georg atmete tief durch. Hier gab es jede Menge für ihn zu tun. Er war fast dankbar für diese Arbeit. Paula würde in der nächsten Zeit sicher nur die nötigsten Dinge mit ihm besprechen. Sie würde sich lange vor ihm zurückziehen. Er würde seinen Job in der Firma erledigen und in jeder freien Minute aus diesem Flecken Erde ein kleines Paradies für sich und Paula schaffen.

Paula stand hinter der Gardine und beobachtete Georg wie er an den ehemaligen Beeten entlang stampfte. Als er sich bückte und einen dicken Büschel Unkraut herausrupfte wurde ihr bewusst, dass der Zustand des verwahrlosten Gartens ihm fast körperlich wehtun musste. Sie grinste schadenfroh. In ihm steckte der Gärtner, nicht in ihr. Es war, als sie damals das Haus bezogen, sofort sein Reich gewesen. Sie scheute die Arbeit im Garten.
Doch er hatte jede freie Minute mit einer, wie ihr schien, geradezu besessener Leidenschaft genutzt, den Garten in einen parkähnlichen Zustand zu bringen. Er würde es sicher wieder tun. Aber sie durfte nicht allzu ungerecht sein. Jeder von ihnen hatte zu Beginn ihrer Ehe sein eigenes Reich. Er hatte ihr freie Hand für die Innengestaltung des Hauses gelassen. Es war eine kreative glückliche Zeit für sie beide gewesen. Die Erinnerung an die ersten Jahre in diesem Haus wischte das hämische Grinsen aus ihrem Gesicht. Es wurde weicher, sentimentaler. Damals hatte sie diesen erdverbundenen stämmigen Mann geliebt. Es gab auch jetzt noch Momente in denen sie sich nach seiner Umarmung sehnte. Warum konnte sie ihm nicht verzeihen? Sie begann zu frösteln.
   Anne! Annes Tod stand zwischen ihnen.

   Georg schien sich beobachtet zu fühlen. Er wandte sich dem Haus zu und schritt mit ernster Miene zur Terrasse.

Paula lief aus dem Wohnzimmer und eilte die Treppe hinauf. Sie fürchtete sich davor wieder auszurasten, fürchtete ihre eigene Bitterkeit. Sie musste sich erst wieder an seine Anwesenheit gewöhnen. Musste lernen mit ruhigen Worten über ihre Zukunft mit ihm zu sprechen.

Sie blieb im oberen Flur stehen, lauschte seinen Schritten. Erst als sie hörte wie er die Haustür hinter sich zuzog, das Auto aus der Garage fuhr und davonbrauste, lief sie nach unten. Sie war wieder allein im Haus. Die Stille tat ihr eine Weile gut, erwies sich aber bald als trügerisch.

Sie zauberte Geräusche für Paula hervor die es in diesem Haus gar nicht mehr gab.

Annes tappende Kinderschritte.

Annes Jauchzen und Rufen das schon lange verstummt war, von dem sie aber bis zuletzt gehofft hatte, dass es wiederkehren würde.

Melanie Kiesel schob ihren Kinderwagen an den Treibhäusern und dem riesengroßen Garten, der wie im Dornröschenschlaf dalag, vorbei bis zu dem lang gestreckten weißen Haus. Sie rief ihre kleine Tochter, die gerade ein paar Blumen am Wegesrand pflückte, heran.

Die fröhlich zwitschernden Vögel schienen die einzigen Bewohner dieses Anwesens zu sein. Doch Melanie wusste, dass sich Georgs Frau Paula, im Haus aufhielt. Sie verschanzte sich hier regelrecht. Aber das hatte sie ihrer Meinung nach schon viel zu lange getan. Entschlossen drückte sie auf die Türklingel.

Das Läuten störte Paula in ihren Gedanken an Anne. Sie erschrak. War Georg schon wieder zurückgekommen?
Aber nein, er hätte nicht geklingelt. Mit widerstrebenden Gefühlen schritt sie zur Tür und öffnete sie.
„Melanie!"
Ja, ich, " lächelte Melanie. „Darf ich hereinkommen?"
„Ja", sagte Paula zögernd. Sie half Melanie den Kinderwagen über die Schwelle zu heben. Dann nahm sie die Blumen, die Melanies Tochter Verena gerade gepflückt hatte, entgegen. Sie brannten wie Feuer in ihrer Hand. So fröhlich könnte jetzt Anne vor ihr stehen. Die Kinder waren im gleichen Alter. „Geht schon mal ins Wohnzimmer", bat sie.

„Ich stelle die Blumen ins Wasser." Melanie sollte ihre Tränen nicht sehen.
Melanie rollte den Kinderwagen zur Terrasse und stellte ihn dort ab.
„Du hast doch nichts dagegen oder?" fragte sie Paula, die mit ein paar Getränken ins Wohnzimmer trat. „Es ist so ein schöner Sommertag..."

„Nein, ich habe nichts dagegen", erwiderte Paula. „Aber ich hab im Moment leider keine Sitzgelegenheit auf der Terrasse."

Melanie sah sie forschend an:

„Willst du damit sagen dass du nie in den Garten gehst?"

„Nein, nie", blockte Paula ab. „Was möchtest du trinken?"

„Ein Glas Wasser reicht mir schon", sagte Melanie. „Ich habe die Gespräche mit dir vermisst. Wie geht es dir? Du solltest mich wieder einmal besuchen."

„Vielleicht später", wich Paula aus, „ich..."

„Es ist nicht gut wenn du dich hier verkriechst", unterbrach Melanie die Ausrede, die Paula gebrauchen wollte.

„Ja, ich weiß, warte, ich hole zwei Stühle."

Als sie sich gegenübersaßen fuhr Paula fort: „Ich brauche halt meine Zeit um über Annes Tod hinwegzukommen.

Melanie sah Paula zuversichtlich an:

„Georg hilft dir sicher dabei". Ich habe gehört, dass er wieder da ist. Stimmt es, dass er die Gärtnerei wieder auf Trab bringen will? Das wäre das Beste für euch beide. Bei soviel Arbeit vergisst man seine Trauer."

Paulas Ton wurde schneidender als sie beabsichtigt hatte.

„Ich glaube nicht, dass mich die Arbeit alles vergessen lässt und ich glaube auch nicht, dass Georg die Gärtnerei wieder eröffnet.

Die Arbeit in seiner Firma gefällt ihm sehr gut. Aber ihr im Dorf wisst ja immer alles besser. "

Melanie sah erschrocken in Paulas erhitztes Gesicht:

„Entschuldige bitte, ich wollte dir nicht zu nahe treten, aber ich dachte es ist was wahres dran mit der Gärtnerei.

Ich dachte, Georg möchte nicht im gleichen Betrieb arbeiten wie Jacqueline...

In diesem Moment schrie Verena, die von der Terrasse weggelaufen war, nach ihrer Mutter. Melanie schoss von ihrem Stuhl hoch und rannte in den Garten.

„Verena, Verena, wo bist du?"

Paula hielt sich am Stuhl fest. Es war ihr, als färbe sich der Himmel schwarz. Jacqueline, der Name klang hohl und böse in ihren Ohren. Sie hörte die Stimme des Kommissars: Jacqueline Martin ....ist nicht schuld am Tod ihrer Tochter.

Melanies Stimme erreichte sie wie aus weiter Ferne.

„Es ist alles in Ordnung", sagte sie zufrieden.

„Verena spielt schön am Sandkasten. Sie wollte mir nur ihre Burg zeigen und der Weiher ist ja jetzt abgedeckt."

Paulas Augen weiteten sich entsetzt.

Melanie bemerkte es und sah verlegen zur Seite. Sie ärgerte sich über ihre eigene Taktlosigkeit.

Paula zwang sich zur Ruhe. „Dir geht es also gut?"
„Ja, ich kann nicht klagen".
Das Baby begann zu schreien und Melanie stand erleichtert auf. Sie ging zum Wagen und nahm ihr Kind heraus.
Dann hielt sie es Paula entgegen:
„Willst du ihn mal auf den Arm nehmen?
Es ist ein Junge. Er heißt Thomas."
Paula nahm das Kind auf den Arm und sah es an. Dabei bildeten sich in ihrem Kopf Sätze wie:
„Du könntest es einfach von deinem Arm rutschen lassen. Ein bedauerlicher Unfall. Warum soll nur meinem Kind etwas zustoßen?
Das Baby schrie noch weiter und Melanie nahm es Paula ab.
„Es hat keinen Zweck mehr. Ich muss nach Hause. Das Baby hat Hunger und das Höschen ist sicher auch voll."
Sie legte den kleinen Thomas in den Wagen zurück und rief nach Verena.
Als Melanie das Haus verließ, sagte sie zu Paula:
„Also wenn du dich mal ausquatschen willst, brauchst du nur zu mir zu kommen. Du bist jederzeit willkommen."
Paula stieß die Haustür unsanft zu, ging in die Küche und schaltete die Kaffeemaschine ein. Melanies Gerede ging ihr nicht aus dem Sinn.

Jacqueline, ihr früheres Kindermädchen, arbeitete ausgerechnet in der gleichen Firma wie Georg. Welch seltsamer Zufall.

Die Kaffeemaschine gurgelte und zischte vor sich hin.

„Das blöde Ding ist schon wieder verkalkt!" ärgerte sie sich. Sie müsste sich einen Entkalker besorgen. Ihre Einkaufsliste wurde immer länger. Aber allein schon das Gefühl ins Dorf in den Kramerladen gehen zu müssen und sich von den Leuten anstarren zu lassen, verursachte ihr Bauchschmerzen. Sie könnte ja auch das Auto aus der Garage holen und in die Stadt fahren... Vielleicht später.

Endlich war der Kaffee fertig. Sie goss ihn in ihre große Tasse und setzte sich damit auf die Eckbank in der Küche. Früher hatte sie den Kaffee gerne im Wintergarten getrunken. Es war schon fast eine Zeremonie gewesen.

Inmitten der Pflanzen und dem duftenden Aroma des Kaffees waren ihr die besten Ideen für ihren Beruf gekommen. Hier waren viele Skizzen und Anregungen entstanden, die ihren Kunden gefallen hatten. Es gab Minuten in denen sie sich nach ihrer Arbeit als Innenarchitektin sehnte. Doch dann vergrub sie diesen Wunsch wieder.

Sie hatte ja nicht einmal mehr dem Mut einen Stift in die Hand zu nehmen und ihre Ideen auf Papier zu bringen.

Vielleicht gab es gar keine Kreativität mehr in ihr.

Der Kaffee beruhigte sie nicht mehr wie früher. Er verursachte Herzklopfen. Oder trank sie zuviel? Die ständige

Unruhe zerfraß sie fast. Alles im Haus erinnerte sie an Anne. Es war gut und schmerzlich zugleich.

Paula nahm ihre Tasse, stellte sie in die Spülmaschine und verlies mit müden Schritten die Küche.

Der untere Teil des Hauses diente früher Georgs Eltern als Blumenladen. Paula hatte ihn, als sie hier eingezogen war, völlig neu umgestalten lassen. Nun gab es hier eine Küche, ein Esszimmer, ein gemütliches Wohnzimmer, ein kleineres Arbeitszimmer für Georg und ein geräumiges Büro für sie. Jetzt stand sie vor ihrem Büro und drückte zögernd die Türklinge herunter. Seit Annes Unfall hatte sie nicht mehr hier gearbeitet. Sie warf nur einen kurzen Blick in den Raum und zog die Tür gleich wieder zu.

Schweiß trat auf ihre Stirne und ihr Körper schrie nach den Tabletten, die ihr halfen, ihr Elend zu vergessen.

Georgs erster Arbeitstag in seiner alten Firma war schwerer abgelaufen wie er erwartet hatte. In Russland hatte er ein Team einheimischer Arbeiter unter sich gehabt. Er war der Boss und konnte selbständig arbeiten.

Hier war er wieder einer von vielen Ingenieuren. Zudem waren in seiner ehemaligen Abteilung alle Stellen besetzt.

In seinem neuen Bereich vermisste er seine alten Kollegen mit denen er fast freundschaftlich verbunden gewesen war. Er musste wieder von Vorne beginnen, musste sich mit den neuen Mitarbeitern auseinandersetzen. Es war ihm, als wäre die Stimmung unter den Angestellten unkameradschaftlicher und hektischer als früher geworden. Vielleicht lag es an der unsicheren Zeit, oder er war empfindlicher als damals. Der einzige Vorteil dem ihm sein neuer Wirkungskreis bot, zeigte sich darin, dass ihm nur wenig Zeit blieb, um über sein Privatleben nachzudenken.

So müde und lustlos hatte er sich noch nie nach dem Ende eines Arbeitstages gefühlt. Die Angestellten und Arbeiter drängten eilig nach Dienstschluss zum Ausgang des Werkes und hasteten zu den Parkplätzen mit ihrem dort abgestellten Auto oder zu den Bussen.

Georg war einer der Letzten die am Pförtner vorbeigingen. Er hatte keine Eile. Er fuhr zu dem Supermarkt in dem er früher mit Paula oft eingekauft hatte und besorgte sich die nötigen Lebensmittel. Dabei sah er sie vor sich.

„Paula lässt sich gehen", dachte er. „Sie benötigt Hilfe.

Die Luft fühlte sich noch am Abend trocken und heiß an und am Himmel zeigte sich kein Wölkchen. Georg fuhr auf das Dorf zu. „Das ist nun meine Heimat, nach der ich mich in Russland so sehr gesehnt habe", dachte er bitter. Wie war es möglich, dass alles was ihm so bekannt und vertraut war, so fremd und abweisend werden konnte?

Immer wieder fragte er sich warum er nicht in Berlin, wo er studiert hatte, geblieben war. Damals, nach dem Tod seiner Eltern hätte er das Haus in dem er aufgewachsen war, verkaufen sollen. Die Dorfbewohner grüßten ihn zwar, aber die alte Herzlichkeit gab es nicht mehr. Er wusste dass hinter ihm getuschelt wurde. Dass die Leute ihn für die Schließung der Gärtnerei, in der so Mancher von ihnen gearbeitet hatte, verantwortlich machten.

Außerdem gaben sie ihm die Schuld am Tod seiner Eltern. Aber damals hatte Paula ihm Mut gemacht, die Stelle hier zu übernehmen. Mit ihr war das Leben wieder fröhlicher und unbeschwerter geworden. Und dann wurde Anne geboren!

Anne...Georgs Augen begannen zu tränen. Er versuchte das Bild des kranken Kindes zu verdrängen und das Bild des lachenden, lebhaften Kindes hervorzuholen. Warum war er, als das Unglück geschah, nicht ein paar Minuten eher nach Hause gekommen?

Er fuhr ins Dorf, hielt bei der Kirche an und ging in den Friedhof, der um sie herum angelegt war. Dann stand er ratlos am Grab seiner Eltern und hielt Zwiesprache mit ihnen.

„Grüß dich Georg!"

Erstaunt sah Georg zur Seite. Er hatte niemanden kommen hören.

Melanie war mit der Gießkanne neben ihn getreten. „Es ist so trocken heute", sagte sie verlegen.

„Die Blumen brauchen Wasser." Sie zupfte ein paar vertrocknete Blüten ab und begann das Grab zu gießen.

„Grüß dich Melanie!" sagte Georg. „Kommst du öfter hier her?"

„Ja, ich pflege das Grab deiner Eltern. Paula hat mich, als du nach Russland gegangen bist, darum gebeten.

Warst du schon am Grab von Anna?"

„Nein!" entfuhr es Georg schroffer als gewollt. „Ich geh jetzt hin."

Er wandte sich um und ging zur Reihe der Kindergräber.

Melanie wartete ab bis er wieder von Annes Grab wegging und den Ausgang des Friedhofes zustrebte. Dann lief sie hinter ihm her. „Gut, dass du wieder zuhause bist.

Ich habe mir schon Sorgen um Paula gemacht. Wer weiß was sie noch anstellt. So depressiv wie sie ist."

Georg blieb stehen und sah Melanie fragend an: „Warst du in letzter Zeit bei ihr?"

„Ja", erwiderte sie. „Ich habe sie zu mir eingeladen. Sie muss doch langsam wieder unter Menschen gehen. Aber bis jetzt hat sie mich noch nicht besucht. Ich glaube sie erträgt den Anblick meiner Kinder nicht."

„Das mag wohl so sein", nickte Georg nachdenklich. „Es wäre besser, wenn du dich mal alleine mit ihr triffst. Fahr doch mal mit ihr in die Stadt."

Als Melanie zögerte, sah Georg sie forschend an:

„Entschuldige bitte. Ich nehme dich gleich in Beschlag."

Melanie lächelte: „Du brauchst dich nicht zu entschuldigen. Ich versteh doch, dass du dir Sorgen um Paula machst. Ich fürchte nur, dass sie nicht mit mir wegfährt, und wenn sie es tut, müsste sie ihren eigenen Wagen nehmen. Martin und ich haben uns ein kleines Haus gebaut das wir geradeso mal abzahlen können. Deswegen haben wir unser Auto verkauft. Ich könnte Paula bitten, mich in die Stadt zu fahren, weil ich etwas Dringendes erledigen muss. Diese Bitte wird sie mir nicht abschlagen."

„Du redest immer noch soviel wie früher Melanie", sagte Georg, „aber du bist großartig. Ich danke dir, dass du dich nicht von uns abgewendet hast."

„Warum sollte ich? Ich war doch früher bei euch in der Gärtnerei wie zu Hause." dann druckste sie herum: „Siehs bitte nicht falsch, aber wenn ich mir in der Stadt nichts kaufe, bemerkt Paula, dass ich nur einen Vorwand gesucht habe mit ihr zusammen zu sein. Leider herrscht bei mir völlige Ebbe..."

„Ich verstehe", sagte Georg etwas ironisch. „Aber daran soll's nicht liegen." Er zog seine Geldbörse heraus und gab ihr fünfzig Euro.

Melanie nahm den Schein ohne Zögern. „Es ist zwar kein Vorwand, denn ich bin gerne mit Paula zusammen, aber mit ein paar Moneten in der Tasche macht so ein Stadtbummel gleich noch mehr Spaß. Danke Georg. Aber jetzt muss ich nach Hause."

Georg musste lächeln. Das war eben Melanie. Sie hatte ihn schon als Kind um die Finger gewickelt. „Nichts zu danken!" sagte er, „Und viele Grüsse an deine Familie."

Georg sah Melanie nach wie sie aus dem Friedhof eilte.

In ihm stieg die Erinnerung an ihre gemeinsame Kindheit hoch. Damals war sie fast wie eine Schwester für ihn gewesen. Aber später, als sie sich zu einem jungen Mädchen entwickelte, war sie ihm oft lästig vorgekommen.

Zum Glück hatte er den Studienplatz in Berlin bekommen und somit hatte sich dieses Problem fast wie von selbst gelöst.

Langsam schritt er zum Auto und stieg ein. Eine Weile saß er da und sann über sich selbst nach. Er musste einsehen, dass er es sich immer zu leicht gemacht hatte.

Eine Zeitlang in der Versenkung verschwinden und dann...? Dieses Mal hatte ihn seine Flucht nichts genutzt.

Sie hatte seine Sorgen nur noch verstärkt.

Als Georg nach Hause kam, verstaute er die Lebensmittel die er eingekauft hatte in der Küche. Dann ging er ins Wohnzimmer.

Paula saß starr mit einem Brief in der Hand auf dem Sofa. Er sah ihr an, dass sie geweint hatte.

„Schlechte Nachrichten?" fragte er besorgt.

„Nein!" wehrte sie ab. Lynn kommt nächste Woche."

„Lynn kommt dich besuchen? Und wo bleiben deine Eltern? Konnten sie zu Annes Beerdigung nicht kommen?"

„Australien ist ja der nächste Weg!" sagte Paula hart und zynisch. Doch dann begann der Brief in ihrer Hand zu zittern. „Sie wissen nicht dass Anne tot ist. In den letzten Wochen vor und nach Annes Tod bin ich weder ans Telefon gegangen, noch habe ich irgendjemand geschrieben.

Ich werde Lynn absagen. Ich kann jetzt keinen Menschen um mich herum ertragen."

„Aber Lynn ist doch deine Schwester. Ich kann mir vorstellen, dass sie und deine Eltern sich große Sorgen um dich machen."

„Ja, ja, das tun sie bestimmt, aber..." „Nichts aber, über Lynns Besuch solltest du dich freuen.

Übrigens – Ich werde oben in die Mansarde ziehen."

Paula blieb still. Ihre Schultern sanken nach vorne.

Georg fühlte fast körperlich wie sie sich in ihr Schneckenhaus zurückzog. Seine Gesprächszeit war beendet.

Einen Moment war er versucht, zu ihr zu gehen, sie in seine Arme zu nehmen. Doch dann drehte er sich um und verliess wortlos das Wohnzimmer.

Paula erwachte vom Ton der Klingel an der Haustür. Sie lag auf dem Sofa im Wohnzimmer. Verwirrt richtete sie sich auf. Das Klingeln nahm kein Ende. Paula erhob sich mühsam und schlurfte zur Tür.

Melanie stand vor ihr und starrte sie entgeistert an. „Wie siehst du denn aus? Hast du etwa mit deinen Kleidern geschlafen?"

Peinlich berührt sah Paula an sich herab und stammelte: „Ich glaub, ich hab zu viele Beruhigungspillen geschluckt. Wie viel Uhr ist es denn?"

„Zehn Uhr", sagte Melanie. Sie drückte die Tür hinter sich zu und schob sich an Paula vorbei. „Ich darf doch reinkommen oder?"

„Ja, ja, natürlich. Zehn Uhr, sagst du? Dann habe ich ja sechzehn Stunden geschlafen."

„Du lieber Himmel" entsetzte sich Melanie. „Wo ist denn Georg? Hat er nicht gesehen in welcher Verfassung du bist?"

„Georg schläft vorübergehend in der Mansarde." sagte Paula verlegen.

„Ach so! sagte Melanie gedehnt. „Also, ich schlage dir vor, du gehst jetzt ins Bad und danach ziehst du ein paar schicke Klamotten an."

„Schick? Für wen denn?

„Ich möchte dich bitten, mit mir nach Landshut zu fahren", erklärte ihr Melanie. „Du weißt doch, dass ich zurzeit kein Auto besitze."

„Dann fahr halt mit dem Bus."

„Der fährt doch bloß am Morgen und am Abend in die Stadt. Aber ich muss dringend zur Apotheke".

Sie ging an Paula vorbei in die Küche.

Paula trottete hinter Melanie her. „Ich weiß nicht ob ich heute überhaupt fahren kann", sagte sie müde. „Alles an mir fühlt sich wie zerschlagen an, und konzentrieren kann ich mich auch nicht."

„Ausreden gelten nicht. Stell dich unter die Dusche. Ich bring inzwischen die Kaffeemaschine in den Gang und richte dir ein Frühstück her."

„Warum all die Mühe? Ich leih dir mein Auto..."

Melanie schüttelte den Kopf: „Ich leih mir nicht gerne fremde Autos aus."

Paula zuckte stumm mit den Schultern und setzte sich auf einen Stuhl.

Melanie trat neben Paula und packte sie am Arm: „Gott, bist du störrisch! Soll ich dich zum Bad begleiten?"

„Nein!" wehrte Paula mürrisch ab. „Ich geh schon."

Eine Stunde später saß Paula verstimmt hinter dem Steuer ihres Wagens. Die Art und Weise wie Melanie sie in Beschlag nahm ärgerte sie. Aber noch mehr ärgerte sie sich über sich selbst, weil sie nicht einmal die Kraft zu einem klaren Nein aufbrachte. Früher hätte sie sich nie so manipulieren lassen. „Was musst du denn so dringendes in der Stadt besorgen?" fragte sie unwirsch.

Melanie drückte sich zufrieden in das bequeme Polster des Beifahrersitzes. „Ach du, ich hab mir eine ganze Litanei aufgeschrieben."

Die Sonne stach heiß auf die Erde und ließ den Teer der Straße flimmern. Melanie begann zu schwärmen: „Die Klimaanlage in deinem Wagen funktioniert prima. Sie lässt die Hitze einfach draußen und die getönten Scheiben sind auch Klasse!"
Paula warf Melanie einen geringschätzigen Blick zu. „Du tust gerade so, als wärst du noch nie in einem Auto mit Klimaanlage gefahren."
„Na und, ich werde mich doch noch über die Fahrt in deiner Luxuskarre freuen dürfen! Es kann doch nicht jeder ständig griesgrämig sein."
Paula fauchte, „spar dir deine ironischen Bemerkungen. Ich muss mich aufs Fahren konzentrieren!"
„Ja, ja, ich weiß schon, du willst deine Ruhe haben. Du hast Angst, ich könnte dich von deinen schwermütigen Gedanken ablenken."
Paula stöhnte: „Ist ja schon gut! Hauptsache du bist glücklich."
„Glück? Was ist schon Glück?" fragte Melanie. „Ich gebe mich halt mit meinem Leben zufrieden. Du hingegen vergräbst dich in deinen Schmerz, lässt keine Freude mehr zu. Aber glaube mir, du bist nicht die Einzige, die so viel

Leid erfahren hat. Es geschehen noch viel schlimmere Dinge auf der Welt."

„Schlimmere Dinge? Was gibt es schlimmeres für eine Mutter als ihr Kind zu verlieren?"

Paula krampfte ihre Finger ums Lenkrad.

Was fiel Melanie ein, so mit ihr zu sprechen. Ihre beiden Kinder waren gesund und munter. Am liebsten hätte sie ange-halten und Melanie aufgefordert auszusteigen. Aber sie fuhr verbittert weiter, dem Parkplatz in der Stadtmitte entgegen.

„Du hast Georg", sagte Melanie. „Du bist gesund, kannst wieder ein Kind zur Welt bringen und hast keine finanziellen Sorgen."

Paula schwieg verbissen. Sie versuchte ihre Erregung niederzukämpfen. In gewissem Sinn hatte Melanie ja Recht. Sie hatte noch nie im Leben Geldprobleme aber gesund? Was hieß das schon? Sie fühlte sich schlapp wie ein leerer Sack und funktionierte nur noch. Sie lenkte den Wagen verdrossen auf den Parkplatz und stellte die Parkuhr ein. Dann stiegen sie beide aus.

Melanie platzte fast vor Energie. „Ein Prachtwetter! Am liebsten würde ich mich jetzt an irgendeinem Strand fletzen und mich in der Sonne aalen. Aber was soll's. Ein Stadtbummel ist auch nicht gerade verkehrt. Also, zuerst muss ich zur Apotheke."

Paula hatte ihre Augen hinter einer dunklen Sonnenbrille verborgen. Trotzdem fühlte sie sich unsicher. Sie fürchtete Bekannte zu treffen, die ihr unangenehme Fragen stellen könnten. Sie trabte steif neben Melanie her.

Als sie an der Apotheke angelangt waren, weigerte sich Paula mit hinein zu gehen. Sie blieb vor der Apotheke stehen bis Melanie wieder herauskam. Das Gleiche wiederholte sich auch noch bei zwei anderen Läden.

„So ein Mist", klagte Melanie, als sie ihre Einkäufe beendet hatte.

„Mein ganzes Geld ist schon alle. Dabei hätte ich mir so gerne ein saftiges Mittagessen gegönnt; oder zumindest einen Eisbecher."

Paulas Laune hatte sich etwas gebessert. „Gut, "sagte sie, „ich lade dich zum Essen ein. „Ich hab jetzt keine Lust nach Hause zu fahren und zu kochen."

„Danke", freute sich Melanie. „In der goldenen Traube kann man gut essen." Sie hakte sich bei Paula ein, dann steuerten sie auf das Lokal zu. Die Hauptmittagszeit war schon zu Ende. Paula war sichtlich erleichtert dass sich nur noch wenige Gäste im Lokal befanden. Sie suchten sich einen gemütlichen Fensterplatz aus und Melanie griff sofort zur Speisekarte. Sie genoss es, ihr Essen auswählen zu können, ohne erst lange nach den Preisen sehen zu müssen.

Nachdem die Kellnerin ihre Bestellung aufgenommen und die Getränke gebracht hatte, fragte Melanie Paula unvermittelt. „Warum tust du nichts gegen deine Depressionen?"

Paula zuckte wie ein ertapptes Kind zusammen. „Ich hab keine Depressionen!" wehrte sie verstimmt ab.

„Das sehe ich anders. Schließlich kenne ich dich schon ein paar Jahre. Damals, als du zu uns ins Dorf gezogen bist, habe ich dich direkt ein wenig beneidet. Du warst fast immer gut gelaunt und so zielstrebig. Ich war der Meinung, dass dich nichts umhauen könnte."

„Zu der Zeit sah ja auch noch alles ganz anders aus." erwiderte Paula nachdenklich. „Es ist schwer, wieder einen Sinn im Leben zu finden, aber als depressiv würde ich mich trotzdem nicht bezeichnen."

„Wie geht Georg eigentlich mit der Situation um?"

Paula sah Melanie überrascht an; „Georg? Ehrlich gesagt weiß ich das nicht. Jeder von uns muss alleine mit dem Tod von Anne fertig werden. Du fragst oft nach Georg..."

Melanie überflog eine leichte Röte: „Georg ist fast wie ein Bruder für mich. Ich bin praktisch in der Gärtnerei seiner Eltern aufgewachsen. Du weisst doch, dass ich bei ihnen Floristin gelernt und dort gearbeitet habe bis der Betrieb geschlossen wurde."

Paula sah nachdenklich an Melanie vorbei: „Ist schon gut…"

Melanie strich sich erhitzt eine Strähne ihres langen blonden Haares aus ihrer Stirn: „Nichts ist gut. Früher hättest du nie so komische Andeutungen gemacht und ich hätte mich auch nie so umständlich gerechtfertigt. Aber seit Annes Unfall können wir alle nicht mehr ehrlich miteinander sprechen und…"

„Bitte nicht, nicht jetzt!" Paulas Rücken versteifte sich.

Ihre Adern klopften wild unter ihren Schläfen und ihre Hände zitterten als sie ihr Glas ergriff.

Melanie schwieg.

Endlich kam die Kellnerin heran und tischte das Essen auf. Melanie griff sofort nach dem Besteck. Dann sah sie Paula vorsichtig lächelnd an: „Ich wünsche dir einen guten Appetit."

Paula murmelte etwas Ähnliches vor sich hin. Sie schluckte lustlos ein paar Bissen hinunter und schob bald ihren Teller zur Seite. Melanie lies sich davon nicht stören. Sie aß alles bis zum letzten Krümel auf. Als sie das Besteck und die Serviette zurücklegte, stöhnte sie wohlig gut gelaunt: „Pah, das hat gut geschmeckt. Am liebsten würde ich hier Wurzeln schlagen." Sie sah träge auf die Uhr. „Leider vergeht die Zeit in guten Momenten viel zu schnell. Wir müssen nach Hause fahren. Ich werde bestimmt schon erwartet."

Paula nickte. Sie winkte die Kellnerin heran und bezahlte. Draussen, vor dem Lokal blieb Paula stehen. Die Sonne prallte noch genauso heiss wie zuvor auf die Dächer der Stadt, über die Menschen, bis hinunter auf das Pflaster der Strasse. Die Hitze breitete sich in ihren Schuhen aus und kroch rauf bis in ihre Kehle, die sich schon wieder so staubtrocken anfühlte, als befände sie sich in der Wüste. Sie versuchte tief einzuatmen. Aber das drehende Gefühl liess sich nicht vertreiben.

Melanie legte ihr die Hand auf die Schulter: „Willst du hier Wurzeln schlagen?" Sie wartete Paulas Antwort erst gar nicht ab, sondern hakte sich bei ihr ein und zog sie mit sich. „Komm, gehen wir zum Auto."

Ein paar Schritte liess sich Paula schlaff mitschleifen.

Doch dann wurde ihr Gang fester. Die trockene, heitere, aber doch unnachgiebige Art Melanies riss sie aus ihrer Lethargie. Sie gab ihr sogar ein wenig Kraft. Als sie in den Wagen stiegen sagte Paula: „Danke dass du mich aus meiner Höhle gelockt hast."

„Das würde ich auch gerne mal wiederholen", lachte Melanie.

Paula startete den Wagen. Aber als sie sich dem Dorf näherten befiehl sie wieder diese traurige Stimmung.

Melanie bemerkte ihren melancholischen Gesichtsausdruck.

„Nimms mir nicht übel Paula", sagte sie, „aber ich denke mir, dass dir ein Ausflug mit mir gut tut, aber nicht genügt. Du solltest dich einer Psychologin anvertrauen. Sie kann dir sicher mehr helfen wie ich."

Paula lehnte Melanies Rat schroff ab: „Ich schaffe es auch ohne Seelenklempner."

Melanie glaubte nicht so recht daran: „Das ist ungeheuer schwer. Wenn ich mir vorstelle, wie du so untätig in dem großen Haus herumhängst, wird es mir ganz mulmig zu Mute. Du solltest wenigstens versuchen wieder zu arbeiten." Paula sagte müde: „Daran habe ich selbst schon gedacht, aber ich schaffe es nicht. Ich fühle mich schlapp und ausgelaugt."

„Natürlich fühlst du dich jetzt noch so. Aber gehe doch mal in dein Büro, setze dich an deine Zeichentafel und wenn es nur ein paar Kritzer sind, die du zustande bringst, wirst du dennoch wieder einen Bezug zu deiner Arbeit finden."

Langsam rollte Paula das Auto in die Einfahrt des Hauses. „Wahrscheinlich hast du recht", sagte sie zu Melanie.

„Ich werde mal versuchen ein paar Striche zu Wege zu bringen. Danke Melanie, für deine ehrlichen Worte. Die vergangenen Stunden haben mir gut getan."

„Schon in Ordnung!" lachte Melanie. Danke fürs fahren."

Melanies Fahrrad lehnte am Zaun. Sie verstaute ihre Päckchen in den Korb auf dem Rücksitz, schwang sich auf das Rad und fuhr los.

Paula sah Melanie eine Weile nach, dann schloss sie die Tür auf und ging ins Haus. In dieser Stille drang wieder das einsame, leere Gefühl in sie. Doch dann war es, als wäre Melanie noch bei Ihr.
„Geh in dein Büro", hörte sie die junge Frau sagen. Warum nicht? Warum sollte sie nicht gleich mit der Eigentherapie beginnen? Sie ging auf die Bürotür zu und drückte sachte die Türklinke nieder. Einen Augenblick verweilte sie auf der Schwelle, sah sich im Raum um und erstarrte.
Mitten auf ihrem Schreibtisch prangte ein rundes buntes Etwas.
Annes Ball.
„Anne...!" Ihr Schrei blieb ihr auf den Lippen hängen. Sie krallte sich wie hypntosiert am Türrahmen fest und starrte den Ball an. Ihr Blutdruck stieg hoch und ihr Herz begann zu rasen. Im nächsten Moment hörte sie wie eine Tür im Haus mit lautem Knall ins Schloß fiel. Entsetzt drehte sie sich um, hetzte den Flur entlang, konnte aber Niemand entdecken und rannte verzweifelt die Treppe hoch. Doch im oberen Stockwerk empfing sie nur eine unheimliche Stille. Wie eine Marionette ging sie in ihr Schlafzimmer,

legte sich auf ihr Bett und weinte. Wer hatte ihr das angetan?

Ihr Kopf begann zu dröhnen und ihre Hände zitterten. Ihr Hausartzt hatte sie vor Angstattacken und falschen Vorstellungen die sie in ihrer Einsamkeit überfallen könnten, gewarnt. Doch der Ball auf ihrem Schreibtisch war keine Halluzination. Es gab ihn. Sollte sie ihm von diesem Erlebnis etwas erzählen? Nein! Aber sie musste unbedingt die Pille, die ihr der Arzt für solche Situationen verschrieben hatte einnehmen.

Die Pille ermüdete sie. Doch nach einer Stunde Schlaf fühlte sie sich wieder dazu fähig hinunter in das Wohnzimmer zu gehen. Dort entdeckte sie die offene Tür, die in den Wintergarten führte. Schließlich bemerkte sie, dass auch die Tür, die zur Terrasse führte, nicht verschlossen war.

„Vielleicht", so dachte sie, „war Georg im Garten und hatte vergessen die Tür zu schließen? "

Eine Weile blieb sie ratlos stehen. Dann ging sie in die Küche um sich einen Kaffee zu kochen. Vielleicht half ihr das Getränk die Mattigkeit in ihrem Körper und ihrer Seele zu überwinden.

Als sie am Küchentisch saß und den ersten Schluck Kaffee trank, glaubte sie das Zuschlagen einer Tür zu hören. Sie stellte ihre Tasse ab und lief ins Wohnzimmer.

Die Tür zum Wintergarten war tatsächlich zu. Sie sah hinaus und bemerkte den aufkommenden Wind und die dunklen Wolken. Beruhigt ging sie in die Küche zurück.
Der Wind pfiff jetzt durch das gekippte Küchenfenster.
Paula klappte es zu. Die ersten Regentropfen landeten auf der Scheibe. Paula ging ins obere Stockwerk des Hauses um auch dort die Fenster zu schließen. Als sie in Annes Zimmer stand, erfasste sie wieder diese Wehmut.
Mit hängenden Schultern zog sie die Kinderzimmertür hinter sich zu und schritt die Treppe hinab.

Als Paula auf der untersten Stufe angekommen war, hörte sie, wie sich der Schlüssel im Schloss der Haustür drehte. Die Klinke wurde heruntergedrückt. Georg trat ein und schritt mit zwei Einkaufstüten beladen auf die Küche zu. Paula blieb einen Moment unschlüssig stehen. Doch dann ging sie ihm nach. Er stand inzwischen vor dem Kühlschrank räumte ein paar Lebensmittel ein.
Paula blieb an der Tür stehen. „Ich dachte, du wohnst jetzt oben?" sagte sie so ruhig wie möglich.
Georg sah sie verlegen lächelnd an: „Ja, das stimmt schon. Ich habe zuviel für mich eingekauft. Jetzt gebe ich dir etwas davon ab."
„Danke", sagte Paula, „aber wegen mir brauchst du dir keine Mühe zu machen. Ich komm schon zurecht."

Georg schloss den Kühlschrank und nahm den leeren Karton. „Na, dann gehe ich mal wieder nach oben."

„Warst du heute morgen im Wohnzimmer?" fragte Paula.

„Ich? Nein. Warum?"

Paula forschte in seinem Gesicht. „Die Türen zum Wintergarten und der Terrasse waren offen."

Georg schüttelte den Kopf: „Vielleicht hast du sie selbst vergessen zu schließen."

„Dann warst du also auch nicht in meinem Büro?" fragte Paula zweifelnd.

„Nein!" sagte Georg leicht verärgert. „Was sollte ich in deinem Büro tun?"

„Jemand hat einen Ball von Anne auf meinen Schreibtisch gelegt."

„Das ist ja absurd!"

„Du glaubst mir nicht? Dann geh doch selbst ins Büro und überzeuge dich." Georg lief aus der Küche zum Büro und öffnete die Tür.

Paula folgte ihm.

„Ich sehe keinen Ball!" sagte Georg verwundert.

Paula drängte sich an ihm vorbei, ging zum Schreibtisch und starrte ungläubig darauf. Der Ball war verschwunden.

„Der Ball lag hier, glaube mir bitte. Ich habe ihn wirklich hier liegen gesehen."

Georg zog die Braue hoch: „Jetzt beruhige dich doch wieder. Vielleicht hast du das auch nur geträumt."

„Nein, das habe ich nicht geträumt", versuchte Paula Georg zu überzeugen. „Ich war mit Melanie in der Stadt. Danach ging es mir besser und ich wollte Melanies Rat befolgen, wieder mit dem Zeichnen zu beginnen. Aber der Ball auf dem Schreibtisch…!"

Georg sah Paula ratlos an: „Hast du die Tür zum Garten offen gelassen bevor ihr weggefahren seid?"

„Das weiß ich eben nicht!"

„Du zitterst ja", sagte Georg besorgt. „Soll ich Doktor Schreiber anrufen?"

Paula starrte Georg erregt an: „Nein! Lass mich in Ruhe!" Sie konnte die Anwesenheit ihres Mannes nicht mehr ertragen.

Georg sah die Tränen in Paulas Augen. Doch er verließ steif, mit hängenden Schultern das Zimmer, und ging in den Garten.

Der Wind hatte die dunklen Wolken vertrieben. Jetzt strich er nur noch sachte durch die Bäume und Sträucher.

Georg blieb stehen, straffte die Schultern und versuchte sich selbst aufzuheitern. Idealer konnte das Wetter nicht sein um hier draußen arbeiten zu können. Er lief zum Schuppen um die nötigen Gartengeräte herauszuholen.

Kurz davor stoppte er. Die Schuppentür war nur angelehnt. Verwundert zog er sie auf und sah sich um. Aber es stand alles da wo es hin gehörte. Nur Annes Ball lag in der Ecke. Weit ab von ihrem anderen Gartenspielzeug.

Georg schüttelte unsicher den Kopf. Doch dann wandte er sich von dem Ball ab, nahm die Heckenschere und ging zu den dichten, hochgewachsenen Hecken, die es nötig hatten gestutzt und ausgeschnitten zu werden.

Das Arbeiten im Garten erforderte seine Kraft, und brachte ihn zum Schwitzen. Doch die schier unlöslichen Probleme, die ihm das Leben schwer machten, waren anderer Art. Sie belagerten seinen Geist und drückten auf seine Seele. Warum konnte er Paula nicht einfach in den Arm nehmen und sie trösten? Warum konnte er Ihr nicht sagen, wie sehr auch ihn der Tod von Anne schmerzte.

Wie sehr er das Kind vermisste. Würden sie beide jemals über den Verlust von Anne hinweg kommen? Paulas Augen sagten ihm immer wieder, dass sie ihn nicht verzeihen konnte. Er legte die Heckenschere zur Seite, und trug das Reisig auf einen Haufen zusammen.

Vom schmalen Weg her, der am Zaun des Gartens vorbei führte, hörte er Stimmen. Neugierig spähte er hinüber und entdeckte Melanie. Ihre kleine Tochter lief fröhlich plappernd neben dem Kinderwagen, den sie vor sich her schob. Ein feiner Stich bohrte sich in Georgs Herz. Anne!

Anne könnte jetzt ebenso wie Verena lustig hier herumtollen. Jetzt konnte er verstehen, warum Paula Melanie nicht besuchen wollte. Melanie kam näher, und winkte ihm zu. Georg näherte sich dem Zaun.

„Grüß dich Georg, rief ihm Melanie zu.

„Da hast du dir ja allerhand vorgenommen. Willst du den Garten ganz alleine wieder in Schuss bringen?"

Georg entspannte sich:

„Ja, warum nicht? Mir schreibt Keiner vor wie lange ich dazu brauchen darf."

Melanie stellte den Kinderwagen neben dem Zaun und lächelte Georg an: „Ich würde dir gerne bei der Gartenarbeit helfen."

„Das ist nicht nötig", wehrte Georg schnell ab. „Du hast mit deinem Haushalt und den Kindern genug zu tun."

„Ja schon", sagte Melanie enttäuscht. „Aber ich möchte auch mal was anderes tun."

„Dann kümmere dich weiter um Paula. Das wird ihr sicher helfen."

Melanie sah Georg zweifelnd an: „Ich glaube nicht, dass ich Paula helfen kann. Eine Therapeutin wäre dazu wohl besser geeignet. Wie geht es ihr?"

„Nicht sehr gut!" sagte Georg ratlos.

Melanie zog die Stirne kraus: „ Der Ausflug mit mir in die Stadt hat ihr auch nicht weiter geholfen."

„So kann man das nicht sagen", widersprach ihr Georg.

„Paula hat mir erzählt, dass sie sich besser gefühlt hat.

Sie war sogar entschlossen wieder mit dem Zeichnen zu beginnen. Aber der Ball auf ihrem Schreibtisch hat sie wieder aus der Fassung gebracht."

„Welcher Ball?"

„Der Ball von Anne."

Melanie starrte Georg ungläubig an: „Wie kam Annes Ball in Paulas Büro?"

„Das würde ich auch gerne wissen", sinnierte Georg.

„Hast du den Ball auch gesehen?"

Georg schüttelte den Kopf:

„Nein, als Paula ihn mir zeigen wollte, war er nicht mehr da. Er liegt jetzt im Schuppen."

Melanie wirkte bekümmert: „Vielleicht hat Paula sich nur eingebildet Annes Ball auf dem Schreibtisch zu sehen. Sie war am Morgen als ich mit ihr in die Stadt fahren wollte total neben der Rolle."

Georg erschrak: „Wie meinst du das? Was war denn los?"

„Sie hatte Beruhigungspillen eingenommen und hat sechzehn Stunden geschlafen. Trotzdem bereitete es mir Mühe sie wach zu kriegen. Hast du denn gar nichts davon gemerkt?"

Georg wurde blass: „Nein, ich wohne jetzt oben."

Melanie sah Georg nachdenklich an: „Die Situation ist für euch beide schwer. Ihr solltet eine Weile verreisen."

„Ich bekomme jetzt keinen Urlaub", wehrte Georg ab."

Außerdem war ich lange genug von zu Hause weg. Zudem weiß ich nicht wie Paula auf so einem Vorschlag von mir reagieren würde. Ich möchte dich lieber darum bitten weiterhin mit Paula in die Stadt zu fahren. Das tut ihr gut."

„Ja gut", sagte Melanie zögernd. „Aber den Fünfziger hab ich schon ausgegeben."

„Ich weiß ja wie knapp du bei Kasse bist. Ich mache dir einen Vorschlag. Du besuchst Paula so oft du kannst und einmal pro Woche fährst du mit ihr in die Stadt. Dafür bezahle ich dir vierhundert Euro im Monat. Einverstanden?"

„Das hört sich gut an", lachte Melanie. „Das mache ich doch prompt. Kannst du mir das Geld immer bar geben?"

Georg nickte: „Meinetwegen." Er holte seinen Geldbeutel aus der Hosentasche und fischte einen Hunderter heraus.

„Das ist gleich für den Rest des Monats. Es sind ja nur noch ein paar Tage."

Melanie schnappte sich den Schein und steckte ihn ein.

„Danke Georg", sagte sie, „aber jetzt muss ich nach Hause. Servus!"

Georg blieb eine Weile am Zaun stehen und sah Melanie und ihren Kindern nach. Er stand mit beiden Füssen auf festem Boden, nahm die Geräusche der Natur wahr, fühlte die leichte Brise, atmete den Duft der Blumen ein. Trotzdem fühlte er sich wie in einer irrealen Welt. Er hatte gerade Melanies Freundschaft zu Paula mit Geld erkauft. Sein Magen begann zu rebellieren. Er löste sich vom Zaun und stampfte auf das Haus zu.

Paula saß im Wohnzimmer und trank Tee.
„Ist alles in Ordnung?" fragte Georg
Paula sah an ihm vorbei: „Ja, ich fühle mich nur müde. Ich gehe heute früh zu Bett."
„Na dann – gute Nacht."
Aber es wurde keine gute Nacht für Paula. Ihr Körper war schon zu sehr an die Beruhigungsmittel gewöhnt. Die kleine Dosis, die sie noch hatte, reichte nur bis Mitternacht. Dann war sie hellwach. Sie holte sich ein Buch und begann zu lesen. Aber es lenkte sie nicht von ihrer Unruhe ab. Ihre Hände begannen zu zittern. Sie stieg aus dem Bett, ging ins Bad und hoffte noch eine Pille zu finden. Doch im Medizinschrank lagen außer der üblichen Füllung nur ein paar Aspirintabletten. Sie schluckte zwei davon. Paulas Schläfen pochten. Sie fror, aber in ihren Händen sammelte sich der Schweiß. Erst in den frühen Morgenstunden versank sie in einem bleiernen Schlaf.

Als sie wieder erwachte, war es bereits Neun Uhr. Sie richtete sich langsam auf, und stieg benommen aus dem Bett. Irgendwann musste sie diese Müdigkeit doch loslassen. Sie schlüpfte in ihre Hausschuhe und wankte ins Bad. Ihr war speiübel. Das Zittern erfasste jetzt ihren ganzen Körper. Mit der einen Hand hielt sie sich am

Waschbecken fest, und mit der anderen wusch sie sich notdürftig ab. Dann setzte sie sich auf einen Hocker und bürstete ihr halblanges fast schwarzes Haar. Früher war sie jeden Monat einmal zum Frisör gegangen, und hatte ihre dichten Naturlocken mit einem pfiffigen kurzen Schnitt bändigen lassen. Doch nun hingen sie wirr und ungepflegt in ihrem Gesicht. Sie legte resigniert die Bürste auf die Konsole.

Das Verlangen nach den Tabletten verstärkte sich immer mehr. Sie schleppte sich aus dem Bad zum Telefon, und rief Doktor Schreiber an. Nachdem sie den Hörer aufgelegt hatte, zog sie ihren Morgenmantel an. Am Geländer festhaltend, ging sie die Treppe hinunter, und legte sich im Wohnzimmer auf die Couch. Sie deckte sich mit einer Wolldecke zu. Trotzdem fror sie erbärmlich. Unruhig drehte sie sich hin und her. Nach einigen Minuten hörte sie leise Schritte. Sie setzte sich auf und starrte Melanie erschrocken an: „Wie kommst du hier herein?"

Melanie nahm ein Sofakissen, und steckte es unter Paulas Kopf. „Was ist los mit dir? Ich habe geklingelt, und du hast mich ins Haus gelassen."

„Aber das gibt es doch nicht!" sagte Paula zweifelnd.

„Das müsste ich doch wissen."

Melanie setzte sich neben Paula. „Jetzt beruhige dich erstmal. Doktor Schreiber wird sicher bald kommen."

„Du weißt, dass ich Doktor Schreiber angerufen habe?"

„Natürlich, ich war doch schon hier als du mit ihm telefoniert hast." Melanie stand auf, und schob den Servierwagen, auf dem eine Kanne und eine Tasse stand, zum Sofa. „Ich hab dir einen Tee gekocht. Er wird dir gut tun."

Paula beobachtete jede Bewegung von Melanie. Sie fühlte sich ohne Tabletten unruhig und zerfahren.

„Hat Georg dich ins Haus gelassen?"

Melanie zog ihre Stirne kraus und erwiderte verärgert:

„Ich hab Georg nicht gesehen. Du weißt genau, dass er um diese Zeit schon längst arbeitet."

Sie goss den Tee in die Tasse. „Trink lieber den Tee und zermartere dir nicht das Gehirn."

Paula trank einen Schluck. „Warum bist du eigentlich hier?"

Melanie tupfte Paula die Schweißtropfen von der Stirn.

„Wir wollten doch heute wieder in die Stadt fahren. Aber ich glaube du hast dir eine Erkältung eingefangen. Vorhin hast du vor lauter Frieren gezittert, und jetzt schwitzt du.

Ich bin echt froh wenn der Arzt kommt."

Als wäre dies das Stichwort gewesen, klingelte es an der Haustür und Melanie lief hinaus um zu öffnen.

Doktor Schreiber folgte ihr ins Wohnzimmer und begrüßte Paula mit ernstem Blick.

Melanie ging aus dem Raum. Sie lehnte die Tür nur an und konnte so hören, was Doktor Schreiber zu Paula sagte.

„Frau Berthold, Sie haben entschieden zu viele Beruhigungstabletten auf einmal geschluckt."

„Ja, es tut mir leid", entschuldigte sich Paula, „Aber eine kleinere Menge wirkt nicht. Können Sie mir nicht ein stärkeres Mittel geben?"

Die Stimme von Doktor Schreiber klang schroff:

„Ich gebe Ihnen jetzt erst mal eine Spritze, und lasse Ihnen für die Nacht zwei Tabletten hier. Morgen Vormittag erwarte ich Sie nüchtern in der Praxis. Wir müssen ihre Blutwerte testen und eine gründliche Untersuchung vornehmen. Dann kann ich feststellen welche Medizin für Sie am geeignetesten ist. Haben Sie meinen Rat befolgt, und die Psychologin, die ich ihnen empfohlen habe aufgesucht?" Paula schüttelte müde ihren Kopf.

Als die Haustür ins Schloss gefallen war, ging Melanie wieder zu Paula und setzte sich neben sie. „Na, was hat der Arzt gesagt?"

Paula sah Melanie schläfrig an: „Er hat mir eine Spritze gegeben und mich gebeten morgen in seine Sprechstunde zu kommen. Du fährst mich doch hin oder?"

„Ich muss erst meine Mutter fragen ob sie auf die Kinder aufpasst. Könnte Georg dich nicht…?"

„Nein, sag Georg bitte nicht wie krank ich mich fühle. Ich muss alleine mit meinen Schmerzen fertig werden."

Melanies Stimme wurde hart: „Du meinst mit deiner Sucht."

Paula richtete sich mühsam auf und wehrte sich gegen Melanies Vorwurf. „Ich bin nicht süchtig."

„Das sehe ich anders, und Doktor Schreiber erst recht. Deshalb hat er dir die Tabletten nicht mehr verschrieben.

Und denk doch mal nach, wie du drauf bist. Gestern hast du dir eingebildet dass ein Ball in deinem Büro liegt. In der vergangenen Nacht konntest du so gut wie gar nicht schlafen vor Unruhe. Heute Morgen wusstest du nicht mehr, dass du mir die Tür geöffnet hast. Soll es noch schlimmer mit dir werden?"

Paula hielt sich die Ohren zu: „Bitte, Melanie hör auf."

Melanie nahm Paula bei den Schultern und drückte sie in die Kissen zurück. „Ist ja schon gut, ich möchte dir ja nur helfen."

„Dann komm bitte morgen mit zum Arzt. Du musst es auch nicht umsonst tun."

„Ja gut, ich fahre dich hin", versprach Melanie. „Aber jetzt musst du schlafen."

„Danke Melanie", murmelte Paula. Sie legte ihr Gesicht zur Seite und bald darauf war sie eingeschlafen.

Melanie nahm das Tablett, stellte es in die Küche und verliess das Haus.

Paula erwachte erst am Nachmittag. Sie richtete sich hoch und sah sich um. Dabei bedrängte sie das Gefühl sich noch in dem wirren Traum zu befinden der sie gerade geängstigt hatte. Wieso lag sie hier im Wohnzimmer?" Ach ja, der Arzt war dagewesen und hatte ihr eine Spritze gegeben. Sie starrte auf die Wanduhr.
Hatte sie tatsächlich so lange geschlafen? Ihre Kopfschmerzen hatten nachgelassen aber sie fühlte sich noch immer matt.
Am Fenster wurden dichte dunkle Wolken vom Wind eilig vorüber getrieben. Es regnete. Das düstere Grau belagerte auch schon Paulas Wohnzimmer. Schon war sie versucht sich wieder in das Kissen zu kuscheln. Doch dann fiel ihr Georg ein. Er hatte bald Feierabend. Es war ihm zuzutrauen dass er hier unten herum lief. Sie wollte aber nicht, dass er sie so sah. Also erhob sie sich vom Sofa und trottete ins Bad.
Als Georg nach Hause kam, saß Paula in der Küche und trank Kaffee. Er betrachtete bedrückt ihr blasses Gesicht.
„Hallo! Wie geht es dir heute?"
Paula sah an ihm vorbei und brachte nur ein kurzes „Gut" heraus.
„Hattest du heute Besuch?"
„Ja", gab sie widerwillig zu. Melanie war hier."
„Und – was hat sie gesprochen?"

Paula löste sich aus ihrer Lethargie: „Ich hab keine Lust mit dir zu reden", fuhr sie ihn erregt an. „Lass mich in Ruhe!"

Georg stand einen Moment unentschlossen da. Dann wandte er sich von ihr ab und ging hinauf in seine Mansarde. Eine Weile lief er unruhig hin und her. Melanie schien Paula auch nicht helfen zu können. Aber vielleicht war es auch noch zu früh um Resultate zu erwarten. Er schaltete den Fernseher ein und hörte sich die Nachrichten an. Nervös zappte er von einem Sender zum anderen.

Fast überall lief Werbung. Die aufdringliche Musik dröhnte ihm die Ohren zu. Verärgert schaltete er den Fernseher wieder aus. Bei diesem Wetter musste er auch die Gartenarbeit vergessen. Warum war es nur so verdammt schwer für sie beide, wieder zueinander zu finden. Es wäre doch viel einfacher gemeinsam eine Lösung zu suchen. Aber das konnte er zu diesem Zeitpunkt noch nicht von Paula erwarten. Er trat ans Fenster und sah den dunklen Wolken nach. Es regnete. Trotzdem holte er seinen Anorak aus dem Schrank und zog ihn an. Er musste raus aus dieser Wohnung. Vielleicht gelang es ihm in der frischen Luft klarere Gedanken zu fassen. Er schlug die Richtung zum Dorf ein. Der Wind lag ihm im Rücken und trieb ihn vorwärts.

Die Hauptstrasse des Dorfes wirkte öd und leer.

Er lief bis zur Dorfmitte und blieb vor dem Gasthaus zum Ochsen stehen. Ihm fiel die neu angestrichene helle Fassade auf. Wie lange war er nicht hier gewesen? Langsam öffnete er die breite Tür und betrat die Wirtschaft. In der Gaststube saßen nur ein paar Fremde beim Abendessen. Georg setzte sich und hielt nach der Wirtin Ausschau. So lange er denken konnte, war sie hinter der Theke gestanden und hatte jeden Gast mit ein paar fröhlichen Worten begrüßt. Doch jetzt trat eine junge, ihm unbekannte Bedienung an seinen Tisch. „Grüß Gott! Was darf ich Ihnen bringen?"

„Ein Helles und die Speisekarte", brummte er mürrisch.

Gab es denn nichts mehr, das so war wie früher? Ein tiefer Schmerz bohrte sich in seine Seele. Wurde ihm die Heimat fremder wie die Fremde? Warum war er ein zweites Mal in sein Dorf zurückgekehrt? Doch dann hellte sich sein Gesicht auf.

Ralf, der Sohn der Wirtin trat hinter die Theke. Er sah Georg und winkte ihm freudig zu. Dann nahm er das Bier, das Georg bestellt hatte und brachte es ihm selber.

„Grüß dich Georg!" sagte er. „Ich hab schon gehört dass du wieder hier bist. Schön, dass du den Weg hierher gefunden hast." Er zog einen Stuhl vor und setzte sich zu Georg. „Wie geht es dir?"

Georgs Miene verdunkelte sich: „Frag mich lieber nicht!

Es ist nichts mehr so ist wie früher. Bei dir hat sich auch einiges verändert."

„Ja", stimmte ihm Ralf zu. „Mutter ist nicht mehr so gut auf den Beinen. Sie hat mir die Wirtschaft übergeben."

„Und – wie läuft das Geschäft?"

„Es könnte besser gehen. Ich hab erst mal einen Haufen Geld rein gesteckt. Jetzt hab ich oben fünf Fremdenzimmer. Mit den Leuten vom Dorf allein kann man Heutzutage keine Wirtschaft mehr halten."

Georg nickte verstehend: „Ja, es wird immer schwieriger selbständig zu sein.

Ralf lachte: „Keine Bange, das schaff ich schon. Hast du dir schon ausgesucht was du essen möchtest?"

„Ja, ich hätte gerne den Leberkäse mit Gröstl und Salat."

„Gut dann marschier ich mal in die Küche".

Georg atmete auf. Ralf war ihm schon immer ein guter Kumpel gewesen. Wenigstens einer in diesem Dorf mit dem er noch ungezwungen reden konnte.

Kurze Zeit darauf kam die Bedienung und brachte ihm das Essen. „Darf ich gleich kassieren?" fragte sie freundlich. „Ich werde gleich abgewechselt."

„Natürlich", sagte Georg und bezahlte seine Zeche.

Dann begann er zu essen.

Zwei Personen unterhielten sich. Die Anderen saßen alle an getrennten Tischen. Keiner kannte sich. Ein ungewohntes Bild für Georg. Die Einheimischen aßen wohl zu Hause und für den Gang in die Wirtschaft war es ihnen sicher zu früh.

Ralf stand jetzt hinter der Theke und zapfte ein paar Bier ab. Er sprach mit Melanie, die sich eine Bedienungsschürze umband.

Melanie sah Georg und kam auf ihn zu. „Was machst du denn hier?"

„Das siehst du doch, ich esse."

„Warum bist du denn gleich so abweisend?" fragte Melanie beleidigt.

Georg legte sein Besteck auf den Tisch: „Ich bin nicht abweisend. Ich bin irritiert. Du hast mit keinem Ton erwähnt, dass du als Bedienung arbeitest." „Wieso hätte ich dir das sagen sollen?" fragte sie schnippisch.

„Weil ich dich dann sicher nicht damit beauftragt hätte dich um Paula zu kümmern. Du kannst ja nicht gleich auf drei Hochzeiten tanzen."

„So ein Quatsch", widersprach ihm Melanie. „Hier helfe ich doch bloß an einem Abend in der Woche und am Samstag aus. Da ist Martin zu Hause und passt auf die Kinder auf. Wenn ich bei Paula bin, hält meine Mutter die Stellung. Ich habe alles im Griff. Du weißt genau, dass ich kein Typ bin, der zu Hause herumsitzen kann."

„Ist ja schon gut", stoppte Georg ihren Wortschwall.

Paula hat mir gesagt, dass du heute bei ihr warst. Ist was vorgefallen zwischen euch? Sie benahm sich so abweisend..."

„Zwischen mir und Paula ist alles in Ordnung", wehrte sich Melanie. Aber hat sie dir auch erzählt, dass Doktor Schreiber sie aufgesucht hat?"

„Nein, darüber hat sie nichts gesagt. Hat sie ihn selber gerufen?"

„Ja, sie hält es ohne Beruhigungstabletten nicht mehr aus. Morgen früh fahre ich sie in die Praxis. Doktor Schreiber will sie genau untersuchen."

„Willst du damit sagen, dass Paula süchtig ist?"

Melanie schüttelte den Kopf: „Wenn du das noch nicht bemerkt hast, bist du blind. Manchmal vergisst Paula in ihrer Erregung was sie gerade getan hat. Heute Morgen hat sie daran gezweifelt, dass sie mir selbst die Tür aufgemacht hat. Sie hat gedacht, du hättest mich ins Haus gelassen."

Georg starrte Melanie ungläubig an. Doch dann winkte er ab: „Schon gut, übertreib es nicht so. Ich werde mit Paula sprechen..."

„Das halte ich für ganz schlecht", fuhr ihm Melanie dazwischen. Wenn Paula mit kriegt dass du mit mir über sie sprichst, verliert sie ihr Vertrauen in mich und es wird alles noch viel schlimmer."

„Also gut", renkte Georg ein, „ich werde warten bis Paula mir selbst etwas erzählt. Aber bitte, ruf mich gleich nach dem Besuch beim Arzt im Büro an. Ich möchte wissen wie ich Paula helfen kann."

„Das hätte ich sowieso getan, aber jetzt muss ich die anderen Gäste bedienen." Sie wandte sich ab und ging zu einem anderen Tisch.

Georg beendete sein Essen und verließ danach das Gasthaus. Frustriert schlenderte er nach Hause. Sein Ausflug ins Dorf hatte ihm nichts gebracht. Nein, seine Sorgen um Paula waren sogar noch gestiegen.

Manchmal sehnte Paula sich nach einer Umarmung Georgs. Wie gerne würde sie mit ihm über ihre seelischen Konflikte sprechen. Aber in ihrem Inneren gab es zu viele Widerstände. Sie warnten sie, und drängten sie erst zu ergründen, warum Georg wirklich zurückgekommen war.

Zu gerne hätte sie daran geglaubt dass er seine Flucht nach Russland bereute. Dass er in der Ferne Sehnsucht nach ihr gehabt hätte.

Aber da war der Gedanke an Jacqueline.

Das dunkle Grau des regnerischen Nachmittags wich der Nacht. Paula knipste das Licht in der Küche an. Sie trank einen Johanniskrauttee. Doch der half ihr nicht über das unruhige Gefühl hinweg. Ihre Gedanken schweiften zu Anne. Die Schuldfrage an ihrem Tod war für sie noch lange nicht geklärt. Woher sollte sie nur die Kraft ge-winnen, selbst mit der Nachforschung zu beginnen? Sie war ja nicht einmal im Stande ohne Tabletten auszukommen. Jetzt wurde ihr das voll bewusst und sie nahm sich vor, aus dieser Sucht heraus zu kommen. Aber jetzt am Abend benötigte sie noch einmal eine Ration um schlafen zu können. Langsam ging sie nach oben.

Am nächsten Morgen fuhr Melanie mit ihrem Rad pünktlich zu Paula. Als sie bei ihr auf den Klingeknopf drücken wollte, öffnete sich die Haustür und Paula kam heraus.
Melanie zuckte zusammen: „Du bist schon fahrbereit?"
Paula überhörte die Frage. Sie sah ernst und blass aus, wirkte aber gefasst. Sie reichte Melanie den Autoschlüssel. „Heute bist du dran mit dem Autofahren."
„Wie du meinst", erwiderte Melanie. Sie schloss die Garage auf und fuhr den Wagen heraus.
Paula stieg ein und setzte sich ohne ein Wort zu sagen auf den Beifahrersitz.
Melanie sah sie beunruhigt an. „Was ist los mit dir?"
„Nichts! Fahr schon. Ich möchte pünktlich in der Praxis sein."
Melanie startete den Wagen und fragte Paula:

„Hast du heute Morgen schon mit Georg gesprochen?"
„Nein, ich habe dir schon gesagt, dass ich das alleine überwinden will."

Melanie atmete befreit auf. Paula wollte eben ganz einfach und schlicht pünktlich sein.

Es regnete noch immer. Aber zum Glück gab es gleich hinter der Praxis von Doktor Schreiber einen Parkplatz.

Paula war die erste Patientin an diesem Tag. Sie wurde kurz nach dem Betreten der Praxis zu Doktor Schreiber hinein gebeten.

Melanie blieb nichts anderes zu tun als zu warten. Sie versuchte sich in eine der Zeitungen im Wartezimmer zu vertiefen. Doch das gelang ihr nicht so recht. Paulas stoische Ruhe während der Fahrt gab ihr zu denken. Hatte sie vielleicht herausgefunden, dass Georg sie für ihre Dienste bei ihr bezahlte? Das wäre fatal. „Ach was", beruhigte sie sich selbst. „Die sprechen doch nur das Nötigste miteinander. Und keinen von Beiden tun die paar Euro die sie mir abgeben weh." Inzwischen hatte sich das Wartezimmer gefüllt und Melanie vertiefte sich gedankenverloren in eine Zeitschrift.

Paula war auch nach der Untersuchung nicht sehr gesprächig. „Wir müssen noch zur Apotheke", sagte sie, „und mein Rezept einlösen."

Melanie strotzte vor Neugier: „Und, was hat der Arzt festgestellt?"

„Wir müssen die Laborwerte abwarten."

„Klar", hakte Melanie nach. „Aber das war doch nicht alles was Doktor Schreiber gesagt hat."

„Nein, aber ich werde jetzt nicht mit dir darüber sprechen."

„Gut", schniefte Melanie beleidigt. „Dann eben nicht. Ich möchte dir ja nur helfen."

„Dann fahr mich jetzt zur Apotheke. Ich möchte so schnell wie möglich nach Hause."

Melanie blieb nichts anderes übrig. Sie musste Paulas Wunsch erfüllen.

Kurze Zeit später saß Paula im Wohnzimmer und dachte über ihre Situation nach. Doktor Schreiber hatte ihr ziemlich ins Gewissen geredet. Im Moment war er der Einzige, dem sie vertraute. Es war schwer für sie, seine Ratschläge zu befolgen. Aber sie nahm sich vor, wenigstens die Einnahme der Tabletten zu reduzieren. Vielleicht würde sie auch die Psychologin anrufen, die der Arzt ihr empfohlen hatte. Einen Termin mit ihr auszumachen, konnte doch nicht so schwer sein. Sie stand auf, um zum Telefon zu gehen. Aber auf halben Weg überlegte sie es sich anders. Sie verschob den Anruf auf den Nachmittag.

Stattdessen ging sie in die Küche um etwas zu essen.

Sie war ja noch immer nüchtern. Ihr Fuß stockte. Die Teekanne stand auf einem anderen Platz als sonst. Sie öffnete den Schrank, in dem sie verschiedene Teesorten der Reihe nach aufgestellt bewahrte. Zwei Sorten waren vertauscht. Gestern Abend standen sie noch an Ort und Stelle. Melanie konnte es also nicht gewesen sein, die hier etwas durcheinander gebracht hatte. Sie war heute Morgen nicht im Haus. Aber sie hatte gerade Melanie verdächtigt, ständig etwas zu verändern um sie zu verunsichern. Jetzt musste sie ihr Abbitte leisten. Vielleicht redete sie sich auch nur ein, dass Jemand im Haus herumschlich. Georg war doch auch noch da. Aber er trank nur selten Tee. Dann begann Paula endlich ihr Frühstück zuzubereiten. Als sie sich gerade zum Essen hingesetzt hatte, klingelte das Telefon. Lynn war am Apparat.

„Ich bin jetzt in Frankfurt", sagte sie. „und fliege in zwei drei Stunden weiter nach München. Kann mich einer von euch am Flughafen abholen, oder soll ich mit dem Taxi fahren?"

Paula stand starr da und brachte im ersten Moment keinen Ton heraus.

„Paula, bist du noch dran?" fragte Lynn aufgeregt.

„Ja", stammelte Paula. „Ich bin nur so überrascht."

„Hast du meinen Brief denn nicht erhalten?"

„Doch", gab Paula zu, „aber ich wusste nicht an welchem Tag du kommst. Ich hole dich ab."

„Danke", sagte Lynn. „Vergiss dein Handy nicht. Ich rufe dich im Flughafen an, wo du mich finden kannst."

„Ja, bis dann", erwiderte Paula und legte auf. Sie war jetzt aufgeregt wie ein kleines Kind. „ Sollte sie Georg anrufen und ihn bitten Lynn abzuholen? Oder Melanie?"

Nein, beides war verkehrt. Sie musste wohl oder übel selbst zum Flughafen fahren.

Die Stewardessen baten die Passagiere sich anzuschnallen. Lynn spürte wie das Flugzeug sich nach unten senkte und zur Landung ansetzte. Sie sah mit gemischten Gefühlen aus dem Fenster. In all den vielen Stunden auf dem Flug von Australien nach Deutschland hatte sie sich auf das Wiedersehen mit ihrer Schwester Paula gefreut.

Fünf Jahre waren vergangen, seit sie sich zum letzten Mal gesehen hatten. Was war in dieser Zeit alles geschehen? Paula hatte am Telefon so seltsam gepresst geklungen.

Als Lynn Paula in der Ausgangshalle stehen sah, erschrak sie zu tiefst. Paula war nur noch ein Schatten ihrer selbst. Ihre Augen wanderten in dem blassen, hohlwangigen Gesicht unstet hin und her. In der Menge der hektischen Menschen wirkte sie verloren und ängstlich.

Jetzt hatte Paula ihre Schwester entdeckt und kam zögernd auf sie zu.

Lynn stellte ihr Gepäck zur Seite und nahm Paula in den Arm. Sie fühlte sich steif und knöchern an. Lynn traten Tränen in die Augen. Sie ließ Paula los. „Du bist so dünn geworden. Bist du krank?"

Paula blickte zur Seite: „Nein, das kommt dir nur so vor.

Wir haben uns halt so lange nicht gesehen. Aber ich freue mich dass du da bist."

Lynn war sich da nicht so sicher. Sie hatte sich die Begrüßung anders vorgestellt. Doch sie bedrängte ihre Schwester nicht. „Gehen wir zu deinem Auto?" fragte sie.

„Ja natürlich", sagte Paula. Jetzt kam endlich ein bisschen Leben in sie. Sie deutete auf eine größere und eine kleine Reisetasche.

„Ist das dein ganzes Gepäck?"

Lynn lachte: „Du kennst mich doch. Ich hasse große Koffer. Ich dachte, ein paar Klamotten gibt's ja in „Old Germany" auch zu kaufen."

Jetzt lachte Paula auch. Sie umarmte Lynn: „Ich bin so froh, dass du gekommen bist."

Lynn atmete auf. Paulas Worte klangen nun schon ehrlicher. Aber sie fühlte geradezu den Schmerz, der in Paula steckte. Auf dem Heimweg hüllte sich Paula wieder in Schweigen.

Lynn beließ es dabei.

Das schmuddelige Regenwetter der vergangenen Tage war vorüber. Jetzt tauchte die Sonne die für Lynn unbe-

kannte Landschaft in ein freundliches helles Licht. Früher hatte Paula den Eltern und ihr oft Ansichtskarten von Bayern geschickt. Es war offensichtlich gewesen, wie sehr Paula Georgs Heimat, die ja nun auch die ihre war, zu lieben begann. Doch dann waren die Karten ausgeblieben. Paula hatte nur noch selten einen Brief mit ein paar Zeilen geschrieben. Als sich auch noch die Telefonanrufe verkürzten und keine Emails mehr eintrafen, begannen sich ihre Eltern und sie Sorgen zu machen. Lynn spürte jetzt die Strapazen der langen Reise. Sie schaltete die düsteren Gedanken aus und begann vor sich hin zu dösen.
Paula fuhr still im Schneckentempo nach Hause.

Lynn kannte das Haus schon von Bildern, die Paula ihnen geschickt hatte. Sie wusste, dass es groß und einladend war. Aber die Stille irritierte sie. Sie folgte Paula mit ihrem Gepäck nach oben.
Paula öffnete eine Zimmertür.
„Das ist jetzt dein Zuhause. Gefällt es dir?" Lynn stellte ihre Taschen ab: „Ja", sagte sie, es ist sehr schön. Aber hier ist alles so ruhig. Wo ist Anne?"
Paula zuckte zusammen. Das Zimmer schien sich zu drehen. Sie suchte nach einem Halt, und setzte sich langsam auf das Sofa.

Dann sagte sie leise, „Anne ist tot." Lynn stand eine Weile wie in Stein gemeißelt da. Nach einem langen Moment des Schweigens setzte sie sich neben Paula und nahm sie in den Arm. Paula ließ es geschehen. Das fremde Gefühl, das sich zwischen ihr und Lynn durch die lange Trennungszeit aufgebaut hatte, löste sich auf. Ihre Schwester war da. Ihr konnte sie vertrauen. Sie begann stockend von Annes Unfall zu erzählen.

„Anne ist in den Weiher gefallen und fast ertrunken.

Georg hat sie gefunden. Sie konnte reaminiert werden.

Doch sie war bewusstlos. Wir haben wochenlang gehofft und gebangt. Aber irgendwann haben sie die Ärzte aufgegeben. Sie wurde ein Pflegefall. Ich habe veranlasst, dass sie zu uns nach Hause gebracht worden ist."

Paula schwieg. Sie sah wieder das trostlose Bild ihrer toten Tochter vor sich. Ihre Schultern begannen zu zucken.

Lynn hielt sie fest in ihren Armen.

„Nach zehn Monaten ist Anne gestorben".

Lynns Kehle war wie zugeschnürt. Vergeblich suchte sie Worte des Trostes.

Paula riss sich völlig unerwartet los von ihr. Hass sprang aus ihren Augen: „Sie ist schuld, sie ganz allein!"

Lynn starrte Paula fassungslos an: „Wer ist schuld?"

„Jaqueline, Annes Kindermädchen."

„Hat sie ihre Aufsichtspflicht verletzt?"

„Ja, ja, das hat sie", schrie Paula bebend. Sie hat Anne in das Laufgitter auf der Terrasse gesetzt und ist ins Haus gegangen. Dort hat sie seelenruhig telefoniert. Danach hat sie Anne vermisst und sie im Weiher liegen sehen.

Georg ist dazu gekommen und hat Anne aus dem Weiher geholt. Er hat sofort Mund zu Mundbeatmung gemacht und sie hat den Notarzt gerufen."

Paula begann zu schwitzen. Sie musste sich wieder setzen. „Ich brauch meine Tabletten. Sie liegen im Bad auf der Konsole."

Lynn stand auf, nahm Paula am Arm und zog sie auf das Sofa. „Ich hol dir deine Medizin. Wo ist das Bad?"

„Die Treppe rauf, die erste Tür", sagte Paula heißer.

Lynn hastete die Stufen hinauf, ging ins Bad, nahm die Tabletten, füllte den Zahnbecher mit Wasser und lief zu Paula zurück.

Paula schluckte hastig zwei Pillen und trank den Becher leer.

Lynn bemerkte wie Paulas Hände zitterten. Aber sie schwieg.

Sie tupfte Paula die Schweissperlen von der Stirn. Es schien ihr langsam besser zu gehen. Aber sie liess ihr Zeit für die Fragen die ihr auf der Seele brannten. Die Tabletten schienen Paula zu ermüden.

„Läuft ein Verfahren gegen das Kindermädchen?" fragte sie schliesslich

Paula drehte ihr Gesicht zur Seite: „Die Nachforschungen wurden eingestellt."

„Man konnte ihr also keine Schuld nachweisen", sagte Lynn schon mehr zu sich selbst.

Aber Paula reagierte trotz ihrer Müdigkeit zornig über Lynns Feststellung. „Georg hat sie in Schutz genommen.

Er hat für sie ausgesagt. Ich kann ihm nicht mehr vertrauen. Ausserdem hat er mich verlassen, als ich ihn am meisten brauchte. Er ist erst nach Annes Tod wieder zurückgekommen."

Lynn starrte erschüttert auf ihre Schwester. „Warum hast du mich nicht angerufen oder geschrieben?"

„Ich hab's versucht", schluchzte Paula, „aber ich konnte es letztendlich doch nicht tun."

Lynn schwieg betroffen.

Sie durchlitt im Nachhinein Paulas Schmerz. Minutenlang saßen die beiden Schwestern ohne ein Wort zu sprechen nebeneinander. Paulas Weinen ebbte langsam ab. Schließlich löste Lyn ihren Arm von Paulas Schultern. Sie stand auf und sagte: „Es gibt sicher einen Weg. Ich werde dir helfen."

Georg betrat besorgt das Haus. Melanie hatte ihn angerufen, aber sie konnte ihm kaum Neues über Paula berichten. Nach Melanies Worten war sie heute noch verschlossener gewesen als sonst. Wo sollte das noch hinführen? Er ging in die Küche, doch Paula war nicht da.

Auch in den anderen Räumen konnte er sie nicht finden.

Er lief in den Flur und wandte sich zur Treppe. Dann sah er sie oben am Geländer stehen. Sie sah traurig und seltsam überrascht auf ihn herab. Ihre Haare waren wieder kurz geschnitten. Die Haut wirkte bronzefarben. Ihre Kleidung so flott und frech wie früher.

„Paula!" rief er freudig erregt. Doch dann schritt sie langsam die Treppe herab und Georg erkannte seinen Irrtum.

„Lynn", sagte er enttäuscht. „ Einen Moment habe ich geglaubt du wärst Paula. Ich hatte vergessen wie ähnlich ihr euch seht." Er reichte ihr die Hand: Ich freue mich über deinen Besuch."

Lynn musterte ihn kurz und entzog ihm schnell ihre Hand. Dann sagte sie abweisend: „Paula braucht mich".

„Geht es ihr wieder schlechter?" fragte Georg

„Interessiert dich das wirklich?"

Georg sah Lynn betreten an: „Natürlich."

Nach all dem was Paula ihr erzählt hatte, neigte Lynn dazu, Georg die kalte Schulter zu zeigen.

Aber sie sah an seiner resignierenden Haltung und an seinem traurigen Blick wie sehr auch er litt.

„Ich wollte gerade einen Kaffee kochen", sagte sie. „Kannst du mir zeigen wo die Sachen sind?"

„Georg atmete auf. „Das mache ich gerne, komm bitte mit in die Küche."

Lynn fühlte sich todmüde. Sie sehnte sich eher nach einem Bett als nach der Küche. Aber da oben saß Paula wie ein Häufchen Elend.

Georg holte den Kaffee und den Filter aus dem Schrank.

Er sah zu Lynn und bemerkte erst jetzt ihre schläfrigen Augen.

„Seit wann bist du denn schon hier?"

Lynn hielt das Gähnen zurück. „Seit etwa zwei Stunden."

„Du lieber Himmel." Sagte er. „Du musst ja völlig erschöpft sein. Setz dich doch hin. Ich mach das schon mit dem Kaffee."

Lynn setzte sich und gab zu: „Ich fühle mich wie gerädert."

Georg nahm ein Tablett und stellte zwei Tassen, Milch, Zucker und den Kaffee darauf.

„Ich trage dir das Tablett nach oben." Erbot er sich.

Lynn ging hinter ihm die Treppen hoch. Vor Paulas Tür nahm sie ihm das Tablett ab. Sie lächelte ihm zu: „Danke Georg."

„Ja, dann bis Morgen."

Er öffnete ihr die Tür und zog sie gleich wieder hinter ihr zu. Eine Weile blieb er noch unschlüssig stehen. Dann lief er nach oben in seine Mansarde.

An diesem Morgen verließ Melanie mit ihren Kindern schon früh das Haus. Sie lieferte Verena im Kindergarten ab. Dann fuhr sie den Kinderwagen bis zum Laden. Dort stellte sie ihn ab, nahm ihren kleinen Sohn heraus und ging hinein. Sie setzte Thomas in den Einkaufswagen und suchte sich die benötigten Lebensmittel zusammen.
„Grüß dich Melanie!" sagte eine Frau neben ihr. Melanie wandte sich ihr zu und erkannte die Mutter einer ehemaligen Schulkollegin. Sie lachte: „Grüß dich Gerda. Bist auch schon so früh unterwegs?"
„Ja, schon. Ich muss mich beeilen. Auf dem Hof gibt's jede Menge Arbeit", erwiderte Gerda. Dann grinste sie falsch.
„Du bist ja jetzt auch schwer beschäftigt. Musst jeden Tag zu den Bertholds rennen. Die Leute reden schon drüber."
Melanie blitze Gerda böse an: „Das geht dich und die Leute einen Dreck an was ich mache."
Gerda schaute beleidigt drein: „Ich meins ja bloß gut mit dir. Meine Rita arbeitet jetzt in der gleichen Abteilung wie der Georg. Aber die hält sich sauber. Die schmeißt sich nicht an so einen heran."

Melanie stemmte den Einkaufswagen an Gerda vorbei und rammte ihr den Ellbogen in die Seite. „An deiner Stelle", zischte sie, „wär ich vorsichtiger mit dem was ich sag."

Dann ging sie mit rotem Kopf zur Kasse und bezahlte.

Gerda rief ihr etwas nach. Aber Melanie hörte in ihrer Rage nicht mehr auf die Bäuerin. Sie wollte nur noch nach Hause. Doch auf halbem Weg überlegte sie es sich anders. Sie hatte sich zwar vorgenommen, Paula heute nicht zu besuchen, aber jetzt steuerte sie mit ihrem Kinderwagen zum Haus von Paula. Paula war gestern so wortkarg und seltsam zu ihr gewesen. Vielleicht hatte irgendwer vom Dorf auch sie so komisch angesprochen.

Sie selbst konnte sich ja gegen solche Anfeindungen zur Wehr setzen. Aber Paula? Erst als Melanie schon Sturm geklingelt hatte, dachte sie daran, dass es sicher zu früh war und ärgerte sich über sich selbst. Doch dann blieb ihr fast die Sprache weg. Paula hatte sich über Nacht zurückverwandelt in die Paula, die sie vor Annes Unfall gewesen war.

Lynn lächelte die nach Worten suchende Frau vor ihr an: „Guten Tag. Sie möchten sicher zu meiner Schwester. Ich bin Lynn Miller." "

Melanie schluckte: „Mein Name ist Melanie Kiesel, eine gute Bekannte von Paula. Darf ich rein kommen?"

Lynn sah Melanie gelangweilt an. „Ach so. Ich glaube aber kaum dass Paula Lust auf ihren Besuch hat."

Melanie kochte innerlich: „Gab es denn heute nur noch Leute die sie ärgern wollten? „Ist Paula schon wach?" fragte sie unfreundlich. „Ich muss unbedingt mit ihr sprechen."

Lynn schüttelte den Kopf:

„Das hat sicher noch Zeit. Paula schläft noch. Ich möchte nicht, dass sie schon am Morgen mit schlechten Nachrichten konfrontiert wird."

„Wer sagt denn, dass ich ihr nichts gutes sagen will?" fauchte Melanie.

„Der Ärger in ihren Augen."

Melanie starrte Lynn feindlich an: „So – und deshalb wollen Sie mich nicht zu Paula lassen? Sie meinen weil sie nach Jahren aus irgendeinem englischen Loch hier auftauchen, müssen Sie sich für Paula stark machen?

Das zieht bei mir nicht. Ich bleibe hier bis Paula aufwacht. Sie braucht mich."

„So ein kratzbürstiges Biest", dachte Lynn, „aber besser so, als vorne scheinheilig und hinten herum böse. Jetzt bildeten sich um Lynns Augen lustige Lachfältchen. Sie prustete los:

„Sie gefallen mir Melanie. Aber wie kommen Sie gerade darauf, dass ich eine Engländerin bin?"

Lynns Lachen steckte Melanie an. Sie lachte nun auch und sagte:

„Sie haben einen englischen Slang in der Sprache."

„Tatsächlich? Na ja, ich lebe schon seit einigen Jahren in Australien."

„Australien? Das ist ja der nächste Weg hier her:"

Lynn seufzte leicht: „Ja, aber bitte, kommen Sie doch herein. "

Melanie schob ihren Kinderwagen in den Flur, dann weiter zum Wohnzimmer. Dort sah sie Lynn nachdenklich an.

„Dann bleiben Sie wohl länger hier?"

„Ja. Ein paar Wochen werden es schon werden. Für einen Wochenendtripp ist die lange Reise nicht geeignet.

Aber Spaß beiseite. Hat Paula wirklich nichts von mir erzählt?"

„Sie kennen doch Ihre Schwester", sagte Melanie. „Sie spricht nicht viel über ihre Familie. Sie lässt Niemandem zu nah an sich heran kommen und macht alles mit sich selber aus. Nach dem Tod von Anne ist es noch schlimmer geworden. Sie schleppt ihren Schmerz alleine mit sich herum. Ich glaube, dass sie deshalb so depressiv ist."

„Ja", erwiderte Lynn. Aber Paula ist stark. Sie wird das schaffen."

Der kleine Thomas hatte seinen Schlaf beendet und begann zu krächzen.

Lynn ging zum Kinderwagen und beugte sich darüber.

„Du bist ja ein richtiger Wonneproppen", lachte sie.

„Ja, und der Wonneproppen hat schon wieder Hunger", sagte Melanie. „Ich muss wieder nach Hause. Jetzt hat Paula ja Jemanden, der sich um sie kümmert."

„Irre ich mich, oder klang das jetzt enttäuscht?" fragte Lynn.

Melanie wippte den Kinderwagen hin und her um das Baby zu beruhigen und sah dabei Lynn offen an. „Ehrlich gesagt, sind meine Gefühle jetzt zweigeteilt. Einerseits bin ich froh, dass sie jetzt für Paula da sind. Andererseits bin ich auch ein wenig traurig. Ich hatte mich darauf eingestellt in der nächsten Zeit so oft wie möglich nach Paula zu sehen."

Lynn schüttelte den Kopf: „Ich hindere Sie bestimmt nicht daran. Im Gegenteil. Ich freue mich über jede Hilfe.

Nur jetzt braucht Paula noch ein wenig Schlaf. Also wie wär's? Kommen Sie heute Nachmittag zum Kaffee?"

Melanie atmete auf.

„Danke, ich komme sehr gerne.

Aber ich muss erst meine Mutter fragen ob sie auf meine Kinder aufpasst."

Lynn sah sie verwundert an. „Warum denn das? Bringen Sie die Kinder doch mit."

„Ich weiß nicht", zögerte Melanie. Meine Tochter Verena ist fast so alt wie Anne jetzt wäre. Paula verkraftet es noch nicht so richtig sie um sich zu haben."

Lynns Miene wurde ernst. „Das glaube ich Ihnen gerne. Aber Kinder gehören nun mal zum Leben und Paula muss sich dem Leben wieder stellen. Allerdings muss ich Ihnen Recht geben. Vielleicht ist es doch noch zu früh."
„Ja dann", sagte Melanie. „Bis heute Nachmittag."

Als Paula die Küche betrat, sah Lynn sie forschend an: "Guten Morgen. Wie geht es dir?"
In Paulas Augen lag noch immer Mutlosigkeit. Aber Lynn kam es so vor, als wirkte ihr Blick klarer als am Tag zuvor.
„Danke gut." Sagte Paula, und setzte sich an den Tisch.
Lynn deutete auf das vollbeladene Tablett: „Ich hatte gerade vor, dich mit einem Frühstück am Bett zu überraschen."
„Danke, das ist lieb von dir", lächelte Paula. „Bist du schon lange auf?"
„Ja", erwiderte Lynn. „Aber gefrühstückt habe ich auch noch nicht." Sie holte eine Tasse aus dem Schrank und setzte sich zu Paula.
„Du hättest aber nicht auf mich warten brauchen." Sagte Paula.
Lynn goss Kaffee in beide Tassen. „Melanie war hier."
Paula sah Lynn verwirrt an: „So früh schon? Was wollte sie denn?"
„Sie wollte irgend etwas mit dir besprechen", sagte Lynn.

„Sie kommt heute Nachmittag noch einmal. Ich hab sie zum Kaffee eingeladen."

Paula sah Lynn misstrauisch an: „Hat Melanie geklingelt oder hatte sie einen Haustürschlüssel dabei?"

„Sie hat geklingelt und ich habe ihr geöffnet. Wieso fragst du danach. Besitzt sie einen Schlüssel?"

„Offiziell nicht", sagte Paula. „Aber ich bin mir nicht mehr sicher ob sie einen hat. Seit ein paar Tagen trau ich ihr nicht mehr so richtig."

Lynn sah Paula bestürzt an: „Warum denn das?"

„Entweder steckt sie mit Georg unter einer Decke oder sie versucht mir Dinge unterzuschieben die ich nicht getan habe."

„Wie kommst du denn darauf?"

„Irgendjemand hat sich in den letzten Tagen im Haus herumgeschlichen. Wer außer Melanie sollte das tun?"

„Bist du dir da wirklich sicher?" zweifelte Lynn.

Paula blickte enttäuscht zur Seite. „Du glaubst mir also auch nicht."

„Sei nicht gleich so mimosenhaft. Du weißt, dass ich alles genau hinterfrage. Also, woran hast du gemerkt, dass Jemand im Haus war?"

„Vor ein paar Tagen habe ich Schritte im Haus gehört", erklärte Paula. Dann war mir so, als würde unten eine Kellertür zugeschlagen."

Lynn hob skeptisch die Schulter: „Vielleicht war es Georg."

„Nein, widersprach Paula. „Georg war zu dieser Zeit in seinem Büro in München."

„Gab es sonst noch etwas außergewöhnliches?" fragte Lynn.

„An einem Tag lag Annes Ball in meinem Büro", sagte Paula. „Dann war die Tür vom Wintergarten während meiner Abwesenheit geöffnet worden. Außerdem waren meine Teesorten im Schrank falsch eingeordnet."

„Hast du Georg gefragt ob er das alles getan hat?"

„Natürlich! Er sagt, er war es nicht. Er glaubt dass ich mir das nur alles einbilde. Melanie ist noch schlimmer drauf. Einmal hat sie behauptet ich hätte sie ins Haus gelassen. Dabei weiß ich genau, dass das nicht stimmt."

Lynn warf Paula einen nachdenklichen Blick zu: „Das hört sich alles recht seltsam an. Ich werde der Sache auf den Grund gehen."

„Danke Lynn. Ich weiß, dass ich mich zurzeit sehr schlecht fühle. Doch ich kann sehr wohl Einbildung und Wahrheit auseinander halten."

Lynn hatte ihr Frühstück beendet. Sie stellte das Geschirr in die Spülmaschine. Paula tat das Gleiche. Dann räumten beide gemeinsam auf. Lynn lachte: „Es ist wie in alten Zeiten als wir noch in Berlin lebten. Ich war immer die erste, die mit dem Essen fertig war. Denkst du noch manchmal an unser gemeinsames Zuhause?"

Paula lächelte: „Natürlich! Manchmal sind wir uns ganz schön in die Haare geraten."

„Ja gab ihr Lynn zurück. „Ich mit meinem Gerechtigkeitssinn und du mit deinem Hang zur Genauigkeit."

„Diesen Tick habe ich heute noch."

„Und ich sage immer noch alles wie ich es denke", grinste Lynn. „Das kann sich manchmal nachteilig auswirken."

Paulas Lächeln schwand aus ihrem Gesicht: „Ich gehe wieder nach oben."

„Hab ich etwas falsches gesagt oder getan?" fragte Lynn perplex.

„Nein", erwiderte Paula. Aber ich bin das Alleinsein gewöhnt. Ich brauche meine Ruhe."

„Die kannst du gleich haben. Aber vorher möchte ich gerne mit dir in den Garten gehen."

„Muss das jetzt sein?"

„Ja", sagte Lynn fest.

Paula sträubte sich: „Was soll ich im Garten? Geh doch alleine."

„Nichts da", blieb Lynn hart. „Ich möchte einen Kontrollgang mit dir machen.

„Wieso denn das?"

„Ich möchte feststellen ob Jemand ungehindert den Garten betreten kann", sagte Lynn. Meiner Meinung nach, muss der Jenige, der im Haus herumgeschlichen ist, durch die Hintertür gekommen sein."

Paula startete einen letzten Versuch nicht in den Garten gehen zu müssen. „Die Kellertür ist doch immer verschlossen. Wenn Jemand von hinten ins Haus kommen möchte, müsste er ein Fenster einschlagen. Wir brauchen also nur nach unten zu gehen und nachsehen."

Lynn war da anderer Ansicht. „Vor der Kellertür kommt das Gartentor", sagte sie bestimmt. „Jetzt zier dich doch nicht so. Schließlich tut dir die frische Luft gut. Du bist sowieso so blass." Sie nahm Paula am Arm und zog sie nach draußen.

Lynn fühlte Paulas Zittern. Ihr Arm hing kraftlos in dem Ihren.

„Was für ein schöner Sommertag", schwärmte sie. Nach diesem Rundgang wirst du dich bestimmt besser fühlen."

Paula schwieg.

Lynn bewunderte die Weite des Gartens. Sie blieb stehen, sah über einige bepflanzte und viele brachliegende Beete hinweg zu den Schwertragenden Obstbäumen. Auf der anderen Seite sah sie die lang gestreckten Gewächshäuser und davor ein großes Tor. Sie ließ Paula los und lief darauf zu. Paula stolperte hinterher. Lynn rüttelte am Schloss des Tores. „Das ist ja schon ganz verrostet", sagte sie irgendwie enttäuscht. „Das ist sicher schon seit Jahren nicht geöffnet worden."

„Ja", sagte Paula schwer atmend. „Das war früher der Eingang zur Gärtnerei. Dort hinten in den Hallen stehen noch ein Lastwagen und ein Traktor und Maschinen für den Garten. Aber all diese Dinge wurden seit ich hier wohne nie benutzt. Das breite Tor hat ausgedient. Aber es gibt noch zwei andere kleine Eingänge zum Garten.
Der Eine ist vor dem Haus und der Andere dahinter."
„Gut, dann zeige mir bitte wo sich das hintere Gartentor befindet."
Paula zögerte einen Moment. Doch dann lief sie am Gartenzaun entlang. Lynn folgte ihr und fragte sie: „Führt der Weg neben dem Zaun ins Dorf?"
„Ja", bestätigte ihr Paula. „Aber hier laufen höchstens mal ein paar Spaziergänger herum. Der Weg wird überwiegend von den Bauern benutzt."
Bis zu diesem Punkt des Gartens hatte man freie Sicht über die weiten Felder gehabt. Jetzt aber säumten Tannen und Fichten den Gartenrand. Lynn staunte: „Das ist ja der reinste Wald." Dann entdeckte sie die nächste Lichtung von der man wieder zum Weg blicken konnte und von wo man wieder einen kleinen Teil des Gartens sah.
Hier befand sich das zweite Tor. Lynn ging darauf zu und ergriff die Klinke. „Es ist ja offen!" rief sie Paula aufgeregt zu.

Paula schien das wenig zu wundern. „Georg hat erst vor kurzem hier gearbeitet. Er wird vergessen haben es zu schließen."

„Hat er das früher schon getan?" fragte Lynn gespannt.

„Ich glaube schon", erwiderte Paula achselzuckend.

„Das da drüben", fügte sie hinzu, „ist das ehemalige Gartenhaus von Georgs Eltern. Georg sagte, es wäre der Lieblingsaufenthalt seiner Eltern gewesen. Aber er wollte es schon abreißen."

Lynn besah sich das schmucke Häuschen und wunderte sich: „Warum denn das? Es passt doch wunderbar hierher."

„Hier drinnen hat man seine Eltern tot aufgefunden", erklärte Paula traurig.

Lynn erschrak. Sie wandte ihren Blick von dem kleinen Haus ab und ging nachdenklich weiter.

Paula bat Lynn: „Bitte, geh mit mir zurück ins Haus."

„Gleich", sagte Lynn. „Ich möchte nur noch bis zum Ende der Tannen laufen. Hier duftet es so gut."

„Das kannst du ja machen", erregte sich Paula. „Aber ohne mich."

Lynn ärgerte sich über Paula: „Du benimmst dich wie ein trotziges Kind. Das kurze Stück wirst du wohl auch noch schaffen."

Sie hakte sich bei der widerstrebenden Paula ein, und zog sie vorwärts. Doch nach ein paar Metern blieb sie stehen. Vor ihnen lag der Teich. Ein schmaler Weg führte bis zum Wintergarten des Hauses. Paula begann zu schluchzen.

„Verzeih mir Paula", bat Lynn. Ich habe nicht mehr an den Teich gedacht."

„Ist schon gut", flüsterte Paula. „Du wusstet ja nicht, dass er hier ist. Hier kommt man schneller zum Haus. Ich habe vorhin extra einen Umweg benutzt."

Lynn hakte sich bei der zitternden Paula unter. Dann schritten sie schweigend dem Haus entgegen. Georg stocherte lustlos auf seinem Teller herum. Das Kantinenessen schmeckte immer gleich. Aber zu Hause kochen machte ihm auch keinen Spaß. Er fühlte sich
allein. Annes Unfall hatte sein Leben völlig umgekrempelt.

Er wusste nicht, wie er dieses Leben weiterführen sollte.

„Grüß dich Georg", sagte eine junge Frau neben ihm.

Sie sah ihn mit einem kecken Lachen und herausfordernden Blick an: „Darf ich mich zu dir setzen?"

Georg sah sie verwundert an: „Rita was machst du denn hier?"

„Na was wohl?" lachte Rita. „Ich arbeite hier."

„Seit wann?"

„Ach schon seit ein paar Monaten. Zuerst hab ich drüben im Südtrakt gearbeitet. Jetzt bin ich in diese Abteilung versetzt worden."

„Und, gefällt es dir hier?"

„Na ja, mit dem Bürojob in eurer Gärtnerei darf ich es nicht vergleichen. Es wird einem hier schon ganz schön viel abverlangt. Aber was soll's? Irgendwo muss man halt seine Brötchen verdienen."

Georg schluckte wieder ein paar Bissen hinunter. Dann fragte er: „Wie geht es dir sonst? Wohnst du noch bei deinen Eltern?"

„Ja."

„Sind sie immer noch so sauer auf mich?"

Rita lachte gekünstelt. „Warum sollten sie das sein? Ich hab doch jetzt wieder einen Job."

„Es war damals nicht leicht für mich, die Gärtnerei zu schließen und die Leute zu entlassen", sagte Georg ernst.

„Ich weiß", erwiderte Rita. „Aber lassen wir das Thema. Das ist längst vorbei."

„Ja", sinnierte Georg. „Das sollte man meinen. Aber nicht für die Leute im Dorf."

Rita schüttelte den Kopf: „Ich glaub eher, dass sie sich wegen dem Tod deiner kleinen Tochter so benehmen. Sie wissen nicht wie sie sich dir gegenüber verhalten sollen."

„Kann schon sein", stimmte ihr Georg zu. „Aber ich habe das Gefühl, dass im Dorf noch etwas anderes hinter meinem Rücken schwelt."

„Vielleicht bist du empfindlicher geworden."

Georg nickte: „Schon möglich."

Rita begann zu essen und Georg schwieg. Natürlich war er empfindlicher geworden. Er war doch kein Holzklotz ohne Gefühle. Er trank sein Bier aus und stellte das Glas auf das Tablett.

„Willst du schon gehen?" Fragte Rita

„Ja". „Warum hast du es denn so eilig? Liegt es an mir?"

Georg fühlte sich ertappt. Er kannte ihr klatschsüchtiges Wesen und fragte sich nun, ob er ihr nicht schon wieder zuviel gesagt hatte. Jetzt suchte er nach einer Ausrede.

Aber Rita sprach schon weiter.

„Wie geht es deiner Frau?" fragte sie. „Ich hab sie schon ewig lange nicht mehr gesehen."

„Sie war krank", sagte Georg knapp.

„Ach deshalb besucht Melanie sie so oft. Ich wär schon mal zu deiner Frau rüber gegangen und hätt nach ihr gesehen. Aber du weißt ja, dass ich mit Melanie zerstritten bin."

„Nein", wehrte Georg ab. „Das weiß ich nicht. Und es geht mich auch nichts an."

Rita sah ihn verärgert an: „Über Melanie hast du ja noch nie was kommen lassen. Aber an deiner Stelle wär ich ihr gegenüber vorsichtiger."

„Was willst du damit sagen?" empörte sich Georg.

„Nichts Besonderes. Aber wenn deine Frau wieder gesund ist, ist ja alles ok."

Georg empfand nicht die geringste Lust, das Gespräch mit Rita fortzusetzen. Er stand auf, nahm sein Tablett und sagte: „Man sieht sich." Dann verließ er die Kantine.

Melanie stellte ihr Fahrrad ab und klingelte an Paulas Haustür.

Lynn begrüßte sie zurückhaltend.

Melanie musterte Lynn verwundert: „Geht es Paula wieder schlechter?"

„Nein", sagte Lynn. „Paula hat sich nach dem Mittagessen hingelegt. Sie schläft noch. Gehen Sie bitte ins Wohnzimmer. Ich habe noch in der Küche zu tun." „Aber ich kann Ihnen doch helfen", erbot sich Melanie.

Lynn zuckte mit den Schultern: „Meinetwegen."

Melanie folgte ihr in die Küche. „Irgend etwas stimmt doch nicht", sagte sie. „Hat Paula wieder zuviele Tabletten genommen?"

„Nein. Es ist alles in Ordnung mit Paula."

Melanie sah Lynn ungläubig an: „Wenn Paula keine Pillen geschluckt hätte, wäre sie bei meinem Klingeln bestimmt aufgewacht. Soll ich mal nach ihr sehen?"
„Nein, das ist nicht nötig. Paula ist nur sehr erschöpft."
„Erschöpft? Von was denn?"
„Ich habe Paula am Vormittag dazu veranlasst mit mir in den Garten zu gehen."
„Du lieber Himmel", entfuhr es Melanie. „Das muss für Paula eine große Überwindung gewesen sein. Warum haben Sie das getan?"
„Der Garten ist so selten in seiner Art. Ich wollte ihn mal durchwandern und sehen wie leicht man ihn von hinten betreten kann."
„Wieso denn das?"
Lynn setzte Kaffee auf und sagte: „Sie wissen ja wo die Tassen sind."
Melanie nickte. Sie holte die Tassen aus dem Schrank und stellte sie auf den Servierwagen. Dann fragte sie leicht verärgert: „Warum beantworten Sie meine Frage nicht?"
Lynn schnitt den Kuchen, den sie gebacken hatte in Stücke. Dann sah sie Melanie herausfordernd an: „Besitzen Sie einen Schlüssel für das Haus?"
„Nein. Wieso?"
„Auch nicht für die Kellertür?"

„Nein! Was soll das ganze eigentlich?" entrüstete sich Melanie. „Glauben Sie vielleicht, ich schleiche mich heimlich im Haus herum?"

„Paula hat Schritte und Türenschlagen im Haus gehört."

„Ich glaube nicht, dass das was zu bedeuten hat. Paula bildet sich manchmal Dinge ein." Erklärte Melanie erregt.

„Aber lassen Sie mich aus dem Spiel. Ich helfe Paula gerne. Wenn Sie mich jedoch beschuldigt…!"

„Moment, Paula beschuldigt sie nicht. Sie hat keine Ahnung, wer ihr diese Streiche spielt. Ich habe mir vorgenommen der Sache nachzugehen. Zugegeben, meine Schwester ist zurzeit etwas depressiv. Aber ich glaube nicht, dass sie Halluzinationen hat."

Melanie beruhigte sich wieder. „Dann kann es ja nur Georg gewesen sein, der die Türen zugeschlagen hat."

Lynn goss den Kaffee in die Thermoskanne und erwiderte: „Paula sagt, dass Georg nicht im Haus war, als sie die Geräusche hörte. Sie kennen die Leute hier. Gibt es Jemanden, der Paula böses zufügen würde?"

Melanie zog die Stirne kraus. „Einen? Es gibt eine Menge Leute die nicht gut auf die Familie Bertram zu sprechen sind."

„Wieso denn das?"

„Es ist wegen der Schließung der Gärtnerei."

Lynn schüttelte den Kopf: „Das verstehe ich nicht. Das ist doch schon lange her und soviel ich weiß, hatten

Georgs Eltern die Gärtnerei schon vor der Hochzeit von Georg und Paula aufgegeben."

„Ja, aber nur, weil Georg nach Berlin zum Studieren gegangen ist und die Gärtnerei nicht übernehmen wollte."

„Da verstehen sie etwas falsch", widersprach ihr Lynn.

Georgs Eltern hatten schon vor seinem Studium die Absicht sich vom Geschäft zurückzuziehen."

„Und woher wollen Sie das wissen?" fragte Melanie spöttisch. „Haben sie jemals mit Georgs Eltern gesprochen?"

„Georg hat es damals meiner Schwester erzählt. Das genügt doch."

„Und Sie wissen es von Paula. Aber das glaubt ihr hier kein Mensch. Wenn Georg eine andere Frau gefunden hätte, wäre es nie soweit gekommen. Aber Paula versteht nichts von der Gärtnerei. Ihr war es egal wie viele Leute durch sie ihre Arbeit verloren."

Lynn sah Melanie mit blitzenden Augen an: „Aha! Jetzt schieben Sie meiner Schwester den schwarzen Peter zu.

Aber Georg kann Ihnen versichern, dass Paula absolut nichts mit der Schliessung der Gärtnerei zu tun hat."

„Vielleicht würde er sogar für Paula lügen", erregte sich Melanie. „Aber Jeder im Dorf weiß, dass Georg zwei Tage vor dem Tod seiner Eltern hier war und heftig mit ihnen gestritten hat."

Lynn starrte Melanie entsetzt an: „Und wer hat diesen Streit gehört?"

„Das weiss ich nicht!"

„So, das wissen Sie nicht! Es ist also nur ein Gerücht. Und auf dieses Gerücht hin lassen diese Menschen Ihren Frust an Paula aus? Ich fasse es nicht!"

„Es ist kein Gerücht!" erhitzte sich Melanie, „Paula kam nicht einmal zur Beerdigung von Georgs Eltern."

„Was ist denn los? Streitet ihr euch etwa?"

Paula stand in der Tür und sah die beiden Frauen noch etwas schläfrig an.

Lynn war immer noch ausser sich, aber sie bemühte sich ruhig zu wirken: „Wir hatten nur einen Wortwechsel. Komm gehen wir ins Wohnzimmer. Der Kaffee ist schon fertig."

„Danke". Paula drehte sich um und ging Melanie und Lynn voraus. Als sie am Tisch saßen, sagte sie zu Melanie: „Hast du mit Lynn über die Beerdigung von Georgs Eltern gesprochen?"

„Ja."

Mir gegenüber hast du nie ein Wort darüber verloren. Es schien mir in diesem Haus immer ein Tabuthema zu sein."

In diesem Moment konnte sich Melanie nicht mehr zurückhalten:

„Vielleicht ist es so, weil du mitschuldig am Selbstmord von Georgs Eltern bist!"

„Ich?" Paula starrte Melanie verstört an: „Ich habe Georg erst ein paar Monate nach dem Tod seiner Eltern kennen gelernt."

„Das kann nicht wahr sein!" sagte Melanie verstockt.

„Aber es war so Melanie."

Melanie sah Paula unsicher in die Augen und Paula hielt diesen Blick stand.

„Wie kommst du überhaupt zu so einem entsetzlichen Verdacht?"

Melanie schluckte: „Ich weiss es nicht. Ich habe den Leuten geglaubt."

Lynn bemerkte wie Paulas Hände zitterten. Es wurde Zeit das Gespräch in eine andere Richtung zu bringen, aber es fiel ihr schwer ihren Ärger über Melanies harte Worte zu verbergen. Sie griff nach der Kanne und schenkte den Kaffee in die Tassen. Dann zeigte sie auf den Kuchen und sagte mit belegter Stimme: „Bitte bedient euch… "

Paulas Blick wanderte zwischen Melanie und Lynn hin und her.

„Ihr habt euch also wegen mir gestritten. Wie kommt ihr dazu?"

„Melanie hat sich nach dir erkundigt und ich habe ihr gesagt, dass du noch von dem Spaziergang im Garten erschöpft bist."

Melanie nickte: „Und ich habe mich darüber geärgert, dass sie dir das zugemutet hat."

Paula sah zwischen den Beiden hindurch: „Und dabei seit ihr bis weit in die Vergangenheit abgetaucht? Das heisst, es gibt vieles aufzuklären, aber nicht hinter meinem Rücken."

Melanie ärgerte sich über sich selbst. Sie sah die Vierhundert Euro, die sie sich hier so leicht hätte verdienen können, davonschwimmen. Sie hatte sie ja schon fest eingeplant. Aber war das wirklich alles, was ihr an den Besuchen bei Paula so wichtig war? Sie entschuldigte sich zerknirscht: „Es tut mir leid…"

„Lass gut sein", sagte Paula jetzt versöhnlich. „Wir sollten uns alle Drei vertragen."

Lynn atmete auf. Wichtig war doch, dass es Paula wieder besser ging. Sie reichte Melanie die Hand, „also Frieden?"

„Frieden", sagte Melanie.

Paula lächelte: „Ich hab den Spaziergang im Garten ja überlebt und vielleicht war er sogar hilfreich. Seit langer Zeit konnte ich zum ersten Mal ohne Beruhigungstabletten schlafen."

Lynns Gesicht entspannte sich. „Danke Paula, das freut mich."

Paula legte sich ein Stück Kuchen auf den Teller. Nach dem ersten Bissen lobte sie Lynn: „Der ist dir wirklich gut gelungen„

Sie wandte sich zu Melanie: „Du solltest auch ein Stück probieren."

Melanie konnte diesem Rat nicht widerstehen. Langsam besserte sich die Stimmung zwischen den Frauen.

„Es ist schade", bedauerte Lynn, „dass wir den Kaffee nicht im Wintergarten trinken können. Hast du denn keine Möbel für draußen?"

„Ich hab alles aus dem Wintergarten entfernen lassen.

Es war mir unmöglich weiterhin da draußen zu sitzen und den Garten mit dem Weiher vor mir zu sehen."

„Das verstehe ich", gab Lynn zu. „Allerdings möchte ich gerne ab und zu mal im Wintergarten Kaffee trinken."

Paula hob die Schultern: „Meinetwegen. Du brauchst dich ja nicht nach mir zu richten. Ich glaube im Keller sind noch irgendwelche Gartenmöbel verstaut."

„Wenn Sie möchten, helfe ich Ihnen später beim Suchen im Keller", erbot sich Melanie.

„Ja danke, ich nehme Ihre Hilfe gerne an."

Sie sah zu Paula und bemerkte, wie sie schon wieder in ihren Gedanken versank. „Paula, grüble nicht soviel nach", bat sie ihre Schwester.

„Ich habe nur an Melanies Mutter gedacht", sagte Paula. „Sie wird schon sauer auf mich sein." Melanie wunderte sich: „Wie kommst du denn auf so etwas?"

„Sie passt doch jetzt sicher auf deine Kinder auf. Ich fürchte es wird ihr bald zuviel werden. Sie weiß doch, dass du sie wegen mir zu ihr bringst."

Melanie winkte ab: „Du machst dir schon wieder unnötige Sorgen."

„Vielleicht." Gab Paula zu. „Aber Nachmittags kannst du die Kinder mitbringen."

„Danke", freute sich Melanie. Das werde ich gerne tun."

Lynn sah versonnen über Paula und Melanie hinweg.

Melanie bemerkte Lyns traurigen Blick: „Haben Sie Heimweh?" fragte sie.

Lynn seufzte. „Ein bisschen schon. Ich habe gerade an unsere Eltern gedacht."

Paula nickte schuldbewusst: „Ja, wir müssen sie noch heute anrufen."

„Stimmt", sagte Lynn. „Ich habe ihnen zwar eine kurze Email geschickt, dass ich gut hier angekommen bin. Aber sie müssen jetzt auch endlich erfahren was sich hier in dem letzten Jahr zugetragen hat."

Melanie lehnte sich erstaunt zurück: „Eure Eltern wissen noch gar nichts von…?"

„Das ist eine Sache zwischen Lynn und mir", unterbrach sie Paula schroff. Sie schob ihren Stuhl zurück. „Ich geh jetzt wieder nach oben."

Lynn und Melanie sahen ihr betroffen nach. Dann ärgerte sich Melanie: „Warum kann ich auch nie meine Klappe halten?"

„Daran bin ich schuld. Ihre Frage ergab sich zwangsläufig", sagte Lynn. Sie stand auf und räumte das Geschirr auf den Servierwagen.

Melanie half ihr. Dann fragte sie: „Holen wir die Gartenmöbel noch aus dem Keller?"

„Ja gerne."

Ein paar Minuten später liefen die beiden Frauen die Kellertreppe hinunter. Schon im Vorraum staunte Lynn über die Unordnung. Sie passte weder zu Paula noch zu Georg. Es gab einen ellenlangen Gang, der den Keller in zwei Hälften teilte. In der linken Seite befanden sich der Heizraum, die Waschküche, der Trockenraum und ein ehemaliger Kühlraum, in dem früher die Blumen für das Geschäft lagerten. Auf der rechten Seite gab es einen Hobby- und einen Partyraum und mehrere Zimmer, die wie eine Wohnung eingerichtet waren. In allen diesen Räumen herrschte ein wüstes Durcheinander.

Melanie sah wie Lynn die Nase rümpfte. Aber sie fasste es ja selbst nicht. „Der Keller war früher stets gut aufgeräumt", sagte sie zu Lynn. Hier muss Jemand herumgestöbert haben."

Lynn nickte: „Es sieht so aus, als hätte dieser Jemand etwas gesucht. Aber was? Haben Sie eine Ahnung wer das gewesen sein kann?"

„Tut mir leid", verneinte Melanie. „Dieses Chaos gibt mir selbst Rätsel auf." Dann deutete sie in eine Ecke: „Dort drüben sind die Gartenmöbel." Sie startete gleich darauf zu und Lynn folgte ihr.

„Puh", stöhnte Lynn. Diese Teile durch den ganzen Keller zu schleppen ist das beste Fitnesstraining."

„Sie sagen es", lachte Melanie. „Aber es geht entschieden einfacher. Die Tür da an der Seite führt in den Garten. Von da ist es nur ein kurzes Stück bis zum Wintergarten. Dort führt nur eine kleine Treppe hinauf."

„Prima", freute sich Lynn. „Gut, dass sie sich hier auskennen. Also packen wir es an."

„Warten Sie", riet Melanie. „Ich öffne erst die Kellertür. Man kann sie einhaken, damit sie offen bleibt."

Melanie nahm den Schlüssel, der an einem Haken neben der Tür hing und steckte ihn ins Schloss. Als sie ihn umdrehen wollte, merkte sie, dass die Tür nicht verschlossen war.

„Ganz schön leichtsinnig", murmelte sie.

Lynn trat mit einem Stuhl in den Händen neben Melanie.

„Leichtsinnig?"

„Derjenige, der zuletzt im Keller war, hat vergessen die Tür zu schließen."

„Sauber", regte sich Lynn auf. „Das Gartentor steht offen und hier kann man auch so einfach hereinspazieren.

Georg muss ganz schön durch den Wind sein, wenn er so vergesslich ist."

Melanie nahm Georg in Schutz. „Ich glaube nicht dass Georg dahinter steckt."

„Wer soll es dann gewesen sein?"

„Das weiß ich leider auch nicht. Aber es sieht so aus, als hätte ich Paula Unrecht getan, als ich ihr nicht glaubte Geräusche im Haus gehört zu haben."

„Ja", überlegte Lynn. „Ich werde der Sache nachgehen."

Melanie zuckte mit den Achseln: „Gut! Aber jetzt sollten wir uns mit dem Möbeltransport beeilen. Ich muss bald nach Hause."

Georg trottete auf seinen Wagen zu. Wieder ein Arbeitstag zu Ende. Und was kam jetzt? Gähnende Langeweile.

Aber nein, heute ließ es das Wetter wieder zu, im Garten zu arbeiten.

Als er die Wagentür öffnete, hörte er seinen Namen. Er drehte sich um und entdeckte Rita. Sie rannte auf ihn zu und rief ihm entgegen.

„Gott sei Dank, dass ich dich noch treffe. Mir ist der Bus vor der Nase weggefahren."

„Du fährst mit dem Bus?"

„Ja, aber nur heute und morgen. Mein Auto ist in der Werkstatt. Kannst du mich mitnehmen?

Georg fühlte sich unbehaglich. Aber er konnte sie ja schlecht hier stehen lassen. „Dann steig schon ein", knurrte er.

Rita setzte sich auf dem Beifahrersitz. „Hast wohl schlechte Laune heute?"

Georg startete den Wagen. Er hatte keine Lust auf ihr Gerede einzugehen.

„Frank arbeitet im Südtrakt mit Jacqueline zusammen", sagte Rita unvermittelt.

Georg verriss einen Moment das Steuer.

„Na und?" fragte er gepresst. „Wen interessiert das?" Rita schielte ihn neugierig an. „Ich dachte du freust dich, etwas von deinem Freund zu hören. Er weiß es vielleicht noch gar nicht dass du wieder in Deutschland bist."

„Kümmere dich um deine Sachen", brummte Georg und gab mehr Gas.

„Fahr nicht so schnell", schimpfte Rita. „Ich bin nicht lebensmüde."

„Meinetwegen kannst du auch aussteigen", schlug ihr Georg vor.

Einen Moment schwieg Rita. Von der Ferne waren schon die ersten Häuser des Dorfes zu sehen. Sie musste unbedingt noch etwas loswerden.

„Früher warst du immer so lustig", sagte sie. „Die Mädchen vom Dorf sind dir alle nachgelaufen. Und jetzt bist du so ein Miesepeter. Kein Wunder dass dir Jacqueline den Laufpass gegeben hat und lieber Frank heiratet. Von deiner Frau ganz zu schweigen. Die ist ja reif für die Klapsmühle."

Georg stieg auf die Bremse. „Raus hier", schrie er Rita an. Mach dass du verschwindest."

„Blas dich nicht so auf", sagte Rita verächtlich. „Ich wär sowieso vor dem Dorf ausgestiegen. Oder meinst du, ich mag da mit dir gesehen werden?"

Georg wurde blass. Er krampfte seine Hände um das Lenkrad. „Nur nicht loslassen", dachte er. „Sonst vergreife ich mich noch an ihr."

So weit war es gekommen, dass er sich beleidigen lassen musste. Als Rita die Autotür mit lautem Knall zugeschlagen hatte, trat er auf das Gaspedal als ob der Teufel hinter ihm her wäre. Doch die kurze Streck bis zu seinem Haus hatte nicht ausgereicht seine Erregung zu mindern.

Er würgte den Motor ab, ließ den Wagen entgegen seiner Gewohnheit vor der Garage stehen und eilte zur Haustür.

Lynn hatte die geräuschvolle Heimkehr ihres Schwagers gehört. Sie lief in den Flur und fing ihn, noch ehe er hinauf in die Mansarde eilen konnte, ab. „Guten Tag Georg. Hast du einen Moment Zeit für mich?"

„Später", sagte er. „Ich bin jetzt wirklich nicht in Stimmung…"

„Was ist denn passiert?" fragte Lynn. „Du bist ja ganz außer dir."

„Ach nichts!" wehrte Georg ab.

Doch Lynn ließ nicht locker. „Komm bitte mit in die Küche. Ich mache uns einen Kaffee und du schüttest mir dein Herz aus."

Georg gab zögernd nach. Als sie in der Küche waren, setzte er sich auf einen Stuhl und stierte vor sich hin.

„Jetzt sag schon was los ist", forderte Lynn ihn auf.

„Es war verkehrt von mir, hierher zurückzukommen."

„Das finde ich nicht", widersprach ihm Lynn. „Paula braucht dich doch."

Georg antwortete mit einem trockenen Lachen. „Was du nicht sagst! Paula braucht mich! Niemand braucht mich.

Besonders hier nicht. Außer ein paar rühmliche Ausnahmen feinden sie mich hier nur alle an. Und Paula wird nie überwinden, dass ich sie allein gelassen habe."

„Das stimmt nicht. Du musst ihr nur zeigen, dass du sie noch liebst."

„Und wie?"

„Sieh doch nicht alles so negativ", riet ihm Lynn. Dann goss sie den Kaffee in die Tassen, stellte sie auf den

Tisch und setzte sich zu ihm. „Also, was hat dich so verärgert?"

„Ach, eigentlich ist es nicht der Rede wert. Mein Fell ist eben so dünnhäutig geworden, dass ich mich viel zu schnell provozieren lasse."

„Wer hat dich denn provoziert?"

„Du bist ganz schön hartnäckig", brummte Georg.

„Allerdings", gab Lynn zu. „Ich merke doch, dass zwischen Paula und dir alles schief läuft. Anstatt dass ihr zwei Dickköpfe miteinander sprecht, schluckt jeder von euch den Kummer alleine hinunter. Und wenn dann der Ärger auch noch von anderer Seite kommt, schwappt das Fass eben über."

Georg schlürfte den heißen Kaffee. Dann sagte er. „Es stimmt. Diesmal habe ich mich nicht über Paula geärgert.

Rita hat mich so aufgebracht."

„Rita? Wer ist denn das? Fragte Lynn verwundert.

„Eine Arbeitskollegin."

„Ach so, dann hattest du Ärger im Betrieb?"

„Nein", erklärte Georg zögernd. „Es war privat. Rita wohnt hier im Dorf. Sie hat mich gefragt ob ich sie mit nach Hause nehme. Ihr Auto ist zurzeit in der Werkstatt.

Ich Esel lasse sie einsteigen, obwohl ich weiß dass sie so gerne tratscht."

„Davon lässt du dich aus der Ruhe bringen? Du weißt doch dass die Leute im Dorf über Jeden herziehen."

„Schon", gab ihr Georg Recht. „Aber Rita hängt mir ein Verhältnis mit Jaqueline an, und sie beschimpft Paula.
Das geht zu weit."

Lynn stand auf und legte ihre Hand auf Georgs Schulter.

„Jetzt verstehe ich, dass du in Rage geraten bist. Hältst du noch Kontakt mit Jaqueline?"

Georg sah Lynn abweisend an. „Nein, bis gestern wusste ich nicht einmal dass sie noch in Deutschland ist. Frank hatte mal angedeutet, dass er mit ihr nach Frankreich ziehen will."

„Wer ist Frank?

„Früher war er mal mein Freund."

„Was heißt hier früher?" bohrte Lynn weiter

„Bevor ich nach Russland ging, hatten wir Streit miteinander. Aber ich werde dir jetzt ganz bestimmt nicht sagen warum. Ich hab auch keine Lust mehr weiter zu diskutieren." Georg stand auf und ging zur Tür.

„Schon gut", sagte Lynn. „ Ich wollte eigentlich über ganz andere Dinge mit dir sprechen."

Georg murmelte: „Das hat sicher Zeit."

Lynn resignierte: „Gut, dann sprechen wir eben nicht.
Aber ich hätte da noch eine Bitte an dich."

Georgs Augen verdunkelten sich: „Und die wäre?"

„Sehe mich nicht so misstrauisch an", sagte Lynn. „Ich will nichts Weltbewegendes von dir. Ich möchte dich nur bitten, dass du, nachdem du im Keller warst, die Tür hinter dir verschließt."

„Wieso? Ich habe nicht die Absicht in den Keller zu gehen", erwiderte Georg verständnislos.

„Entschuldige bitte", lächelte Lynn. „Ich habe mich falsch ausgedrückt. Ich meinte, falls du vom Keller aus in den Garten gehst…"

„Auch das werde ich jetzt nicht tun", unterbrach Georg Lynn. „Aber wenn ich das wirklich vorhaben sollte, brauche ich bestimmt Niemandem der mich darauf hinweist, dass ich die Tür zuschließen muss."

„Dennoch stand die Tür heute offen."

„Dafür kannst du mich nicht verantwortlich machen", sagte Georg. „Ich war schon lange nicht mehr im Keller. Was soll eigentlich das ganze Gerede darum?"

„Du bist wirklich gut!" ärgerte sich Lynn. „Garten und Kellertür stehen offen, so dass jeder einfach ins Haus gehen kann."

Georg sah Lynn ungläubig an: „Das Gartentor war auch offen? Das kann doch nicht sein. Ich weiß genau dass ich es zugeschlossen habe."

„Und ich erzähle keine Märchen", entrüstete sich Lynn.

„Schon gut, ich glaube dir ja", versuchte Georg Lynn zu besänftigen. „Paula ist wohl sehr beunruhigt deswegen?"

„Paula weiß es noch nicht und ich werde es ihr auch vorläufig nicht sagen. Warum soll ich sie noch zusätzlich ängstigen?"

„Vielleicht hast du recht", gab Georg zu. Er legte seinen Arm um sie. „Danke, dass du gekommen bist."

Paula hatte Stimmen gehört und war die Treppe herab gestiegen. Nun sah sie Lynn und Georg so einträchtig beieinander stehen. Ein bitterer Geschmack bildete sich in ihrem Mund. „Störe ich?" fragte sie heiser.

Georg zuckte zusammen. Dann sagte er: „Ich geh mal wieder nach oben."

Lynn ging auf Paula zu: „Hast du dich ein wenig erholt?"

„Nicht wirklich", sagte Paula abweisend. „Ich habe starke Kopfschmerzen."

„Das tut mir leid", bedauerte Lynn. „Soll ich dir einen Tee kochen?"

„Nein", lehnte Paula ab und strebte der Küche zu.

Lynn blieb neben ihr: „Hast du Hunger?"

„Ich hol mir nur ein wenig Obst. Dann gehe ich wieder hinauf in mein Zimmer."

„Wir wollten doch noch heute die Eltern anrufen", erinnerte Lynn Paula.

Paula legte sich Obst auf einen Teller. Dann sagte sie leise: „Ich schaffe das jetzt nicht."

Lynn ließ sie gehen. Sie fühlte sich selbst so ausgepowert wie schon lange nicht mehr. Weder Paula, noch Georg machten ihr das Leben hier leicht. Und Melanie kannte sie noch zu wenig, um ihr vertrauen zu können.

Sie ging hinaus in den Wintergartengarten und setzte sich auf einen Korbsessel. Ihr Blick schwebte über den Teich bis zu den Tannen und die übrige üppige Natur.

Das schien Idylle pur. Aber diese Idylle täuschte. Hier war ein Kind ertrunken und in der Gärtnerei hatten sich zwei Menschen das Leben genommen. Langsam fragte sie sich, ob Paula hier jemals wieder glücklich werden könnte. Vielleicht sollte sie sie dazu überreden mit ihr nach Australien zu kommen. Dort würde sie sicher bald wieder ihren alten Lebensmut finden. Es wurde höchste Zeit ihren Eltern alles zu berichten. Sie verließ den Wintergarten und ging in ihr Zimmer. Dort setzte sie sich an ihren Schreibtisch und schrieb einen langen Brief nach Hause. Als sie ihn beendet hatte, hallte das Geschriebene in ihr nach. Irgendwie musste sie ihre dunklen Gedanken wieder in normale Bahnen lenken. Sie nahm ein Buch, legte sich auf das Sofa und las. Doch nach einigen Minuten fielen ihr die Augen zu. Kurz vor Mitternacht weckte sie vom Geräusch eines gefallenen Schlüsselbundes auf.

War Georg noch einmal weg gewesen? Sie öffnete ihre Zimmertür, sah aber Niemanden. Doch sie glaubte unten leichte Schritte zu hören. Georg würde es nie schaffen so leise aufzutreten. Wanderte Paula im Haus herum? Lynn schlüpfte in ihre Hausschuhe und sah im Gang nach.

Dann klopfte sie an Paulas Tür. Sie gab keine Antwort.

Nach kurzem Zögern drückte Lynn auf die Klinke und tappte zu Paulas Bett. Paula schlief ruhig und fest. Lynn zog die Tür wieder sachte zu. Im Haus herrschte wieder vollkommene Stille. Vielleicht hatte sie sich die Schritte nur eingebildet. Leise ging sie wieder in ihr Zimmer. Dann schob sie den Vorhang vor ihrer Balkontür zurück und trat hinaus. Der sternenklare Himmel erhellte den Garten. Lynn atmete tief durch. Jetzt in der Nacht fühlte sich die Luft lau und samtweich an. Irgendwo knirschte der Kies.

Sie bückte sich über die Brüstung und bemerkte auf dem Weg zu den Gewächshäusern die Konturen einer Frau.

„Hallo!" rief sie nach unten. „Hallo, wer ist denn da?" Die Frau, blieb einen Moment stehen. Dann lief sie weiter und war kurz darauf wie vom Erdboden verschluckt. Im ersten Moment dachte Lynn daran, in den Garten zu laufen und sie zu suchen. Doch dann kam ihr dieses Vorhaben unsinnig vor. Diese Frau war sicher bei Georg zu Besuch gewesen. Als Lynn an diesem Morgen in die Küche trat, staunte sie. Paula war heute tatsächlich schon auf den Beinen. Sie hatte sogar schon den Frühstückstisch gedeckt. Lynn rieb sich die Augen. „Guten Morgen Paula. Ich habe doch tatsächlich verschlafen."

„Guten Morgen Lynn", lachte Paula. „Was heißt denn verschlafen? Du bist doch hier auf Urlaub."

Lynn setzte sich nachdenklich an den Tisch. Nach dem nächtlichen Erlebnis hatte sie sich vorgenommen, am Morgen mit Georg zu sprechen. Doch dann war sie noch lange wach gelegen und war erst sehr spät in einem bleiernen Schlaf versunken. Jetzt musste Georg schon längst außer Haus sein. Als sich Paula nun zu ihr setzte, fragte Lynn: „Hast du heute Morgen schon mit Georg gesprochen?" „Nein", erwiderte Paula. „Ich bin auch noch nicht lange auf. Entschuldige bitte, dass ich gestern so schlecht drauf war."

„Geht es dir wieder besser?"

Paula nickte: „Ja, aber ich muss gestehen, ich habe am Abend noch mal eine Beruhigungstablette geschluckt. So ganz schaffe ich es eben noch nicht ohne sie auszukommen."

„Das ist klar", sagte Lynn. So lange du sie nach und nach reduzierst ist alles in Ordnung."

„Du wirst noch viel Geduld mit mir haben müssen."

„Ich muss dir auch etwas sagen. Ich habe gestern Abend einen Brief an unsere Eltern geschrieben. Willst du ihn lesen?"

Paulas Augen verdunkelten sich.

Lynn vermeinte Tränen darin zu sehen. „Wenn du nicht willst, dass ich ihn abschicke, lasse ich es bleiben", sagte sie schnell.

Paula schluckte: „Du hast es richtig gemacht. Ich hätte es immer und immer wieder aufgeschoben. Einmal müssen es die Eltern ja erfahren. Aber ich will den Brief nicht lesen. Niemand kann meinen Schmerz richtig beschreiben. Auch du nicht." Lynn schwieg. Dann tranken Beide ihren Kaffee. Nach einer Weile fragte Lynn.

„Möchtest du einen Spaziergang mit mir machen?"

Paula verzog ihr Gesicht. „Etwa zum Briefkasten?"

Lynn lächelte: „Du hast es erraten. Außerdem möchte ich mir mal gerne das Dorf ansehen."

„Muss das gerade jetzt sein? So wie ich aussehe. Ich möchte mir erst mal ein Bad gönnen und mir die Haare waschen."Lynn übersah ihre klägliche Miene. „Gut, dann bade dich. Aber am Nachmittag holen wir den Spaziergang nach." Paula stand auf.

„Weißt du eigentlich wie hartnäckig du bist?" Lynn zuckte mit den Schultern. „So hart wie ich sein muss."

Paula wollte etwas darauf erwidern. Aber sie besann sich doch anders und schritt auf die Tür zu.

Lynn fragte schnell:

„Was möchtest du heute Mittag essen?"

„Nichts besonderes", sagte Paula.

„Ich habe keinen rechten Appetit." Lynn sah Paula stirnrunzelnd nach. Wenn es sich ums Essen drehte, gab sie ihr fast immer die gleiche Antwort.

Sie sah in der Vorratskammer und im Kühlschrank nach.

Dann entschloss sie sich eine Pizza zu backen. Gleich darauf war sie voll beschäftigt. Sie knetete den Teig, schnitt alle Zutaten für den Belag zurecht und ehe sie sich's versah war es schon zwölf Uhr Mittag. Sie schob die Pizza in den Ofen und stellte die Uhr ein. Paula kam in die Küche. „Du bist schon fertig?" sagte sie. „Entschuldige bitte, dass ich so getrödelt habe. Morgen bin ich dafür beim Kochen dran."

„Ist schon gut", lachte Lynn. „Ich schau mal nach, ob ich im Garten ein paar frische Kräuter für den Salat finde."

Als der Kies des Weges, der zu den Beeten führte, unter Lynns Füssen knirschte, dachte sie an die flüchtige Erscheinung, der vergangenen Nacht. Automatisch suchte sie nach dem schmalen Pfad auf dem die Frau entlang gelaufen und schließlich verschwunden war. Hier zweigte sich ein Weg ab, der zu den Treibhäusern führte. Unschlüssig blieb sie stehen. Paula und die Pizza warteten auf sie. Aber vielleicht hatte die Frau eine Spur hinterlassen? Langsam bog sie den Weg ein. Der Geräteschuppen stand offen. Doch hier gab es wenig zu entdecken. Sie lief weiter. Vor den großen Treibhäusern stand ein kleines Gewächshaus. Lynn wunderte sich, dass auch hier die Tür nicht verschlossen war. Doch als sie nahe davor stand, bemerkte sie die herumliegenden Glasscheiben. Die Tür war mit Gewalt geöffnet worden.

Neugierig sah sie ins Innere, entdeckte aber nichts Ungewöhnliches.

Verwundert blieb sie eine Weile stehen. Dann entschloss sie sich den anderen Weg einzuschlagen. Vor dem Gartenhaus blieb sie stehen und sah durch ein fast blindes Fenster das ihr wenig Einblick in das Innere gewährte. Deshalb schritt sie auf den Eingang zu und drückte auf die Türklinke. Das Haus war nicht verschlossen.Sie trat ein und sah den halbgeöffneten Küchenschrank und eine zerbrochene Tasse am Boden. Ein seltsamer Duft hing im Raum. Sie versuchte das Chaos hier richtig einzuordnen und ging um die Scherben herum.

Was war hier geschehen? Ein seltsam bitterer Geschmack legte sich in ihren Mund und ihr Gefühl warnte sie davor hier igendetwas zu verändern. Sie sollte, sobald Georg nach Hause kam ihm von diesem Zustand des Gartenhauses und des Treibhauses berichten. Vorsichtig wandte sie sich nach Draussen und sah hinüber zum Weiher. Es war, als zöge sie etwas mit aller Kraft dahin.

Hier wucherte das Gebüsch noch unkontrollierter als im übrigen Garten. Und dort entdeckte sie eine Frau verkrümmt am Boden liegen.

Einen Moment blieb sie starr vor Schrecken vor ihr stehen. Schließlich fasste sie sich und beugte sich über sie. Erregt fühlte sie ihren Puls. Aber die Frau fühlte sich eiskalt an. Hier kam jede Hilfe zu spät. Sie richtete sich und stakste steif auf das Wohnhaus zu.

Paula stand wartend an der Tür. „Die Pizza ist schon fertig", sagte sie. Dann erfasste sie Lynns starren Blick.

„Was hast du denn? Fragte sie erschrocken. „Ist dir ein Geist begegnet?"

„Fast", stammelte Lynn. „Hast du Georgs Handynummer?"

Paula verstand überhaupt nichts mehr. „Wieso, was ist denn los?"

Lynn sah Paula genervt an: „Frag mich nicht, sag mir lieber wo ich Georg erreichen kann."

„Er hat die Nummer von seinem Handy an die Pinnwand über meine Telefonablage gesteckt."

Georg verspürte an diesem Mittag keine Lust in die Kantine zu gehen. Er fürchtete die Begegnung mit Rita. Wenn sie ihn wieder so schwach anreden würde wie gestern, konnte es möglich sein, dass er die Beherrschung verlieren würde. Er packte sein Vesperbrot aus und biss hinein. Jemand klopfte an seine Tür. Fast hätte er sich verschluckt. Verfolgte ihn Rita jetzt bis in sein Büro? Langsam wurde die Tür geöffnet. Georg sah erwartungsvoll hin. Dann wurde er blass.

Frank Seifert blieb mit ernster Mine vor ihm stehen.

„Grüß dich Georg."

Georg erhob sich schwerfällig und gab seinem Freund zögernd die Hand.

„Grüß dich Frank." Sekundenlang starrten sich die beiden Männer prüfend an. Seit ihrer letzten Begegnung war soviel geschehen.

„Geht es Paula wieder besser?" fragte Frank heiser.

„Ich kann das nicht richtig beurteilen", erwiderte Georg kühl. „Aber du bist sicher nicht nur gekommen um dich nach Paulas Befinden zu erkundigen."

„Nicht nur", gab Frank zu. „Aber du hast doch vor zwei Tagen Jacqueline eine Email geschickt und sie gebeten am Abend Paula zu besuchen."

Georg sah Frank geschockt an: „Ich soll Jacqueline eine Email geschickt haben? Nie im Leben!"

Franks Gesicht lief rot an: „Ich fasse es nicht! Du streitest es ab. Glaubst du, Jacqueline lügt mich an? Sie hatte nicht vor, euer Grundstück jemals wieder zu betreten. Aber nach deiner Nachricht konnte Jacqueline nicht anders handeln…"

Georg sah Frank ratlos an. „Ich verstehe das alles nicht. Wo ist Jacqueline denn? Sie kann sicher alles aufklären." „Wenn ich wüsste wo Jacqueline ist, wäre ich jetzt sicher nicht hier", sagte Frank verärgert. „Ich weiß nur, dass sie zu euch hinaus fahren wollte."

„Seitdem hast du sie nicht mehr gesehen?"

„Nein, ich war ein paar Tage bei meiner Mutter. Ihr geht's nicht gut."

„Aber ihr habt doch bestimmt miteinander telefoniert?"

„Ich hab's versucht. Bin aber nie zu ihr durchgekommen." „Und Jacqueline hat dich auch nicht angerufen? Ist dir das nicht seltsam erschienen?" fragte Georg beklommen.

„Nein", druckste Frank herum. „Wir hatten uns vor meiner Abreise etwas gestritten. Ich dachte sie spielt die Beleidigte."

„Das sieht Jacqueline doch gar nicht ähnlich."

Frank wurde unsicher: „Sag mir die Wahrheit Georg."

„Das habe ich doch getan."

„Einen Moment schwiegen die beiden Männer. Dann wandte sich Frank zur Tür. „Ich fürchte Jacqueline ist etwas zugestoßen. Ich muss die Polizei benachrichtigen."

Georg saß steif auf seinem Stuhl und starrte auf die sich schließende Tür. Als jetzt sein Handy klingelte zuckte er zusammen. „Soweit ist es schon mit mir gekommen", dachte er. „Jetzt erschrecke ich schon, wenn Jemand mit mir sprechen will."

Er holte das Handy aus seiner Tasche und meldete sich.

Lynn sprach aufgeregt auf ihn ein: „Georg, du musst sofort nach Hause kommen. Am Weiher liegt eine tote Frau."

„Ich komme", versprach Georg heiser. Seine Hand mit dem Handy fiel schlaff herunter.

Paula war Lynn gefolgt. Jetzt hörte sie, was Lynn Georg per Handy mitteilte.

„Was sagst du da?" fragte Paula erregt. Sie drehte sich um und lief in Richtung Garten.

Lynn hielt sie auf: „Was willst du tun?"

„Ich sehe nach ob ich die Frau kenne."

„Das kann ich nicht zulassen", widersprach ihr Lynn.

„Deine Nerven halten das sicher nicht durch."

„Behandle mich bitte nicht wie ein verängstigtes Kind.

Ich weiß was ich mir zumuten kann und was nicht."

„Entschuldige Paula, aber der Anblick der toten Frau hat mich ziemlich geschockt. Deshalb dachte ich…"

„Ist schon gut", renkte Paula ein. „Ich weiß dass du es nur gut mit mir meinst. Aber ich packe das schon."

„Sollten wir nicht doch auf Georg warten?"

„Du nervst mich", ärgerte sich Paula. „Meinst du wirklich, ich kann hier ruhig herum sitzen bis Georg kommt?"

„Gut, dann ruf ich zumindest Melanie an."

Paula glaubte nicht so recht an Melanies Hilfe. Dennoch nickte sie. Dann bat sie Lynn: „Aber sag ihr nicht warum sie so dringend zu uns kommen soll. Sonst weiß es gleich das ganze Dorf was hier bei uns los ist."

„Gut", erklärte sich Lynn einverstanden.

„Ich sage ihr nichts Konkretes. Doch aufhalten können wir das Gerede der Leute trotzdem nicht. Wir müssen so bald als möglich die Polizei alarmieren."

Als Melanie Lynns Anruf erhielt, hatte sie gerade ihre beiden Kinder zum Mittagsschlaf hingelegt.

Lynn klang schon sehr aufgeregt. Das bedeutete nichts Gutes. Melanie hastete zu ihrer Nachbarin und bat sie eine Weile auf die Kinder acht zu geben. Dann schwang sie sich auf ihr Fahrrad und fuhr los. Kurz darauf klingelte sie bei Paula.

Lynn öffnete ihr. „Das ging aber schnell", sagte sie verwundert.

Melanie drängte sich an Lynn vorbei. „Wo ist Paula? Ist ihr etwas passiert?"

„Nein", sagte Lynn. „Paula geht es verhältnismäßig gut. Sie ist im Wohnzimmer."

„Am Telefon hat sich das aber ganz anders angehört."

Melanie lief zu Paula. Sie saß blass, mit abwesendem Blick auf dem Sofa.

„Kann mir mal eine von euch sagen was das Ganze hier soll. Ich habe extra meine Nachbarin aktiviert…"

„Am Weiher liegt eine tote Frau."

Melanie sah Lynn mit offenem Mund an. Dann begriff sie langsam. „Eine tote Frau? Wer ist sie denn?"

„Das weiß ich nicht", erklärte Lynn. „Ich habe sie erst vor kurzem entdeckt. Paula wollte nachsehen ob sie die Frau kennt. Aber ich ließ es aus Angst um Paula nicht zu."

„Das verstehe ich. Paulas Nerven sind nicht gerade die besten…"

Paula entrüstete sich. „Ihr sprecht über meinen Kopf hinweg, als wäre ich gar nicht hier. Ich werde jetzt hinausgehen und…"

„Das wirst du nicht", entschied Melanie. „Ich kenne die meisten Frauen hier in der Gegend. Also werde ich nachsehen wer die Tote ist."

„Danke", sagte Lynn. Sie setzte sich neben Paula und nahm sie in den Arm. „Es wird jetzt genug Aufregungen geben, denen du gewachsen sein musst."

Paula sah Melanie stumm nach, wie sie im Garten verschwand.

Die Uhr tickte laut und hart durch die unheimliche Stille im Raum, in dem die Luft immer schwüler wurde. Paula begann zu schwitzen. Sie öffnete ihren obersten Blusenknopf. Dann starrte sie wieder Bange in den Garten. "Ich glaube, wir sollten Doktor Schreiber anrufen. Wenn er der Frau nicht mehr helfen kann, muss er den Totenschein ausstellen."

„Ja, ich rufe ihn an. Lynn verständigte den Arzt. Dann setzte sie sich wieder zu Paula.
Als Georg ins Wohnzimmer trat sahen ihm die beiden Frauen erleichtert entgegen. Lynn stand auf und ging auf ihn zu.
In diesem Moment kam Melanie zurück:
„Es ist Jacqueline", stammelte sie entsetzt. Eine lähmende Stille breitete sich unter den Menschen im Haus aus. Jeder starrte nachdenklich vor sich hin und alle zuckten erschrocken zusammen, als es an der Haustür klingelte.
Doktor Schreiber ging mit Georg in den Garten und fühlte den Puls der Toten. Dann schüttelte er den Kopf. „Sie ist schon einige Stunden tot. Sie müssen die Polizei verständigen."
Sie gingen wieder ins Haus zurück. Doktor Schreiber stellte den Totenschein aus. Dann bedauerte er, dass er nicht auf die Polizei warten könne, weil er dringend in seiner Praxis gebraucht werde. Er bot sich noch an, Paula eine Beruhigungsspritze zu geben. Doch das lehnte sie ab. „Ich habe noch genügend Pillen", sagte sie leise.

Zwei Stunden später stand das ganze Dorf auf dem Kopf. Vor dem Haus der Bertholds stand ein Leichenwagen, ein Streifenwagen, ein Auto der Kriminalpolizei und der Wagen zur Spurensicherung. Die Kunde davon hatte sich in Windeseile verbreitet. Jetzt standen jede Menge Gaffer auf der Strasse.

Die Bäuerin Betz keifte. „Vielleicht hat der Berthold jetzt auch noch seine Frau umgebracht."

„Zu zutrauen wär's ihm", schimpfte eine andere. Einer wagte sich näher an den Gartenzaun und späte hinüber zum Kiesweg. Er rief: „Jetzt bringen sie Jemandem mit der Bahre. Es muss etwas im Garten passiert sein!"

Ein Polizist näherte sich ihm: „Bitte gehen Sie zurück!" verwarnte er ihn.

Hauptkommissar Berger gab seinen Leuten im gewohnt befehlsmäßigen Ton die letzten Anweisungen. Die Spuren waren, soweit überhaupt welche vorhanden waren, gesichert. Der Amtsarzt hatte den Tod der Frau bestätigt.

Aber auf den Zeitpunkt des Ablebens wollte er sich noch nicht genau festlegen. „Die Frau", erklärte er, „Ist durch einen Sturz oder einem Schlag an der Schläfe verletzt worden. Der Tod jedoch ist durch eine Vergiftung herbeigeführt worden."

„Sie ist nicht ertrunken?"

„Sie meinen, weil sie am Wasser lag? Nein, sie ist devinitif vergiftet worden. Die Substanz des Giftes wird erst in der Gerichtsmedizin ermittelt werden."

Der Arzt packte seine Tasche ein: „Schade um die schöne Frau", resümierte er.

„Deutet irgend etwas auf eine Vergewaltigung hin?" fragte Hauptkommissar Berger.

„Es sieht nicht so aus", brummte der Arzt. „Aber Sie wissen doch, dass der genaue Befund erst in ein paar Stunden vor liegt. Er wandte sich mit einem kurzen, knurrigen Gruß ab und entfernte sich etwas gebeugt vom Tatort.

Langsam löste sich der Trupp der Ermittler auf.

Kommissar Gruber bemerkte die neugierigen, aufgeregten Dorfbewohner auf der Straße. Er fluchte leise vor sich hin.

Jetzt war er schon zum dritten Mal hier in diesem Haus um die Ursache eines Todesfalles festzustellen. Jedes Mal gab es diese Rotte von Menschen, die hier herum standen und motzten. Aber zu keinen Aussagen bereit waren. Mit ernster Miene schritt er durchs Gartentor und rief: „Ich muss Jeden, der heute Nacht etwas ungewöhnliches gesehen oder gehört hat bitten, hier zu bleiben und dies zu Protokoll geben."

Im Nu hatte sich die Menge aufgelöst.

Kommissar Gruber schüttelte resigniert den Kopf und ging nachdenklich auf Hauptkommissar Berger zu. Als er das letzte Mal hier ermittelte, war noch Werner Siebert als Hauptkommissar im Amt gewesen. Vor zwei Wochen war sein ehemaliger Chef in Pension gegangen. Er war oft ruppig mit seinen Untergebenen umgegangen aber man wusste immer genau woran man mit ihm war. Der neue Hauptkommissar war nur zwei Jahre älter als er selbst. Er zeigte sich zielbewusst und streng. Aber das besagte noch gar nichts. Sie hatten noch wenig miteinander zusammen gearbeitet. Das hier war der erste große Fall, den sie gemeinsam lösen mussten. Hauptkommissar Berger nickte ihm anerkennend zu:

„Sie haben die Meute hier ganz gut im Griff."

Kommissar Gruber straffte seine Schultern: „Es ist nicht das erste Mal, dass ich hier im Dorf zum Einsatz komme."

„Ging es auch um Mord?"

„Nein, einmal handelte es sich um einen Unfall und einmal um einen Doppelselbstmord."

Hauptkommissar Berger sah Kommissar Gruber nachdenklich an.

„Wie lange liegt das schon zurück?"

Der Kommissar überlegte kurz. „Der Doppelselbstmord liegt schon sechs bis sieben Jahre zurück. Und der Unfall geschah etwa vor einem Jahr", sagte er dann.

„Übrigens", fügte er hinzu, es spielte sich alles hier auf diesem Grundstück ab."

„Tatsächlich? Warum haben Sie mir das nicht gleich gesagt?"

„Ich bin noch nicht dazu gekommen", entschuldigte sich Kommissar Gruber. Dann sah er Hauptkommissar Berger nachdenklich an:

„Sind sie sich sicher, dass die Frau ermordet wurde?"
„Ja, für mich ist das eindeutig. „Zweifeln Sie etwa daran?"
„Eigentlich nicht aber...."
„Gibt es noch etwas, was Sie mir verschwiegen haben?"
Kommissar Gruber wehrte sich: „Mir ist nur aufgefallen, dass die Tote das gleiche Gift eingenommen haben muss wie Herr und Frau Bertram. Jedenfalls sah sie genauso aus wie die beiden Toten damals."
„Handelt es sich um den Doppelselbstmord?"
„Ja, im Gartenhaus lag damals auch eine Teetasse. Vielleicht hat die Frau den Tee mit dem Gift im Stehen getrunken. Dann ist sie hingefallen und hat sich an der Schläfe verletzt. Aber vielleicht konnte sie sich noch bis zum Weiher schleppen. "Hauptkommissar Berger schüttelte abwehrend den Kopf:
„Sie glauben allen Ernst an einen Selbstmord?"
„Ich schließe es jedenfalls nicht aus. Zumal es sich bei der Toten um das ehemalige Kindermädchen der Familie Berthold handelt. Vielleicht war sie doch am Unfall der kleinen Anna Berthold schuld."
„Stand sie damals unter Verdacht...?"
„Ermittlungsmäßig nicht. Hauptkommissar Siebert glaubte an ihre Version des Unfalls."
„Und die Familie?

Frau Berthold war von der Schuld von Jacqueline Martin überzeugt. Aber Herr Berthold bestätigte die Aussage von Frau Martin."

„Und sie meinen nun, die Tote hatte ein schlechtes Gewissen und konnte so nicht mehr weiter leben?"

Kommissar Gruber nickte: „Vielleicht?"

„Tut mir leid", widersprach ihm Hauptkommissar Berger. „Das sehe ich anders. Die Frau ist offensichtlich auf das Grundstück gelockt und hier ermordet worden. Es wird Zeit, dass wir den Herrschaften im Haus mal auf den Zahn fühlen."

Kommissar Gruber trottete nachdenklich neben seinem Chef auf das Haus zu. Er wusste selbst nicht, was er von der ganzen Sache halten sollte. Die Selbstmordtheorie kam ihm jetzt auch spanisch vor. Sie betraten den Wintergarten.

Hauptkommissar Berger klopfte an die Wohnzimmertür.

„Wir müssen Ihnen ein paar Fragen stellen", sagte er zu den Anwesenden. „Gibt es hier einen Raum, in dem wir ungestört mit jedem Einzelnen sprechen können?"

„Ja", antwortete Georg zögernd. „In meinem Büro."

Melanie bat: „Darf ich als Erste mit Ihnen reden?

Ich muss so schnell als möglich nach Hause zu meinen Kindern." Hauptkommissar Berger akzeptierte diesen Wunsch und bat sie, ihm und seinen Kollegen ins Büro zu folgen. Melanie ging voran, denn sie kannte den Weg.

Als sie und die beiden Beamten Platz genommen hatten, stellte Kommissar Gruber sein Diktiergerät auf Empfang.

Dann bat er Melanie, ihm ihre Adresse anzugeben. Das tat sie auch sofort. Anschließend übernahm Hauptkommissar Berger die weitere Befragung. „Sind Sie verwandt mit der Familie Berthold?"

„Nein, nur befreundet."

„Haben Sie die Leiche entdeckt?"

Melanie schüttelte abwehrend den Kopf: „Nein, das hat Lynn, die Schwester von Frau Berthold getan. Ich habe nur nachgesehen wer die Tote ist."

Die Stimme des Hauptkommissars klang schneidend: „Warum haben Sie das getan? Hatten Sie schon eine Vermutung wer die tote Frau sein könnte?"

Melanies Gesicht lief knallrot an: „Bestimmt nicht! Lynn ist fremd hier. Sie hat mich gebeten nachzusehen ob es eine Frau aus dem Ort ist. Schließlich kenne ich kenne die Leute aus dieser Gegend."

„Und warum ging Frau Berthold nicht zum Weiher?"

„Lynn wollte es nicht. Sie glaubte Paula, ich meine Frau Berthold, könnte den Anblick einer Toten noch nicht verkraften."

„Ist Frau Berthold krank?"

„Sie ist depressiv", sagte Melanie. „Ihre Tochter Anna ist vor ein paar Wochen beerdigt worden."

„Wie gut kannten Sie Jacqueline Martin?"

Melanie war auf der Hut. Sie traute keinem Polizeibeamten. Bei einem Mordfall wurde man schnell in den Kreis der Verdächtigen eingereiht. „Ich kannte sie gut", sagte sie kurz. „Darf ich jetzt gehen? Meine Kinder…"

„Gut? Wie gut? Als sie hier gearbeitet hat, habe ich sie oft hier gesehen."

„Danach nicht mehr?"

„Nein!"

„Gut, Sie können jetzt gehen. Aber halten Sie sich bitte zur Verfügung. Es könnten sich noch weitere Fragen ergeben."

„Ja danke." Melanie stand schnell auf und eilte zur Tür.

„Moment!" hielt sie der Hauptkommissar zurück. „Wo hielten Sie sich gestern Nacht auf?"

„Im Bett", grinste Melanie. Ich lag mit meinem Mann im Bett. Falls sie es genau wissen möchten."

Die Rollen der beiden Schwestern hatten sich vertauscht. Paula saß merkwürdig ruhig auf dem Sofa. Während Lynn nervös auf ihrer Unterlippe nagte. Es schien ihr, als berühre es Paula gar nicht, dass in ihrem Garten eine Tote lag. Aber diese Gleichgültigkeit täuschte sicher.

Sie wagte sich nicht von ihrer Seite. Hilfesuchend sah sie hinüber zu Georg, der schweigend am Fenster stand und hinaus in den Garten starrte. Was ging nur vor in den

Beiden? Weder Paula, noch Georg stellten irgendwelche Fragen. Verdächtigten sie sich gegenseitig? Jetzt begann sie sich schon selbst unmögliche Dinge einzureden.

Die Nerven der Beiden lagen sicher so blank, dass Keiner von ihnen ein Wort heraus brachte. Lynn durchbrach diese unheimliche Stille: „Soll ich einen Tee kochen?"

Georg reagierte nicht auf ihre Frage. Doch Paula löste sich aus ihrer Starre. „Lass mich das machen."

Als sie aufstand, wollte Lynn sie begleiten. Paula wehrte sie ab. „Ich möchte einen Moment alleine sein."

Lynn erschrak vor Paulas Blick. Da lag kein Entsetzen darin. Eher Triumph.

Die Tür schloss sich hinter Paula. Lynn ging zu Georg: „Ich muss dich was fragen."

Georg wandte sich langsam um. Sein „Ja?" klang wie aus weiter Ferne.

„War Jacqueline gestern Abend bei dir oben?"

„Wie kommst du denn darauf?" fragte Georg schroff.

„Ich habe Schritte einer Frau auf der Treppe zur Mansarde gehört. Kurz darauf schlich sie sich im Korridor an den Zimmern vorbei nach unten. Dann habe ich sie im Garten gesehen."

Georg schüttelte den Kopf: „Um welche Uhrzeit soll denn das gewesen sein?"

Lynn ging auf Georg zu und sah ihm in die Augen: „Gegen Mitternacht."

Georg wich zurück: „Willst du mir etwa den Mord anhängen?"

„Wie kannst du mir das nur unterstellen!" empörte sich Lynn.

„Es tut mir leid, wenn das so rüber kommt. Ich weiß auch nicht, wer diese Frau im Garten war. Aber ich leide nicht unter irgendwelchen Wahnvorstellungen."

„Und ich versichere dir, dass ich heute Nacht keinen Besuch hatte. Schon gar nicht von einer Frau."

„Dann gibt es nur eine Erklärung", überlegte Lynn.

„Irgendjemand hat diese Szene arrangiert um dich zu belasten."

Kommissar Gruber platzte in die aufgewühlte Unterhaltung. Er richtete sich an Lynn:

„Hauptkommissar Berger möchte sie sprechen."

Als Lynn ins Büro trat erhob sich Hauptkommissar Berger hinter dem Schreibtisch und gab ihr die Hand.

Lynn registrierte seinen kräftigen Händedruck, seine kühlen, forschenden, grauen Augen, seine athletische Figur. Alles in Allem ähnelte am ihm nichts an einen Beamten. Unter anderen Umständen…

„Mein Name ist Lynn Miller", stellte sie sich ihm vor.

„Nehmen Sie bitte Platz Frau Miller", bat er sie. Dann sah er auf die Notizen, die ihm Kommissar Gruber über die Bewohner dieses Hauses aufgezeichnet hatte. Als er wieder hoch sah, trafen sich ihre Blicke. Lynn errötete.

Hauptkommissar Berger fragte ohne Umschweife: „Sie haben also als erste die tote Frau am Weiher gesehen?"

„Ja!"

„Hatten Sie einen Grund dort hin zu gehen?"

Lynns Nervosität gegenüber dem Hauptkommissar legte sich. „Braucht man denn zu allem einen Grund?" fragte sie angriffslustig.

„Natürlich nicht! „Aber in diesem speziellen Fall..."

„Gut", unterbrach ihn Lynn: Ich ging in den Garten um frische Kräuter für das Mittagessen zu holen."

Der Hauptkommissar hob eine Augenbraue: „Ich habe am Tatort keine Küchenkräuter gesehen."

„Schon möglich", gab Lyn zu. „Ich habe auf dem Weg zum Kräuterbeet entdeckt, dass der Gerätesschupen offen stand. Das ist sonst nicht der Fall. Daraufhin bin ich weiter gegangen. Ich wollte nachsehen ob das Gartentor verschlossen ist. Als ich am Gewächshaus vorbei gehen wollte, sah ich die Glasscherben am Boden. DieTür war mit Gewalt geöffnet worden. Ich ging in das Gewächshaus, sah aber nichts Besonderes. Dann entschloss ich mich den anderen Weg zum Haus einzuschlagen. Er führt am Gartenhaus vorbei. Ich sah hinein und entdeckte die zerbrochene Tasse. Draussen bemerkte ich, dass eine Frau am Weiher lag. Ich lief hin...."

„Haben Sie dort etwas verändert?"

„Nein, ich habe nur den Puls der Frau gefühlt. Aber da brauchte man kein Arzt zu sein, um zu merken dass hier jede Hilfe zu spät kam."

„Wieso wollten Sie nachsehen ob das Gartentor zu ist?"

„Vor ein paar Tagen war eine der Gartentüren und die Kellertür nicht zugesperrt. Es hätte Jeder einfach ins Haus gehen können."

„Hatten Sie das Gefühl, dass schon mal Jemand unbefugt das Haus betreten hat oder sich im Garten aufhielt?"

Lynn nickte: „Ja, meine Schwester hat des Öfteren Schritte im Haus gehört. Außerdem wurden die Kellerräume durchwühlt."

„Wann war das?"

„Das war schon vor meiner Ankunft hier."

„Aha!"

„Nichts Aha", empörte sich Lynn. „Jeder denkt meine Schwester hat Halluzinationen. Das stimmt nicht. Heute Nacht habe ich selbst eine Frau Im Garten gesehen."

Kommissar Gruber pfiff durch die Zähne.

Lynn wandte sich zur Seite und starrte ihn an. Sie hätte sich ohrfeigen können. Aber jetzt war es zu spät. Sie hatte das ausgesprochen, was sie eigentlich verschweigen wollte.

„Um welche Uhrzeit war das genau?" fragte der Hauptkommissar.

„So gegen Mitternacht", sagte Lyn. „Ich ging auf den Balkon und hörte Schritte auf dem Kies. Kurz darauf sah ich die Frau. Sie lief auf die Treibhäuser zu."

„Was haben Sie dann getan?"

„Ich bin zum Zimmer meiner Schwester gegangen und habe nachgeschaut ob sie im Bett liegt. Wenn sie die Frau gewesen wäre, die im Garten herum lief, wäre ich natürlich hinunter gegangen. Aber sie hat geschlafen. Dann habe ich mich auch hingelegt."

„Haben Sie am Morgen mit ihrer Schwester über diese nächtliche Erscheinung gesprochen?"

„Nein."

„Und wo hielt sich ihr Schwager, Herr Berthold um diese Zeit auf?"

„Oben, in der Mansarde."

„Wissen Sie das genau?"

„Nein."

„Warum riefen Sie, nachdem Sie Frau Martin tot aufgefunden hatten, nicht sofort die Polizei?"

„Das verstehen Sie natürlich nicht;" erhitzte sich Lynn. Meine Schwester musste schon genug mitmachen. Ich fand es für richtig erst ihren Mann zu benachrichtigen. Ich brauchte vor dem Anmarsch der Beamten Jemand der sich um sie kümmert."

„Ist schon gut, regen Sie sich bitte nicht auf. Ich muss diese Fragen stellen. Schließlich ist hier ein Mord geschehen."

„Sind Sie sich da sicher?"

Hauptkommissar Berger antwortete auf diese Frage nicht, aber er stellte eine andere: „Wann fahren Sie wieder zurück in ihre Heimat?"

„In ein paar Wochen. So genau kann ich es nicht sagen."

„Gut, bis dahin ist wohl der Fall aufgeklärt. Halten Sie sich bitte weiterhin zur Verfügung."

„Heißt das, ich kann jetzt gehen?"

„Ja, ich möchte jetzt gerne mit ihrer Schwester sprechen."

„Kann ich dabei sein?"

„Nein."

Lynn machte keine Anstalten ihn umzustimmen. Sie stand auf und ging mit ernstem Gesicht nach draußen.

Sie fand Paula in der Küche nachdenklich am Tisch sitzend. Die leere ungebrauchte Tasse stand vor ihr.

„Ich dachte, du wolltest Tee kochen?"

Paula sah Lynn entrückt an: „Ich hab es vergessen."

Lynn setzte den Wasserkessel in Gang. „Welchen Tee möchtest du denn?"

„Ich weiß nicht. Du wirst schon den richtigen finden."

Lynn holte wahllos einen Teebeutel aus dem Schrank und hängte ihn in Paulas Tasse. „Es wird dir nicht viel Zeit bleiben, ihn zu trinken", sagte sie. „Der Hauptkommissar möchte mit dir sprechen."

„Ja", erwiderte Paula lustlos. Sie war müde und hungrig. Nachdem Lynn Jacqueline gefunden hatte, war ihr und Lynn der Appetit vergangen. Das Essen war kalt geworden. Und an ihren gewohnten Mittagsschlaf konnte sie nur denken. Sie nippte an ihrer Tasse. Lynn versuchte sie auf das Gespräch mit Hauptkommissar Berger vorzubereiten. Aber sie hörte ihr nicht zu. Ihre Gedanken schweiften in die Vergangenheit.

Kommissar Gruber klopfte kurz an die Tür. Dann streckte er den Kopf in die Küche. „Ach da sind sie", sagte er erleichtert zu Paula. „Darf ich Sie bitten, mich zu Hauptkommissar Berger zu begleiten?"

Paula war bei dem plötzlichen Erscheinen des Kommissars zusammengezuckt. Jetzt stand sie auf und folgte ihm beklommen.

Kurz darauf saß sie dem Hauptkommissar gegenüber.

Seit Annes Unfall verspürte sie gegen jede Art von Polizeibeamten eine Aggression. Damals hatten sie auf der Suche nach Spuren den Garten verwüstet. Anschließend wurde sie ebenso streng wie Jacqueline und Georg verhört. Zum Schluss war es ihr so vorgekommen, als würden sie annehmen, sie selbst hätte ihre kleine

Tochter ins Wasser gestoßen. Sie hatten nur Chaos hinterlassen. Und genau das Gleiche würde jetzt geschehen.

Hauptkommissar Berger bemerkte ihren abweisenden Blick. Er ahnte in welcher seelischen Verfassung Frau Berthold war. Doch darauf konnte er keine Rücksicht nehmen.

„Frau Martin arbeitete früher als Kindermädchen bei Ihnen?"

„Ja."

„Hatten Sie noch Kontakt zu Ihr?"

„Nein."

„Wie erklären Sie sich dann ihren Besuch bei Ihnen im Garten?"

„Überhaupt nicht. Es gab keine Veranlassung für sie hier her zu kommen."

„Haben Sie in der vergangenen Nacht etwas Ungewöhnliches gehört oder gesehen?"

„Nein, ich habe etwa um Zweiundzwanzig Uhr eine Schlaftablette genommen. Danach habe ich tief und fest geschlafen."

„Was fühlten Sie, als sie erfuhren, dass Jacqueline Martin in ihrem Garten ermordet wurde?"

Paula spürte ein Würgen in ihrer Kehle. Sie wusste genau auf was der Hauptkommissar hinaus wollte. Aber sie hatte nicht die Absicht sich zu verstellen. „Im ersten Moment fühlte ich mich erleichtert", sagte sie. „Frau Martin hatte die gerechte Strafe bekommen. Schließlich war sie schuld am Tod meines Kindes. Doch dann hat es mir leid getan, dass sie so endete, denn jetzt werde ich nie mehr erfahren, was damals wirklich geschah."

Hauptkommissar Berger und Kommissar Gruber sahen sich vielsagend an: Hier gab es das erste Mordmotiv.

Paula hatte mit weiteren Fragen gerechnet; aber Hauptkommissar Berger verabschiedete sich von ihr mit der Auflage, dass sie in den nächsten Tagen den Ort nicht verlassen durfte.

Als Paula aus dem Büro gegangen war, fragte Kommissar Gruber: „Warum haben Sie die Befragung von Frau Berthold so schnell beendet?"

„Ganz einfach", erklärte der Kommissar. „Ich möchte mir erst ein Gesamtbild aller Beteiligten machen. Jetzt werde ich mit Herrn Berthold sprechen. Anschließend fahren wir ins Revier. Mal sehen was die Spurensicherung herausgefunden hat. Außerdem interessieren mich noch der pathologische Bericht und die Akten über den Unfall der Anna Berthold. Ich habe das Gefühl, dass es da einen Zusammenhang gibt.

Georg stand alleine im Wohnzimmer an der Hausbar. Er brauchte kein Hellseher sein, um sich auszurechnen, dass er der Hauptverdächtige in diesem Drama sein würde. Vor lauter Frust hatte er schon zwei Gläser Whisky getrunken. Als er wieder nach der Flasche greifen wollte trat der Kommissar ein. Er roch den Alkohol, sagte aber kein Wort darüber. Sein Blick verriet genug. Er forderte Georg auf, ihn zum Kommissar zu begleiten.

Hauptkommissar Berger begrüßte ihn freundlich aber bestimmt. Er begann sofort Fragen zu stellen.

„Wo hielten Sie sich gestern zwischen Dreiundzwanzig_ und Vierundzwanzig Uhr auf?"

„Um diese Zeit habe ich oben in der Mansarde geschlafen."

„Haben Sie einen Zeugen dafür?"

„Nein, ich war alleine."

„Gehört oder gesehen haben Sie wohl auch nichts?"

„Nein, wenn ich mal schlafe…

„Gut, können Sie sich vorstellen, weshalb Frau Martin ausgerechnet in ihrem Garten ermordet wurde?"

„Wie sollte ich? Ich habe schon seit einem dreiviertel Jahr keinen Kontakt mehr mit ihr."

„Wie stehen Sie zu ihr?"

„Frau Martin war bei uns angestellt.

„Verwenden Sie in der Gärtnerei irgendwelche Gifte?"

„Die Gärtnerei ist schon seit langem stillgelegt."

„Aber Sie bewirtschaften doch ihren Garten!"

„Ja, aber da benutze ich kein Gift. Ich stehe mehr auf biologischen Anbau. Warum fragen Sie mich das?"

"Frau Martin wurde höchstwahrscheinlich vergiftet."

Georg wurde blass: „Ich kann nicht ausschließen, dass noch alte Bestände von früher in einem der Treibhäuser oder im Keller lagern. Das habe ich leider nie nachkontrolliert."

„Wir müssen eine Durchsuchung ihres Grundstückes einschließlich ihres Wohnhauses durchführen."

Georg wurde es immer unbehaglicher zu Mute aber er nickte: „Das verstehe ich."

Hauptkommissar Berger stand auf:

„Gut das wär's dann.

Aber in den nächsten Tagen habe ich sicher noch eine Menge Fragen an Sie zu stellen. Ich hoffe Sie zeigen sich kooperativ."

Georg stand steif da und sah dem Kommissar mit gemischten Gefühlen nach. Aufwidersehen wäre das falsche Wort gewesen.

Frank Seifert wollte noch in der Mittagspause zur Polizei fahren und Jacqueline als vermisst melden. Doch die Zeit wurde ihm zu knapp. Ausgerechnet heute hatte er so viele Aufgaben zu bewältigen. Jetzt hoffte er doch noch auf ein Lebenszeichen von ihr. Aber sein Handy blieb den ganzen Nachmittag still. Kurz vor Feierabend rief er noch einmal Zuhause an. Doch Jacqueline meldete sich nicht.

Franks Herz krampfte sich zusammen. So ein Verhalten passte nicht zu ihr.

Im Polizeirevier herrschte die übliche Hektik. Frank benötigte eine Portion Geduld, ehe ein Beamter Zeit für ihn hatte. Endlich konnte er sein Anliegen vorbringen. Der Beamte sah ihn zweifelnd an: „Hatten Sie und ihre Partnerin vielleicht Streit mit einander?"

„Nein, hatten wir nicht. Das heißt, eine kleine Meinungsverschiedenheit gab es. Doch das hat nichts zu bedeuten."

Der Beamte räusperte sich: „Bei Frauen weiß man nie…"

Frank verzweifelte fasst bei dieser stoischen Ruhe.

„So glauben Sie mir doch. Jaqueline muss etwas zugestoßen sein…"

Ein zweiter Beamter kam hinzu und unterbrach Frank: „Erwähnten Sie den Namen Martin?"

„Ja, Jacqueline Martin. Sie ist…"

„Darf ich Sie bitten mich in das Büro von Hauptkommissar Berger zu begleiten?"

Frank begann zu schwitzen: „Ja natürlich. Was ist mit Jaqueline?"

„Ich bin nicht befugt, Auskünfte darüber zu erteilen."

Vor Hauptkommissar Berger lag der vorläufige Bericht des Pathologen und der Spurensicherung. „Bis jetzt sind das noch reichlich wenig Anhaltspunkte", murmelte er.

Irgendjemand klopfte an seine Tür und er rief ein knappes „Herein!"

Der Beamte Waller trat ein, gefolgt von einem Mann, den er auf ungefähr Fünfunddreißig Jahre schätzte.

„Dieser Herr", sagte der Beamte, „wollte gerade eine Vermisstenanzeige aufgeben. Es handelt sich um Frau Jacqueline Martin."

„Danke", sagte Hauptkommissar Berger zu dem Beamten: „Wir sprechen uns später."

Wallner hatte verstanden. Mit einem knappen „Ja", verließ er das Büro.

Hauptkommissar Berger gab seinem Besucher die Hand und musterte ihn eindringlich. Er war ein sportlicher Typ.

Etwa Einsachzig groß, dunkelhaarig und auf den ersten Blick symphatisch. Im Moment schien der Mann vor ihm ernsthaft besorgt zu sein.

„Mein Name ist Frank Seifert", stellte er sich ihm vor.

Dann setzte er sich ihm gegenüber und sagte ergänzend: „Ich bin der Verlobte von Frau Martin. Wissen Sie wo sie sich befindet?"

Hauptkommissar Berger stellte sein Aufnahmegerät ein.

„Sie wohnen mit Frau Martin zusammen?" fragte er ernst.

„Ja", entgegnete Frank Seifert aufgeregt. „Sagen Sie mir doch endlich was geschehen ist."

„Frau Martin ist heute tot aufgefunden worden."

Frank starrte den Hauptkommissar fassungslos an:

„Hatte sie einen Unfall? Kann ich sie sehen?"

„Ja, später. Jetzt muss ich Ihnen erst ein paar Fragen stellen."

„Welche Fragen? Ich suche Jacqueline schon seit heute Morgen. Ich habe überall nachgefragt wo sie sein könnte. Und jetzt sagen Sie mir kalt ins Gesicht, dass sie tot ist. Ich bin es doch, der hier Fragen stellen könnte…"

„Ich verstehe ihre Erregung Herr Seifert. Aber ich muss Sie bitten mir zu helfen. Nach unseren Recherchen stammt Frau Martin aus Frankreich. Hat sie hier in Deutschland auch Verwandte?"

„Nein."

„Würden Sie die Tote identifizieren?"

„Identifizieren?" Franks Hände wurden nass. „Ich, ich weiss nicht ob ich das schaffe." Seine Schultern schienen plötzlich schmaler geworden zu sein und sein Blick irrte verstört weg vom Hauptkommissar und wieder zurück.

„Muss das wirklich sein?"

„Ja", bedauerte der Kommissar. Einen kurzen Moment liess er ihm Zeit, dann fragte er weiter: „Wann haben Sie Frau Martin zum letzten Mal gesehen?"

„Vor drei Tagen. Es war gegen Zwanzig Uhr."

„Sind Sie sich da sicher?"

„Ja:"

„Und heute haben Sie sie erst vermisst?"

„Ich war verreist. Außerdem nahm ich an, dass Jacqueline mir den kleinen Streit, den wir hatten, übel genommen hat."

„Um was ging es da?"

„Jacqueline hatte mir am Abend ehe ich wegfuhr erzählt, dass sie kurz vor Feierabend eine Email von Georg erhalten hätte, in der er sie bat am Abend zu Paula zu kommen."

Kommissar Berger sah ihn überrascht an:

„Georg Berthold?"

„Ja, Jacqueline war sehr erstaunt über die Email. Sie wusste nicht einmal, dass Georg wieder aus Russland zurückgekehrt ist und in der gleichen Firma arbeitet wie wir."

„Sie wussten es auch nicht?"

„Doch, vor ein paar Tagen hat es mir eine Kollegin, die in Georgs Abteilung arbeitet erzählt. Ich wollte Jacqueline nicht damit belasten."

„Gab es Differenzen zwischen Ihnen und Herrn Berthold?"

„Allerdings, früher waren wir mal Freunde. Aber nach dem Unfall von seiner Tochter hat sich einiges zwischen uns verändert."

„Waren Sie damals schon mit Frau Martin liiert?"
„Ja, ich habe sie bei den Bertholds kennen gelernt."
„Gibt Frau Berthold auch heute noch Frau Martin die Schuld am Tod ihrer Tochter?"
„Bis gestern Abend schien es so zu sein. Aber nach der Email zu schließen hatte Paula ihre Meinung geändert.

Warum hätte Jacqueline sie sonst besuchen sollen?"
Frau Martin hat ihnen also von der Email berichtet. Wie hat sie sich darüber geäußert?"
„Sie befand sich in einem Zwiespalt, ob sie mit Paula und Georg sprechen sollte oder nicht? Schließlich hatte Paula sie beschuldigt am Tod ihrer Tochter Anne schuldig zu sein. Sie hatte ihr Rache geschworen. Ich habe ihr abgeraten zu Paula zu fahren. Es kam mir unsinnig vor.
Als ich Jacqueline verließ, dachte ich, dass sie zu Hause bleibt. Aber dann muss sie es sich doch anders überlegt haben und zu ihnen ins Dorf gefahren sein."
Heißt das, Sie können nicht mit Gewissheit sagen, dass Frau Martin zu den Bertholds gefahren ist?"
„Nein, wie gesagt, ich hatte ihr abgeraten von dem Besuch. Wir führten ein regelrechtes Streitgespräch darüber. Ich bin nach dem Abendessen zu meiner Mutter gefahren und ein paar Tage bei ihr geblieben."
„Sie haben also erst heute Morgen bemerkt, dass ihre Verlobte nicht Zuhause ist?"

„Ja."

„Sonst ist Ihnen nichts Besonderes aufgefallen?"

„Nein, aber sagen Sie mir doch endlich woran Jacqueline gestorben ist."

„Sie wurde vergiftet. Sie lag im Garten der Familie Berthold."

Frank Seifert starrte ihn erschrocken an.

Doch Hauptkommissar Berger konnte keine Rücksicht auf ihn nehmen. Die Zeit lief davon. Der Fall musste geklärt werden. Er ließ Kommissar Gruber zu sich kommen.

Dann sagte er zu Frank Seifert: „Ich muss sie jetzt bitten, mich und meinen Kollegen ins Leichenschauhaus zu begleiten."

Paula saß müde und abgeschlagen im Wohnzimmer. Der Mittagsschlaf fehlte ihr. Die unheimliche Ruhe im Haus erinnerte sie an den Tag von Annes Beerdigung.

Damals war sie fast verzweifelt an dieser Einsamkeit.

Aber heute sehnte sie sich die Stille zurück. Alles wurde ihr zuviel und Jeder regte sie auf.

Georg, der seit seiner Ankunft versuchte ihr aus dem Weg zu gehen. Sie aber, wenn er sie erblickte, mit bittenden Hundeaugen ansah. Lynn, die sie übermäßig bemutterte. Melanie, die ihr laufend Vorhaltungen wegen ihrer Tabletteneinnahme machte und deren Tochter sie an Anne erinnerte. Und nun diese Beamten, die ihr jetzt sicher lange Zeit keine Ruhe mehr lassen würden.

Lynn kam aus der Küche: „Komm bitte mit", sagte sie. „Das Abendessen ist fertig."

„Ich habe doch gar keinen Hunger", sträubte sich Paula.

„Jetzt zier dich nicht", forderte Lynn sie auf. „Ein paar Bissen wirst du schon hinunter bringen."

Paula runzelte die Stirn, stand aber dann doch auf und folgte Lynn in das Esszimmer.

Lynn hatte schon den Tisch gedeckt. „Setz dich schon mal hin", bat sie Paula. „Ich werde Georg herunterholen.

Er muss auch mal was zu sich nehmen."

Als Georg mit Lynn in die Küche kam, sah er blass und niedergeschlagen aus. Er rückte sich einen Stuhl zurecht.

Dann fragte er Paula: „Störe ich dich?"

„Nein", erwiderte Paula und neigte sich über ihren Teller.

Georg griff fahrig zu seinem Besteck.

Keiner von ihnen aß mit Appetit. Lynn setzte sich zu den Beiden.

Paula sah von ihrem Teller auf und fragte in die Stille hinein: „Hattest du was mit Jacqueline?"

Georgs Messer klirrte auf den Tisch. „Ich? Nein, wie kommst du auf so eine absurde Idee?"

„Der Hauptkommissar wird davon erfahren und dir unangenehme Fragen stellen. Oder hat er dich schon gefragt ob Jacqueline gestern Nacht bei dir war?"

„Sie war nicht bei mir", sagte Georg gequält. Sie wollte dich besuchen."

Paula starrte Georg verblüfft an: „Wer sagt so etwas?"

„Frank war heute Mittag bei mir im Büro und hat nach Jacqueline gefragt. Er hat behauptet, sie wäre per Email gebeten worden zu dir zu kommen. Aber ich weiß nichts von einer Email."

„Ja glaubst du denn ich stecke dahinter? So ein Schwachsinn!"

„Jetzt hört aber auf", stoppte Lynn Paula und Georg.

„Merkt ihr nicht, dass euch da Jemand gegeneinander aufhetzen will? Wenn ihr euch gegenseitig bespitzelt und beschuldigt ist das ein gefundenes Fressen für die Polizei. Überlegt mal lieber wer euch so übel mitspielt. So wie ich die Sache sehe, wurde Jacqueline hierher gelockt.

Doch wie wollt ihr beweisen, dass es Keiner von euch Beiden gewesen ist?"

„Wieso soll ich etwas beweisen?" empörte sich Georg.

„Bei mir werden sie kein Motiv finden, wieso sollte ich Jaqueline umbringen."

„Wenn du dich da mal nicht täuschst", stöhnte Lynn.

In Georg siegte der Galgenhumor: „Du musst es ja wissen. Du bist die Anwältin. Du kannst uns ja verteidigen."

„Mit einer Zulassung, die hier in Deutschland nicht gilt", gab Lynn zurück."

„Aber was können wir tun?" fragte Paula.

„Wir müssen zusammenhalten und den Mörder finden. Ab heute darf es kein Geheimnis mehr zwischen uns geben. Ich werde einen Plan aufstellen."

Paulas Miene verriet, wie skeptisch sie den Vorschlag von Lynn aufnahm. „Ich weiß nicht ob das einen Zweck hat", zweifelte sie.

Lynn packte Paula an den Schultern und sah ihr in die Augen: „Ist es, weil du Georg nicht mehr vertrauen kannst? Glaubst du wirklich er ist ein Mörder?"

Paula sah zur Seite. „Nein, das nicht, aber kann ich mich jemals wieder auf ihn verlassen?"

Lynn ließ sie los. „Vielleicht kannst du das, vielleicht auch nicht. Aber an deiner Stelle würde ich das Risiko eingehen."

„Ich weiß Paula", sagte Georg. „Ich habe mich dir gegenüber sehr feige benommen und dir sehr wehgetan. Aber wenn wir uns jetzt gegeneinander stellen wird alles noch viel schlimmer."

Paula zögerte noch einen Moment. Dann renkte sie ein:

„Gut, ich versuche es. Aber wie halten wir es mit Melanie?"

„Melanie redet zu viel", sagte Lynn schnell. Es ist besser, wir halten sie da raus."

Am nächsten Morgen saßen Hauptkommissar Berger und Kommissar Gruber über den Fakten, die sie bis jetzt zusammen getragen hatten. „Also fassen wir zusammen", sagte Hauptkommissar Berger. „Nach der Aussage von Herrn Seifert, fuhr Frau Martin wahrscheinlich zu Frau Berthold."

„Aber nicht mit ihrem eigenen Wagen. Wir haben kein fremdes Fahrzeug in der Umgebung der Gärtnerei gefunden", wandte der Kommissar ein.

„Gut aufgepasst", lächelte der Hauptkommissar.

„Machen Sie mal gleich eine entsprechende Notiz. Wir müssen herausfinden wie sie zu den Bertholds gekommen ist. Das Dorf liegt ja doch ein wenig abgelegen.

Wahrscheinlich ist sie mit dem Taxi gefahren. Aber warum?"

„Vielleicht wurde sie von einem der Bertholds abgeholt", sinnierte der Kommissar."

„Das wäre natürlich auch möglich. Aber rufen wir mal erst alle Taxizentralen an."

Kommissar Gruber notierte sich das.

Hauptkommissar Berger sah ihn nachdenklich an: „Frau Martin wurde gegen Mitternacht ermordet. Befand sie sich den ganzen Abend bei den Bertholds oder hatte sie vorher ein anderes Ziel?"

„Das ist schwierig zu beantworten", überlegte der Kommissar. „Alle drei Hausbewohner behaupten Frau

Martin an diesem Abend nicht gesehen zu haben. Wir sind auf andere Zeugen angewiesen."

„Stimmt! Aber von den Bertholds werden wir auch wenig erfahren. Sie haben nichts von der Email, die Frau Martin von einem der Beiden erhalten haben soll, gesagt. Die Bande hält zusammen."

„Oder es gab keine Email. Vielleicht hatte Herr Seifert Streit mit seiner Verlobten und will den Verdacht nun auf die Bertholds lenken."

Kommissar Gruber schwieg skeptisch. Er war es gewohnt eine Frage nach der anderen zu klären. Sein früherer Chef hatte ihn nie so richtig in die Ermittlungen einbezogen. Er hatte seine Order erteilt und hatte seine Fälle auf seine Art gelöst. „Oder auch nicht." Ging es ihm durch den Sinn. Langsam fand er seinen neuen Vorgesetzten symphatisch.

Inzwischen war Hauptkommissar Berger aufgestanden.

Er ging eine Weile nachdenklich hin und her. Dann schüttelte er den Kopf:

„Mir fällt gerade ein, dass sich Frau Miller verplappert haben muss. Sie sagte, sie hätte gegen Mitternacht eine Frau im Garten gesehen. Ich bin mir sicher, dass sie darüber gar nicht sprechen wollte."

„Aber Lynn Miller ist doch nur zu Besuch bei ihrer Schwester. Sie kannte Frau Martin nicht..." "Das hat nichts zu sagen. Für manche Menschen ist Rache die richtige Lösung. Entweder konnte sie mit der Trauer ihrer Schwester nicht umgehen. Oder sie weiß was Frau Berthold getan hat und will sie schützen."

„Das bezweifle ich", sagte Kommissar Gruber. „Für mich ist Herr Berthold der Hauptverdächtige."

„Ausschließen kann man gar nichts. Ich werde beim Staatsanwalt eine Hausdurchsuchung bei den Bertholds einholen. Zwei Beamte müssen im Dorf Nachforschungen betreiben. Ausserdem werde ich veranlassen das Umfeld von Frau Martin und Herrn Seifert auszukundschaften. Es muss auch nachgeforscht werden, ob es diese Email wirklich gab. Vielleicht liegen Sie mit ihrem Verdacht gar nicht so falsch. Ich werde mir Herrn Berthold so schnell als möglich noch einmal vornehmen. Er hat mit keinem Wort den Besuch seines Freundes in der Mittagspause erwähnt. Ich denke, es ist nicht das Einzige was er uns verschwiegen hat."

Georg saß übernächtigt in seinem Büro. Sein Eintagebart unterstrich die fahle Blässe seiner Haut und die dunklen Ringe unter seinen Augen. Er schaltete den Computer ein und versuchte sich auf die unterbrochene Arbeit vom Vortag zu konzentrieren. Doch die Einträge verschwammen vor seinen Augen. Er sah Lynn vor sich:

„Wir müssen zusammenhalten" hatte sie gesagt. Aber wie? Paula hatte ihn nicht so angesehen, als ob sie das wirklich könnte. Und er? Konnte er Paula und Lynn vertrauen? Lynn mit ihrer Geschichte von der Frau im Garten? Dann hallte die Stimme des Kommissars in ihm nach: „Sie sollten kooperativ sein." Wie sollte das möglich sein? Ihm fiel Frank ein: „Du hast Jacqueline eine Email geschickt." Er hatte in der letzten Zeit mehrere Emails abgeschickt aber nicht an Jacqueline.

Jemand klopfte hart an seine Bürotür. Georg drehte sich um und starrte Hauptkommissar Berger geradewegs ins Gesicht. „Muss das sein, dass Sie mich hier aufsuchen?" knurrte er. „Ich komme jederzeit ins Kommissariat um ihre Fragen zu beantworten."

Hauptkommissar Berger überhörte Georgs Vorwurf.

„Wir müssen Ihren Rechner überprüfen. Sie erinnern sich doch sicher an die Email, die Sie Frau Martin geschickt haben."

„Nein", widersprach Georg. „Denn das habe ich nicht getan."

„Das werden wir gleich feststellen."

Der Begleiter des Kommissars drängte Georg vom Rechner.

„Warum haben Sie uns den Besuch von Herrn Seifert hier im Büro verschwiegen?" fragte der Kommissar.

„Ich hatte ihn vergessen."

„Was Sie nicht sagen! Gibt es noch mehr solcher Gedächtnislücken?"

„Wie meinen Sie das?"

„Es gibt eine Zeugin, die Sie vor drei Tagen mit Frau Martin gesehen haben will."

Georg schüttelte energisch den Kopf. „Das glaube ich Ihnen nicht. Und falls es wirklich so eine Zeugin geben sollte, so kann ich nur sagen, dass sie sich getäuscht hat."

„Ich habe die Email gefunden!"

Georg starrte ungläubig auf dem Mann vor dem Computer: „Das ist unmöglich!"

Kommissar Berger triumphierte: „Sichern Sie das Beweisstück."

Dr. Fellner, Georgs Chef, sah, als seine Sekretärin nach kurzem Klopfen bei ihm eintrat, genervt auf: „Ich sagte doch, dass ich nicht gestört werden will."

„Die Polizei ist im Haus", unterrichtete sie ihn spitz. Sie verhören gerade Herrn Berthold."

„Herrn Berthold?"

„Ja, er soll Frau Martin, eine Mitarbeiterin unseres Hauses ermordet haben."

Doktor, Fellners Gesicht lief rot an: „Das ist doch wohl nicht ihr Ernst!"

„Doch, es spricht sich schon wie ein Lauffeuer im Betrieb herum."

„Sobald die Polizei Herrn Bertholds Büro verlassen hat, soll er sich bei mir melden."

Als Georg in Dr. Fellners Büro trat, forderte er ihn nicht einmal auf Platz zu nehmen. „Gerade wurde mir mitgeteilt, dass Sie verdächtigt werden einen Mord begangen zu haben, "schnauzte er ihn an. „Unter diesen Umständen muss ich Sie bitten in Urlaub zu gehen."
 Georg wurde blass. „Unter welchen Umständen?" wehrte er sich. „Ich habe nichts mit diesen Anschuldigungen zu tun".
 „Umso besser für Sie. Ab sofort haben Sie Zeit Beweise für Ihre Unschuld zu finden. Sie können gehen!"
 Im Haus herrschte friedliche Stille. Lynn saß im Wintergarten. Unter normalen Umständen hätte sie in dieser ruhigen Morgenstunde Jogaübungen oder Fitnesstraining gemacht. Aber die Umstände in diesem Haus waren alles andere als normal. Paula und Georg sprachen es nicht aus, aber sie fühlte das Misstrauen zwischen den Beiden.
 Und sie fand diesen Zustand unerträglich. Sie dachte nach wer der Mörder dieser Frau sein konnte und wie man ihn entlarven könnte. Aber sie fand zu wenige Anhaltspunkte.
 Ihre Überlegungen wurden vom schrillen Läuten an der Haustür unterbrochen. Sie zögerte mit dem öffnen der

Tür. „Aber Irgendwer schien den Finger von der Klingel nicht mehr lösen zu können. Lynn ärgerte sich und lief hinaus. Vor ihr stand Kommissar Gruber mit ein paar Polizeibeamten. Er hielt ihr einen Zettel unter die Nase:

„Wir haben hier einen Hausdurchsuchungsbefehl."

Lynn wusste, dass sie dagegen nichts unternehmen konnte. Doch sie versuchte es trotzdem. „Meine Schwester liegt noch im Bett. Sie ist krank. Mein Schwager ist außer Haus."

„Das tut nichts zur Sache", sagte der Kommissar und gab den Beamten seine Anweisungen.

Lynn lief zur Treppe hinauf um Paula zu warnen.

Paula saß verwirrt über dem Lärm in ihrem Bett und starrte Lynn hilfesuchend an: „Was hat das zu bedeuten?"

„Sie suchen im Haus nach irgendwelchen Beweisstücken", erklärte Lynn und setze sich zu Paula auf das Bett. Sie nahm sie in den Arm: „Beruhige dich Paula. „Es wird nicht lange dauern. Was sollen sie schon finden?"

„Ich möchte weg hier", weinte Paula. „In diesem Haus werde ich nie mehr froh."

„Das verstehe ich", versicherte Lynn. „Aber solange der Mörder nicht gefasst ist, müssen wir hier bleiben."

Georg sah schon von weitem die Polizeiautos vor seinem Haus. Sein erster Gedanke war umzukehren. Er ging vom Gaspedal. Aber im nächsten Moment fiel ihm sein unsinniges Verhalten ein. Wo sollte er schon hin?

Und was würde es ihm bringen wenn er das Weite suchte? Die beiden Frauen brauchten jetzt seine Hilfe.

Außerdem würde seine Flucht einem Geständnis gleich gesetzt werden. Also fuhr er nach Hause. In dem Moment, als er seinen Wagen vor der Garage parkte, kam Kommissar Gruber, gefolgt von einem Trupp Polizisten aus dem Haus.

Georg versuchte seine Ruhe zu bewahren. Er grüßte den Kommissar knapp. Der gab einen mürrischen Gruß zurück und stieg ohne weiteren Kommentar in eines der Polizeifahrzeuge.

Georg fand Paula und Lynn im Wohnzimmer. Beide sahen ihn überrascht an.

Lynn fasste sich zuerst: „Wieso bist du nicht im Betrieb?"

„Ich wurde beurlaubt", sagte er. Dann sah er sich um:

„Sieht es jetzt im ganzen Haus so chaotisch aus?"

Lynn rümpfte die Nase: „Du kannst Fragen stellen!"

Paula fühlte sich elend. Sie hatte versucht ohne Tabletten auszukommen, aber die Hausdurchsuchung war ihr so an die Nieren gegangen, dass sie geradezu nach so einer Pille fieberte. Ihre Hände begannen zu zittern. Sie stand auf: „Ich gehe nach oben."

Georg sah sie besorgt an: „Kann ich dir irgendwie helfen?"

„Nein, lass mich in Frieden! Ich brauche meine Ruhe."
Georg starrte Paula unsicher nach bis sie das Zimmer verlassen hatte. „Warum lehnt sie ständig meine Hilfe ab?" fragte er mehr zu sich selbst.
„Du solltest Paula nicht bedrängen", sagte Lynn.
„Das mache ich doch nicht", entrüstete sich Georg.
„Schon gut", versuchte Lynn ihn zu beruhigen. „Bei uns liegen jetzt alle Nerven blank. Aber wir müssen einen klaren Kopf bewahren. Was war denn los in deiner Firma?"
Georg setzte sich in einen Sessel. „Hauptkommissar Berger war mit einem Gehilfen bei mir im Büro. Er hat nach der Email gesucht, die ich Jacqueline angeblich geschickt haben soll."
„Und – hat er sie gefunden?"
„Ja, es gibt tatsächlich so eine Email."
„Das verstehe ich nicht!"
„Meinst du ich? Warum sollte ich Jacqueline eine Email schicken? Wenn ich mich mit ihr treffen wollte, hätte ich sie angerufen oder wäre in die Abteilung gegangen, in der sie arbeitet."
„Das klingt logisch aber…"
„Ich glaube, mein Leben geht jetzt endgültig den Bach herunter. Bei der Polizei, in der Firma und im Dorf gelte ich schon als Mörder. Wie soll ich nur beweisen, dass ich mit dem Tod von Jacqueline nichts zu tun habe?"

Lynn betrachtete Georg nachdenklich. Sagte er die Wahrheit? Seine verzweifelte Miene ließ darauf schließen. Sie wusste aber auch, dass im Moment alles gegen ihn sprach. „Ich werde dir dabei helfen, die Beweise heran zu schaffen", versprach sie Georg und fügte hinzu: „Allerdings erwarte ich von dir absolute Ehrlichkeit."

„Danke Lynn."

Kommissar Gruber trat mit säuerlicher Miene ins Büro von Hauptkommissar Berger. „Die Hausdurchsuchung verlief vollkommen ergebnislos", meldete er ihm.

Sein Chef nickte nachdenklich: „Schade! Aber dafür wurden wir im Büro von Herrn Berthold fündig. Es existiert tatsächlich eine Email an Frau Martin."

Ehe Kommissar Gruber seinen Kommentar darüber abgeben konnte, klopfte es an der Tür. Der Beamte Wallner trat ein. Er grüßte kurz und erstattete Bericht über seine letzten Ermittlungen. „Am fraglichen Abend", sagte er, „gab es bei keinem der Taxibetriebe eine Fahrt zu den Bertholds. Auch der Busfahrer, der diese ländliche Rute fährt, hat Frau Martin nicht gesehen."

„Also Fehlanzeige. Wie sieht es mit den Nachbarn von Frau Martin aus? Hat Einer von ihnen sie an jenem Abend gesehen?"

„Nein."

Hauptkommissar Berger zog seine Stirne in Falten: „Sie können gehen."

Als Wallner das Büro verlassen hatte, fragte er den Kommissar: „Wen haben Sie für die Ermittlungen im Dorf eingesetzt?"

„Bohn und Schlagbauer."

Das Telefon klingelte. Hauptkommissar Berger hob ab.

Der Gerichtsmediziner war am anderen Ende der Leitung. „Jetzt steht der endgültige Befund der Todesursache von Frau Martin fest", erklärte er.

„Gut! Gibt es neue Erkenntnisse?"

„Ja, Frau Martin ist mit Ricin vergiftet worden."

„Und was heißt das?"

„Der Tod trat zwar in der von mir angegebener Zeit, also am einundzwanzigsten Juli ein, aber das Gift wurde ihr etwa zwei Tage zuvor verabreicht."

„Wie ist das möglich? Wirkt das Gift so schleichend, dass man es erst so spät bemerkt?"

„Es ist schleichend aber man fühlt sich sehr schnell krank. Die Symptome einer solchen Vergiftung sind Brennen im Mund und Rachen, Übelkeit, Erbrechen, Entzündungen von Magen, mit Durchfällen und Krämpfen.

Frau Martin hatte starke Prellungen am Kopf. Die könnten von einem schweren Gegenstand verursacht worden sein. Man kann aber nicht ausschließen, dass sie von einem Sturz herrühren. Bei dieser Art der Vergiftung leidet der Patient unter Schwindelgefühl.

Es kommt eine Nierenentzündung hinzu. Dann verkleben die roten Blutkörperchen, was zu Thrombosen führt. Schließlich versagt der Kreislauf. Der Tod tritt ein."

„Frau Martin hätte also bei einer sofortigen Behandlung gerettet werden können?"

„Nein. Schon eine Dosis von 0,25 mg des Giftes ist tödlich. Frau Martin wurde mit Sicherheit die doppelte Dosis verabreicht."

„In welcher Form?"

„Es muss ihr in Pulverform ins Essen oder in Getränke gegeben worden sein."

„Schmeckt man dieses Ricin nicht heraus? Ich meine ist es nicht bitter?"

„Nein."

„Ja, dann schicken Sie mir bitte den schriftlichen Bericht rüber. Und Danke für die Auskunft."

„Gern geschehen."

Hauptkommissar Berger legte nachdenklich den Hörer auf. „Jetzt müssen wir mit unseren Recherchen wieder von vorne beginnen", stöhnte er. „Das Gift wurde Frau Martin schon zwei Tage vor ihrem Tod, also am neunzehnten Juli zugeführt."

Kommissar Gruber räusperte sich. Es war ihm, als hätte er einen Knödel verschluckt. „Wissen Sie was mir gerade eingefallen ist?"

Hauptkommissar Berger schüttelte unwillig den Kopf: „Nein, wie sollte ich auch…"

„Sie haben gerade Ricin erwähnt. Somit hatte ich, als ich Frau Martin tod da liegen sah, recht mit meiner Diagnose.

Es ist genau das Gift, mit dem sich die Eltern von Herrn Berthold umgebracht haben."

Paula hatte sich auf ihr Bett gelegt und versuchte nun zu schlafen. Aber es gelang ihr nicht. Ihr Kopf schmerzte. Ihre Augen flatterten und auf ihrer Stirn bildeten sich dicke Schweißtropfen. Sie richtete sich auf und ging ins Bad. Mit zitternden Händen suchte sie nach ihren Pillen.

„Nur noch eine", dachte sie. „Ohne sie halte ich diese Aufregung im Haus nicht aus." Endlich fand sie das Röhrchen mit den Tabletten und schluckte eine davon. Dann wusch sie ihr Gesicht mit kaltem Wasser ab. Zwar wirkte die Pille nicht sofort, aber es beruhigte sie schon der Gedanke, dass sie ihr bald helfen würde. Sie vermied es in den Spiegel zu sehen, denn in solchen Momenten konnte sie ihr eigenes Gesicht nicht ertragen. Es zeigte die Spuren ihrer Sucht. Mit hängenden Schultern verließ sie das Bad. Sie öffnete Annes Zimmertür. Auch hier herrschte Verwüstung vor.

Nicht einmal vor diesem Raum hatten diese Beamten halt gemacht. Was wollten sie in dem Kinderzimmer finden? „Ach Anne!" Sogar der Block auf dem Anne vor ihrer Krankheit immer gemalt hatte, lag am Boden. Sie hob ihn auf und setzte sich an den kleinen Schreibtisch. Eines Tages hätte Anne hier ihre Hausaufgaben gemacht. Verzweifelt barg sie ihren Kopf in den Händen. So verweilte sie, bis die Pille einigermaßen Wirkung zeigte. Dann nahm sie einen Stift und begann ein paar Sätze an ihre Tochter zu schreiben.

Liebe Anne, es sieht so aus, als ob ich dich über all die Menschen hier im Haus vergessen habe. Bitte verzeih mir. Es scheint wie früher, als ich dich in guten Händen dachte, zumindest hatte ich es geglaubt. So ließ ich mich von Terminen hetzen. Dazwischen stach manchmal ein winziger Gedanke, so fein wie ein Nadelstich in mein Herz. Geht es meiner kleinen Anne wirklich gut? Warum sollte es nicht so sein? habe ich mich dann beruhigt und habe die Gedanken an dich wieder in die hinterste Ecke meines Wesens verbannt. Jetzt bin ich dabei, das gleiche zu tun. Ich hasse mich dafür und ich hasse Jacqueline.

Sie ist schuld an deinem Tod. Sie ist schuld dass ich nicht mehr mit dir sprechen und dich nicht in meine Arme nehmen kann. Sie ist schuld, dass dein Gesicht in mir verblasst. Dein Lachen rückt in immer weitere Ferne. Wie war doch der Klang davon? Bitte verzeih mir...

Paula vernahm Schritte auf der Treppe, hörte ihren Namen rufen. Sie schob das Blatt in die Schublade. Die Tür öffnete sich.

„Paula", sagte Lynn. „Hier bist du also. Ich dachte, du hast dich hingelegt.

Paula sah Lynn starr an, dann flüsterte sie: „Diese Kerle haben Annes Zimmer verwüstet. Ich muss es aufräumen."

„Das musst du nicht machen", widersprach ihr Lynn und nahm sie behutsam am Arm. „Ich werde Melanie um Hilfe bitten. Mit ihr gemeinsam werde ich das Haus wieder in Ordnung bringen."

Paula erfüllte jetzt eine wohltuende Gleichgültigkeit. Sie ließ sich von Lynn ohne Widerstand in ihr Zimmer bringen.

Lynn half ihr ins Bett. „Paula hat wieder eine Tablette genommen", dachte sie, „und die zeigt jetzt ihre Wirkung. Vielleicht ist es besser so." Sie blieb neben ihrer Schwester sitzen bis diese eingeschlafen war. Dann schloss sie leise die Tür hinter sich. Vor Annes Zimmer blieb sie stehen. Paula hatte etwas in der Schublade verschwinden lassen. Es war besser nachzusehen was das war. Falls den Beamten noch einmal der Gedanke kam hier herum zu schnüffeln. Sie öffnete die Schublade, fand den Zettel den Paula beschrieben hatte und las ihn.

Erschüttert steckte sie ihn ein. Nicht auszudenken, wenn Paula das vor dem Besuch der Polizei geschrieben hätte.

Sie wäre sofort in dem Kreis der Verdächtigen aufgenommen worden. Oder war sie es schon? Waren sie nicht alle im Haus verdächtig? Es hatte keinen Wert sich den Kopf zu zerbrechen. Sie musste handeln. Aber als erstes musste wie sie Paula versprochen hatte, Ordnung ins Haus gebracht werden.

Den beiden Polizeibeamten Bohn und Schlagbauer wurde es nicht leicht gemacht im Dorf. Die Befragung verlief zäh dahin. Am Abend, als Frau Martin starb, schienen alle Bewohner hier früh zu Bett gegangen sein und nichts Verdächtiges gehört oder gesehen zu haben.
Aber die Welle des Unmuts über die Bertholds war überall zu spüren. Keiner wollte etwas mit den Leuten von der ehemaligen Gärtnerei zu tun haben. Der Wirt des Gasthofes war die einzige rühmliche Ausnahme. Er stand fest zu Georg Berthold. Für ihn gab es nur eine einzige Erklärung zum Tod von Frau Martin. Sie hatte Selbstmord begangen.
Jetzt klingelten die beiden Beamten beim Bauer Betz.
Sie vernahmen ein Knurren und gleich darauf sahen sie einen großen Schäferhund mit fletschenden Zähnen auf sich zukommen.
Ein greller Pfiff stoppte den Hund. „Platz Arcor", befahl der Mann, der gerade den Pfiff abgegeben hatte. Er sah

die beiden Polizisten nicht viel freundlicher an wie sein vierbeiniger Freund: „Kommen Sie wegen der toten Französin bei den Bertholds? Dann können Sie gleich wieder gehen. Wir wissen nichts."

Der junge Polizist Bohn hatte sich als erster vom Schrecken dieser Begrüßung erholt: „Nicht so voreilig Mann", grollte er. „Ihr Haus ist dem der Bertholds am nahesten hier im Dorf..."

„Na und?" unterbrach ihn Betz schroff. „Was soll das schon heißen? Wenn ich sage wir wissen nichts, dann wissen wir eben nichts. Und jetzt hab ich noch zu arbeiten."

„Halt! Nicht so hastig", warnte ihn der ältere der beiden Polizisten. „Ihre Frau hat am Tatort eine dicke Lippe riskiert. Ist sie Zuhause? Wir müssen dringend mit ihr sprechen."

Der Bauer starrte ihn nachdenklich an und dann schien er sich an ihn zu erinnern. „Ach Sie sind's Schlagbauer. Sie sind uns ja damals schon, als das Kind ertrunken ist, so auf die Nerven gegangen. Lassen Sie meine Alte in Ruh. Die redet oft einen Schmarren daher." "Dann hören wir uns den Schmarren halt mal an. Oder braucht sie eine Einladung vom Gericht?"

„Himmel- Herrgott- Sakra", fluchte Bauer Betz.

„Die blöden Weiber...!" Die weiteren Schimpfworte gingen in ein Gemurmel unter, das die Polizisten nicht verstanden. Aber der Bauer ließ sie mit bissiger Miene ins Haus.

Frau Betz stand gerade am Herd und bereitete das Mittagessen zu. Sie sah von ihren Kochtöpfen hinweg zur sich öffnenden Tür.

„Ah, die Herrn Polizisten", höhnte sie. „Wissens etwa nicht mehr weiter? Schreibens doch auf ihre Papiere Selbstmord hin wie bei den alten Bertholds und die Sach hat sich."

„Ihre Sticheleien kennen wir", stutze sie Schlagbauer zurecht. „Die können Sie sich wirklich sparen. Wir sind wegen Frau Martin hier. Also, was haben Sie sie am fraglichen Abend gehört oder gesehen?"

„Ich?" keifte die Bäuerin. „Ich hab nichts gemerkt. Ich schlaf in der Nacht. Mir war ja auch Wurscht was der Berthold mit seiner Freundin macht. Aus gerechnet a Französin. Zuerst bringt er die Berlinerin als seine Frau an, als obs hier im Dorf keine nette Maderln gibt. Dann fängt er was mit a Ausländerin an. Pfui Teifel!"

„Halt, Halt!", mischte sich der junge Bohn in das Gespräch. „Können Sie mit Gewissheit sagen, dass Frau Martin die Freundin von Herrn Berthold war?"

„Das weiß doch jeder. Die Rita sagt, dass in der Firma auch schon darüber gesprochen wird."

„Wer ist Rita?"

„Meine Tochter. Die arbeitet in der gleichen Abteilung wie der Georg. Aber die will nichts mehr von ihm wissen."

„War da mal etwas zwischen ihrer Tochter und Herrn Berthold?"

„Bevor der Hallodri nach Berlin zum studieren gegangen ist, hat er der Rita den Kopf verdreht. Und dann lacht er sich eine von der Stadt an. Jetzt bin ich froh, dass es so gekommen ist. Wer weiß was er mit meiner Rita gemacht hätt."

„Wo war ihre Tochter als Frau Martin starb?"

„Die war nicht im Dorf. Die war bei einer Freundin in München."

„Na gut, melden Sie sich bei unserer Dienststelle wenn Ihnen etwas einfällt, das uns weiterhilft."

Als die beiden Polizisten das Haus verließen war vom Bauer und seinem knurrendem Hund weit und breit nichts zu sehen; und sie verspürten auch nicht die geringste Lust zu erkunden wo die beiden steckten.

Als das Telefon klingelte war Melanie gerade dabei die Fenster ihres Hauses zu putzen. Irgendwie ahnte sie, wer sie sprechen wollte. Sie stieg verärgert von der Leiter und murmelte:

„Nicht heute." Es war in der letzten Zeit viel Arbeit in ihrem eigenem Haushalt liegen geblieben.

Auf ihre Mutter konnte sie auch nicht mehr so bauen wie früher. Seit einiger Zeit hatte sie ein neues Hobby. Zwei, dreimal in der Woche setzte sie sich auf ihr Fahrrad und blieb ein paar Stunden verschollen. Aber es war Melanie noch nicht gelungen, herauszufinden, wo sich ihre Mutter in dieser Zeit aufhielt. Warum machte sie bloß so ein Geheimnis daraus? Das Telefon bimmelte immer noch.

Melanie hob den Hörer ab und meldete sich mit barscher Stimme. Gleich darauf kräuselte sich ihre Stirn: „Ich hab schon gedacht, dass du es bist, die anruft. Aber heute kann ich wirklich nicht kommen. Ich stecke mitten im Hausputz und meine Mutter ist weggefahren... Am Nachmittag meinst du? Aber ich weiß nicht ob ich bis dahin fertig bin und wann meine Mutter wieder zurückkommt. Du weißt doch die Kinder... Na ja, wenn du meinst dass ich sie mitbringen kann? Aber nur auf deine Verantwortung." Nachdenklich legte sie den Hörer hin. Lynn hatte ziemlich hartnäckig geklungen.

Inzwischen hatte Georg sein Büro und auch das von Paula wieder aufgeräumt. Jetzt machte er sich im Wohnzimmer zu schaffen. Lynn kam hinzu: „Danke dass du mir hilfst. Melanie kann erst am Nachmittag kommen."

„Und Paula? Wie geht es ihr jetzt?"

„Sie kommt momentan von den Pillen noch nicht los. Sie schläft jetzt."

Georg sah Lynn gequält an: „Wenn ich ihr nur helfen könnte."

Lynn stapelte gerade ein paar Zeitungen aufeinander.

Sie richtete sich hoch: „Glaubst du ich möchte das nicht? Aber jammern bringt uns nicht zum Ziel. Wir müssen uns endlich auf Spurensuche machen."

„Ich denke doch schon die ganze Zeit darüber nach wer Jaqueline so hasste, dass er sie tötete."

„Schließt du einen Selbstmord aus?"

„Ja." Georg lief im Zimmer hin und her. „Entschuldige Lynn, aber ich muss hier raus. Ich brauche frische Luft."

„Draußen ist es heute auch sehr schwül. Ich schätze, es gibt noch ein Gewitter", sagte Lynn und wischte sich ein paar Schweißtropfen von der Stirn.

Georg war schon auf dem Weg in den Wintergarten.

„Warte", rief Lynn ihm nach: „Ich komme mit in den Garten."

Sie liefen den Kiesweg entlang. Am Schuppen blieb Lynn stehen: „Mir fällt ein", rief sie Georg zu, „dass der Schuppen schon wieder offen stand als ich Jacqueline fand."

Georg war schon ein paar Schritte weitergegangen.

Jetzt kam er wieder zu Lynn zurück:

„Das verstehe ich nicht. Ich hatte den Schuppen verriegelt."

„Bist du dir ganz sicher?"

„Ja natürlich! Nachdem du mir so vorwurfsvoll unterstellt hast, dass ich im Garten und im Keller keine Türen verschließe, habe ich doppelt und dreifach darauf geachtet, dass alles zu war. Auch der Schuppen." „Seltsam, von uns Frauen hatte auch keine einen Grund in den Schuppen zu gehen. Meinst du Jacqueline hat ihn geöffnet?"
„Was hätte sie darin suchen sollen? Es ist mir ja schon völlig unverständlich wie sie ins Gartenhaus kam. Ich bin mir sicher dass sie keinen Schlüssel dafür besaß."
Lynn zweifelte daran: „Bist du dir da wirklich sicher?
Jacqueline hat doch bei euch gearbeitet. Vielleicht besaß sie noch Schlüssel vom Haus, den Gartentor und dem Gartenhaus? Sie könnte schon öfter heimlich hier gewesen sein. Das würde auch die Schritte im Haus, die Paula gehört hat und die unverschlossenen Türen erklären."
Georg schüttelte abweisend den Kopf: „Jetzt geht aber die Fantasie mit dir durch. Das würde bedeuten, dass Jacqueline Paula Angst einjagen wollte. Dazu wäre sie gar nicht fähig gewesen."
„Du verteidigst sie also noch immer?"
„Ja, weil ich weiß, dass sie nicht schuld am Unfall von Anne war, dass sie aber sehr darunter gelitten hat."
„Da ist Paula aber ganz anderer Meinung!"
„Ja leider. Ich konnte sie nie vom Gegenteil überzeugen.

Aber um auf den Schlüssel vom Gartenhaus zurückzukommen. Als Jacqueline bei uns zu arbeiten anfing, gab es gar keinen Schlüssel mehr dafür. Ich habe ihn nach der Beerdigung meiner Eltern weggeschmissen, denn ich wollte das Haus nie mehr betreten. Warum ich es immer wieder aufgeschoben habe, es abzureißen, kann ich mir selbst nicht erklären."

„Du hast den Schlüssel weggeschmissen? Wohin?"

„Er liegt irgendwo im Weiher."

Lynn fasste es nicht: „Aber es muss ein Schlüssel für das Gartenhaus existieren. An der Tür wurde keine gewaltsame Öffnung entdeckt."

Georg sah sie grübelnd an. Daran hatte er noch nicht gedacht.

Er lief hinüber zum Gartenhaus.

Lynn folgte ihm. Die Tür war jetzt von der Polizei versiegelt. Sie gingen zum Fenster und spähten hinein.

Aber das brachte natürlich wenig. Von hier aus konnte man keine Schlüsse ziehen.

Georg wurde immer ratloser: „Warum war Jacqueline ausgerechnet hier im Haus? Sie kannte doch die Geschichte vom Tod meiner Eltern. Deshalb wusste sie auch, dass weder Paula noch ich, sie hier getroffen hätten."

„Vielleicht war Jacqueline gar nicht im Haus. Vielleicht war sie schon tot oder bewusstlos als sie hier her gebracht wurde."

„So könnte es gewesen sein. Aber wer hat dann die Tasse zerbrochen?"

Lynn schluckte: „Ich habe keine Ahnung. Aber wenn sie schon tot war, würde das bedeuten dass der Mörder ein Mann war. Eine Frau hätte nicht die Kraft gehabt sie zum Weiher zu tragen."

„Vielleicht wurde sie dort hin geschleift."

„Nein, solche Spuren gab es nicht. Allerdings könnte auch ein Mann der Frau geholfen haben."

„Wieso schließt du eigentlich darauf, dass eine Frau Jacqueline umgebracht hat?"

„Sie wurde vergiftet. Ein Mann hätte wahrscheinlich zu anderen Mitteln gegriffen."

„Vielleicht. Aber gehen wir doch noch mal zum Schuppen. Ich möchte mal nachsehen ob irgendetwas darin fehlt oder verändert worden ist."

Lynn atmete befreit auf. Der letzte Funken Misstrauen gegenüber Georg war soeben hier versickert.

Georg sah sich suchend im Schuppen um. „Der Schubkarren fehlt", sagte er dann.

„Bist du dir sicher, dass du ihn hineingestellt hast?"

„Ganz sicher."

„Ich habe ihn aber nirgendwo herumstehen sehen", wunderte sich Lynn.

Jetzt hörten sie das Zuschlagen einer Autotür und sahen beide gleichzeitig hinunter zur Strasse.

Hauptkommissar Berger und Kommissar Gruber starteten geradewegs auf das Gartentor zu.

Georg lief hin und ließ die beiden Beamten in den Garten.

„Wir möchten den Tatort noch einmal unter die Lupe nehmen", erklärte der Kommissar kurz. „Wir sehen uns dann später im Haus." Georg setzte zu einer Frage an, aber Lynn warf ihm einen warnenden Blick zu. Also nickte er bloß zustimmend und lief neben Lynn zurück ins Haus.

Melanie kam schneller als erwartet.

Lynn half ihr den Kinderwagen hereinheben.

Melanie sagte: „Die beiden Kleinen sind jetzt reif für den Mittagsschlaf." Sie schob den kleinen Thomas in den Wintergarten. Dann legte sie Verena mit ihrer Puppe und der gewohnten Kuscheldecke auf das Sofa im Wohnzimmer.

„Gut", sagte Lynn. „Ich mache Georg und mir schnell ein paar Brote zurecht. Wir haben noch gar nicht zu Mittag gegessen."

„Und was ist mit Paula?"

„Sie hatte eine unruhige Nacht", sagte Lynn. Jetzt schläft sie."

„Ist wieder etwas unahngenemes vorgefallen?"

„Das kann man wohl so sagen. Wir hatten eine Hausdurchsuchung. Oben ist noch alles durcheinander. Am Telefon wollte ich nicht mit dir darüber sprechen."

„Ich verstehe!"

„Also, du findest mich in der Küche."

Georg hatte sich ein Bier aus dem Kühlschrank genommen. Er sah Lynn fragend an: „Warum wolltest du nicht, dass ich mit den Beamten spreche?"

„Du solltest dich mit dem Sprechen in der nächsten Zeit so gut wie möglich zurückhalten. Vertrau mir, ich weiß besser mit der Polizei umzugehen."

Schon nach wenigen Minuten war Verena eingeschlafen. Melanie ging in die Küche: Sie sah Georg nachdenklich an: „Es wird schwer für dich werden. Die Leute im Dorf kriegen langsam Angst vor dir."

Georg fasste es nicht: „So ein Blödsinn! Warum sollten sie vor mir Angst haben?"

„Vielleicht weil sie glauben, dass du hier auf dem Grundstück einem nach dem anderen umbringst."

Georg wurde kalkweiß.

Lynn griff ein: „Jetzt reichts aber Melanie. Für Georg ist es schon schwer genug. Da brauchst du nicht auch noch mit solchen Geschichten kommen."

„Ich sag's bloß wie es ist." Melanie suchte Georgs Blick:

„Du musst wissen was im Dorf los ist. Die sind im Stand und werfen dir die Fenster ein. Außer Ralf und meiner Familie möchte jeder dass du hier wegziehst."

„Hat Jemand dich beauftragt mir das zu sagen?" fragte Georg bitter.

Melanie ärgerte sich: „Jetzt wirst du ungerecht." Sie drehte sich um: „Na ja, ich bin ja auch nur zum Aufräumen hier."

Lynn sah Melanie ernst an: „Ja, bitte mache das. Fange bitte in Annes Zimmer an. Ich komme gleich rauf zu dir."

Melanie nickte nur und ging nach oben. Die Schränke und Schubladen standen offen. Sie faltete die Kinderwäsche wieder zusammen und sortierte alles ein. Schade um die schönen Sachen. Sie lagen hier so zwecklos herum. Paula sollte sie verschenken. Ihr wurde warm. Sie öffnete das Fenster und sah hinunter in den Garten.

Kommissar Berger und Inspektor Gruber marschierten gerade auf den Wintergarten zu. Was sollte das bedeuten? Warum hatte Lynn nichts von dem Besuch der Kriminaler gesagt? Was verheimlichte sie ihr? Georg war ebenso verschwiegen gewesen wie Lynn. Steckten die Beiden unter einer Decke? Leise schob sie das Fenster wieder zu und verließ Annes Zimmer.

Dann schlich sie sich vorsichtig die Treppe hinunter. Aus dem Wohnzimmer drangen männliche Stimmen, aber sie verstand kein Wort. Sie öffnete die Tür und tat erstaunt: „Oh, ich wusste nicht, dass Sie hier sind. Ich wollte nur kurz nachsehen ob meine Kinder noch schlafen."

Die Stimme des Kommissars klang schneidend:"

Arbeiten Sie hier?"

„Nein, ich helfe Frau Miller nur das Chaos zu beseitigen, das die Polizisten hier angerichtet haben", erwiderte sie schnippisch.

Der Kommissar sah Melanie spöttisch an: „Anscheinend sind Sie immer hier zur Stelle wenn es brennt."

Melanie giftete zurück: „Und Sie schütten Öl ins Feuer um die Leute in Panik zu versetzen. Aber nicht mit mir."

„Panik?" grinste der Kommissar. „In Panik lässt nur der sich versetzen, der etwas zu verbergen hat. Sie sind sich also ganz sicher, dass Sie nichts zu verbergen haben?

Wo waren Sie zum Beispiel am neunzehnten Juli?"

Melanie war baff. Mit so einer direkten Frage hatte sie nicht gerechnet. „Das weiß ich doch nicht aus dem Stegreif. Da muss ich mal nachdenken."

„Das würde ich Ihnen raten."

„Huch, das klingt ja bedrohlich. Soll ich Ihnen den Tagesablauf schildern oder nur eine gewisse Tageszeit?"

„Der Abend würde mir schon genügen."

„Darüber kann ich Ihnen leider wenig berichten. Ich habe das Abendessen hergerichtet. Dann haben wir gegessen und dann bin ich ins Bett gegangen."

„Ihre Abende scheinen nicht sehr abwechslungsreich zu sein."

„Das geht Sie wohl nichts an." Hauptkommissar Berger wollte nun das zynische Wortspiel zwischen den Beiden beenden.

„Natürlich tut es im allgemeinen nichts zur Sache wie sie ihre Abende verbringen", sagte er schneidend. „Aber für den besagten Abend benötigen sie ein Alibi. Kann ihr Mann auch diesmal Ihre Aussage bestätigen?"

Jetzt lief eine verlegene Röte über Melanies Gesicht.

„Nein, diesmal kann er das nicht. Er war für seine Firma unterwegs und ist erst am nächsten Tag wieder nach Hause gekommen." Fast hätte der Hauptommissar durch seine Zähne gepfiffen: „Sieh mal an! Kommt es öfter vor, dass Ihr Mann über Nacht wegbleibt."

„Ab und zu schon. Ist das so etwas Ungewöhnliches?"

„Nein, das ist es nicht. Aber ohne Zeugen sieht es schlecht für Sie aus."

„Was soll denn das nun wieder. Ich denke Jacqueline ist erst am Einundzwanzigsten Juli ermordet worden?"

„Wer sagt Ihnen, dass sie ermordet wurde?"

„Sie und ihre Mannschaft suchen doch schon eine Weile nach dem Mörder."

„Wir suchen nach der Wahrheit. Kennen Sie diese?"

„Sie behaupten also allen Ernstes, dass Sie mich verdächtigen? Damit werden Sie kein Glück haben."

„Ich reihe Sie nur in die Liste meiner Verdächtigen ein."
Verena begann zu weinen. Melanie lief zu Ihr und beruhigte sie. Sie hatte bei dem hitzigen Wortgefecht mit den Kommissaren ganz vergessen, dass ihre kleine Tochter hier auf dem Sofa lag und schlief.

Hauptkommissar Berger flüsterte dem Kommissar Gruber etwas zu, dann verließ er den Raum. Verena schmiegte sich ängstlich in den Arm ihrer Mutter.

In diesem Moment ärgerte sich Kommissar Gruber über sein schroffes Verhalten im Beisein des Kindes gegen Frau Kiesel. Jetzt versuchte er dem Kind mit einem Lächeln die Angst zu nehmen. Dann wandte er sich an Melanie: „Hauptkommissar Berger verdächtigt erstmal Jeden, der mit Frau Martin in näherer Verbindung stand.

Erinnern Sie sich noch an mich Frau Kiesel? Ich habe damals, als Frau und Herr Berthold sich das Leben nahmen zusammen mit Hauptkommissar Siebert hier im Haus ermittelt."

„Ja. Ich erinnere mich", gab Melanie zu. Sie waren auch dabei, als die Unfallursache von Anne untersucht wurde."

„Ja, jetzt bin ich schon zum dritten Mal hier. Nur Hauptkommissar Siebert fehlt. Er ist jetzt im Ruhestand. Ich hatte damals den Eindruck, dass Sie ihn kennen."

Melanie nickte: „Das stimmt. Ich kenne ihn aber nur flüchtig. Er ist ein Bekannter meiner Mutter."

„Und die Bertholds sind ihre Freunde?"

„Ja, ich bin hier quasi aufgewachsen. Aber Sie erinnern sich doch sicher an meine Aussagen in den beiden anderen Fällen."

Inspektor Gruber lächelte zweideutig: „So genau habe ich die allerdings nicht mehr im Kopf."

Melanie sah ihn zweifelnd an, dann zuckte sie mit den Schultern: „Das von früher tut jetzt wohl auch nichts mehr zur Sache. Jetzt geht es doch um Jacquelines Tod oder?

Und da kann ich Ihnen wirklich nicht weiterhelfen."
Kommissar Gruber sah das anders: „Vielleicht können Sie mir doch helfen! Vielleicht ist Ihnen etwas aufgefallen, das in den letzten Tagen anders war als sonst."

„Seit Annes Tod ist die Stimmung hier jeden Tag anders.
Man kann nichts gewöhnlich oder ungewöhnlich nennen.
„Wie stehen Sie zu Lynn Miller?"

„Ich mag sie, sie sagt alles so gerade heraus." Kaum hatte sie das ausgesprochen, runzelte sie auch schon die Stirn und fragte: „Hat Lynn gewusst, dass Sie und der Hauptkommissar hier auftauchen oder war das wieder so eine Überraschungsaktion wie die Hausdurchsuchung?"

„Frau Miller hatte von unserem heutigen Besuch keine Ahnung."

Vom Wintergarten her ertönte das laute Schreien eines Babys. Melanie nahm Verena und zog sie mit sich. „Ich muss zu meinem Kind", sagte sie hastig.

Kommissar Gruber nickte verständnisvoll. Er hatte selbst zwei kleine Kinder.

Hauptkommissar Berger hatte Georg wie schon bei der ersten Vernehmung in dessen Büro gebeten. „Sie haben also auch für den neunzehnten Juli kein hieb und stichfestes Alibi", stellte er gerade fest, als Kommissar Gruber hinzu kam.
„Nein, wozu auch? Ich konnte nicht wissen, wie wichtig das für mich werden würde." Es sollte ironisch klingen aber das Zucken in Georgs Gesicht verriet dass seine Nerven Schwäche zeigten. Kommissar Gruber registrierte dass ebenso wie Hauptkommissar Berger der unbeirrt mit seinen Fragen fortfuhr: „Haben Sie in ihrem Garten Rizinussträucher angepflanzt?"
„Ich selbst nicht. Es gibt noch ein paar Sträucher die von meinen Eltern stammen."
Georg bemerkte dass ihn die beiden Kommissare wie eine Maus in der Falle anstarrten. In dem Moment stieg ein furchtbarer Verdacht in ihm hoch. Jacqueline muss mit diesem ätzenden Ricin vergiftet worden sein, das einen unheimlich qualvollen Tod verursacht.
Hauptkommissar Berger deutete seinen entsetzten Blick als Eingeständnis: „Sie kennen die Wirkung des Samens des Ricinstrauches. Ihre Eltern haben das Gift bei sich

erfolgreich angewandt. Oder haben Sie damals nachgeholfen. Genauso wie bei Frau Martin?"

Georg sprang auf und stürzte sich auf den Hauptkommissar. Er packte ihn an den Schultern und rüttelte ihn: „Wie können Sie es wagen…?"

Kommissar Gruber ergriff Georg von hinten und drängte ihn auf seinen Stuhl. Aber er hielt ihn noch immer am Arm fest.

„Lassen Sie mich los", fauchte Georg erregt und wandte sich an den Kommissar, der ihn noch immer verblüfft über seine angriffslustige Reaktion anstarrte. „Für Sie bin ich also ein Monster, das seine Eltern und seine Angestellte bestialisch ermordet?"

„Es sollte nur eine Frage sein", stellte der Hauptkommissar fest, aber Sie haben jetzt eben tatkräftig bewiesen, wie angriffslustig Sie sind."

„Ach, Sie würden derartige Unterstellungen wohl locker und leicht hinnehmen?"

„Sie werden Persönlich. Aber lassen wir das. Fassen wir lieber zusammen. Sie können nicht nachweisen wo Sie sich an den Abenden der vergangenen Tage aufhielten. Sie wissen, dass der Samen des Rizinusstrauches absolut giftig ist. Und wir wissen, dass Sie mit Frau Martin ein Verhältnis hatten…"

Georg sträubten sich die Haare auf dem Kopf. „Das ist gelogen", rief er hitzig. Zwischen Frau Martin und mir hat nie eine derartige Beziehung existiert."

„Sie haben auch abgestritten, eine Email an Frau Martin gesandt zu haben. Es wird nicht ihre einzige Lüge gewesen sein."

„Ach glauben Sie doch was Sie wollen. Sie legen sich so und so alle Thesen zu Recht wie sie es brauchen. Für Sie gibt es nichts Leichteres als mich zum Mörder abzustempeln. Verhaften Sie mich doch. Dann haben Sie ihr Erfolgserlebnis."

Georg sank resigniert in sich zusammen. Ihm war seine Lage so klar bewusst geworden, dass es ihm schon fast egal war, was nun mit ihm geschah. Seiner Meinung nach, hatte er sowieso schon alles verloren, was einen Menschen am Leben erhielt.

Hauptkommissar Berger zeigte keine Regung. Es war seine Aufgabe den Täter oder Täterin zu stellen. Sie können jetzt gehen", sagte er klanglos. Aber wir sehen uns noch."

Georg drehte sich um und verließ wortlos das Büro. Sein Teint ähnelte einer grauweißen Wand. Er schlurfte den Gang entlang wie ein alter, gebrochener Mann.

Lynn kam ihm entgegen und blieb erschrocken vor ihm stehen: „Was ist los mit dir?"

Georg sah an ihr vorbei. „Es ist besser, du gehst mir aus dem Weg." Er schlurfte zur Treppe die zum oberen Stockwerk führte.

„Georg!" Lynn versuchte ihn aufzuhalten.

„Gut, dass ich Sie hier treffe Frau Miller", rief ihr Kommissar Gruber, der ihr In diesem Moment entgegen kam, zu. Hauptkommissar Berger möchte noch ein paar Worte mit Ihnen wechseln."

Lynn blitzte den Kommissar verärgert an: „Was haben Sie meinem Schwager jetzt wieder an den Kopf geworfen?"

Kommissar Gruber zuckte unbewegt mit den Schultern: „Nur das Übliche. Aber kommen Sie bitte. Hauptkommissar Berger steht unter Zeitdruck."

Lynn wappnete sich innerlich gegen dem Hauptkommissar. Der Mann hatte etwas in den Augen, das sie nervös machte.

„Wie oft möchten Sie uns eigentlich noch verhören?" begrüßte sie ihn unfreundlich.

„Als Anwältin sollten Sie wissen, dass das kein Verhör, sondern nur eine Befragung ist", konterte er

„Sie haben sich also über mich erkundigt?" Einen winzigen Moment zeigte sich ein Lächeln in seinem Gesicht. „Aber Frau Miller, auch das sollte Ihnen bekannt sein…"

„Schon gut, sparen Sie sich Ihre Ironie", unterbrach sie ihn. „Was möchten Sie heute von mir wissen?" Sie setzte sich dem Hauptkommissar, der versuchte keine Regung zu zeigen, gegenüber.

„Sie waren heute mit ihrem Schwager im Garten. Suchten Sie da etwas Bestimmtes?"

„Nein."

„Wussten Sie dass Herr Berthold und Frau Martin ein Verhältnis hatten?"

„Das wird ihm nur angedichtet."

„Sie glauben also, dass es nur ein Gerücht ist. Und können Sie mir auch sagen, von wem es stammt?"

„Nein, das kann ich nicht. Ich kenne die Leute hier noch zu wenig. Ich weiß nur, dass man meinem Schwager seit der Schließung der Gärtnerei schaden will."

„Haben Sie diese Weißheit von ihm selber?"

In Lynns Augen begann es zu funkeln. „Na und? Irgendwem muss sich Georg ja anvertrauen. Aber es gibt noch andere Leute, die das bestätigen können. Zum Beispiel Frau Kiesel." Im gleichen Moment als sie das aussprach ärgerte sie sich schon über sich selber. Sie wollte sich doch von diesem Mann nicht provozieren lassen. Hauptkommissar Berger wechselte, ohne weiter auf ihre Antwort einzugehen das Thema.

„Sie hatten ausgesagt, dass Sie am Einundzwanzigsten Juli in der Nacht eine Frau im Garten gesehen haben. Bleiben Sie dabei? Oder könnte es auch schon am Neunzehnten Juli gewesen sein?"

„Nein, es war am Einundzwanzigsten Juli", sagte Lynn bestimmt.

„Frau Martin war an diesem Abend nicht mehr fähig im Garten herum zu laufen", sagte der Kommissar hart und beobachtete Lynns Reaktion genau. „Ihr wurde das tödliche Gift schon am Neunzehnten Juli verabreicht."

„Am Neunzehnten? Das verstehe ich nicht ganz. Sie gingen doch davon aus, dass Frau Martin am Einundzwanzigsten starb?"

„Ja, allerdings", gab der Hauptkommissar zu. „Der Tod trat auch erst zu dieser Zeit ein. Wir müssen klären wo sich Frau Martin ab der Einnahme des Giftes bis zu dessen Wirkung befand."

„Aber Frau Martin muss sich doch krank gefühlt haben. Warum suchte sie keinen Arzt auf?"

„Aller Wahrscheinlichkeit nach, wurde sie irgendwo festgehalten."

„Trat ihr Tod im Garten ein? Oder wurde sie erst danach hierhin gebracht?"

„Darüber kann ich Ihnen keine Auskunft erteilen. Außerdem stelle ich hier die Fragen. War die Frau, die sie in jener Nacht gesehen haben vielleicht doch Ihre Schwester?"

„Nein, ich sagte Ihnen doch schon, dass sie fest geschlafen hat."

„Sie sehen also in der Nacht eine Frau im Garten und interessieren sich nicht dafür wer sie sein könnte?"

„Warum sollte ich? Es war mitten in der Nacht und ich war müde."

„Das nehme ich Ihnen nicht ab. Lag ihr Desinteresse daran, dass sie die Frau erkannt hatten?"

„Nein."

„Ich würde jetzt gerne ein paar Fragen an ihre Schwester stellen."

Lynn sah Hauptkommissar Berger ablehnend an: „Meine Schwester hat eine Beruhigungstablette genommen und schläft jetzt. Haben Sie noch Fragen an mich oder kann ich jetzt gehen?"

„Für heute schon", sagte der Hauptkommissar. „Aber Sie sehen mich bestimmt bald wieder."

Lynn stand auf und lächelte ironisch: „Wenn es Ihnen Spaß macht, bitte. Aber haben Sie sich eigentlich schon mal gefragt ob man Sie nicht absichtlich auf die falsche Fährte lockt?"

„Sie unterschätzen mich", feixte er zurück.

Lynn drehte sich wortlos um und verließ das Büro.

Eine Stunde später saßen sich die beiden Kommissare im Büro gegenüber und diskutierten über die bisherigen Ergebnisse ihrer Ermittlungen. Ein kurzes Klopfen unterbrach dieses Gespräch. Die beiden Polizeibeamten Bohn und Schlagbauer traten ein, um Bericht über die Befragung im Dorf zu erstatten.

„Die Ausbeute unserer Ermittlungen ist ziemlich gering", bedauerte Dieter Bohn. Die Leute im Dorf haben anscheinend die Sturheit mit den Löffeln gegessen. Keiner will etwas gehört oder gesehen haben. Frau Betz ist die einzige von der wir etwas Konkreteres erfahren haben."

Kurt Schlagbauer nickte bei dem Gedanken an die Bäuerin eifrig: „Die Frau muss mehr als nur Wut auf Herrn Berthold im Bauch haben."

„Hauptkommissar Berger horchte auf: „Hatte Frau Betz Streit mit den Bertholds?"

„Von Streit war nicht die Rede", erwiderte Kurt Schlagbauer. „Aber der Groll muss tief sitzen. Frau Betz hatte sich, bevor Herr Berthold nach Berlin zog, wohl schon als seine Schwiegermutter gesehen. Es sieht so aus, als möchte sie Georg Berthold vor lauter Bosheit etwas ans Bein flicken."

Hauptkommissar Berger sah den Beamten ungeduldig an: „Geht's ein bisschen konkreter?"

Werner Schlagbauer fühlte sich persönlich angegriffen vom Kommissar. Mit hochrotem Gesicht sagte er: „Frau Betz versucht Herrn Berthold den Selbstmord seiner Eltern und den Unfall seines Kindes anzuhängen. Außerdem behauptet sie, Herr Berthold habe eine Affäre mit Frau Martin gehabt."

Hauptkommissar Berger bemerkte den Ärger in Schlagbauers Stimme, aber er ignorierte dies. Er hatte schon zu Beginn seiner Arbeit hier im Kommissariat die Abneigung des Beamten gegen ihn gespürt. Wahrscheinlich trauerte er noch Hauptkommissar Siebert nach. Doch darauf konnte er keine Rücksicht nehmen. Sie waren hier nicht im Kindergarten. Es gab den Tod einer jungen Frau aufzuklären. Da hatten persönliche Differenzen keinen Platz. Sein Ton wurde ungewollt härter. „Woher hat Frau Betz diese Information?"

„Von ihrer Tochter Rita. Sie arbeitet in der gleichen Firma wie Herr Berthold."

„Und sonst war nichts aus den Leuten herauszubringen? Das Dorf hat Tausend Bewohner. Sie können doch nicht alle gegen Herrn Berthold eingestellt sein."

„Der Dorfwirt scheint der einzige Freund von Herrn Berthold zu sein. Er glaubt dass Herr Berthold nichts mit dem Geschehen auf seinem Grundstück zu tun hat. Für ihn ist das ganze eine einzige Hetzkampagne gegen Georg Berthold."

„Und wie verhält er sich dazu?"

„Er versucht die Gemüter zu beruhigen, wagt sich aber nicht zu weit vor. Der Gasthof ist seine Existenz. Er kann es sich nicht leisten die Leute zu vergraulen."

„Verstehe! Aber haben Sie wenigstens herausgefunden seit wann diese Feindseligkeit der Dorfbewohner gegen die Familie Berthold besteht?"

„Die Abneigung gegen Herrn Berthold schwelt schon seit die Gärtnerei geschlossen worden ist. Aber seit er wieder aus Russland zurück ist, hat sie sich noch verstärkt."

„Ich kann mir nicht vorstellen, dass die Einwohner eines ganzen Dorfes gegen eine Person oder eine Familie eingestellt sind. Setzen Sie ihre Nachforschungen im Ort morgen fort.

Melanie war jetzt wieder Zuhause. Sie hatte keinen Sinn darin gefunden, an diesem Tag noch weiter im Haus der Bertholds zu bleiben. Schließlich wusste sie ja nicht wie lange die Kriminaler noch dort bleiben würden. Außerdem wäre es ihr gar nicht mehr möglich gewesen dort aufzuräumen. Verena hatte sich ängstlich an sie geklammert.

Ihren eigenen Hausputz konnte sie allerdings auch nicht weiter fortsetzen. Das Kind spielte jetzt zwar friedlich, aber sobald sie sich zur Tür wandte, fing es zu weinen an.

Also blieb sie nervös sitzen und trank einen Tee. Sie fühlte sich elend. Der Hauptkommissar hatte ihr mit seinen zynischen Fragen gezeigt, dass sie mitten drin in der Patsche saß. Warum brachte sie es nur immer fertig zur falschen Zeit am falschen Ort zu sein?

Es klopfte kurz an die Tür und schon wurde sie geöffnet.

„Oma",

lachte Verena und lief freudestrahlend auf Melanies Mutter zu.

Frau Schott nahm ihre Enkeltochter fest in die Arme und drückte sie herzlich an sich. „Ich habe dir einen Ball mitgebracht. Magst du im Garten damit spielen?"

„Wo ist der Ball?", rief Verena neugierig.

„Draußen in meinem Fahradkorb."

Frau Schott holte den Ball, gab ihn Verena und ging mit ihr auf die Terrasse. Sie wartete bis das Kind spielte, dann rief sie nach Melanie. „Setz dich", sagte sie ernst.

„Wir müssen reden."

Melanie erschrak: „Was ist denn los? Ist was passiert?"

„Ich habe Werner getroffen."

Melanie verstand nicht was das mit ihr zu tun haben sollte: „Ist er krank?"

„Nein, aber er macht sich Sorgen um dich."

„Um mich?" fragte Melanie erstaunt. „Das ist ja ganz was Neues!"

„Du weißt, dass er damals, als Georgs Eltern starben, für die Aufklärung zuständig war. Das Gleiche gilt für den Unfall von Anne."

„Ja und? Was hat das mit mir zu tun?"

„Werner hat als leitender Kommissar versagt. Er hat Beweismittel unterschlagen um dich zu schützen."

Melanies Teint wechselte von rot auf weiß.

„Welches Beweismittel? Ich habe absolut nichts mit dem Tod von Georgs Eltern zu tun. Ich habe beide sehr geliebt. Für mich waren sie nicht unsere Arbeitgeber. Für mich waren sie Tante Erna und Onkel Hans. Und Anne? Glaubst du wirklich, ich könnte einem Kind etwas antun?"

Melanie war zwar hart im Nehmen, aber das war zuviel für sie. Sie begann zu weinen.

Frau Schott nahm ihre Tochter in den Arm. „Ich habe Werner gesagt, dass es ein Fehler von ihm war, an eine Schuld von dir zu glauben. Sicher hätte sich auch mit diesen Beweisstücken deine Unschuld herausgestellt."

„Aber was für Beweisstücke denn?"

„Das hat er mir nicht gesagt. Er will selbst mit dir darüber sprechen."

„Ich erinnere mich, dass Herr Siebert mir damals seltsame Fragen gestellt hat. Ich habe mich sogar über ihn geärgert. Aber wenn er etwas gegen mich in den Händen gehabt hätte, würde er mich doch zur Rechenschaft gezogen haben. Er ist zwar dein Freund aber geht das so weit, dass er wegen dieser Freundschaft sein Amt riskiert?"

„Ich muss dir was erklären", rang sich Frau Schott nervös ab, aber zuerst brauch ich einen Schluck Wasser."

Sie stand auf und lief zur Küche.

Melanie starrte ihrer Mutter erschrocken nach. „Was ist denn nur los mit ihr?" überlegte sie.

„Spielt denn jetzt die ganze Welt verrückt? Was wollte ihr Mutter erklären und wie kam Herr Siebert nach all den Jahren dazu irgendwelche Beschuldigungen gegen sie auszusprechen?" Verena rief ihr etwas zu und sie winkte dem Kind. Dann folgte sie ihrer Mutter in die Küche. Auch sie brauchte jetzt dringend etwas zu trinken. Ihre Mutter hatte sich schon ein Glas aus dem Schrank genommen und war gerade dabei sich Limonade einzuschenken.

Melanie setzte zu einer Frage an, aber das zuschlagen einer Autotür ließ sie neugierig ans Fenster treten.

Martin winkte ihr lachend entgegen und stürmte auf das Haus zu. Im Nu stand er in der Küche: „Grüß dich Melanie", rief er ihr zu. „Mein Chef wartet draußen. Ich muss mit ihm zwei Tage auf Montage. Richtest du mir ein paar Klamotten her?"

„Du bist gut", murrte Melanie. Kommst da so plötzlich daher und..."

„Sei doch nicht so umständlich. Der Auftrag bringt echt Kohle ein."

„Du hättest ja wenigstens anrufen können."

„Ja schon, eigentlich sollte ja der Jens mitfahren, aber der hat sich die Hand verletzt. Also was ist jetzt? Packst du mir die Tasche oder nicht?"

„Ich mach's ja schon", sagte Melanie nicht gerade begeistert und lief nach oben ins Schlafzimmer.

Martin ging zum Kühlschrank und suchte nach etwas essbarem. Erst jetzt nahm er seine Schwiegermutter auf der Eckbank war. „Oh, tut mir leid Mutter, ich hab dich gar nicht bemerkt", entschuldigte er sich.

„Ist schon gut", winkte sie ab. „Ich wollte sowieso gerade gehen. Sag der Melanie dass ich morgen zu ihr komme."

„Ja mach ich, Tschüss!"

Irgendwie war Frau Schott froh drüber, dass Martin so unverhofft nach Hause gekommen war. Jetzt blieb ihr noch ein kleiner Aufschub für die Aussprache mit ihrer Tochter

Für Melanie war jetzt pure Hektik angesagt. In Windeseile stopfte sie alles nötige für Martin in die Tasche und schleppte sie nach unten.

Martin würgte gerade den letzten Bissen eines Wurstbrotes hinunter, dann gab er ihr einen Kuss. „Also dann", sagte er, mit dem Gedanken schon beim Chef. „Wir sehen uns ja bald wieder. Ich ruf dich an. Ach, noch was, deine Mutter kommt morgen wieder. Tschüss und grüß die Kinder von mir." Er packte seine Tasche und stürmte nach draußen.

Melanie folgte ihm bis zur Haustür, sah zu wie ihr Mann in das Auto seines Chefs stieg und die beiden davon brausten. Wie auf Kommando begann das Baby zu schreien. Sie wandte sich um und ging seufzend ins Kinderzimmer. Der kleine Thomas brauchte eine frische

Windel. Inzwischen suchte Verena weinend nach ihrer Oma. Melanie wünschte sich weit weg. Sie liebte ihre Kinder, ihren Mann, ihre Mutter aber manchmal wurde ihr alles zuviel. Das war nicht das Leben, das sie sich als junges Mädchen erträumt hatte. Und jetzt stand auch noch diese albtraummäßige Beschuldigung des ehemaligen Kommissars Siebert im Raum.

Als Paula erwachte, döste sie noch eine Weile vor sich hin. Für sie verschob sich jede Zeit. War es Nacht? Nein, dafür war es zu hell. Es musste früher Morgen sein, denn im Haus herrschte ungewöhnliche Stille. Langsam richtete sie sich hoch, sah auf die Uhr und erschrak: „Du lieber Himmel. Es ist fast Abend. Ich habe den Tag zur Nacht gemacht. Ihr fiel Ich schaffe keinen normalen Schlafrythmus mehr. Wie soll ich dann mein Leben wieder in den Griff bekommen?" Aber wollte sie das eigentlich wirklich? Was hatte es noch für einen Sinn? Jacqueline war tot. Doch die echte Genugtuung darüber war nicht eingetreten. Sie fühlte sich jetzt noch leerer als vorher. Zu Georg fand sie keinen Zugang mehr. Sie hatte gemerkt wie er Vergleiche zwischen ihr und Lynn anstellte. Dabei musste sie verlieren. Lynn war das blühende Leben. Sie nur noch ein Schatten ihrer selbst. Noch vor ein paar Tagen hatten sie diese prüfenden Blicke von Georg berührt. Ja, sie hatte sogar eine Art Eifersucht verspürt.

Aber das war jetzt auch vorbei. Oder waren es nur die Pillen, die sie so abstumpften?

Sie sollte sie nicht mehr nehmen. Doch wie sollte sie das schaffen? Hatte Lynn heute schon mal nach ihr gesehen?

Wo steckte sie überhaupt? Und Georg? Hatte man ihn schon verhaftet? Ein leichtes Hungergefühl brachte sie schließlich doch dazu aufzustehen und in die Küche herunter zugehen.

Georg blieb auch nachdem die beiden Kriminalbeamten das Haus verlassen hatten oben in seiner Mansarde. Und Lynn wollte ihn auch nicht stören. Die Ruhe im Haus tat ihr gut. Sie ließ sich das ganze Geschehen seit dem Auffinden von Jacqueline noch einmal durch den Kopf gehen.

Irgendwo musste es doch einen Hinweis auf den Mörder geben. Sie hatte angenommen, dass die Tote die Frau war, die sie in der Nacht gesehen hatte. Aber das war nach dem Todesverlauf von Jacqueline auszuschließen.

Wer also war die Frau im Garten gewesen? Wenn sie nur das Ergebnis der Spurensicherung wüsste. Dann hätte sie wenigstens die Antwort darauf ob Jacqueline im Garten starb oder nach ihrem Tod dort hin gebracht wurde. „Zwei Tage", überlegte sie, „muss diese Frau furchtbare Qualen erlitten haben. War sie zu der Zeit von Jemandem im Gartenhaus versteckt worden? Aber hätten sie dann nicht etwas davon gemerkt?" Wenn die Frau auch eingesperrt gewesen wäre, hätte sie sich doch bemerkbar gemacht. Sie hätte versucht die Fensterläden zu öffnen um aus dem Fenster klettern zu können. Sie hätte nach Hilfe gerufen. Der fehlende Schubkarren im Schuppen fiel ihr ein. Sie stand auf und lief in den Garten.

Irgendwo muss diese Karre doch abgeblieben sein. Ihre Schritte wurden langsamer. Sie betrachtete alles noch genauer als sie es früher getan hatte. Die Wiese um das Gartenhaus war zertrampelt, Sträucher lagen geknickt am Boden. Ein paar Blumenbeete wirkten verwüstet wie nach einem Sturm. Die Polizisten hatten ganze Arbeit geleistet.

Warum hatte sie das nach deren Abzug nicht registriert?

Aber Georg hatte auch kein Wort darüber verloren. Sie waren eben beide zu sehr mit der Frage nach dem Täter beschäftigt gewesen. Mindestens eine Stunde suchte sie nach den Schubkarren; aber vergeblich. Sie gab die Suche auf und marschierte wieder auf das Haus zu. Als sie am Schuppen ankam blieb sie nachdenklich stehen.

Georg hatte den Riegel bis zum Anschlag vorgeschoben. Jetzt fehlten ein paar Zentimeter. Sie versuchte den Riegel wieder ganz vorzuschieben; aber das war zu schwer. Verwundert schüttelte sie den Kopf und zog den Riegel auf. In dem Moment kam ihr die Tür spaltbreit entgegen. Sie zog sie weiter auf und sah sich im Schuppen um. Die Schubkarre stand an ihrem alten Platz.

Sie halluzinierte doch nicht? Neugierig betrachtete sie das Stück von allen Seiten. Doch es war nichts Außergewöhnliches daran zu erkennen. Sicher hatte Georg den Karren wieder gefunden und ihn hier hereingestellt.

Verärgert ging sie hinaus. Georg hätte ihr das sagen können.

Sie versuchte jetzt den Riegel mit Schwung zum Anschlag zu bringen; doch dies gelang ihr trotz aller Kraftanstrengung nicht. Unwillig schüttelte sie den Kopf.

Sie war eine guttrainierte Tennisspielerin und da sollte ihr so ein Riegel zu schaffen machen? Sie probierte es zum zweiten Mal, zog ihre Hand aber resigniert zurück.

Georg war wohl der Einzige im Haus der den Riegel bis ganz nach vorne brachte. Aber wenn sie nicht kräftig genug war, dann erging es anderen Frauen ebenso. Es war also eine Frau, die den Karren wieder zurückgebracht hatte. Die ganze Zeit hatte sie schon so etwas vermutet, aber jetzt gab es für sie keinen Zweifel daran. Sie musste Hauptkommissar Berger ihre Entdeckung offenbaren.

Eilig lief sie ins Haus. Aber als sie das Telefon in die Hand nahm, begann sie zu zweifeln ob es das Richtige war ihn anzurufen. Sie sah das spöttische Gesicht von Stefan Berger vor sich. Er würde ihr unterstellen, dass sie Georg entlasten wollte. Nein, sie musste ihre These vollständig beweisen können. Ihre Euphorie sank und ihre Kehle fühlte sich trocken an.

Als sie in die Küche kam, sah ihr Paula vorwurfsvoll entgegen: „Wo warst du denn? Und wo ist Georg? Das Haus kam mir plötzlich wie ausgestorben vor."

„Beruhige dich wieder Paula. Ich war nur im Garten und Georg ist oben. Kommissar Berger und Inspektor Gruber waren wieder hier und sind uns mit ihren Fragen auf die Nerven gegangen."

„Gibt es schon neue Erkenntnisse?"

„Nein, ich glaube sie konzentrieren sich zu viel auf Georg. Übrigens, Melanie war auch da. Sie hat beim Aufräumen geholfen, ist aber, als die Kriminaler im Haus waren wieder gegangen. Und du? Hast du dich inzwischen ein wenig erholt?"

Das bisschen Funken Leben, das gerade eben noch in Paulas Augen geflackert hatte, schien schon wieder erloschen. Sie sah an Lynn vorbei und hauchte ein teilnahmsloses „Ja."

Lynn erschrak. Sie hatte Paula über die ganzen Aufregungen im Haus vernachlässigt. „Wir sollten hier mal raus", schlug sie ihr vor. „Was hältst du von einem Stadtbummel. Wir könnten anschließend zum Essen gehen."

Paula hob abwehrend die Hände: „Das kommt nicht in Frage."

„Aber warum denn nicht? Du hast doch selbst gesagt, dass dir im Haus die Decke auf dem Kopf fällt."

„Und draußen gaffen mich die Leute neugierig an."

„Welche Leute denn? Wer kennt dich denn schon in Landshut? Oder ein anderer Vorschlag. Lass uns nach München fahren. Da beachtet uns bestimmt niemand."

„Das bringt mir nichts", klagte Paula. „Nach ein paar Stunden müsste ich ja doch wieder in dieses Haus zurück. Bring mich nach Berlin oder zu den Eltern nach Australien. Vielleicht kann ich dann alles was hier geschehen ist überwinden."

In Lynn stieg Ärger hoch: „Jetzt reiß dich mal zusammen. Du weißt genau, dass wir jetzt höchstens mal einen Ausflug machen können. Ehe du an solche Reisen denken kannst muss der Tod von Jacqueline aufgeklärt sein."

„Immerwieder Jacqueline! Was geht's mich an woran sie gestorben ist. Es scheint, als ob du sie auch noch bedauerst. Warum willst du nicht sehen wie es mir geht?"

Lynn sah Paula fassungslos an: „Wir alle, Georg, Melanie und ich sorgen sich um dich. Wir behandeln dich wie ein rohes Ei und versuchen so weit als möglich alles Üble von dir fernzuhalten. Aber wahrscheinlich kann dir keiner von uns helfen, denn du denkst nur an dich und deine Rache. Sieh doch mal in den Spiegel wie verbittert du schon aussiehst. Dein Selbstmitleid richtet dich noch zu Grunde. Wach endlich auf!

Paula sah Lynn tief gekränkt an. Ihre eigene Schwester verstand sie nicht mehr. Sie stand auf und verließ mit müden Schritten die Küche.

Lynns Kraft war an diesem Abend aufgebraucht. Sie ließ Paula wortlos gehen. Dann ging sie in den Wintergarten, legte sich auf eine Liege und versuchte sich zu entspannen. Aber Paulas gekränktes Gesicht ließ sie nicht los. Hatte sie ihre Schwester zu hart angefasst?

Lynn fühlte sich elend. Jetzt traten ihr ungewollt Tränen in die Augen. Sie rollten ihr über die Wangen und sie suchte nach einem Taschentuch.

Georg reichte es ihr: „Du weinst?" fragte er.

„Geht es Paula wieder schlechter?"

„Ja" „Warum?"

Lynn zuckte mit den Schultern: „Frag sie doch selbst".

„Sag schon was los ist."

Lynn wischte sich die Tränen ab: „Ich habe mit Paula gestritten, das heisst, ich habe ihr ein paar harte Worte an den Kopf geworfen."

„Du hast...?

„Fang nur du nicht auch noch an. Ich kann euer ständiges Selbstmitleid nicht mehr ertragen. So jedenfalls ändert sich eure Lage nicht."

„Ich habe mich doch nur gewundert über dich. Jedenfalls ist es nicht deine Art..."

„Lass gut sein", winkte Lynn ab, „meine sentimentalen fünf Minuten sind schon wieder vorbei."

„Hast du Heimweh?"

„Nein, das heißt, ein bisschen."

„Heisst das „Bisschen" John?"

„John? Nein, wir haben uns getrennt. Er heiratet eine Andere und übernimmt die Praxis von Vater. Zufrieden?"

Spiel jetzt nur nicht den Besorgten".

Georg biss sich auf die Lippen. „Ich spiele nicht. Es tut mir leid dass wir die ganze Zeit nur an uns gedacht haben und nicht danach gefragt haben wie es dir geht."

„Das hast du ja jetzt getan." Lynn schniefte noch einmal ins Taschentuch. Dann sah sie Georg mit klaren Augen an. „Ich gehe jetzt rauf in mein Zimmer. Aber vorher habe ich noch eine Frage an dich. Hast du den Schubkarren wieder in den Schuppen gestellt?"

Georg sah Lynn überrascht an: „Nein."

„Ich hab es mir fast gedacht."

„Und warum"?

„Ich glaube, es war eine Frau."

„Wie kommst du auf diese Idee?

„Der Riegel vom Schuppen ließ sich von mir nicht ganz vorschieben."

Georg sah Lynn nachdenklich an: „Wenn es so wäre, müsste es eine Frau aus dem Dorf sein die sich am

Schuppen zu schaffen gemacht hat. Aber das scheint mir schon sehr fraglich.
Stefan Berger und Hans Gruber saßen sich kurz vor Feierabend gegenüber. Sie sprachen über die Resultate, die sich aus den Ermittlungen des Tages ergeben hatten.

„Also, der Fundort der Leiche ist nahe am Gartenhaus", überlegte Stefan Berger „Hier in diesem Haus könnte man Frau Martin das Gift verabreicht haben."

Hans Gruber nickte nachdenklich: „Das wäre möglich, aber außer der zerbrochen Tasse am Boden, gibt es nichts was auf Ihre Theorie hinweist."

„Aber finden Sie es nicht seltsam, dass die Spurensicherung keine Fingerabdrücke festgestellt hat?"

„Ja, doch, das gibt mir schon zu bedenken…"

„Lassen Sie die Leute morgen noch einmal alles überprüfen.

Vielleicht finden sich Haare oder Fasern der Kleidung von Frau Martin oder ihren Mörder im Gartenhaus."

„Ja, im Haus der Bertholds auch?"

„Nein!". Stefan Berger blätterte in den Berichten: „Wie ich sehe, wurde in Frau Martins Wohnung auch kein Gift gefunden."

„Nein."

Stefan Berger krauste unzufrieden seine Stirn: „Wir wissen also, dass Frau Martin, als man sie an den Rand des Weihers legte schon tot gewesen sein muss. Viel hilft uns das nicht bei der Aufklärung dieses Falles.""

„Ja", bestätigte Hans Gruber. „Wir kommen erst einen Schritt weiter, wenn wir wissen wo sich Frau Martin bevor sie bei den Bertholds gefunden wurde, aufgehalten hat."

„So ist es", knurrte Stefan Berger und las den nächsten Bericht.

Er sah kurz auf: „Der Beamte, der die Nachbarn von Herrn Seifert befragt hat, gibt hier zu Protokoll, dass eine gewisse Frau Ilger gesehen hat, wie Frau Martin am besagten Abend zusammen mit Herrn Seifert das Haus verlassen hat." „Ich finde nichts ungewöhnliches dabei…"

„Ich schon! Frank Seifert ist seinen Angaben nach an diesem Abend zu seiner Mutter gefahren. Er gab an, nicht zu wissen ob Frau Martin zu der Zeit zu den Bertholds gefahren ist oder nicht. Er erwähnte noch, dass es einen kleinen Streit zwischen ihm und seiner Verlobten gab, ehe er wegfuhr."

„Gut, deswegen können sie trotzdem gemeinsam das Haus verlassen haben. Danach haben sie sich wahrscheinlich getrennt."

„Nein, Frau Ilger sah wie die beiden in Herrn Seiferts Wagen stiegen und davon fuhren."

„Das bedeutet also, dass wir noch einmal mit Herrn Seifert sprechen müssen."

„So ist es. Also, was haben wir da noch? Ach, Polizeimeister Bohn hat mit Rita Betz gesprochen. Auch ganz spannend. Sie behauptet Jacqueline Martin gut zu kennen. Frau Martin soll ihr anvertraut haben, dass sie sich ab und zu heimlich mit Herrn Berthold treffe. Mehr wollte sie nicht darüber sagen."

„Diese Familie Betz wird mir immer suspekter."

Stefan Bergers Mundwinkel verzog sich zu einem leichten Grinsen. „Ich nehme an, sie treffen den richtigenTon bei Frau Betz um sie zum Sprechen zu bringen." Hans Gruber seufzte nicht gerade begeistert: „Wenn es sein muss?"

„Ja, das muss es wohl. Und wenn Sie morgen schon im Dorf zu tun haben, möchte ich, dass Sie Frau Kiesel einen Besuch abstatten. Vielleicht hielt sich Frau Martin ja bei ihr auf?"

Hans Gruber schüttelte heftig den Kopf: „Das glaube ich nicht! Das würde ja bedeuten, dass sie etwas mit Frau Martins Tod zu tun hat."

„Und das trauen Sie ihr nicht zu?"

„Nein, eigentlich nicht!"

„Man kann sich täuschen. Aber Sie wissen, dass wir noch völlig im Dunkeln tappen. Wir dürfen nicht den geringsten Anhaltspunkt übersehen. Hören Sie sich auch noch mal bei den Bertholds um. Man muss die Leute nervös machen, dann verstricken sie sich in Widersprüche oder sie machen irgendwelche andere Fehler.

Und jetzt ist unsere Sitzung beendet. Einen schönen Abend noch."

Hans Gruber stand auf: „Den wünsche ich Ihnen auch."

Als Frank Seifert am Morgen sein Garagentor öffnete, erklang hinter ihm die Stimme von Hauptkommissar Berger:

„Guten Morgen Herr Seifert. Ich will sie nicht lange aufhalten. Aber ich habe noch ein paar Fragen an Sie."

Frank Seifert fuhr erschrocken herum: „Guten Morgen Herr Kommissar", sagte er verwirrt. „Welche Fragen denn? Ich habe Ihnen schon alles gesagt…"

„Wirklich alles? Ich habe da meine Zweifel daran. Erinnern Sie sich an ihre Aussage über den Abend, als Sie Frau Martin zum letzten Mal sahen?"

„Ja."

„Warum haben Sie nicht erwähnt, dass Sie mit Frau Martin weggefahren sind?"

Frank Seifert tat erstaunt: „Habe ich das nicht? Dann müssen Sie das meiner Aufregung zuschreiben. Jacquelines Tod hat mich tief getroffen. Schließlich wollten wir bald heiraten."

„Das beantwortet meine Frage nicht", sagte Hauptkommissar Berger schroff.

„Sie haben recht", entschuldigte sich Frank Seifert.
„Jacqueline hatte mich gebeten, sie auf dem Weg zu meiner Mutter in der Stadt abzusetzen. Sie wollte sich mit einer ihren Freundinnen treffen. Anscheinend wollte sie sich von ihr den Rat holen ob sie zu den Bertholds fahren sollte oder nicht."

„Wer war diese Freundin?"

„Tut mir leid, aber das weiß ich nicht."

Der Hauptkommissar sah Frank Seifert ungläubig an:

„Sie wussten, dass sich Frau Martin mit einer Freundin treffen wollte und haben sie nicht nach deren Namen gefragt?"

„Nein, Jacqueline hat ihre Freundinnen und ich meine Freunde. Wir haben uns nicht gegenseitig bespitzelt.

Außerdem wollte ich sie nicht noch mehr verärgern."

„Sie sind also tatsächlich alleine zu ihrer Mutter gefahren?"

„Ja, das bin ich. Meine Mutter ist krank. Sie benötigt öfter meine Hilfe. Ihr Gesundheitszustand hatte sich verschlechtert. Deshalb wollte ich ein paar Tage bei ihr bleiben."

„Das werde ich nachprüfen."

„Tun Sie das, wenn Sie sich etwas davon versprechen. Aber regen sie meine Mutter nicht zu sehr auf."

„Mochte Frau Martin ihre Mutter nicht?"

„Doch, aber Jacqueline musste am nächsten Tag arbeiten. Sonst wäre sie sicher mitgefahren."

„Ich verstehe. Aber ich erwarte von Ihnen eine Auflistung der Freundinnen von Frau Martin mit den genauen Adressen."

Frank Seifert hob die Schultern: „Ich werde mein Bestes tun."

„Noch etwas. Besitzen Sie ein Foto von Frau Martin?"

„Ja natürlich. Warten Sie bitte. Ich glaube ich habe sogar noch ein paar Bilder im Handschuhfach." Er ging zum Auto und holte den Umschlag heraus. „Allerdings bin ich auch mit auf den Fotos. Wir wollten sie den Eltern von Jacqueline schicken."

„Macht nichts", sagte der Kommissar und suchte sich ein passendes Foto heraus. Er steckte es ein und fragte.

„Haben Sie die Eltern von Frau Martin schon verständigt?"

Frank Seiferts Gesicht wurde ernst. „Ja, sie wünschen dass Jaqueline in ihre Heimat überführt wird."

„Zu gegebener Zeit werden wir diesem Wunsch auch zustimmen."

„Danke Herr Kommissar. Kann ich jetzt fahren?"

„Ja, aber Sie sollten mir zuerst die Adresse ihrer Mutter geben."

„Selbstverständlich", sagte Frank Seifert und holte eine Visitenkarte seiner Mutter heraus."

Der Hauptkommissar nahm sie dankend entgegen und verabschiedete sich von Frank Seifert. Dann drehte er sich aber doch noch mal zu ihm um: „Wo genau hat Frau Martin ihren Wagen verlassen?"
„In Schwabing. Die Straße weiß ich nicht mehr."

Als Stefan Gruber an diesem sonnigen Morgen zum Anwesen vom Bauer Betz kam, spähte er erstmal nach dem Hund. Mit diesem Biest wollte er es sich auf keinen Fall anlegen. Im Moment wirkte alles hier friedlich, fast idyllisch. Kein Hund, kein mürrischer Bauer, keine keifende Bäuerin. Aber als er auf die Klingel an der Haustür drückte, änderte sich das schlagartig. Der Hund sprang aus seiner Hütte und begann wild zu kläffen. Zum Glück war er angekettet.

Frau Betz öffnete verärgert über die frühe Störung die Tür. Sie stemmte ihre Hände in die Hüften und grollte den Inspektor an: „Was wollen Sie denn schon wieder hier?

Der, den Sie suchen sitzt da drüben." Sie deutete in die Richtung der Gärtnerei.

Hans Gruber ließ sich nicht aus der Ruhe bringen. „Jetzt suche ich erst mal ihre Tochter. Ich muss dringend mit ihr sprechen."

„Die Rita muss jetzt zur Arbeit. Die hat keine Zeit. Außerdem weiß sie sowieso nichts."

„Das herauszufinden müssen Sie schon mir überlassen."

Rita hatte gerade ihr Frühstück beendet. Jetzt kam sie an die Tür. „Was ist denn da für ein Lärm? schimpfte sie.

„Wie die Mutter, so die Tochter", kam es dem Kommissar in den Sinn. Er versuchte ein Lächeln aufzusetzen: „Entschuldigen Sie bitte die frühe Störung aber ich wollte noch vor Ihren Dienstantritt mit Ihnen sprechen."

„Und, was gibt es so dringendes? fragte Rita im gedämpfteren Ton.

„Es geht um Frau Martin."

„Das denke ich mir schon. Aber was gibt's da noch zu fragen. Jeder weiß doch, dass die Paula Jacqueline gehasst hat."

Frau Betz warnte ihre Tochter: „Verbrenn dir net das Maul."

„Lass mich in Ruh!", fauchte Rita: „Ich weiß schon was ich red. Und jetzt muss ich weg." Sie holte ihre Tasche und verließ mit finsterem Blick das Haus.

Hans Gruber ging neben ihr zur Garage und ließ nicht locker. „Ich brauche Beweise, dass einer von den Bertholds Jacquelines Mörder war. Sie waren doch mit ihr befreundet. Sagen Sie mir bitte was Sie wissen."

„Na ja befreundet nicht direkt. Sie war halt eine gute Arbeitskollegin."

„Wussten Sie, dass sie bald heiraten wollte?"

„Das wollte der Frank. Aber sie war noch immer in den Georg verschossen. Sie hat sich immer wieder mit ihm getroffen."

„Das wissen Sie genau?"

„Sie hat's mir selber gesagt. Sie war zwischen Frank und Georg hin und her gerissen. Die Paula muss Wind davon bekommen haben. Sie hat ihr gedroht."

„Aber Frau Berthold ist krank."

„Die simuliert doch bloß. Die hetzt ihre Schwester rum und die Melanie springt auch nach ihrer Pfeife."

„Sie wissen aber gut Bescheid was bei den Bertholds so abgeht."

„Wie meinen Sie das?"

„Na ja, die Schwester von Frau Berthold ist doch noch nicht lange dort zu Besuch."

„So etwas geht doch gleich wie ein Lauffeuer im Dorf um."

„Aha, und dass Frau Kiesel oft bei den Bertholds ist, weiß auch Jeder?"

„Ja, dem Georg ist das schon lästig. Die Melanie ist nämlich genauso hinter ihm her, wie es die Jacqueline war."

„Woher wissen Sie das denn?"

„Der Georg und ich sitzen manchmal in der Kantine im Betrieb zusammen. Mit Irgendjemand muss er doch sprechen."

„Ach, so ist das! Aber Frau Kiesel ist doch verheiratet."

„Na und? Fragen Sie die Melanie doch mal was sie früher mit dem Georg in der Blumenbinderei angestellt hat. Sie hat da noch immer ein Zimmer."

„Das wissen Sie genau?"

„Ja."

„Ich habe gehört, dass Sie mit Frau Kiesel einmal befreundet waren. Stimmt das?"

Rita Betz zögerte einen Moment, dann sagte sie gedehnt: „Schon, aber das ist schon lange her. Wir sind miteinander zur Schule gegangen und wir haben in der Gärtnerei zusammen gearbeitet. Sie als Floristin. Ich im Büro."

„Und warum ging diese Freundschaft in die Brüche?"

„Weil die Melanie ein falsches Luder ist. Aber ich muss jetzt fahren, sonst komme ich zu späht zur Arbeit."

Hans Gruber wartete bis Rita vom Hof preschte. Dann ging er zu seinem Wagen und machte sich Notizen über die Aussagen von ihr. Anschließend fuhr er zum Haus von Melanie Kiesel.

Als Melanie das zuschlagen einer Autotür hörte, war sie gerade dabei ihre Tochter Verena für den Kindergarten herzurichten. Nervös ging sie zum Fenster und schielte hinaus.

Der Kommissar kam mit langen Schritten heran. Schon einen kurzen Moment später klingelte er Sturm.

Melanie eilte zur Tür und öffnete sie. „Kommissar Gruber", stammelte sie. „Ist schon wieder etwas passiert?"

„Guten Morgen erstmal", sagte er und versuchte beruhigend zu lächeln. „Muss denn immer etwas passiert sein, wenn ich auftauche?"

Melanie errötete: „Entschuldigen Sie bitte, aber irgendwie erwarte ich schon wirklich nichts mehr gutes, wenn die Polizei in Anmarsch ist."

„Na ja, nach den Aufregungen in der letzten Zeit kann ich das verstehen. Aber ich habe nur ein paar Fragen an Sie, dann sind Sie mich gleich wieder los."

„Na gut, schießen Sie los, aber ich bin in Eile. Verena muss in den Kindergarten."

„Und ihr Baby?"

„Ja, das schläft noch. Aber ich werde es jetzt herunterholen und anziehen. Ich muss es mitnehmen."

„Ich passe gerne auf den Kleinen auf", bot sich Hans Gruber an.

„Das würden Sie für mich tun?" freute sich Melanie.

Dann könnte ich Verena schnell mit dem Fahrrad wegbringen und wäre gleich wieder hier."

Hans Gruber nickte: „Das mache ich doch gerne."

Kurz darauf sah er Melanie zufrieden nach, als sie mit Verena auf dem Rücksitz weg radelte.

Er horchte nach oben, aber das Baby schlief anscheinend fest.

Also konnte er sich ungestört im Haus umsehen. Er suchte nach Hinweisen, die darauf schließen würden, dass Frau Martin hier gewesen wäre. Und er stellte mit Genugtuung fest, dass es hier nichts Derartiges gab. Als Melanie wieder nach Hause kam, schlief der kleine Thomas noch immer.

„Sehen Sie", lachte Melanie, „es war gut, dass ich den Buben nicht aufwecken musste. Mögen Sie einen Kaffee? Ich brühe mir jetzt einen auf. Ich hab heute noch nicht gefrühstückt."

„Ja, ein Kaffee tut mir jetzt sicher gut", lachte Hans Gruber und setzte sich an den Küchentisch.

„Dass Sie schon so früh unterwegs sind", unkte Melanie. „Ich dachte Beamten schlafen länger."

„Kriminaler sind da anders drauf", scherzte er. „Die müssen manchmal früh aufstehen um die nötigen Zeugen befragen zu können."

„Wegen mir hätten Sie das nicht tun müssen. Ich wäre Ihnen später auch noch zur Verfügung gestanden."

Hans Grubers Miene wurde ernst: „Sie sind ja auch schon die Zweite, die ich heute befrage. Frau Betz stand als erste auf meiner Liste."

„Die Junge, oder die Alte?" fragte Melanie lauernd.

„Ich hatte mit Rita Betz ein interessantes Gespräch."

„Interessant? Wohl eher verleumderisch. Die Rita hetzt schon seit der Georg nach Berlin gegangen ist, die Leute gegen ihn auf."

„Vor mir hat sie ihn sogar etwas in Schutz genommen", konterte er. „Sie hat sich eher über Sie und Frau Berthold negativ geäußert."

„Ah, deshalb sind Sie hier." Melanie stellte die Tassen auf den Tisch und schenkte den Kaffee ein.

Hans Gruber tat Milch und Zucker hinein und rührte um.

„Ich wäre so und so zu Ihnen gekommen."

„Und, was kann ich für Sie tun?"

„Mir die Wahrheit sagen. Was wissen Sie über Frau Martins Tod?"

Melanie wurde blass: „Nichts, ich weiß wirklich nichts. Seit Annes Unfall habe ich sie nicht mehr im Dorf gesehen, auch nicht bei den Bertholds, wenn Sie das meinen. Als ich sie tot im Garten liegen sah, war ich fix und fertig mit den Nerven."

„Ist Ihnen da ein Verdacht gekommen wer Frau Martin das angetan haben könnte?"

„Nein, das kann ich mir auch heute noch nicht erklären."

„Versuchen Sie Frau Berthold zu schützen?"

„Paula? Nein, Paula ist krank. Sie hasst Jacqueline; aber sie würde sich nie auf so eine Art an ihr rächen."

Frau Betz gab an, dass Sie mal in Herrn Berthold verliebt waren und sich in der Binderei öfter getroffen haben."

„So ein Luder!", fauchte Melanie. „Ja, ich hab mal für ihn geschwärmt. Fast alle Mädchen in unserem Alter haben ihn damals angehimmelt. Die Rita auch. Er war der Beste im Sport, hat prima ausgesehen und war immer gut drauf.

Aber für mich ist Georg wie ein Bruder. Wir sind sozusagen in der Gärtnerei miteinander aufgewachsen."

„Und was hat es mit dem Zimmer in der Blumenbinderei auf sich?"

Melanie wurde wieder ruhiger: „Georgs Eltern hatten es damals für meine Mutter und mich eingerichtet. Meine Mutter war allein erziehend. Sie durfte mich schon als Baby mit in die Gärtnerei nehmen. Dort stand meine Wiege. Georgs Eltern liebten mich wie eine Tochter und ich hatte sie auch sehr gern."

„Es muss hart für Sie gewesen sein, als die Gärtnerei geschlossen wurde. Nahmen Sie das Herrn Berthold übel?"

„Ja schon, aber ich hab's im Nachhinein verstanden."

„Aha, und Sie hatten keinen Groll gegen Frau Berthold?"

„Was soll das denn wieder heißen? Natürlich nicht. Ich habe mich, als Frau Berthold ins Dorf zog, mit ihr befreundet. Ich war damals schon verheiratet. Verena ist fast so alt wie Anne es jetzt wäre."

Kommissar Gruber schlürfte den Rest seines Kaffees aus der Tasse, dann stand er auf. „Danke für den Kaffee.

Nehmen Sie es mir nicht für übel aber es ist meine Pflicht Fragen zu stellen."

Als er wieder in seinem Wagen saß und das, was er von Frau Kiesel erfahren hatte aufschrieb, kam leichter Frust in ihm auf. Überall gab es verdächtige Punkte aber nirgends etwas Konkretes. Frau Kiesel hielt er jedenfalls nicht für schuldig aber er war ja nicht allwissend. Er lenkte sein Auto in die Richtung zu den Bertholds. Doch dann wendete er spontan und fuhr zwei Dörfer weiter. Er hatte plötzlich das Bedürfnis mit seinem ehemaligen Vorgesetzten zu sprechen.

Als Hans Gruber sich auf dem Weg zu seinem ehemaligen Chef machte, war dieser schon ein paar Stunden auf den Beinen.

Jahre lang hatte Werner Siebert davon geträumt einmal so richtig auszuschlafen. Aber das hatte er selbst im Urlaub nicht gekonnt. Seine Frau war fast zwanzig Jahre gelähmt gewesen und er hatte sich daran gewöhnt am frühen Morgen aufzustehen und sie zu versorgen. Jetzt war sie schon vier Jahre tot und er war pensioniert. Das Ausschlafen wäre jetzt kein Problem mehr. Aber sobald die ersten Sonnenstrahlen durch sein Schlafzimmerfenster drangen, hielt ihn nichts mehr im Bett. Gleich nachdem Frühstück pflegte er sein Fahrrad aus dem Schuppen zu holen und wenigstens zwei Kilometer in der Gegend herum zu fahren. Dann kam die Blumenpflege an die Reihe. Im Frühjahr bis zum Herbst war sein Garten ein einziges Blumenmeer und im Winter nahm er mit seinem Wintergarten und den Pflanzen im Haus vorlieb.

Der Himmel war an diesem Tag schon am frühen Morgen wolkenlos und versprach einen heißen Sommertag. Er sprengte den Rasen, goss die Blumen und zupfte ein paar welke Blätter von den Rosen.

Hans Gruber hatte seinen Wagen in die Einfahrt gestellt und ging zum Gartentor.

Als Werner Siebert knirschende Geräusche auf dem Kiesweg hörte, wandte er sich um und sah seinem Besucher überrascht entgegen. Dann verzogen sich seine Mundwinkel zu einem schiefen Lächeln.

Der Kommissar glaubte ein leichtes Erschrecken in Werner Sieberts Augen zu sehen.

Doch als sein ehemaliger Chef bedächtig auf ihn zuschritt und ihm die Hand schüttelte, verwarf er diesen kurzen Gedanken.

„Ich dachte du lässt dich überhaupt nicht mehr bei mir blicken", lachte Werner Siebert. „Komm bitte mit ins Haus, du hast sicher Durst bei dieser Hitze".

Drinnen im Haus holte er die Getränke aus dem Kühlschrank, stellte sie auf den Tisch und die ganze Zeit über sprach er.

„Das ist die Art von Menschen die nur wenig Gesprächspartner haben", dachte Hans Gruber. „Ich weiß", unterbrach er ihn. „Ich hätte dich schon längst wieder einmal besuchen sollen. Aber du kennst den Stress von der Arbeit ja und die Familie soll auch nicht zu kurz kommen."

„Das ist doch klar, und du brauchst dich auch nicht zu entschuldigen". Werner Siebert klopfte seinen ehemaligen Untergebenen auf die Schulter: „Sag mir lieber wie es im Amt zugeht. Ich habe gelesen, dass es schon wieder eine Tote in der ehemaligen Gärtnerei gegeben hat."

„Ja leider. Ich muss zugeben dass ich eigentlich deswegen hier bin. Vielleicht kannst du mir weiterhelfen."

„Das kommt jetzt ein wenig überraschend. Ich weiß doch nur das, was in der Zeitung steht über den Fall."

„Ja schon, aber hast du dir noch keine Gedanken darüber gemacht? Du kennst doch die Tote. Findest du es nicht seltsam, dass man sie an dem Weiher gefunden hat, in dem Anne Berthold fast ertrunken ist?"

„Natürlich habe ich darüber nachgedacht. Es sieht wie ein Racheakt aus."

„Ja, aber findest du nicht alles gestellt? Der Verdacht fällt da so zielstrebig auf das Ehepaar Berthold, dass es für mich fasst nicht möglich ist, an ihre Täterschaft zu glauben."

„Das schon. Aber Paula Berthold glaubt wahrscheinlich noch heute, dass Frau Martin schuld am Tod ihres Kindes ist. Manche Eltern kommen nie über so ein Unglück hinweg."

„Das stimmt allerdings auch wieder. Aber heute ist mir eingefallen, dass wir in beiden Fällen, in denen wir zu den Bertholds gerufen wurden auf dem Grundstück nur das Gartenhaus, das Haupthaus und die Gegend um den Weiher herum auf Spuren abgesucht haben."

„Ja und? Was willst du damit sagen?"

„Es gibt doch mehrere Garagen, Treibhäuser und die Blumenbinderei auf dem Grundstück. Rita Betz hat mir heute Morgen gesagt, dass es noch ein Zimmer dort gibt, das von Frau Kiesel benutzt worden ist."

„Stimmt! Aber im Keller der Binderei gibt es noch mehr bewohnbare Räume."

Hans Gruber sah Werner Siebert ungläubig an: „Das weißt du? Warum haben wir den Keller damals nicht kontrolliert?"

„Weil es nicht nötig war. Jetzt ist das anders. Jetzt hat sich womöglich ein Mörder dort versteckt."

„Aber warum hast du nicht mit mir darüber gesprochen?"

Werner Siebert wischte sich den Schweiss von der Stirn.

„Was zu besprechen war, wurde besprochen. Und das, was jetzt in der Gärtnerei geschehen ist geht mich nichts an. Versteh mich bitte nicht falsch, aber ich habe mit meinem Beruf abgeschlossen. Jetzt widme ich mich nur noch meinen Hobby, den Garten, vor allen den Blumen.

Ansonsten möchte ich jetzt meine Ruhe haben. Stress hatte ich genug."

„Das verstehe ich ja, aber..."

„Nichts aber. Der neue Hauptkommissar soll doch recht gut sein. Er wird schon wissen, wie er dem Mörder eine Falle stellt."

„Na dann", sagte Hans Gruber enttäuscht. Dann will ich dich nicht weiter stören. Er stand auf und wandte sich zur Tür: „Wir sehen uns."

„Ja, bis bald."

Werner Siebert sah dem Inspektor nach bis er in seinen Wagen stieg. Dann rief er Melanies Mutter an. „Ich muss sofort mit Melanie sprechen. Pack die Kinder und komm mit ihnen her-"

„Wie stellst du dir das vor? Sollen wir sie aufs Fahrrad packen?"

„Ach, entschuldige bitte. Ich habe nicht daran gedacht, dass ihr kein Auto habt. Ich komme zu dir."

„Ja, ich rufe Melanie gleich an, dass sie zu mir kommen soll."

„Gut, bis später." Werner Siebert zog sich um und fuhr sofort danach zu Melanies Mutter.

Auf der einen Seite konnte Hans Gruber seinen früheren Chef verstehen, dass er nicht mehr an seinem Beruf hing.

Aber auf der anderen Seite konnte er es sich nicht vorstellen, dass er sich für so einen Fall wie diesen nicht interessierte.

Irgendwie hing der Tod von Frau Martin doch mit dem was vorher vorgefallen war zusammen.

Warum blockte er nur so ab? Die Hitze im Auto war jetzt fast unerträglich und sein Magen begann zu knurren. Er sah auf die Uhr. Inzwischen war es Mittag geworden.

Früher hätte ihn Werner nie ohne etwas zu essen weggelassen. Ja, so änderten sich die Dinge. Er fuhr wieder zum Dorf zurück und hielt vor dem Gasthof an.

Im Gastzimmer herrschte wider Erwarten eine angenehm kühle Temperatur. Die Einrichtung bestand aus einfachen, rustikalen Tischen und Stühlen, die aber gemütlich und sauber wirkten. Er wunderte sich, dass um diese Zeit nur wenige Tische besetzt waren. Vielleicht taugte das Essen hier nichts. Eine freundliche Bedienung brachte ihm die Speisekarte. Als er die angebotenen Gerichte überflog, staunte er noch mehr. So eine Auswahl hätte er hier nicht erwartet. Er bestellte sich ein Bier und einen Schweinebraten. Dann beobachtete er die Gäste.

Ob einer von ihnen etwas über den Mord wusste? Die Gespräche der Leute am Nebentisch ließen ihn schnell erkennen, dass es Feriengäste waren. Er lehnte sich zurück und genoss sein kühles Bier. Es tat ihm gut einen Moment abzuschalten. In der letzten Zeit war er fast nur noch unterwegs. Und was brachte es? Die Ferien hatten schon begonnen und er wäre gerne mit seiner Familie in den Urlaub gefahren. Aber solange dieser Fall nicht gelöst war, konnte er diesen Wunsch vergessen. Er hatte ehrlich gehofft, dass ihm Werner Siebert ein paar gute Tipps geben würde. Für ihn war es klar gewesen, dass er sich mit dem Fall beschäftigen würde und seine eigenen Theorien darüber hatte. Aber dieses Desinteresse enttäuschte ihn. Er stellte sich selbst als Pensionär vor.

Würde er vielleicht ebenso abgestumpft sein wie sein ehemaliger Chef?

Wer weiß schon wie einem so ein langes arbeitsreiches Leben prägt?

Der Koch brachte ihm sein Essen selbst an den Tisch.

„Einen guten Appetit Herr Kommissar Gruber", sagte er freundlich.

Erstaunt blickte Hans Gruber hoch: „Sie kennen mich?"

„Ja, ich habe Sie damals, nachdem Anne in den Weiher gefallen war, mit Hauptkommissar Siebert gesehen."

Hans Gruber sah ihn interessiert an. Doch dann zuckte er bedauernd die Achsel hoch. „Ich erinnere mich nicht an Sie."

„Das glaube ich Ihnen gerne. Ich wollte meine Beobachtung dem Hauptkommissar Siebert selbst erzählen. Und Sie waren zu dem Zeitpunkt sowieso noch mit der Spurensicherung beschäftigt. Aber Sie haben sicher das Vernehmumgsprotokoll gelesen. Wahrscheinlich hat meine Aussage Jacqueline entlastet."

„Ihre Aussage? Verstehen Sie mich bitte nicht falsch, aber ich habe das Protokoll von damals nicht mehr vollständig im Kopf. Wie ist ihr Name?"

„Ralf Bauer. Ich bin hier der Wirt und Georg Bertholds Freund."

Der Kommissar dachte eine Weile nach. Dann sagte er: „Tut mir leid, aber ihr Name sagt mir im Moment leider auch nichts."

„Na ja, es ist ja auch nicht mehr so wichtig. Im Moment wäre es besser, wenn ich Georg helfen könnte. Aber dieses Mal habe ich nichts beobachtet was den Mord aufklären könnte."

„Aber damals schon?"

„Ich denke doch! Ich mache mir noch heute Vorwürfe, dass ich nicht angehalten habe und in den Garten gegangen bin. Vielleicht hätte ich Anne retten können."

„Sie sind also damals genau in den Minuten als das Unglück geschah an dem Garten vorbeigefahren?"

„Ja, das habe ich Hauptkommissar Siebert doch gesagt.

Als ich kurz vor dem hinteren Gartentor war, ist eine Frau auf dem Fahrrad heraus gekommen. Die wär mir vor lauter Eile fast ins Auto gefahren. Vor lauter Schreck habe ich losgeflucht."

„Haben Sie die Frau erkannt?"

„Nein, die war so schnell weg und außerdem hat sie ein Kopftuch aufgehabt und eine Sonnenbrille getragen. Ich bin dann weitergefahren. Etwa eine halbe Stunde danach hab ich dann gehört, dass bei den Bertholds was passiert sein soll. Aber vielleicht hatte die Frau ja gar nichts mit dem Unfall zu tun. Jetzt halt ich Sie auf und ihr Schweinebraten wird kalt. Einen guten Appetit wünsch ich."

Der Wirt entfernte sich. Hans Gruber begann zu essen und lobte in Gedanken den guten Koch. Aber zugleich machte sich eine seltsame Erregung in ihm breit. Warum hatte Werner Siebert diese Aussage nicht protokolliert? Er musste später noch einmal mit ihm sprechen.

Lynn war an diesem Morgen wieder so tatkräftig wie eh und je. Für heute hatte sie sich vorgenommen das Haus wieder in Ordnung zu bringen. Und irgendwie hoffte sie auch dabei Beweise für Georgs Unschuld zu finden. Trotz des schönen Wetters wollte sie im Keller mit dem aufräumen beginnen. Sie ging hinunter und betrachtete das Durcheinander. Kurz entschlossen fing sie im ersten Zimmer an.

Zur gleichen Zeit goss Georg im Garten die Pflanzen und beschloss gegen alle Widerwärtigkeiten anzukämpfen. Die Gartenarbeit hatte ihn schon immer geholfen klare Gedanken zu fassen. Vielleicht half sie ihm auch jetzt einen Ausweg aus diesem Dilemma zu finden.

Paula hielt sich noch oben in ihrem Zimmer auf. Auch sie war schon früh erwacht. Doch sie blieb noch lange in ihrem Bett liegen und überdachte ihre Situation. Das, was ihr Lynn gestern an den Kopf geworfen hatte, stimmte.

Sie hatte sich in den letzten Monaten ständig selbst bemitleidet und hatte sich gehen lassen. So konnte es nicht weitergehen. Anne war nicht mehr am Leben. Das änderte auch nichts wenn sie traurig und menschenscheu herumlief. Ihre Pillen gingen schon wieder zur Neige.

Aber dieses Mal wollte sie sich nicht von Doktor Schreiber helfen lassen. Sie stand auf und suchte nach der Visitenkarte von der Psychologin die er ihr empfohlen hatte. Doch dann fiel ihr der Verein für verwaiste Eltern ein. Warum sich nicht gleich an Leute wenden, die ihr Problem kannten? Nachdem sie einen Termin vereinbart hatte, atmete sie auf. Jetzt hatte sie den ersten Schritt ins neue Leben getan.

Aber gleich kamen ihr wieder Zweifel.

Es sah alles so ausweglos aus. Würde ihr das Treffen mit diesen Leuten wirklich aus dieser Talsohle heraus helfen? Schließlich zog sie sich an und ging nach unten.

Dort setzte sie sich in ihr Büro und begann zu zeichnen.

Hans Gruber ließ der Gedanke an Werner Siebert nicht mehr los. Als er die Gastwirtschaft verlassen hatte und wieder im Auto saß, nahm er sein Handy und rief ihn an.

Aber es meldete sich niemand. Er blieb noch eine Weile still sitzen und überlegte was er tun sollte. Hauptkommissar Berger hatte ihn beauftragt noch einmal zu den Bertholds zu fahren. Aber da würde er doch sicher wieder nur die gleichen Antworten bekommen. Er musste herausfinden warum Werner Siebert nie mit ihm über die Aussage von Ralf Bauer gesprochen hatte. Oder stand es doch im Abschlussprotokoll? So genau hatte er es nicht gelesen. Er hatte sich voll auf Werner Siebert verlassen.

Wenn der sagte, dass es ein Unfall war, dann musste er ihm das auch glauben. Und jetzt war er nicht zu erreichen. Doch ehe er mit Hauptkommissar Berger über die Sache sprechen würde, müsste er unbedingt noch einmal die Akten über Anne Bertholds Unfall einsehen.

Also stellte er den Besuch bei den Bertholds zurück und fuhr zum Kommissariat. Dort angekommen lief er sofort zum Archiv. Er suchte den Unfallbericht heraus und las ihn genau durch. Doch er fand den Namen Ralf Bauer nicht vermerkt. Und demnach gab es auch keine Aussage von ihm. Hatte der Wirt ihm etwas vorgeschwindelt oder verbarg Werner Siebert etwas? Er wollte das einfach nicht glauben. Sein ehemaliger Chef hatte damals beim Selbstmord von Erna und Hans Berthold den Fall auch sehr schnell abgeschlossen. Er musste sich ziemlich sicher sein, dass sie sich das Leben genommen hatten.

Aber damals waren sie zum ersten Mal bei den Bertholds. Keiner von ihnen Beiden kannte diese Familie.

Es gab also keinen Grund etwas zu verschleiern.

Trotzdem nagten jetzt Zweifel in Kommissar Gruber. Er versuchte noch einmal Werner Siebert telefonisch zu erreichen. Aber wieder vergeblich. Es blieb ihm nichts übrig als Hauptkommissar Berger von dem Gespräch mit dem Wirt zu berichten. Es war schon später Nachmittag.

Jetzt hatte er auch keine Lust mehr ins Dorf zurück zu fahren. So ging er in die Kantine und trank einen Kaffee.

Hauptkommissar Berger hatte zwei Beamte eingeteilt, die alle Lokale in Schwabing abklappern, und an Hand des Fotos von Frau Martin herausfinden sollten in welchem sie sich mit der unbekannten Frau getroffen hatte. Er selbst fuhr zu Frank Seiferts Mutter.

Eine Pflegerin öffnete ihm nach seinem Klingeln. Er wies sich als Kriminalbeamter aus. Dann durfte er eintreten.

Frau Seifert empfing ihn im Rollstuhl. Sie war etwa siebzig Jahre alt. Ihr Teint war blass wie Alabaster und wirkte welk. Aber ihre Augen blitzten ihn wach und freundlich an.

„Ich bin Hauptkommissar Berger", stellte er sich ihr vor.

„Ich würde gerne ein paar Fragen an Sie richten."

„Bitte sehr, Herr Haptkommissar, " lächelte sie. „Nehmen sie doch Platz."

„Danke", sagte er und setzte sich ihr gegenüber.

„Wann war ihr Sohn zum letzten Mal hier?"

Sie sah ihn nachdenklich an: „Vor ein paar Tagen. Warten Sie mal. Es war der neunzehnte Juli, als er ankam. Er blieb drei Tage bei mir."

„Sie können sich also genau an das Datum erinnern?"

„Ja, der Arzt war an diesem Tag hier. Frau Wild, meine Pflegerin hat Frank angerufen und ihn gebeten zu kommen. Ich hatte einen Fieberschub. Frau Wild hat am Abend so lange gewartet bis er kam. Sie hat sich die Zeit notiert, denn sie wird von uns nach Stunden bezahlt."

„Und wann war das am Abend?" „So gegen Einundzwanzig Uhr."

„Warum hat Frau Martin ihn nicht zu Ihnen begleitet?"

„Sie hatte am nächsten Tag Dienst. Aber sie kam oft zu mir. Ich war froh, dass mein Sohn so eine liebenswürdige Frau gefunden hatte." Frau Seifert kämpfte mit den Tränen: „Warum musste so eine junge Frau sterben?"

„Das versuchen wir gerade zu ergründen. Deshalb sind wir um jeden Hinweis dankbar."

„Das verstehe ich ja, aber wie soll ich alte Frau Ihnen weiterhelfen?"

„Hat Frau Martin mit ihnen über die Familie Berthold gesprochen?"

„Nein, nie. Frank hat mir Jacqueline erst vor etwa sieben Monaten vorgestellt. Ich wusste zwar was den Bertholds zugestoßen war. Aber Frank hatte mich gebeten in der Anwesenheit von Jacqueline nicht darüber zu sprechen."

„Wirkte Frau Martin manchmal traurig oder abwesend auf sie?"

„Am Anfang, als wir uns kennen lernten war sie oft traurig. Das gab sich aber später. Abwesend ist sie mir allerdings nie vorgekommen. Jacqueline war ein offener Mensch. Ich trau meinem Sohn zu, dass er sie gebeten hat, mich nicht mit aufregenden Dingen zu behelligen. Er glaubt dass mir das schadet. Dabei erfahre ich ja doch immer wieder was geschieht."

„Es geht das Gerücht um, dass Frau Martin mit Herrn Berthold ein Verhältnis gehabt haben soll. Ist Ihnen etwas davon bekannt?"

„Dieses Gerücht muss Jemand in die Welt gesetzt haben, der entweder Herrn Berthold oder, Jacqueline was ich eigentlich bei ihr nicht glauben kann, sehr hassen muss. Jacqueline hat meinen Sohn ehrlich geliebt."

„Ihr Sohn war mit Herrn Berthold zerstritten. Wissen Sie warum?"

„Über solche Dinge sprach er nie mit mir."

„Ist ihr Sohn während er bei Ihnen zu Besuch war, ab und zu für ein paar Stunden außer Haus gewesen?"

„Nein, davon habe ich nichts bemerkt."

„Kannten Sie Freundinnen oder Kollegen von Frau Martin?"

„Leider nein, ich fürchte, ich kann Ihnen wirklich nicht weiterhelfen." Frau Seifert wirkte jetzt noch zerbrechlicher. Sie atmete schwer. Die Pflegerin trat auf den Hauptkommissar zu und bat ihn Frau Seifert nicht mehr allzu lange zu befragen.

Er akzeptierte diesen Wunsch und reichte Frau Seifert die Hand.

Dann sagte er: „Ich darf mich jetzt verabschieden und ich danke Ihnen für das Gespräch."

Frau Seifert nickte lächelnd: „Es war nett, Sie kennen gelernt zu haben."

Als Stefan Berger das Haus verlassen hatte, atmete er erstmal tief durch. Frau Seifert war freundlich und nett gewesen. Aber die Atmosphäre um sie herum hatte ihn fast erdrückt. Irgendetwas Unausgesprochenes lag in der Luft. Dafür hatte er ein Gespür. Außerdem wirkten die Antworten von ihr so, als hätte sie diese mit ihrem Sohn abgesprochen. Er schritt eilig zu seinem Wagen und fuhr in Richtung Kommissariat. Er war schon gespannt was Kommissar Gruber und die Beamten, die er losgeschickt hatte, heute ermittelt hatten. Zuerst hatte es so einfach für ihn ausgesehen diesen Fall zu lösen. Alles schien auf die Bertholds hinzuweisen. Doch jetzt wurde die Sache immer rätselhafter. Sollte Frau Miller recht haben und er suchte den Täter in der falschen Richtung? Als er an die flotte junge Anwältin dachte, musste er lächeln. Aber dann wurde er wieder ernst. Schade, dass sie in die Sache verwickelt ist.

Lynn hatte über die Arbeit im Keller die Zeit vergessen.
Sie ging erst nach oben, als sie einen mächtigen Hunger verspürte.
Als sie die Küchentür öffnete lief ihr vom Duft der gebratenen Schnitzel das Wasser im Mund zusammen.
Georg stand in der Küche und richtete einen Salat an.
Lynn staunte: „Ich wusste gar nicht dass du kochen kannst."

„Na hör mal", lachte er. „Ich bin der perfekte Hausmann."

Lynn sah in die Pfanne und freute sich: „Schön, dass du auch an Paula und mich gedacht hast. Wahrscheinlich hast du meinen Magen vom Keller herauf knurren gehört."

„Du warst im Keller? Ich dachte du wärst mit Paula unterwegs. Ich habe vorhin an ihre Zimmertür geklopft.

Aber anscheinend hat sie mich nicht gehört."

Lynns Stirne kräuselte sich besorgt: „Ich sehe mal nach oben."

In dem Moment trat Paula in die Küche. „Ich habe also richtig gerochen", freute sie sich. „Was gibt's denn zum essen?"

Lynn und Georg standen einen Moment wie vom Donner gerührt da. „Dann fragte Lynn erstaunt: „Du freust dich aufs Essen? Das ist ja ganz was Neues."

„Bin ich wirklich so schlimm?"

„Ja", bestätigte ihr Lynn, „aber anscheinend besserst du dich."

„Du hast mir ja auch ganz schön den Kopf gewaschen.

Ich habe eingesehen, dass ich mich ändern muss und dazu Hilfe brauche. Nachdem ich aufgestanden war, habe ich mich zu einer Therapie angemeldet."

„Das hast du wirklich getan?" Lynn nahm Paula in den Arm. „Du weißt gar nicht was du mir für eine Freude damit machst. Jetzt wird alles wieder gut."

Paulas Stimme wurde wieder leiser. „So schnell wird es wohl nicht gehen. Und die Sache mit Jacqueline ist ja auch noch nicht ausgestanden."

„Denk nicht daran. Ich trau Hauptkommissar Berger und Kommissar Gruber zu, dass sie den Fall bald auflösen."

„Ich versuche daran zu glauben. Heute habe ich zum ersten mal wieder gezeichnet. Es ist nicht viel dabei herausgekommen. Aber ich denke, ich werde meine alten Sachen wieder hervorkramen und jeden Tag ein wenig arbeiten."

„Darf ich mir deine Zeichnung ansehen?" fragte Lynn froh.

„Später." Paula sah zum Tisch, den Georg inzwischen gedeckt hatte. Dann setzte sie sich zum Essen hin.

Georg sagte kein Wort. Er traute der Umbruchstimmung von Paula nicht.

Der Besuch von Kommissar Gruber hatte Melanie ziemlich aufgewühlt. Ihm hatte sie eigentlich immer vertraut. Aber jetzt sprach er schon fast so wie der Hauptkommissar. Der Verdacht gegen sie schien sich zu ethärten. Was und wie viel hatte Rita dem Inspektor erzählt? In ihrem Hass auf sie ging sie sicher soweit das blaue vom Himmel herunter zulügen. Den ganzen Vormittag lief sie konfus im Haus herum. Keine Arbeit gelang ihr wirklich. Fast hätte sie sogar vergessen Verena vom Kindergarten abzuholen. Nach dem Mittagessen wollte sie die Kinder zum Schlafen hinlegen und selbst ein wenig entspannen. Aber da kam der Anruf ihrer Mutter.

„Sind denn nun alle verrückt geworden?" schimpfte sie vor sich hin. Mutter verlangte, dass sie sofort mit den Kindern zu ihr kommen sollte. Sie bedrängte sie regelrecht. Das sah ihr überhaupt nicht ähnlich. Sie war eine liebevolle Mutter und Oma und sie hatte sich bisher so wenig wie möglich in ihr Leben eingemischt. Sie hatte am Telefon nicht darüber sprechen wollen, warum sie zu ihr kommen sollte. Für sie wäre es doch einfacher gewesen, schnell zu ihr zu radeln. Oder war ihrer Mutter etwas passiert? Es half nichts. Sie musste die Kinder nehmen und zu ihr gehen. Melanies Mutter stand schon an der Gartenpforte und wartete auf sie.

„Werner kommt gleich", begrüßte sie ihre Tochter aufgeregt. „Er muss unbedingt mit dir sprechen."

„Mit mir? Fragte Melanie verblüfft.

„Warum kommt er dann nicht gleich zu mir? Ich verstehe den ganzen Aufstand nicht."

Verena lief ihrer Oma freudestrahlend entgegen. Sie nahm sie auf den Arm und sagte zu Melanie:

„Jetzt komm erstmal rein."

In diesem Moment fuhr Werner Siebert mit seinem Auto vor. Er stieg aus, grüßte kurz. Dann betraten sie das

Haus. Einen Augenblick betrachtete Werner Siebert Melanies Kinder liebevoll. Er kannte sie nur von Bildern, die ihm Frau Schott gezeigt hatte.

„Also, was ist los? fragte Melanie ungeduldig. Sie merkte dass es dem Bekannten ihrer Mutter sichtlich schwer fiel, die richtigen Worte zu finden. „So reden Sie doch endlich!"

„Du kannst ruhig du zu mir sagen", bot ihr Werner Siebert an.

„Ich kenne Sie ja kaum", wehrte Melanie ab.

„Wenn wir etwas miteinander zu tun hatten, dann waren es nur unangenehme Dinge, über die wir sprachen."

„Aber du weißt, dass ich mit deiner Mutter schon viele Jahre befreundet bin."

„Trotzdem habe ich Sie nur bei den Bertholds gesehen.

Aber wenn es die Sache leichter macht, sag ich natürlich auch du." Frau Schott hatte inzwischen ein paar Gläser und Getränke auf den Tisch gestellt. „Setzt euch doch", bat sie.

Werner Siebert und Melanie taten ihr den Gefallen.

Irgendwie fühlte sich Melanie nicht wohl in ihrer Haut.

Den Mann, den sie plötzlich Werner nennen sollte, kannte sie nur als selbstsicheren, sehr bestimmenden Polizeibeamten. Und nun sass er unsicher wie ein Schuljunge, der eine schlechte Note geschrieben hatte, neben ihr. „Was ist eigentlich los?" fragte sie mürrisch.

„Melanie", sagte Werner Siebert ernst. „Du weißt dass ich nach dem Tod von Erna und Hans den Selbstmord der Beiden festgestellt hatte und dafür gesorgt habe, dass der Fall schnell zu den Akten gelegt wurde."

„Ja, aber soll das etwa heißen, dass es gar kein Selbstmord war?"

„Ich fürchte nein, und du müsstest es am besten wissen."

„Ich? Wie kommst du darauf?" Sie wunderte sich über sich selbst wie schnell ihr das du über die Lippen kam.

Aber die Anschuldigungen von Werner empörten sie.

„Ich habe damals wichtige Beweisstücke zurückbehalten", sagte er gedrückt. „Doch jetzt habe ich Angst, dass es an den Tag kommt. Hauptkommissar Berger wird nicht locker lassen. Er wird den Selbstmord und den Unfall von Anne noch einmal überprüfen."

„Und, was habe ich damit zu tun?"

Werner Siebert sah Melanie in die erregt funkelten Augen: „Glaubst du wirklich, dass sich die Bertholds mit einem Gift umgebracht hätten, von dem sie als Botaniker wussten, welchen langen qualvollen Tod es verursacht?"

„Ich weiß nicht mit welchem Gift sie sich töteten."

„Wirklich nicht? Es war Ricin. Ein Teil von dem Samen stand damals noch ungemahlen in einem Glas auf der

Anrichte im Gartenhaus. Auf diesem Glas waren deine Fingerabdrücke. Ich habe es nachgeprüft, nachdem ich in deinem Zimmer in der Binderei ein Säckchen mit dem Samen gefunden hatte. Ausserdem hatte ich unter deinem Bett ein Tagebuch aus deiner Jugendzeit gefunden. Da beschwerst du dich bitter, dass du erfahren hast, dass Hans Berthold dein Vater ist. Hast du ihn gehasst, weil er dich deiner Meinung nach nicht als Tochter anerkannt hat?"

Melanie wurde weiß wie die Wand. „Ich habe Onkel Hans nicht gehasst. Wenn du mein zweites Tagebuch gelesen hättest, dann wüsstest du, dass ich ihn nach ein paar Wochen, nachdem mir Rita erzählt hatte, dass Hans Berthold mein Vater ist, deshalb zur Rede gestellt habe.

Er hat mir klar gemacht, dass er gar nicht mein Vater sein kann. Kurz nach der Geburt von Georg hatte er einen schweren Unfall und konnte danach keine Kinder mehr zeugen. Die Bertholds haben mich trotzdem so behandelt als wäre ich ihre Tochter. Aber mit der Rita bin ich seitdem fertig."

Melanie lehnte sich erschöpft zurück und sah ihre Mutter enttäuscht an: „Und du? Hast du auch geglaubt, dass ich die Beiden umgebracht habe?"

„Nein, nein", wehrte Frau Schott ab. „Ich weiß doch auch erst seit kurzem von den Beweisen, die gegen dich existieren."

Werner Siebert atmete erleichtert auf. Aber sein Blick ruhte noch immer prüfend auf Melanie. „Wenn das so ist, wirst du auch nichts dagegen haben, wenn ich dein Zimmer in der Binderei noch mal gründlich untersuche.

Vielleicht gibt es noch fremde Fingerabdrücke. Irgendjemand muss dir doch den Samen untergeschoben haben."

Melanies Mund war vom sprechen trocken geworden. Sie trank einen Schluck Wasser. „Ich wäre froh, wenn der Tod von Georgs Eltern aufgeklärt werden könnte. Aber ich verstehe nicht warum du verhindern wolltest dass man mich als ihre Mörderin anklagt."

Werner Siebert sah sie scheu an. Dann blickte er fragend zu Melanies Mutter. Sie nickte sachte und er sagte leise: „Ich bin dein Vater."

Melanie stellte ihr Glas hart auf den Tisch: „Aber du erwartest jetzt wohl nicht, dass ich dir um den Hals falle.

Ich sehe das, was du getan hast, als feige an. Du hättest mich schon damals zur Rede stellen können. Aber du hattest Angst vor der Blamage. Der Siebert hat gar keine so reine Weste wie er vorgibt. Er hat eine uneheliche Tochter. Und die steht auch noch unter Mordverdacht.

Nein, das wäre zuviel gewesen. Aber jetzt, wo ich schon dreißig Jahre alt bin, kommst du daher und bekennst dich als mein Vater. Glaubst du vielleicht ich bitte dich die Beweise weiterhin geheim zu halten? Das werde ich bestimmt nicht tun. Meinetwegen kannst du alles in der Binderei untersuchen. Du kannst dem Hauptkommissar Berger so viele Dinge über mich liefern wie du willst. Er wird sich freuen, denn er hat mich sowieso schon im Verdacht. Und jetzt gehe ich."

Melanie nahm Verena an der Hand und ging zum Kinderwagen in dem das Baby fröhlich strampelte.

Als sie den Wagen hinausschieben wollte, versuchte ihre Mutter sie aufzuhalten. „Versteh doch Kind und lass dir erklären."

„Heute nicht mehr Mutter. Heute reicht es mir an Erklärungen."

Stefan Berger traf Hans Gruber in der Kantine. Er saß bei einer Tasse Kaffee und machte sich Notizen. „Na, haben Sie genügend herausgefunden?"

„Ob es Genügend ist, muss sich noch herausstellen. Aber ich vermute stark, dass wir mit unseren Ermittlungen einen weiten Weg zurückgehen müssen."

Stefan Berger bemerkte die eifrige Erregung in den Augen seines Kollegen und ließ sich davon anstecken.

„Gehen wir ins Büro", schlug er ihm vor.

Hans Gruber nahm seine Papiere und stand auf. Im Büro begann er dann gleich mit seinem Tagesbericht.

„Die junge Frau Betz, sagte er, war heute Morgen sehr gesprächig. Sie machte mich auf die alte Blumenbinderei aufmerksam. Frau Kiesel soll als junges Mädchen in

Georg Berthold verliebt gewesen sein und sich dort mit ihm getroffen haben. Ein Teil der Binderei soll wohnlich hergerichtet sein. Melanie Kiesel hat heute noch ein Zimmer darin. Als ich bei Frau Kiesel war, hat sie bestätigt, dass es dieses Zimmer gibt. Aber die Liebelei mit Herrn Berthold hat sie abgestritten. Sie hat den Spieß herumgedreht und ihrerseits Frau Betz beschuldigt in diesen Mann verliebt gewesen zu sein. Die beiden Frauen hassen sich aufs Blut obwohl sie früher befreundet waren."

Stefan Berger nickte: „Die beiden Damen sind sich wohl deshalb so spinnefeind, weil sie beide in den gleichen Mann verknallt waren. Interessanter finde ich den Hinweis auf das Zimmer. Hier könnte Frau Martin versteckt gewesen sein. Den hinteren Teil der Gärtnerei haben wir noch nicht durchsucht. Das muss Morgen unsere erste Aufgabe sein."

„Das denke ich auch. Nach dem Besuch bei Frau Kiesel bin ich zu Herrn Siebert gefahren. Ich wollte wissen, ob er über die Wohnung in der Binderei Bescheid weiß. Er hat mir bestätigt, dass es sie gibt. Der Keller soll sogar auch bewohnbar sein. Ich hatte den Eindruck, dass uns Herr Siebert etwas verschweigt. Aber er tat so, als interessiere ihn die ganze Sache nicht mehr."

Stefan Berger sagte nachdenklich. „Er hat doch sicher aus den Zeitungen erfahren, dass Frau Martin auf dem

Grundstück der Bertholds tot aufgefunden wurde. So ein alter Hase verliert doch nicht wirklich das Interesse an seiner früheren Arbeit."

„Da wäre noch etwas: „Ich war im Dorf zum Mittagessen in einem Gasthaus. Der Wirt hat mich angesprochen. Von ihm habe ich erfahren, dass er, als Anne Berthold in den Weiher fiel, an dem Garten vorbei gefahren ist. Er hat eine Frau auf einen Fahrrad aus dem Garten kommen sehen. Sie wäre ihm beinahe ins Auto gefahren."

„Hat der Wirt das damals bei der Polizei angegeben?"

„Er behauptet, es Hauptkommissar Siebert selber gesagt zu haben. Ich habe mir die Berichte über den Unfall noch einmal angesehen und keine Eintragung über diese Aussage gefunden."

„Das ist schon sehr seltsam. Ich muss mit Herrn Siebert über diese Sache sprechen."

„Das sollten wir uns auch auf Morgen aufheben. Ich Habe Herrn Siebert schon mehrmals versucht zu erreichen. Er muss, nachdem ich ihn verlassen hatte, weg gefahren sein."

„Also gut", stimmte Stefan Berger zu. „Es ist ja schon kurz vor Feierabend und Sie möchten sicher zu ihrer Familie."

„Da sagen Sie was wahres", lachte der Hans Gruber.

"Meine Familie kennt mich bald nur noch von hinten."

Stefan Berger konnte sich als Single nicht so gut in das Familienleben von Hans Gruber hineinversetzen; Aber er hatte dessen Anspannung bemerkt. Einen Moment stimmte er in das Lachen ein. Dann wurde er wieder ernst. „Kommen wir noch kurz zu meinen Ermittlungen.

Herr Seifert hat zugegeben, dass er am Neunzehnten Juli sich von Frau Martin nicht Zuhause verabschiedet hat, sondern sie, ehe er zu seiner Mutter fuhr, im Münchner Stadtteil Schwabing abgesetzt hat. Seine Mutter bestätigt alle seine Aussagen. Aber es klang alles so, als hätten sie sich abgesprochen."

„Es deutete nichts daraufhin, dass Frau Martin doch mit ihm bei seiner Mutter war?"

„Nein, aber ich habe zwei Beamte damit beauftragt, sich in den Schwabinger Lokalen umzuhören. Die Beiden müssten jetzt langsam eintrudeln." Jetzt fiel ihm noch ein, dass sie über die Bertholds nicht gesprochen hatten. „Gibt es eigentlich was Neues bei unseren Hauptverdächtigen?"

„Zu ihnen habe ich es heute nicht mehr geschafft. Ich habe zuviel Zeit im Archiv verbracht."

„Vielleicht war das sowieso informativer", überlegte Stefan Berger.

In dem Moment trafen die beiden Ermittler ein.

Sie hatten tatsächlich eine Bedienung ausfindig gemacht, die Frau Martin an Hand des Fotos erkannt hatte.

„Sie sagt aus, berichtete einer der Beamten, dass diese Frau etwa um Zwanziguhrdreißig ins Lokal gekommen sei."

„War sie sich auch sicher, dass das am Neunzehnten Juli gewesen ist?", hakte der Kommissar nach.

„Ja, die Bedienung ist eine Studentin, die nur zweimal in der Woche am Abend diesen Job nachgeht. In dieser Woche war es ihr erster Abend. Als Frau Martin ins Lokal kam, waren nur ein paar Gäste da. Ihr ist aufgefallen, dass die Frau sich nervös umgesehen hat und an den Tisch, an dem eine andere Frau saß, gegangen ist und sich zu ihr hingesetzt hat."

„Kann sich die Bedienung erinnern wie die andere Frau ausgesehen hat?"

„Nur vage. Sie soll dunkelbraune Haare gehabt haben.
Ihr ist nur die etwas hohe Stimme der Frau aufgefallen."

„Weswegen erinnert sie sich dann so genau an Frau Martin? War sie öfter in diesem Lokal?"

„Nein, sie hat sie vorher noch nie gesehen aber Ihr ist der französische Akzent der Frau aufgefallen. Außerdem hat sie gesehen, wie sie ein Foto, das die andere Frau ihr gegeben hat, verärgert in kleine Stücke gerissen und in den Aschenbecher geworfen hat. Frau Martin hat die Zeche für Beide bezahlt.

Auf dem Foto von Frau Martin, das ich der Bedienung gezeigt habe, soll Frau Martin mit der gleichen auffallenden Tasche abgelichtet sein, mit der sie im Lokal war."

„Haben Sie die Adresse der Bedienung aufgeschrieben?"

„Natürlich." Der Beamte reichte dem Hauptkommissar das Protokoll. Der Hauptkommissar nahm es entgegen und fragte: „Wie lange hielten sich die beiden Frauen im Lokal auf?"

„Etwa eine halbe Stunde."

„Gut, sie können gehen."

Nachdem die beiden Beamten das Büro des Hauptkommissars verlassen hatten, überflog er das Protokoll und sagte anschließend nachdenklich: „Morgen sollten wir so schnell als möglich herausfinden wer diese Frau war, mit der sich Frau Martin getroffen hat."

Dieser Tag war für Paula, Lynn und Georg der Ruhigste seit langem gewesen. Nachdem Mittagessen hatten sie eine Ruhepause eingelegt. Dann war Paula wieder in ihr Büro gegangen. Lynn hatte ihre Aufräumungsarbeiten im Keller fortgesetzt und Georg hatte die zerbrochenen Glasscheiben im Gewächshaus durch neue ersetzt. Am Abend war Paula sogar bereit gewesen, dass Essen im Wintergarten einzunehmen.

Nun saßen sie sich einigermaßen entspannt gegenüber.

Georg unterbrach die Stille: „Ich möchte bloß wissen wer die Scheiben im Gewächshaus eingeschmissen hat. Das war purer Randalismus. Anders kann ich mir das nicht vorstellen. Ein Einbruch wäre dort sinnlos."

Lynn war da anderer Meinung:

„Ich wäre mir da nicht so sicher. Es muss irgendetwas im Gewächshaus gewesen sein, das der Einbrecher benötigt hat. Vielleicht das Gift?"

„Wer sollte das da hineingetan haben. Ich jedenfalls nicht. Das Gewächshaus habe ich schon wenigstens ein Jahr lang nicht mehr betreten."

„Und warum hast du es zugeschlossen?"

„Daran kann ich mich nicht mehr erinnern. Ich weiß nicht einmal wo der Schlüssel liegt."

Paula richtete sich verstimmt auf. „Jetzt hatten wir mal einen Tag Ruhe vor den Polizisten. Und nun fangt ihr wieder an, diese Dinge aufzuwühlen."

„Es wäre mir auch lieber, wenn wir uns keine Gedanken mehr über diese schlimmen Geschehnisse machen müssten", sagte Lynn. „Aber wenn hier jemals wieder ein normales Leben möglich sein soll, müssen wir versuchen den Mord an Jacqueline auf zu klären".

Paulas gute Stimmung verflog. „Das ist natürlich äußerst wichtig. Aber Keiner hat es für wichtig gefunden, nachzuprüfen wer Anne in den Weiher geworfen hat."

„Weil das niemand getan", sagte Georg. „Das Laufgitter war umgekippt. Sie ist alleine zum Weiher gelaufen."

„Davon bist du also immer noch überzeugt", ärgerte sich Paula. „Aber ich werde nie und nimmer daran glauben."

Langsam senkte sich die Nacht über das Land. Sie brachte ein erfrischendes Lüftchen mit sich.

Lynn stand auf und trat an die Tür. Sie sah zu den Büschen und Bäumen, deren Blätter geheimnisvoll säuselten. Was wussten sie? Im Moment sah alles im Garten so friedlich aus. Nichts deutete darauf, dass vor kurzem dort eine Frau zu Tode gekommen war. Lynn ärgerte sich, dass sie sogar in dieser angenehmen, samtigen lauen Sommernacht keine Ruhe finden konnte.

Wer war der Mörder dieser Frau, und wo verbarg er sich? Ein seltsam brenzliger Geruch stieg ihr in die Nase.

Dann sah sie auch schon im hinteren Teil der Gärtnerei Rauch aufsteigen. „Paula, Georg, seht mal her", rief sie erregt. Ich glaube dahinten brennt es."

Georg war sofort bei ihr und sah in die Richtung auf die Lynn hinwies. „Du hast recht", sagte er. „Rufe bitte die Feuerwehr an. Ich laufe nach hinten und sehe zu was ich machen kann."

Paula hörte entsetzt zu wie Lynn die Feuerwehr alarmierte. Nahmen die Aufregungen denn gar kein Ende?

Lynn sah Paula nach dem Anruf besorgt an. „Bleib bitte hier im Haus. Ich werde Georg helfen."

„Nein, ich komme mit."

Lynn hatte keine Lust lange zu debattieren. Sie steckte ihr Handy ein und lief los. Paula eilte hinter ihr her.

Als sie ankamen schlugen die Flammen schon aus den Fenstern der Blumenbinderei.

Georg war nicht mehr zu sehen. Paula rief nach ihm.

Lynn lief zum Eingang. Georg kam ihr durch den wolkendichten dunklen Rauch entgegen. Er trug Melanie auf seinen Armen.

„Ruf den Notarzt!", rief er Lynn entgegen. „Melanie ist bewusstlos."

Lynn nahm sofort ihr Handy und bat um Hilfe.

Georg entfernte sich mit Melanie ein Stück von der brennenden Binderei. Dann legte er sie vorsichtig ins Gras.

Von der Ferne vernahmen sie die heulenden Sirenen der Feuerwehr. Für das Gebäude in dem die Binderei untergebracht war und ein Geräteschuppen daneben kam jede Hilfe zu spät. Aber den Feuerwehrleuten gelang es das übergreifen des Feuers auf die Treibhäuser und die nahe stehende Großgarage zu verhindern. Als man Melanie in den Notarztwagen hob war sie noch bewusstlos.

Dieses Mal gab es einen noch größeren Tumult vor der Gärtnerei als am Tag, an dem man dort Jacqueline Martin tot aufgefunden hatte. Eine vom Dorf war die Betroffene.

„Wie lange soll der noch sein Unwesen hier treiben?", schrie Jemand und einer hetzte: „Sperrt den Kerl endlich ein oder wir vergessen uns."

Hauptkommissar Berger saß noch am Abend in seinem Büro. Der Fall Martin ließ ihn einfach nicht los. Kommissar Gruber hatte auch schon viele Überstunden deswegen gemacht. Aber zuviel konnte er ihm nicht zumuten. Im Gegensatz zu ihm, hatte er eine Frau und zwei kleine Kinder. Doch als er jetzt von dem Feuer und einer verletzten Person bei den Bertholds erfuhr, setzte er sich sofort mit Kommissar Gruber in Verbindung. „Tut mir leid, dass ich sie herbeordern muss", sagte er. „Aber bei den Bertholds brennt es."

Kurze Zeit danach trafen Hauptkommissar Berger und Kommissar Gruber beim Anwesen der Bertholds ein.
Die Brandschutzpolizei war schon vor Ort. Kommissar Berger übersah sofort die prekäre Lage. Er forderte über Funk noch einen Streifenwagen an. Die Menge musste unter Kontrolle gehalten werden. Ein Beamter begleitete Paula, Lynn und Georg ins Haus. Die beiden Polizei-

meister Bohn und Schlagbauer wurden losgeschickt um die Familie von Melanie Kiesel zu benachrichtigen.

Später, als die Spurensicherung ihre Arbeit beendet hatte und sich die gaffenden und zänkischen Leute endlich nach Hause verzogen hatten, sagte Hauptkommissarommissar Berger zu Kommissar Gruber:

„Sie können jetzt nach Hause fahren. Ich werde die drei Zeugen befragen. Die Berichte über diesen Vorfall hier, liegen sicher erst morgen früh auf meinem Schreibtisch."

„Kommissar Gruber zog seine Stirn in Falten:

„Ich befürchte, die Bertholds sind hier nicht mehr sicher."

„Das stimmt", gab ihm Hauptkommissar Berger Recht.

Ich werde hier ein paar Polizisten zur Wache einsetzen.

Und jetzt gute Nacht!"

„Gute Nacht!"

Nachdenklich schritt der Hauptkommissar auf das Haus zu. Morgen würde ihn sicher der Oberkommissar Lanz zu sich bitten und ihm nahe legen, endlich eine Verhaftung vorzunehmen. Die Leute wollten Erfolge sehen. Für die Presseleute war dies hier ein gefundenes Fressen. Die meisten von Ihnen bauschten die Sache auf und richteten mehr Schaden an, als Nutzen. Aber damit musste er leben. Später, als er Paula, Lynn und Georg unabhängig voneinander befragt hatte, war ihm bewusst geworden, dass sie für dieses abendliche Ereignis nicht zur Verantwortung gezogen werden konnten. Sie hatten alle drei fast das Gleiche ausgesagt. Diese körperliche und physische Erschöpfung von ihnen konnte nicht gespielt sein. Er sagte ihnen, dass er zwei Polizisten für ihren Schutz da ließe. Dann verabschiedete er sich. Jetzt gab es auch für ihn nichts mehr Angenehmeres als nach Hause zu fahren und in sein Bett zu sinken.

Maria Schott hatte viele Stunden am Nachmittag mit Vorwürfen, die sie sich selber machte verbracht. Jetzt am Abend wartete sie noch immer auf einen Anruf ihrer Tochter. Es war das erste Mal gewesen, dass Melanie mit so einer Wut die schon an Hass grenzte, von ihr wegging.
  Sie hatte versucht ihr nachzugehen um ihr alles erklären zu können. Aber Werner hatte sie zurückgehalten."
  Melanie muss das Ganze erst mal verdauen.
  Sie ist jetzt nicht fähig zu diskutieren", hatte er gesagt.
  Über eine Stunde war er bei ihr geblieben. Sie hatten über diese verworrene Situation gesprochen. Aber als er sich verabschiedet hatte, gab es für beide noch kein wirklich gutes Konzept wie sie mit Melanie in Zukunft umgehen sollten. Werner befürchtete noch immer, dass Melanie am Tod von Erna und Hans Berthold schuld war.
  Für ihn gab es sogar Hinweise, dass sie mit Annes Unfall etwas zu tun gehabt hatte. Aber sie hatte, als er noch bei ihr war, ihre Zweifel an seinem Verdacht geäußert; und seitdem er wieder nach Hause gefahren

war, hatten sich diese Zweifel fast aufgelöst. Sie wollte und konnte einfach nicht glauben, dass ihre Tochter dazu fähig wäre jemanden feige zu vergiften. Noch dazu Menschen, die sie geliebt hatte. Bilder aus früheren Zeiten glitten an ihr vornüber. Melanie nach ihrer Geburt, nach ihrer Taufe, nach ihrer Kommunion, bei ihrer Firmung und schließlich bei ihrer Hochzeit. Immer und überall waren Erna und Hans zur Stelle gewesen. Sie hatten Melanie geliebt. Und Melanie hatte weder ihren Vater noch Geschwister vermisst. Sie war eingebettet in diese Familie gewesen. Melanie hatte Recht. Man musste diese Beweise für ihre angebliche Schuld der Polizei übergeben. Hauptommissar Berger hatte Melanie, nach deren Angaben sogar in Verdacht mit dem Tod von Jacqueline etwas zu tun zu haben. Das alles konnte nur entwirrt werden, wenn er noch einmal ganz von vorne, also mit dem Tod von Erna und Hans beginnen würde.

Für Werner würde das ein harter Weg werden aber…"

Ihre Gedanken wurden vom heftigen Klingeln an ihrer Haustür unterbrochen. Sofort glomm die Angst in ihr hoch. Sie lief an die Tür und riss sie auf. Ihr Nachbar stand schwer atmend vor ihr. „Melanie ist verunglückt."

„Und die Kinder?", fragte sie besorgt. Von den Kindern weiß ich nichts. Du solltest vielleicht mal nach ihnen sehen."

„Wo ist die Melanie?"

„Bei den Bertholds. Es hat einen Brand gegeben."

„Du lieber Himmel! Ich muss zu ihr."

„Schau erst mal nach den Kindern. Der Notarzt war da. Melanie ist ins Krankenhaus gefahren worden. Sobald Jemand für die Kinder da ist, fahr ich dich zu ihr."

„Ja, danke, gehen wir zu den Kindern."

Als sie schon auf der Straße waren fiel ihr Melanies Mann ein. „Und Martin?"; fragte sie. „Hat man den schon verständigt?"

„Das glaube ich nicht. Die Polizisten wissen doch gar nicht wo er sich aufhält."

„Stimmt. Ich muss ihn anrufen. Er muss sofort nach Hause kommen."

Jetzt waren sie an Melanies Haus angekommen. Frau Schott hatte einen Schlüssel dafür und schloss gleich auf.

Melanies Nachbarin kam ihnen entgegen. „Was ist denn los?"

„Melanie ist verunglückt", keuchte Frau Schott. Hat sie dich etwa gebeten auf die Kinder aufzupassen?"

„Ja. Sie wollte spätestens in einer Stunde wieder zurück sein."

„Hat sie dir gesagt was sie vorhatte?"

„Nein. Ich hab sie auch nicht gefragt. Es kommt öfter vor, dass ich ein, zwei Stunden auf die Kleinen Acht gebe."

In dem Moment klingelte es. Die beiden Polizeibeamten waren gekommen um die Familie über Melanies Unfall zu unterrichten.

Für Martin Kiesel wurde es eine unruhige Nacht. Gleich nachdem ihn seine Schwiegermutter telefonisch mitgeteilt hatte, dass Melanie schwerverletzt im Krankenhaus liegt, war er zu seinem Chef gegangen. Sie hatten ihre Zimmer in einer kleinen Pension direkt nebeneinander. Sein Chef hatte zwar Verständnis dafür gehabt, dass Martin sofort zu seiner Frau fahren wollte, aber er hatte dieses Ansinnen ablehnen müssen. Ihre Arbeit in dem Ort hier würde am nächsten Morgen nur noch zwei Stunden dauern. Er musste seinen Auftrag unbedingt zu Ende bringen. Martin besaß kein Auto. Er musste mit seinem Chef nach Hause fahren. Er hatte im Krankenhaus angerufen. Aber übers Telefon wollte man ihm keine Auskunft geben. Seine Schwiegermutter hatte ihn dann später noch einmal angerufen und ihm gesagt, dass Melanie operiert würde. Aber die Ärzte gaben auch ihr nur vage Auskünfte. Man musste erst den Operationsverlauf abwarten. Am Morgen erfuhr er dann, dass Melanie die Operation einigermaßen gut überstanden hätte, aber noch im Koma liege.

Jetzt befand sich Martin mit seinem Chef auf der Heimfahrt. Seine Gedanken waren zuweilen grotesk. Er konnte sich Melanie nicht so vollkommen ruhig daliegend vorstellen. Seine lebhafte Melanie, die es nicht einmal im Kindbett ausgehalten hatte und gleich nach Hause wollte.

Und die Kinder? Das Baby wird Melanie zwar auch vermissen aber Verena wird Tag und Nacht nach ihrer Mutter rufen. Warum war Melanie am Abend noch zu den Bertholds gegangen? Er verstand sie nicht. Georg war zwar ein prima Kumpel und Paula brauchte ihre Hilfe.

Aber man konnte es auch übertreiben. Außerdem war doch jetzt Paulas Schwester zu Besuch. Die alte Blumenbinderei in der Melanie sich so gerne aufgehalten hatte, war abgebrannt. Wie konnte das nur geschehen? Und was suchte Melanie am Abend dort? Rita hatte ein paar mal so seltsame Anspielungen gemacht, die er sich verbeten hatte. Wenn nun doch etwas Wahres daran wäre? Wenn sich Georg und Melanie dort heimlich trafen? Nein, so war es sicher nicht."

„Es wird schon wieder", tröstete ihn sein Chef. „Melanie ist ein starkes Mädchen. Sie geigt dir eher wieder die Meinung als du denkst."

„Schön wär's."

Stefan Berger rauchte schon am Morgen der Schädel.

Sein Chef hatte ihn wie erwartet zu sich kommen lassen und seine Arbeit bemängelt. Ihre Ansichten über die

Vorfälle auf dem Grundstück der Bertholds waren total verschieden. Er stellte ihm Hauptkommissar Siebert als Vorbild vor, der steht's schnell Ruhe in diesen Ort gebracht hatte. „Ich erwarte von Ihnen eine baldige Aufklärung", hatte er ihn angeschnauzt.

Hans Gruber wirkte an diesem Morgen auch nicht gerade fröhlich. Die Nacht war viel zu kurz gewesen und der heutige Tag würde sicher nicht angenehm werden.
Bei der morgendlichen Begrüßung reichte ein kurzer Blick auf die grimmige Miene des Hauptkommissars um zu wissen, dass der Ärger schon in der Luft lag.
„Der Staatsanwalt glaubt, dass wir nur dasitzen und Löcher in die Luft starren", schimpfte Hauptkommissar Berger.
„Hat er denn die Berichte von Ihnen nicht gelesen?"
„Ach, die interessieren ihn doch nicht. Das einzige was ihm vielleicht ein Lächeln abgewinnen könnte, wäre, wenn wir ihm den Täter mit ausführlichem Geständnis liefern könnten."
„Na dann mach ich mich mal ran an die Arbeit", versuchte Hans Gruber die Stimmung zu verbessern.
„Liegen die Berichte über den Brand von gestern schon vor?"
„Noch nicht alle. Ich habe mich gerade mit den Aussagen von den Bertholds und Frau Miller beschäftigt.

Es sieht nicht so aus, als hätten sie etwas damit zu tun."

„Haben sie sich gegenseitig ein Alibi verschafft?"

„Das schon. Sie saßen, nach ihren Angaben alle Drei im Wintergarten als sie das Feuer wahrnahmen."

„Vielleicht hat einer von ihnen einen Schwelbrand gelegt und sich seelenruhig hingesetzt bis das Feuer so richtig ausbrach?"

„Nein, das ist auszuschließen. Im Gebäude wurde Benzin verschüttet. Der leere Kanister liegt noch dort. Es muss innerhalb weniger Minuten alles in Flammen gestanden haben."

„Fragt sich nur, was Melanie Kiesel dort gesucht hat."

„Das ist doch klar", knurrte Hauptkommissar Berger. „Sie haben sie doch gestern nach ihrem Zimmer in dem Gebäude gefragt."

„Und jetzt nehmen Sie an, dass Frau Kiesel den Brand gelegt hat?"

„Ja, sie konnte sich nach dem Gespräch mit Ihnen ausmalen, dass wir die Binderei bald durchsuchen wollten."

Kommissar Gruber schüttelte unwillig den Kopf. „Sie nehmen also an, dass Frau Kiesel irgendwelche Beweise vernichten wollte? Aber das genau, bezweifle ich. Das hätte sie schon früher tun können. Schließlich ging sie bei den Bertholds ein und aus.

Der Hauptkommissar Berger nickte nachdenklich:

„Vielleicht haben Sie recht. Vielleicht wurde sie genau wie Frau Martin zur ehemaligen Gärtnerei gelockt."

„Aber das würde bedeuten, dass es doch einer der Bertholds gewesen sein muss."

„Wir drehen uns momentan im Kreis. Ich rufe jetzt in der Klinik an, ob Frau Kiesel schon vernehmbar ist."

Der Hauptkommissar griff zum Telefon und der Kommissar vertiefte sich in die Berichte, die zum Brand schon vorlagen.

Als Hauptkommissar Berger den Hörer wieder zurücklegte, sah er nicht gerade erleichtert aus. „Frau Kiesel;" sagte er belegt, „liegt noch immer im Koma. Sie wurde in der Nacht noch am Kopf operiert."

Martin Kiesel stand verzweifelt am Bett seiner Frau.

Ihr Kopf war bandagiert. Das Gesicht und die Arme mit Schläuchen versehen. War das wirklich Melanie, die da so weiß und reglos lag? Er konnte das Geschehene noch immer nicht fassen. „Abwarten", hatten ihm die Ärzte gesagt. Abwarten! Und wenn es Melanie so ging wie Anne? Er dachte an seine Kinder, die ihre Mutter brauchten. Sein Chef hatte ihm eine Woche freigegeben.

Aber was kam dann? Er musste voll auf seine Schwiegermutter zählen. Würde sie diese Belastung durchhalten? Sie hatte stundenlang in der Nacht in der

Klinik verbracht und war erst nach langem Überreden mit ihrem Freund nach Hause gefahren. Werner Siebert zeigte eine große Anteilnahme für Melanie und stand seiner Schwiegermutter tröstend bei. Ihm war es sogar so erschienen, als ob er genauso litt wie sie. Aber warum?

Zum Glück gab es mehrere Leute im Dorf, die ihm ihre Hilfe bei der Kinderbetreuung angeboten hatten. Als er nach Hause gekommen war, hatte er bemerkt, dass der Anrufbeantworter aufblinkte und er hatte ihn eingeschaltet. Lynn Miller hatte sich nach dem Befinden von Melanie erkundigt und um Rückruf gebeten. Auch sie wollte ihm helfen. Doch das lehnte er ab. Das würde noch mehr böses Blut im Dorf geben. Manche verteufelten Melanie weil sie immer wieder zu den Bertholds stand. Noch immer starrte er mit Hoffen und Bangen in Melanies Gesicht. Hatte sie nicht gerade mit den Wimpern gezuckt? Er wischte sich den Schweiß von der Stirn. Sein Körper fühlte sich ungewohnt schwach an und vor seinen Augen drehten sich Kreise. Er setzte sich neben Melanie auf einen Stuhl.

„Nur jetzt nicht auch noch schlapp machen!", dachte er.

Die Schwester kam herein, kontrollierte die Schläuche, sah Martin an und riet ihm nach Hause zu fahren und sich auszuruhen. Er nickte mechanisch, blieb aber weiter neben Melanie sitzen.

Lynn war trotz der aufregenden langen Nacht schon früh auf den Beinen. Melanie ging ihr nicht aus dem Sinn. Sie rief in der Klinik an, aber sie erhielt keine Auskunft über ihren Gesundheitszustand. Unruhig wählte sie die Nummer von Melanies Mutter. Aber hier tönte ihr nur das leere Rufzeichen entgegen. Anscheinend hatte Frau Schott die Kinder bei Bekannten untergebracht und war zu Melanie in die Klinik gefahren. Ob Melanies Mann schon der Montagearbeit zurück war? Sie hätte der Familie gerne beigestanden, aber es meldete sich keiner von ihnen. Bedrückt ging sie in die Küche und bereitete das Frühstück vor.

Danach entschloss sie sich Paula zu wecken. Heute war ihr erster Termin bei der Psychologin und sie sollte ihn auch nicht bei den gegebenen Zuständen verpassen.

Paula setzte sich in ihrem Bett auf und zog die Knie störrisch an sich. „Bei den Aufregungen in der Nacht ist mir die Lust zum Aufstehen vergangen", sagte sie zu Lynn.

„Aber du erinnerst dich schon an einen gewissen Termin"?

„Natürlich, aber ich fühle mich total daneben. Der Besuch bei der Therapeutin wäre heute vollkommen umsonst".

„Das sehe ich anders", erwiderte Lynn trocken. Sie zog Paula die Bettdecke weg. „Also marsch, raus aus den Federn. In einer halben Stunde erwarte ich dich unten".

Nachdem Lynn die Zimmertür hinter sich geschlossen hatte, starrte ihr Paula noch eine Weile verärgert hinterher. Es war doch ihre eigene Sache zur Therapeutin zu fahren oder auch nicht. Die widerstrebendsten Gedanken befielen sie. Doch dann sah sie ein, dass sie sich selbst bekämpfte. Missmutig verließ sie ihr Bett.

Später, als Paula und Lynn das Haus verließen und der Garage zusteuerten, sah es aus, als ob Paula nun doch vom Gang zur Psychologin befreit würde.

Der Beamte, der vor ihrem Haus Wache schob, hielt die beiden Frauen zurück. „Beabsichtigen Sie etwa wegzufahren?"

„Natürlich!" sagte Lynn abweisend. „Wer oder was sollte uns daran hindern?"

„Hauptkommissar Berger. Er gab mir Anweisung…"

„Moment, so geht das nicht", ärgerte sich Lynn und holte ihr Handy aus der Tasche. Dann rief sie Hauptkommissar Berger an.

Als er sich meldete zischte sie ihn erbost an: „Ist es jetzt schon soweit, dass sie uns Hausarrest geben?"

Hauptkommissar Berger schien genauso verschnupft wie sie zu sein.

Abweisend erklärte er Lynn: „Es geschieht alles zu Ihrem Besten. Ich habe den Beamten zum Schutz von Ihnen und den Bertholds abgestellt."

„Wenn sie das für nötig halten – bitte, aber meine Schwester muss dringend zur Ärztin und ich werde sie jetzt dort hinfahren, ob mit oder ohne ihre Erlaubnis."

„Gut, dagegen ist nichts einzuwenden. Doch ich muss darauf bestehen, dass sie der Beamte begleitet. Bitte, lassen Sie mich kurz mit ihm sprechen."

Zähneknirschend akzeptierte sie seinen Wunsch. Und so saßen sie ein paar Minuten später zu dritt im Wagen auf dem Weg zur Psychologin.

Paula hatte die ganze Szene still verfolgt und war auch nach dem Besuch bei der Ärztin wenig gesprächig gewesen. Aber Lynn hatte sie auch nicht bedrängt. Sie hatten schweigend zu Mittag gegessen und Paula war anschließend hinauf in ihr Zimmer gegangen. Lynn kam das gelegen. Paula rückte momentan bei ihr in den Hintergrund. Sie fragte sich ständig warum Melanie sich am Abend ohne ihr Wissen im Garten aufgehalten hatte.

Die Gartentore waren alle verschlossen gewesen.

Davon hatte sie sich bei einem Spaziergang vor dem Abendessen selbst überzeugt. Einer musste Melanie eingelassen haben oder sie hatte gelogen, als sie behauptete, keinen Schlüssel zu besitzen. Warum waren sie bloß nicht auf den Gedanken gekommen die Schlösser auszuwechseln? Dann läge Melanie jetzt nicht in der Klinik. Oder gab es einen Durchschlupf, den sie selbst nicht kannte? Nein, jetzt kam ihr deutlich zu

Bewusstsein, dass, als sie zu der Binderei gelaufen waren, das große Tor zu den Garagen offen gestanden hatte. Die Feuerwehr hatte ohne Mühe das brennende Gebäude erreicht. Lynn fühlte sich, seitdem die Polizisten vor dem Haus und im Garten auf der Lauer nach etwas Verdächtigen lagen, wie eingesperrt. Sie sah einen Beamten vor dem Schuppen stehen und in die Richtung des Weihers sehen. Sie ging hinaus zu ihm. Vielleicht wusste er etwas über das Befinden von Melanie. Aber genau so gut hätte sie einen Baum ansprechen können.

Georg grub in der Nähe des Weihers ein Stück Land mit seinem Spaten um. „Hier steckst du also", sagte sie zu ihm, als sie bei ihm war. „Ich habe dich schon vermisst. Hattest du gar keinen Hunger?"

„Nein. Ich habe reichlich gefrühstückt. Als ich nach unten ging, hörte ich dich gerade mit Paula wegfahren. Seitdem bin ich im Garten. Ich brauche jetzt diese Arbeit. Hast du schon etwas von Melanie gehört?"

„Leider nicht."

„Ich kann an nichts anderes mehr denken. Sie sah schlimm aus. Stell dir vor sie stirbt auch noch."

„Daran dürfen wir nicht denken. Sie muss wieder gesund werden und sagen wer ihr das angetan hat."

„Wenn ich bis Morgen nichts Näheres weiß, fahre ich zur Klinik. Wenn es sein muss in Polizeibegleitung."

„Ich fahre mit", sagte Lynn. „trinkst du einen Kaffee mit mir im Wintergarten?"

„Ja, ich geh nur zum Schuppen und zieh meine Stiefel aus."

Lynn lief neben ihm her. Der Polizist machte gelangweilt seine Runden. Als Georg den Schuppen öffnete und seine Stiefel hineinstellte, sah Lynn einen Benzinkanister darin stehen."

„Hast du den Kanister da abgestellt?"

„Welchen Kanister`" In dem Moment als Georg Lynn diese Frage stellte, sah er ihn. „Wozu sollte ich einen Benzinkanister in den Schuppen stellen?" wunderte er sich und wollte nach ihm greifen.

„Ich würde das sein lassen", sagte der Polizist, der fast unbemerkt heran gekommen war. „Vielleicht sind Fingerabdrücke darauf."

Durch die Ereignisse des vergangenen Abends war der Mord an Jacqueline Martin etwas in den Hintergrund geraten. Aber Hauptkommissar Berger und Kommissar Gruber waren sich einig, dass die beiden Fälle unmittelbar zusammen hingen. Sie hatten jetzt sämtliche Berichte vom Brandort durchgearbeitet.

Hauptkommissar Berger zog die Stirn kraus: „Entweder war Melanie Kiesel selbst die Drahtzieherin gewesen oder sie weiß wer der Täter oder die Täterin ist."

„Das sehe ich auch so, stimmte ihm Hans Gruber zu. Es ist nur seltsam, dass es keine Spuren von dieser Person gibt. Sogar auf den Benzinkanistern waren keine verwertbaren Fingerabdrücke."

„Ich glaube dass es Jemand aus dem Dorf ist, „überlegte Stefan Berger. „Jemand von außerhalb hätte sicher ein Auto benützt."

„Das kann aber nicht der Fall sein", erwiderte Hans Gruber „Keiner der drei Zeugen sah oder hörte einen Wagen, der wegfuhr."

„Hm" überlegte Stefan Berger. „Wahrscheinlich haben sich die Drei zu sehr auf das brennende Gebäude konzentriert."

Es könnte aber auch sein, dass der Täter sein Fahrzeug weiter weg abgestellt hat", wandte Hans Gruber ein.

„Das wäre die nächste Möglichkeit", musste Stefan Berger zugeben. „Aber dann müsste es eine Person sein, die sich hier in der Umgebung gut auskennt."

Hans Gruber ärgerte sich über sich selbst. „Ich hätte mich gleich, nachdem ich von der Wohnmöglichkeit in der Binderei erfahren habe, dort umsehen sollen. Warum habe ich das nur nicht getan?"

„Wer konnte denn so etwas ahnen? Ich hätte auch noch am selben Abend eine Durchsuchung veranlassen können. Leider bringt uns das Wenn und Aber nicht weiter."

Mir bereitet die Kopfverletzung von Frau Kiesel Sorgen. Nach dem ärztlichen Bericht kann sie von einem schweren Sturz oder von einem Schlag hervorgerufen worden sein. Also können wir uns eine der zwei Möglichkeiten heraussuchen."

„Sie sollten Herrn Siebert noch einmal einen Besuch abstatten. Ich glaube, er weiß mehr, als er zugibt."

„Das finde ich auch. Er benimmt sich in letzter Zeit sehr seltsam. Er ist zwar ein Freund von Frau Kiesels Mutter aber das kann meiner Meinung nach nicht das starke Mitgefühl, das er gegenüber Frau Kiesel zeigt, erklären. Er hielt sich die ganze Nacht in der Klinik auf und soll laut Polizeimeister Bohn schon wieder stundenlang bei Frau Kiesel sein." Das läuten des Telefons unterbrach ihr Gespräch. Stefan Berger meldete sich und hörte interessiert zu.

Dann sagte er knapp: „Ich bin in etwa Zwanzig Minuten da."

„Gibt es etwas Neues?"fragte Hans Gruber.

Stefan Berger nickte: „Im Schuppen der Bertholds wurde ein voller Benzinkanister entdeckt, den keiner von den

Anwohnern dort hin gestellt hat. Vielleicht sollte dort noch ein Anschlag verübt werden."

„Wundern würde mich gar nichts mehr", sagte Hans Gruber. „Ich kann ja in der Zwischenzeit in die Klinik fahren und mich erkundigen wie es Frau Kiesel jetzt geht.

Und falls Herr Siebert nicht mehr dort ist, werde ich ihn zu Hause aufsuchen und ihm ein paar Fragen stellen."

„Ja, tun Sie das."

Der Polizeibeamte hatte nach seinem Handy gegriffen und Hauptkommissar Berger von dem Benzinkanister berichtet.

Lynn und Georg störten sich wenig daran. Sie gingen ins Haus und kochten sich einen Kaffee. Lynn strich ein paar Brote dazu. Georg stellte das Geschirr auf das Tablett und trug es in den Wintergarten. Sie aßen ohne Hektik.

„Ist dir aufgefallen", fragte Lynn, dass du heute nicht einmal nach Paula gefragt hast?"

„Entschuldige Lynn, aber der Brand und der Unfall von Melanie hat mir meine letzten Nerven geraubt. Ich muss erstmal mit mir selbst klar kommen, ehe ich mich um Paula kümmern kann."

„Warte aber nicht zu lange damit. Paula leidet ebenso wie du."

„Ja, aber wenn ich sie mit meinen Sorgen auch noch belaste, dann bricht sie vielleicht völlig zusammen."

„Du unterschätzt Paula. Ihr ist es sicher lieber wenn du mit ihr über diese Dinge sprichst. Wenn sie sich ausgeschlossen fühlt, leidet sie erst recht darunter."

„Du magst recht haben", seufzte Georg. Was bin ich nur für ein ungehobelter Klotz. Ich habe mich immer gefragt was eine Frau wie Paula an mir findet. Jetzt wird sie sich sicher selber fragen wie sie mich jemals lieben konnte."

„Ich frage mich höchsten, wie wir uns seelisch so weit von einander entfernen konnten", sagte Paula, die leise in den Wintergarten getreten war. Georg und Lynn sahen Paula wie zwei ertappte Sünder an.

Georg wurde rot: „Entschuldige Paula, ich…"

„Ach schon gut", winkte sie ab. Ist noch eine Tasse Kaffee für mich übrig?"

„Natürlich", sagte Lynn schnell. „Setz dich bitte. Ich hole dir ein Gedeck."

„Wie geht es dir?", fragte Georg.

„Nach diesen Ereignissen hier bei uns kann ich wohl schlecht sagen, dass es mir gut geht. Aber das kann ja Keiner von uns sagen."

„Du hast mir noch nichts über deinen Besuch bei der Psychologin erzählt."

„Da gibt es auch nicht viel darüber zu sagen. In der ersten Sitzung versuchen die Psychologen sich doch immer erst ein Bild von einem zu machen. Ich hoffe, ich habe einigermaßen gut abgeschnitten."

Lynn brachte das Gedeck und schenkte Paula Kaffee in die Tasse. Als sie die Kanne absetzte, ertönte die Haustürklingel.

„Das wird Hauptkommissar Berger sein", sagte sie leicht errötend und eilte hinaus.

Paula sah Lynn nachdenklich hinterher: „Glaubst du, da bahnt sich was an zwischen den Beiden?"

Georg schüttelte ungläubig den Kopf: „Du meinst, Lynn hat sich ausgerechnet in den Berger verliebt? Da täuscht du dich wohl. Mit ihm steht sie schon die ganze Zeit über auf Kriegsfuß."

Lynn bat Stefan Berger in den Wintergarten. Dann bot sie ihm einen Kaffee an. Erst sah es so aus, als wolle er ablehnen. Doch dann nahm er, als er Paula und Georg begrüßt hatte, Platz.

„Eine Tasse Kaffee kann nicht schaden, grinste er schwach.

Doch dann wurde er ernst. Er wandte sich an Georg: „In Ihrem Schuppen befindet sich also noch ein Kanister Benzin."

„Ja, allerdings, aber ich würde nie Benzin im Schuppen lagern."

„Aus welchem Material ist der Kanister?"

„Aus Plastik", antwortete Georg verwundert.

„Gut, ich werde ihn mitnehmen und auf Fingerabdrücke untersuchen lassen. Sie gaben gestern an, dass sie alle drei am Nachmittag und am Abend Zuhause waren. Ist Ihnen wirklich nichts Ungewöhnliches aufgefallen?"

Alle Drei verneinen.

„Schade, irgendwann muss der Brandstifter das Grundstück doch betreten haben. Außerdem frage ich mich, wie er das überhaupt konnte. Sie behaupteten doch steif und fest, dass das große Tor verschlossen war."

„Das war es auch", beharrte Georg auf seiner Aussage.

„Dann muss der Täter einen Schlüssel für das Tor besitzen. Wer käme da in Betracht?"

Georg hob die Schulter: „Das ist eine gute Frage. Vom großen Tor besaßen mehrere Angestellte einen Schlüssel. Ich weiß nicht wer von Ihnen einen davon zurückbehalten hat, als meine Eltern die Gärtnerei aufgaben."

Kommissar Berger sah Georg nachdenklich an: „Das ist schade."

„Im Keller befinden sich die Unterlagen über die ehemaligen Angestellten", sagte Lynn. „Aber die Papiere sind leider alle durcheinander geraten."

„Da haben unsere Beamten wieder gute Arbeit geleistet", meinte Stefan Berger leicht ironisch.

„Ihre Beamten haben das Chaos höchstens verstärkt", berichtigte ihn Lynn. „Der Keller war vorher schon systematisch durchwühlt worden."

In den Augen von Stefan Berger blitze es interessiert auf: „Möchten Sie damit sagen, dass ein Unbefugter etwas im Keller gesucht hat?"

Lynn sah ihn gereizt an: „Ja das möchte ich."

„Und wer sagt mir, dass es nicht einer von Ihnen selbst war, der diese Unordnung verursacht hat?"

„Wie kann man nur so verbohrt sein?" fauchte Lynn.

„Für sie stand doch schon von Anfang an fest, dass nur Paula oder Georg als Täter in Frage kommen. Meine Aussagen wischen Sie einfach weg oder ziehen sie ins lächerliche."

„Ich sehe nur den Tatsachen ins Auge."

„Schöne Tatsachen! Was soll denn noch alles hier geschehen, ehe Sie sich auf die Suche nach dem wirklichen Täter machen?"

„Und Sie sollten Ihre privaten Interessen mal in den Hintergrund stellen und wie eine Anwältin denken", konterte Stefan Berger mit einer lauter werdenden Stimme. „Sie wissen ganz genau dass Frau Martin auf diesem Grundstück tot aufgefunden wurde und dass ihre Schwester so wie auch ihr Schwager ein Motiv für den Mord gehabt haben. Und wie war das gestern Abend?

Hat einer von Ihnen den Brandstifter kommen oder gehen gesehen? Nein! Ich könnte also annehmen, dass Sie alle Drei unter einer Decke stecken und das Gebäude selbst in Brand gesteckt haben."

„Georg beobachtete Lynns gerötetes Gesicht und ihre angeschwollenen Adern an den Schläfen. Er wandte sich zum Hauptkommissar und unterbrach das Streitgespräch:

„Ich werde eine Liste mit den Adressen unserer ehemaligen Angestellten anfertigen."

„Ja danke", sagte der Hauptkommissar kühl. Dann stand er auf und verabschiedete sich.

„Moment mal", hielt ihn Paula zurück. Sie haben mit keinem Wort erwähnt wie es Melanie, ich meine Frau Kiesel geht. Wir würden Sie gerne besuchen."

Stefan Berger blickte Paula ernst an: „Frau Kiesel liegt noch im Koma. Ein Besuch bei ihr wäre zwecklos."

„Aber wir sind ihre Freunde..."

„Freunde? Warum hat sie dann keinem von Ihnen erzählt, dass sie zur Binderei gehen wollte? Oder hat sie es getan? Haben Sie ihrer Freundin Einlass in den Garten gewährt? Hielt sie sich vielleicht schon am Nachmittag in dem Gebäude auf und was verbarg sie darin? So könnte ich die Liste der Fragen fortsetzen. Aber würden Sie mir eine davon ehrlich beantworten?"

Paula verbarg das zittern ihrer Hände und antwortete so ruhig wie möglich. „Keiner von uns wusste dass Melanie zur Binderei gehen wollte weil sie das wahrscheinlich genauso unfreiwillig tat wie Jacqueline. Sie konzentrieren sich nur auf uns. Aber es ist doch offensichtlich, dass es Jemand darauf abgesehen hat uns zu vernichten."

„Sie sprechen für sich und ich verstehe das. Aber Keiner kann für den Anderen die Hand ins Feuer legen. Und wir verfolgen jede Spur." Er drehte sich um, ging in den Garten, beauftragte den Beamten den Kanister ins Labor zu bringen und fuhr zurück ins Kommissariat.

Eigentlich wollte Hans Gruber gleich nachdem Stefan Berger das Büro verlassen hatte, zur Klinik fahren. Aber dann besann er sich anders. Er rief den Polizeibeamten an, der vor Frau Kiesels Zimmer Wache schob und erkundigte sich nach ihrem Befinden. „Sie liegt noch immer im Koma", erklärte der Beamte. Von ihm erfuhr er auch, dass im Moment nur ihr Mann bei ihr war.

Werner Siebert war anscheinend nach Hause gefahren.

Hans Gruber lehnte sich in seinem Stuhl zurück und versuchte das mulmige Gefühl, das ihm bei den Gedanken an seinen früheren Chef hochkam, niederzudrücken. Wenn Werner Siebert etwas über den Tod von Erna und Hans Berthold verheimlichte, musste er ihn zur Rechenschaft ziehen. Aber redete er sich da in etwas hinein? Werner konnte doch seiner Freundin zur Seite stehen, wenn sie seine Hilfe brauchte. Doch das hatte er doch schon alles durchgekaut. War er nicht selber zu leichtfertig mit dem Tod des Ehepaares umgegangen? Er erinnerte sich an Szenen, die ihm damals zu denken gaben. Aber er war ja zu der Zeit gerade frisch zum Kommissar aufgestiegen. Wie und womit hätte er den erfahrenen Hauptkommissar ins Handwerk pfuschen sollen? Außerdem war der Staatsanwalt sehr zufrieden gewesen, dass der Fall schnell geklärt und zu den Akten abgelegt werden konnte. Er atmete tief durch und griff zum Telefon. Das ganze Hin und Herüberlegen brachte nichts. Er drückte auf die Tasten und wählte die Nummer von Werner Siebert. Aber er war wieder nicht zu erreichen. Doch die Frage was damals wirklich bei den Bertholds geschah, ließ ihn nicht mehr los. Er ging runter ins Archiv und holte sich die Akten.

Allerdings blieb ihm wenig Zeit, sich darin zu vertiefen. Hauptkommissar Berger kam wieder zurück.

Kommissar Gruber sah erstaunt von den Akten hoch:

„Ist das der Kanister aus dem Schuppen der Bertholds?"

Hauptkommissar Berger stellte den Kanister ab und schüttelte den Kopf:

„Nein, diesen Kanister hat die Spurensicherung am Brandort gefunden. Ich werde ihn fotografieren lassen und Bohn und Schlagbauer im Dorf nachforschen lassen, ob sich einer an so einen Kanister erinnern kann."

Hans Gruber betrachtete den Kanister skeptisch und meinte dann: „Ich denke, bei den Bauern liegen noch mehr von diesen Dingern herum."

„Schon möglich, aber sicher kein so uralter Blechkanister."

„Stimmt auch wieder. Die meisten Leute besitzen heute Kanister aus Plastik."

„Ich glaube, der Täter hat hier einen großen Fehler begangen. Er hat den Kanister vor Gebrauch tipptopp gereinigt, sodass keine Fingerabdrücke darauf zu finden sind. Aber er hat nicht auf den Buchstaben B, der auf den Boden eingekratzt ist, geachtet."

„Das fällt auch sicher nur demjenigen auf, dem er gehört."

Als Jemand an die Tür klopfte, brummte der Hauptkommissar ein knappes Herein.

Frank Seifert trat ein: „Guten Tag! Ich bin gerade in der Gegend, also gebe ich Ihnen die Liste mit den Namen der Bekannten von Jacqueline gleich persönlich".

Kommissar Bergers Miene hellte sich auf: „Danke".

Er nahm die Liste entgegen und sah kurz darauf.

„Da sind Ihnen ja eine menge Leute eingefallen".

„Ja, ich habe auch die Namen der Bekannten aufgeschrieben deren Adresse ich nicht kannte. Sicher ist sicher, dachte ich."

„Auf jeden Fall", stimmte ihm der Kommissar zu.

„Gibt es etwas Neues über Jacquelines Mörder?"

„Nichts Konkretes. Aber wenn Ihnen noch etwas Ungewöhnliches einfällt, nehme ich es dankbar zur Kenntnis."

Frank sah auf den Kanister und grinste: Ihr bei der Polizei müsst ja schon sehr sparen, wenn ihr noch Kanister aus dem zweiten Weltkrieg benützen müsst."

Ihm fiel das angespannte Gesicht des Hauptkommissars und der lauernde Blick des Kommissars auf: „Oh", sagte er schnell. „Ich wollte Ihnen nicht zu nahe treten."

„Schon gut", winkte der Hauptkommissar ab. „besitzt in ihrer Bekanntschaft niemand mehr so einen Kanister?"

„Nicht, dass ich wüsste. Irgendwo ist mir mal so ein Ding aufgefallen, aber es fällt mir nicht ein wo das war. Also dann, ich melde mich wieder."

„Ja gut, wie gesagt. Jeder Hinweis zählt. Sogar der Besitzer des Kanisters wäre interessant für uns."

„Den können wir als Brandstifter abhaken", sagte Hauptkommissar Berger trocken", als Frank Seifert das Büro verlassen hatte.

„Stimmt", nickte der Kommissar nicht gerade gesprächig.

„Welche Akten bearbeiten Sie da gerade?", erkundigte sich Stefan Berger.

„Ich habe mir die Akten über den Suizid der Bertholds geholt. Mich lässt der Gedanke einfach nicht los, dass alles was bisher auf deren Grundstück geschah, eine Folge davon war."

„Gut, knien Sie sich da noch mal rein", sagte Stefan Berger. Dann rief er die Polizistin Lena Senft zu sich.

Lena Senft war die jüngste in ihrem Team. Sie saß die meiste Zeit vor dem Computer und ärgerte sich des Öfteren, dass man ihr die ganze Büroarbeit auflud. Viel lieber wäre sie mal draußen zum Einsatz gekommen. Als der Hauptkommissar sie jetzt zu sich beorderte, atmete sie auf. Endlich gab es mal eine richtige Aufgabe für sie.

„Hier ist eine Liste mit Adressen. Wir benötigen von jeder dieser Frauen ein Foto."

Lena Senft nahm die Liste entgegen und las sie kurz durch.

„Bei einigen Damen fehlt aber die Adresse", sagte sie schnell.

„Dann finden Sie sie heraus." Als die Beamtin zögerte, knurrte der Hauptkommissar: Auf was warten Sie noch? Die Sache eilt!"

Am Nachmittag dieses Tages erwachte Melanie Kiesel aus dem Koma. Ihre Wimpern zuckten. Dann öffnete sie langsam die Augen. Sie bemerkte die Schläuche, mit denen sie verbunden war. Aber sie konnte nichts um sich herum realisieren. Erst drangen nur unbekannte Geräusche in ihre Ohren. Dann rief neben ihr jemand aufgeregt „Melanie. Melanie, hörst du mich?"

Ein Gesicht schob sich vor sie. Es versuchte zu lächeln, aber es rollten Tränen aus den Augen. „Melanie", sagte das Gesicht. „Melanie, erkennst du mich nicht?"

Der Klang der Stimme kam ihr bekannt vor. Sie versuchte ihren Kopf zu heben. Aber es gelang ihr nicht.

Erschöpft schloss sie die Augen. Der Atem über ihrem Gesicht verschwand. Gut so, sie besaß nicht die Kraft auf Stimmen einzugehen. Sich an Menschen zu erinnern. Der Name Martin schwirrte einen Moment in ihr. Doch schon näherten sich ihr leise Schritte. Jemand hob ihre Lider, ließ ein grelles Licht in ihre Augen blitzen.

„Frau Kiesel, hören Sie mich?" Diese Stimme war ihr fremd. Aber das Licht hatte sie in starren Schrecken versetzt. Sie begann zu schreien. Das Licht erlosch. Die Stimmen vermehrten sich. Aber sie schrie weiter. Sie spürte einen Stich im Arm und versank wieder ins Schwarze.

„Herr Kiesel", sagte der Arzt. „Ihre Frau steht unter einem schweren traumatischen Schock. Sie wird körperlich wieder gesund werden. Aber ihre Pschyche wird sich gegen die Erinnerung wehren. Es wird viel Geduld erfordern sie wieder ins Leben zurückzuführen. Sie wird jetzt wieder eine Weile schlafen. Sie sollten nach Hause gehen und sich hinlegen."

Martin blickte liebevoll auf Melanie. Egal was der Arzt jetzt sagte. Melanie war aus dem Koma erwacht. Das zählte. Eine schwere Last fiel von ihm ab und nun spürte er die eigene Müdigkeit. Er bedankte sich beim Arzt.

Dann bestellte er ein Taxi und ließ sich nach Hause fahren.

Martins Schwiegermutter kam ihm mit Verena an der Haustür entgegen. Verena lief freudig auf ihn zu: "Papa, Papa, wo ist die Mama?" Er nahm sie in die Arme und drückte sie an sich. Sie sollte seine Erregung nicht sehen.

Aber sie tat es doch. „Papa, du weinst ja."

„Nein, nein", sagte er, „mir ist eine Mücke ins Auge gefallen."

„Soll ich sie dir rausholen?"

Er lies sie los, wischte sich die Tränen aus den Augen und sagte: „Siehst du, das habe ich schon gemacht."

Dann führte er Verena ins Wohnzimmer.

„Ich mag aber zur Mama", sträubte sich das Kind.

„Die Mama ist vereist. Sie kommt bald wieder", versuchte er sie zu beruhigen.

Verena begann zu weinen:

„Ich will zur Mama."

„Schau Verena", sagte er, „ich bin doch auch manchmal ein paar Tage weg. Jetzt ist es eben Mama." Verena schluckte: „Bringt sie mir dann was mit?"

Er strich ihr über die Haare: „Natürlich bringt sie dir etwas mit." Frau Schott nahm ihre Enkelin an der Hand:

„Komm Verena, spiel noch ein bisschen im Garten. Sie brachte sie zum Sandkasten. Dann ging sie wieder ins Haus: „Wie geht es Melanie?" fragte sie besorgt.

Martin Kiesel schluckte. Er war kein Held der großen Worte. „Melanie ist kurz aufgewacht. Sie wird wieder gesund, sagt der Arzt. Aber er weiß nicht wie lange es dauert bis sie den Schock überwindet."

„Melanie liegt nicht mehr im Koma?" rief Frau Schott aufgeregt. „Das muss ich Werner sofort sagen."

„Ja, aber ich muss mich jetzt hinlegen. Mir reißt es gleich die Füße unter den Beinen weg."

Hauptkommissar Berger hatte den Kanister von allen Seiten fotografieren lassen und Polizeimeister Bohn und Schlagbauer mit den Fotos ins Dorf geschickt. Dann hatte er sich auf den Weg zu Frank Seiferts Mutter gemacht. Ihn ließ der Gedanke nicht los, dass sie ihm etwas verheimlichte.

Als er bei Frau Seifert klingelte, öffnete ihm ihre Pflegerin.

„Sie kommen sehr ungelegen", sagte sie leise. „Der Arzt war vor einer halben Stunde bei Frau Seifert. Sie hatte wieder starke Schmerzen. Er hat ihr eine Spritze gegeben und jetzt schläft sie."

So ganz unverrichteter Dinge wollte Stefan Berger nicht zurückfahren. „Eigentlich möchte ich gerne mit Ihnen ein paar Worte wechseln Frau Wild."

„Mit mir? Ich kann Ihnen sicher wenig helfen. Aber bitte, treten Sie ein." Frau Wild geleitete ihn ins Wohnzimmer und bat ihn Platz zu nehmen.

Stefan Berger ließ sich in einem der Sessel nieder und sah Frau Wild fragend an: „Ich nehme an, Sie kannten Frau Martin gut".

Frau Wild winkte ab: „Gut ist übertrieben. Sie war nicht sehr oft hier. Aber ich fand sie irgendwie symphatisch."

„Seltsam, da muss ich etwas falsch verstanden haben.

Herr Seifert und Frau Martin hatten doch vor, in Kürze zu heiraten."

„Vielleicht hatte das Herr Seifert im Sinn. Aber Frau Seifert war entschieden gegen das Mädchen eingestellt.

Ich glaube kaum, dass sie so einer Verbindung zugestimmt hätte."

„Aber warum denn?"

„Sie sind gut! Nachdem Skandal in Frau Martins Arbeitsstätte. Auf ihr lag doch immer der Makel, der fahrlässigen Tötung. Außerdem war Frau Seifert verbittert darüber, dass wegen dieser Französin die Beziehung ihres Sohnes mit der Tochter einer sehr angesehenen Familie in die Brüche gegangen war."

„Was Sie nicht sagen! Wer war denn die ehemalige Freundin von Herrn Seifert?"

Frau Wild gefiel es plötzlich im Mittelpunkt seiner Aufmerksamkeit zu stehen. „Sie wissen das nicht?", fragte sie ein wenig geziert. „Es war Caroline Felden, die Tochter seines Chefs. Sie ist ganz hübsch, aber fürchterlich arrogant. Alles muss sich um sie drehen.

Wahrscheinlich denkt sie noch immer, dass Herr Seifert zu ihr zurückkehrt."

„Wie kommen Sie darauf?"

„Sie kreuzt immer wieder mal hier bei Frau Seifert auf.

Ihr gegenüber tut sie scheinheilig freundlich und mich schikaniert sie."

„Weiß Herr Seifert von diesen Besuchen?"

„Keine Ahnung. Dabei ist er jedenfalls nie. Möchten Sie eine Tasse Tee?"

„Nein danke, bemühen Sie sich nicht." Er sah auf die Uhr. „Es ist schon spät, aber eine Frage habe ich noch.

„War Frau Felden zwischen dem neunzehnten und zweiundzwanzigsten Juli hier zu Besuch?"

„Nein, da war ja Herr Seifert hier."

„Ach so." Stefan Berger stand auf: „Dann danke ich Ihnen für das Gespräch", sagte er höflich und verabschiedete sich von Frau Wild.

Lena Senft hatte die Telefonnummern der Frauen, deren Adresse auf der Liste stand herausgesucht. Dann hatte sie eine nach der anderen angerufen und sie gebeten mit einem Foto von sich zu ihr ins Kommissariat zu kommen.

Die Damen waren zwar nicht sehr von dieser Bitte begeistert gewesen. Aber so war sie sich sicher, nicht zuviel Zeit zu verlieren. Insgesamt standen neun Frauen auf der Liste. Zwei der Frauen hatte sie noch nicht erreichen können. Während sie auf die Frau mit dem ersten Termin wartete, versuchte sie die Adressen der beiden Frauen, die nur mit ihren Namen auf der Liste standen, herauszufinden.

Inzwischen war Stefan Berger wieder im Kommissariat eingetroffen. „Sind Sie in den Akten auf etwas wichtiges gestoßen?" fragte er Hans Gruber.

„Nicht wirklich. Ich habe das Gefühl, dass Herr Siebert etwas ausgelassen hat. Vielleicht hat er es nicht erwähnenswert gefunden. Ich würde ihn gerne mal aufsuchen und mit ihm darüber sprechen."

„Sie wissen sicher, dass es Herrn Siebert im Nachhinein schaden könnte, wenn er damals etwas verschwiegen hätte."

„Es muss ja wie gesagt keine Absicht gewesen sein."

„Na gut, dann starten Sie mal los."

Als Hans Gruber gegangen war, rief Stefan Berger Georg Berthold an und fragte ihn, ob er die Liste mit den Angestellten schon erstellt hätte. „Ja", sagte Georg Berthold. „Ich werde sie gleich zu Ihnen rüber mailen."

„Danke", sagte er und legte den Hörer auf. Er überlegte welchen seiner Beamten er für die Überprüfung der Angestellten einsetzen könne. Sie waren alle voll im Stress. Aber es half nichts. Irgendeinen musste er abkommandieren.

Lena Senft saß auch noch an ihrem Computer. „Ich dachte, sie wären mit meinem Auftrag schon unterwegs", sprach er sie an.

Lena Senft sah ihn nervös an: „Ich dachte es geht auch telefonisch. Ich habe die Damen gebeten mit ihrem Foto hierher zu kommen. Die ersten werden jetzt bald eintreffen. Mir fehlen jetzt nur noch zwei Zusagen."

„Nicht schlecht", dachte der Kommissar. Die Frau zeigt Initiative.

„Gut", sagte er, schicken sie mir die Frauen in mein Büro. Ich habe noch eine weitere Aufgabe für sie. Aber ich denke, das hat Zeit bis morgen früh." Zufrieden ging er wieder zurück in sein Büro.

Frau Schott hatte Werner Siebert angerufen und ihn gebeten zu ihr zu kommen. Nun saßen sie beieinander und tranken Kaffee.

„Du glaubst also", sagte Werner, „dass Melanie wieder gesund wird. Aber wird sie auch das Leben wieder meistern?" Er stützte den Kopf mit seinen Händen und stöhnte: „Ich habe alles falsch gemacht in meinem Leben.

Hätte ich zu dir gestanden und dich geheiratet als du mit Melanie schwanger warst, wäre alles anders gekommen.

Melanie wäre nie in solche Situationen geraten." Meinst du das Feuer oder denkst du immer noch Melanie hätte den Bertholds was angetan?"

Vor dem Haus hielt ein Wagen. Frau Schott ging ans Fenster und erschrak. „Kommissar Gruber kommt zu uns."

„Ja, er wird mich suchen. Er ahnt sicher schon was damals geschehen ist."

Als die Klingel ertönte, stand Werner auf und schlurfte mit hängenden Schultern zur Tür.

Die beiden Männer sahen sich forschend an: „Ich habe dich gesucht", sagte Hans Gruber.

„Ich weiß", erwiderte Werner. „Komm herein."

Hans Gruber fühlte die Schwüle im Wohnzimmer. Er griff sich an den Kragen und lockerte die Krawatte.

Maria Schott sah ihm bekümmert entgegen. Sie begrüßte ihn mit fragend ängstlichem Blick. Er wiederum versuchte seiner Stimme einen festen Klang zu geben.

Aber es fiel ihm schwer: „Wie geht es Ihrer Tochter", fragte er.

Jetzt erhellte sich das Gesicht von Frau Schott:

„Wissen Sie es noch gar nicht? Melanie war kurz bei Bewusstsein.

Der Arzt meint. Jetzt geht es aufwärts mit ihr."

„Endlich mal was positives", freute sich Hans Gruber mit ihr.

Ihre Miene wurde wieder ernst: „Ja schon, aber jetzt werdet ihr Kriminaler sie nicht mehr in Ruhe lassen."

„Wie werden sie so wenig wie möglich belästigen. Aber ein paar Fragen müssen wir ihr schon stellen."

„Ja", seufzte Frau Schott. „das sehe ich ein. Möchten Sie einen Kaffee?"

„Ja danke."

Sie stand auf und holte eine Tasse.

Werner Siebert sah Hans Gruber um Fassung ringend an: „Ich weiß was du von mir erwartest."

„Ja, es muss sein Werner. Sonst gehen die Anschläge auf die Bertholds weiter. Wir haben zwar Posten aufgestellt aber wir können für die Sicherheit dieser Leute nicht mehr garantieren."

Frau Schott stellte die Tasse hin und schenkte den Kaffee ein. „Sie glauben also auch, dass Melanie an allem schuld ist? Das ist nicht so, glauben Sie mir. Melanie braust leicht auf und sagt jedem die Meinung ins Gesicht, aber sie würde nie jemandem körperlich etwas zu leide tun."

„Deswegen bin ich hier. Ich selbst glaube auch nicht, dass Melanie irgendwelche Schuld zu zuweisen ist.

Allerdings sieht Hauptkommissar Berger das anders."

In Werner Sieberts Gesicht glomm ein Hoffnungsschimmer auf. Es wird sehr schwer sein Melanie zu entlasten. Aber wenn du mir dabei hilfst?"

„Das werde ich", bestätigte Hans Gruber. „Aber wir müssen zu dem ersten Todesfall im Hause Berthold zurückkommen. Irgendwann begann der Hass gegen diese Leute und dieser Hass muss einen Auslöser gehabt haben. Ich erwarte von dir, dass du mir kein einziges Detail verschweigst."

„Es fällt mir sehr schwer, denn ich müsste Melanie erstmal belasten."

„Du willst das doch nicht wirklich tun?" fiel ihm Frau Schott ins Wort.

„Doch Maria, ich muss es tun. Wie müssen alles noch einmal von vorne aufrollen."

Hans Gruber versuchte Frau Schott zu beruhigen. „Was damals vielleicht belastend aussah, kann nach den heutigen Ermittlungen ganz anders wirken."

Maria Schott stand mit blassem Gesicht auf und wandte sich an Werner Siebert: „Tu was du nicht lassen kannst.

Ich sehe mal nach den Kindern."

Beide Männer sahen ihr ernst nach als sie mit schleppenden Schritten das Zimmer verließ. Dann sprachen sie über den Fall Erna und Hans Berthold.

Nachdem Kommissar Berger das Haus verlassen hatte, waren Paula, Lynn und Georg noch eine Weile still dagesessen. Ein Jeder hing so seinen Gedanken nach.

Jetzt wandte sich Paula an Lynn:

„Wie findest du den Hauptkommissar?"

„Das fragst du noch?" entrüstete sich Lynn. „Er ist ein arroganter Schnösel, der nur seine Meinung gelten lässt."

„Lynn hat recht", sagte Georg zu Paula. „Bei ihm habe ich ständig das Gefühl, dass er mit Handschellen aufkreuzt und einen von uns verhaften will."

Paula schielte zu Lynn hinüber und lächelte: „Als Hauptkommissar mag ich ihn auch nicht, aber als Mann ist er doch ganz passabel oder etwa nicht?"

„Zugegeben, er sieht gut aus, aber das ist auch schon alles. Ich sehe ihn jedenfalls lieber von hinten als von vorne."

„Ich fürchte, du wirst ihn noch oft von vorne sehen müssen."

„Ich weiß nicht was du heute für eine seltsame Laune hast. Seit wann ist dir der Hauptkommissar so wichtig?"

Lynn sah Paula misstrauisch an. Und in Georg wuchs die Eifersucht. „So sieht also der Mann aus, der dir gefällt", ärgerte er sich.

„Seit nicht albern", winkte Paula ab. „Einmal löse ich mich aus meiner Lethargie und schon reagiert ihr verärgert."

Georg zuckte zusammen: „Entschuldige Paula. Ich bin ziemlich dünnhäutig geworden."

Lynn nickte: „Das sind wir alle. Wir fangen auch schon an, uns zu belauern. Vielleicht liegt es auch daran, dass wir uns hier so eingesperrt fühlen. Aber vor allen Dingen hängt doch die Frage im Raum, wer diese entsetzlichen Dinge hier anstellt."

Paula nickte nachdenklich: „Du hast recht Lynn. In dem Moment, in dem du das so ausgesprochen hast, sind mir zwei Szenen eingefallen, die mich damals, in meinem noch unbeschwerten Leben erschauern ließen."

Lynn und Georg sahen Paula erstaunt an. Lynn fragte: „Wann war das denn?"

„Das erste Mal war es, als wir das Haus hier umgebaut haben. In dem Raum, in dem ich mich befand, hatte Jemand die Tür aus Versehen hinter mir verschlossen.

Ich habe nach den Bauarbeitern gerufen. Doch die hatten Mittagspause. Ich war leicht verärgert. Weniger über die verschlossene Tür, als über den Song, der ein paar Mal hintereinander abgespielt wurde. „Alles vorbei Tamtuli, Morgen da bist du tot." Beim ersten Mal lachte ich darüber aber dann kam es mir wie eine Drohung vor.

Es verging wenigstens eine halbe Stunde, ehe ich befreit wurde. Und ich hatte den ganzen Nachmittag diesen Song in den Ohren."

„Davon hast du mir gar nichts erzählt", wunderte sich Georg. „Ach, wir hatten so viel zu tun. Außerdem wollte ich nicht, dass du mich für hysterisch hältst."

Georg schüttelte besorgt den Kopf: „Und was war beim zweiten Mal?"

Die zweite Szene war nur kurz. Es geschah, als wir die Einweihungsparty in dem neu gestalteten Haus gaben.

Ich war zur Toilette gegangen und hörte draußen eine Frau sagen. „Verschwinde ehe es zu spät ist." Einen Moment war ich erschrocken. Als ich aber aus der Toilette kam, war niemand zu sehen. Ich glaubte nicht, dass mir dieser Ausspruch gegolten hat. Es wurde ja doch einiges getrunken. Deshalb nahm ich an, dass sich zwei die sich gestritten hatten an der Tür vorbeigegangen sind."

„Und wieder hast du mir nichts davon gesagt", murrte Georg.

„Hättest du das ernst genommen? Warum sollte mir jemand drohen?"

Georg räusperte sich nachdenklich. „Zugegeben, an so etwas hätte ich damals auch noch nicht gedacht. Obwohl ich eigentlich wusste, dass wir wegen der Schließung der Gärtnerei angefeindet wurden."

Lynn stand auf und ging aufgeregt hin und her. „Und ihr wisst heute noch nicht wer so einen derartigen Hass auf euch haben könnte?"

Georg und Paula sahen sich bekümmert an. Dann schüttelten sie beide den Kopf.

Lynn packte der Eifer. „Wir müssen sämtliche schriftliche Unterlagen deiner Eltern durchforsten. Vielleicht finden wir da einen Hinweis. Denkt daran, dass jemand im Keller war, der etwas gesucht haben muss."

Paula und Georg ließen sich von Lynns Euphorie anstecken. So verbrachten alle Drei ein paar Stunden an diesem Nachmittag im Keller.

An diesem Abend gab es allerhand zwischen den Kommissaren zu besprechen.

Hauptkommissar Berger zeigte Kommissar Gruber die Fotos der Frauen, die am Nachmittag zu ihm ins Büro gekommen waren. „Was glauben Sie welche Ausbeute mir bei all den Frauen geblieben ist? So gut wie keine.
Jede von Ihnen sprach über die liebenswürdige, gesellige Art von Frau Martin. Sie wussten alle, dass sie bald heiraten würde. Von einer Affäre mit Herrn Berthold war Ihnen nichts bekannt. Alle erklärten, dass sie öfter mit ihr zusammen waren. Nur nicht in dem Lokal in Schwabing. Da will keine mit ihr gewesen sein. Schon gar nicht am neunzehnten Juli. Da hatten alle irgendetwas anderes vor. Morgen werde ich einen Beamten mit den Fotos zu der Bedienung schicken. Aber mein Gefühl sagt mir, dass es wenig Sinn haben wird." Er zuckte mit den Schultern. Man darf halt nichts unversucht lassen." Dann berichtete er von seinem Besuch bei Frau Seifert und den Aussagen die Frau Wild gemacht hatte. „Was halten Sie davon?" fragte er den Kommissar.

„Ich denke die Frau will sich wichtig machen. Sie mag Frau Felden nicht und hat sicher Angst davor, dass Herr Seifert wieder zu ihr zurückkehrt."

„Ja, das ist schon möglich. Aber Frau Felden hatte einen triftigen Grund Frau Martin zu hassen."

„Ich würde das nicht so dramatisch sehen. Für sie wäre es leicht gewesen Frau Martin, die ja im Betrieb ihres Vaters arbeitete, zu schaden. Wenn sie wirklich so eine große Rivalin in ihr gesehen hätte, hätte sie dafür gesorgt, dass sie ihren Posten verliert.

Hauptkommissar Berger atmete befreit auf. „Gut dass sie das auch so sehen. Langsam nervt es mich, wenn immer wieder neue Kandidaten auftauchen, die ein Motiv für den Mord an Frau Martin hatten; und ich bin heilfroh wenn sich dieser Verdacht wieder entkräftet. Je mehr Leute in Frage kommen, desto länger zieht sich das Ganze hin. Wir müssen langsam Resultate vorweisen können."

„Ja. Allerdings", nickte Kommissar Gruber. „Und um diese zu erbringen, müssen wir uns die Leute aus dem Dorf noch genauer vornehmen. In diesem Dorf treibt meiner Meinung nach ein Wahnsinniger sein Unwesen."

„Erklären Sie mir das genauer."

„Es begann schon zu rumoren, als die alten Bertholds die Gärtnerei aufgaben. Irgendjemand streute schon damals fiese Gerüchte gegen die Familie aus. Am meisten wurde über Georg Berthold und seine zukünftige Frau gehetzt."

„Wer mit dieser Hetzerei begonnen hat ist also nicht aus den Leuten herauszubringen?"

„Bis jetzt stellen sie sich alle stur, weil Georg Berthold für sie noch immer für alles verantwortlich zu machen ist."

„Irgendwie ist das auch verständlich. Er wirkt zwar nicht so, aber innerlich muss er ein kalter Hund sein. Seine

Eltern müssen die Gärtnerei wegen ihm aufgeben. Sie bringen sich um; und er zieht seelenruhig in dieses Haus.

Würden Sie das fertig bringen?"

„Nicht unter den gegebenen Umständen. Aber die Gerüchte über ihn sind falsch. Herr Siebert hat das alles nach dem Unfall von Herrn Bertholds Tochter recherchiert. Es gab eine Korrespondenz zwischen Eltern und Sohn, die bewiesen, dass die alten Bertholds schon ehe Herr Berthold sein Studium in Berlin begann, vorhatten die Gärtnerei zu schließen. Danach gab es keinen Grund für einen Suizid. Im Gegenteil. Sie hatten schon eine Kreuzfahrt für den Herbst gebucht."

"Sie sagten, es gab eine Korrespondenz. Gibt es denn diese Briefe nicht mehr?"

„Das weiß Herr Siebert nicht. Das Haus wurde total umgebaut. Aber Melanie Kiesel hat ihm erzählt, dass alle Papiere von den Bertholds im Keller des Hauses aufbewahrt wurden."

Hauptkommissar Berger wurde nachdenklich: „Dann könnte Frau Millers Aussage stimmen?"

„Dass der Keller durchwühlt wurde?" fragte der Kommissar.

„Ach das wissen Sie auch schon?"

„Ja, allerdings. Aber das besagt noch lange nicht, dass der Täter das, was er gesucht hat, auch gefunden hat."

„Herr Siebert hat Ihnen damals nichts von der bevorstehenden Kreuzfahrt der Bertholds gesagt?"

„Nein, als er den Fall bearbeitet hat, wusste er doch noch nichts davon."

„Ach so, und jetzt ist er sich sicher, dass es kein Suizid war?"

„Was heißt sicher? Nach dem Besuch, den ich ihm neulich abgestattet habe, hat er noch einmal darüber nachgedacht. Nun sind ihm Dinge eingefallen, die er versäumt hatte, genauer zu überprüfen."

Kommissar Berger reckte sich in die Höhe: „Welche Dinge?"

„Es war damals alles so arrangiert, dass es wie ein Suizid wirken musste und doch waren Spuren gelegt, die zu einem Täter hinführen sollten."

„Welche Spuren?"

„Alles sollte auf eine mögliche Täterschaft von Frau Kiesel hinweisen."

„Nur hinweisen?" Kommissar Berger wiegte zweifelnd mit dem Kopf. „Mir scheint eher, dass sie wirklich die Hände mit im Spiel gehabt hat."

Kommissar Gruber schob diese Anschuldigung sofort zurück.

„Lassen Sie mich die ganze Sache erklären. Dann werden Sie ebenso von Frau Kiesels Unschuld überzeugt sein wie ich es bin."

Kommissar Bergers Miene zeigte immer noch eine große Skepsis. „Also ich höre", sagte er angespannt.

Der Kommissar holte tief Atem. Dann begann er die damalige Situation zu schildern. „Erna und Hans Berthold wurden in der Küche des Gartenhauses tot aufgefunden.

Auf der Anrichte stand ein verschlossenes Glas mit der Aufschrift Gift. Neben Frau Berthold lag ein Zettel mit den Worten – Melanie – Binderei. Dieser Zettel brachte Kommissar Siebert in Bedrängnis. Wenn er ihn als Beweisstück aufnehmen würde, wäre Melanie auf jeden Fall als Verdächtige eingestuft worden. Er wollte aber erst diesem Verdacht selber nachgehen. Auf dem Küchentisch lag ein Brief, aus dem man einen Suizid herauslesen konnte. Hauptkommissar Siebert legte diesen Brief zu den Akten. Der Arzt hatte eine Vergiftung festgestellt.

Offiziell wurde der Fall als Doppelsuizid abgehakt.

Herr Siebert wusste, dass Melanie eine Art Wohnung in der Binderei besaß. Er fand dort ein Tagebuch in dem stand, dass sie sich geärgert hatte, weil sich Herr Berthold nicht dazu bekannte, ihr Vater zu sein. Außerdem fand er ein Säckchen mit einem Etikett, auf dem stand Ricinsamen. Vorsicht giftig. Herr Siebert besorgte sich bei Frau Schott Fingerabdrücke von

Melanie und stellte dann fest, dass auf dem Glas mit der Aufschrift Gift, nur Melanies Fingerabdrücke waren."

Kommissar Berger schüttelte verärgert den Kopf: „Wie konnte Herr Siebert solche wichtigen Indizien unterschlagen?"

„Er wollte und konnte nicht daran glauben, dass Melanie Kiesel eine Mörderin sein sollte."

„Das verstehe ich nicht!"

„Melanie Kiesel ist Werner Sieberts Tochter."

„Das ist ja starker Tobak. Aber er hätte in diesem Fall, die Untersuchungen nicht weiterführen dürfen."

„Natürlich nicht aber…"

„Ein aber kann man da nicht gelten lassen. Wie ging es dann weiter?"

„Die Gerüchteküche brodelte weiter im Dorf. Es hieß, dass Georg Berthold für den Tod seiner Eltern verantwortlich war. Er war zwei Tage zuvor im Dorf bei Melanies Hochzeit gewesen. Kurz bevor er wieder nach Berlin zurückgefahren ist, soll es einen heftigen Streit zwischen ihm und seinen Eltern gegeben haben. Herr Siebert glaubte nicht an diesen Streit. Schließlich beruhigte sich die Lage wieder. Die Gerüchte loderten erst wieder erneut auf, als Paula und Georg Berthold eine Tochter bekamen und Jacqueline als Kindermädchen einstellten.

Es wurde gemunkelt, dass Herr Berthold ein Verhältnis mit Jacqueline hat."

„Das ist mir ja nun schon alles bekannt", sagte der Hauptkommissar ungeduldig. Aber Sie sprachen doch von Dingen, die Melanie Kiesel entlasten sollten. Bis jetzt spricht nur alles gegen sie."

„Ja leider. Es wird sogar noch schlimmer. Als Anne Berthold verunglückte, fand Herr Siebert eine Kette am Weiher, von der er wusste, dass sie Melanie gehörte.

Dann kam die Aussage von Herrn Bauer hinzu, der eine Frau mit einem Fahrrad aus dem Garten kommen gesehen hat. So deutete wieder alles auf Melanie."

„Nicht zu fassen", schimpfte der Hauptkommissar. Und Sie haben mit Herrn Siebert gesprochen. Frau Kiesel hat danach davon erfahren, dass wir die Binderei überprüfen wollten und hat sie angezündet. Dabei hat sie sich selbst verletzt."

Kommissar Gruber ließ sich nicht aus der Ruhe bringen:

„So könnte es gewesen sein", sagte er. „War es aber nicht. Herr Siebert hätte sich die vielen Gewissensbisse all die Jahre hindurch sparen können, wenn er so recherchiert hätte wie ich. Oder wenn man die Substanz des Giftes an dem die Bertholds starben genauso untersucht hätte wie bei Frau Martin. An dem Abend, als Frau Kiesel Erna und Hans Berthold tot auffand, war sie ge-rade von ihrer Hochzeitsreise aus Griechenland zurückgekommen. Wir wissen aber nun, dass nach der Einnahme von Ricin, zwei Tage vergehen, bis der Tod eintrifft."

Hauptkommissar Berger sah den Inspektor verblüfft an: „Das stimmt allerdings. Sind sie sich sicher, dass Frau Kiesel erst zu diesem Zeitpunkt zurückkam?"

„Hundertprotzig", lächelte der Kommissar. Und an dem Tag, als Anne verunglückte, war Frau Kiesel wegen Vorwehen ihres zweiten Kindes zur Behandlung im Krankenhaus. Sie sehen also, dass die Person, die Frau Kiesel in Verdacht bringen wollte, eine Mörderin zu sein, einige Fehler gemacht hat."

„Das kann man wohl sagen, schnaufte der Hauptkommissar. Er reichte Kommissar Gruber die Hand:

„Ich gratuliere Ihnen zu dieser Leistung."

„Danke, hoffentlich bringen uns die Recherchen auch weiter."

Nach einem kurzen Klopfen traten die Beamten Bohn und Schlagbauer ein. Sie berichteten über die mühevolle Befragung der Bauern über den Kanister. Nach wie vor verhielten sich die Leute abweisend gegen Polizisten.

Bauer Betz war wieder der letzte der Befragten gewesen. Er hatte wie üblich gewettert und geschimpft was das Zeug herhielt. Dann hatte er behauptet dass er so einen Kanister besessen hätte. Aber den hätte ihm so ein Halunke schon vor ein paar Wochen geklaut."

„Aha, wieder der Betz", grinste Kommissar Gruber.

„Unser größter Stänkerer. Ich glaub ihm sogar, dass der Kanister ihm gehört. Auch dass er ihm gestohlen wurde ist möglich."

„Darüber unterhalten wir uns Morgen eingehend", sagte Hauptkommissar Berger und wandte sich an die beiden Beamten. „Ich erwarte einen ausführlichen Bericht über die Aussagen der Leute. Alles ist wichtig. Also bis morgen um acht Uhr."

Die Begeisterung der Beiden, alles niederschreiben zu müssen hielt sich in Grenzen. Dementsprechend säuerlich waren auch ihre Gesichter als sie das Büro verließen.

„Ich schlage vor, wir machen auch Schluss für heute, riet Stefan Berger. „Ich muss mir erstmal alles durch den Kopf gehen lassen. Ich entscheide mich morgen früh, wie wir weiter vorgehen."

Als Melanie wieder erwachte, glitten schattenhafte Erinnerungen an ihr vorüber. Das letzte Bild zeigte ihren Mann mit hilflos traurigen Blick an ihrem Bett sitzen.

Nichts mehr an ihr schien ihr noch zu gehorchen. Selbst ihre Augenlider fühlten sich wie Blei an. Nur langsam gelang es ihr sie hochzuschieben. Dieses Mal saß ihre Mutter am Bett. Betete sie etwa? Eine Schwester betrat das Zimmer und kontrollierte die Schläuche an denen sie hing. Sie versuchte zu blinzeln. Die Schwester bemerkte es. Sie verständigte den Arzt. Dieses Mal sprach er erst beruhigend auf sie ein, ehe er mit der Lampe in ihre Augen sah. Es war unangenehm und erinnerte sie an Flammen. Sie glaubte das Knistern hinter sich zu hören, den aufsteigenden Qualm zu spüren. Dann war wieder dieser dumpfe Schmerz am Kopf.

Der Mund des Arztes bewegte sich: „Frau Kiesel können Sie mich hören?" Ja, sie hörte ihn, aber wie sollte sie ihn antworten, wo sie doch gerade drohte zu ersticken? Sie begann zu husten. Nur raus hier. Der Ausgang konnte doch nicht so weit sein. Sie musste es schaffen. Jetzt wurde es wieder dunkel um sie.

Der Arzt beruhigte Frau Schott. „Ihre Tochter befindet sich noch in einem Trauma. Ihre Erinnerung wird erst nach und nach wieder zurückkommen. Sie schläft jetzt wieder. Das ist gut so."

Frau Schott schluckte: „Wird sie wieder ganz gesund werden?"

Der Arzt blickte sie ernst an: „Wir tun alles was in unserer Macht steht. Ihre äußerlichen Verletzungen werden sicher heilen, wie alles andere verläuft können wir nicht voraussagen. Sie wird die Hilfe ihrer Familie benötigen."

„Ja, das wird sie wohl", dachte Frau Schott. Doch vor ihrem geistigen Auge schwirrten die schlimmsten

Befürchtungen. Für Melanie würde es schwer werden die nötige Ruhe zu finden. Sie hatte die Polizei im Nacken, die sie verdächtigte eine große Schuld auf sich geladen zu haben. Dann waren die Reporter der Tageszeitung, die jetzt schon versuchten zu Melanie vorzudringen um ihr Fragen über den Brand zu stellen. Außerdem gab es genügend gehässige Leute im Dorf, die versuchen würden Melanie mit bösen Worten zu schaden. Schließlich waren da auch noch ihre Kinder, die sie dringend brauchten. Nein, Melanie würde es in naher Zukunft nicht leicht haben. Hoffentlich unterstützte sie Martin weiterhin so tapfer wie bisher. So liefen die Gedanken von Frau Schott hin und her. Mal voller Hoffnung. Mal zu Tode betrübt. Sie streichelte die Hand ihrer Tochter und verharrte noch eine Weile an ihrem Krankenbett. Dann stand sie auf und verließ das Zimmer. Sie musste sich wieder um ihre Enkelkinder kümmern.

Kommissar Berger stand in der Küche seiner Junggesellenbude und brutzelte sich ein paar Spiegeleier. Für ein größeres Menü zu kochen fehlte ihm die Zeit und auch die Lust. Er balancierte die Eier auf einen Teller und setzte sich damit an den Tisch. Doch selbst beim Essen fiel es ihm schwer abzuschalten. Nachdem Hans Gruber nach Hause gefahren war, hatte er die Berichte über den

Brand noch einmal durchgelesen. Dann hatte er sich die Aussagen der Personen um Jacqueline Martin vorgenommen. Als er bei Lynn Miller angekommen war, hatte er missmutig die Akten zurückgelegt und war auch nach Hause gefahren. Warum regte ihn schon der Gedanke an diese Frau bloß so auf? Weil sie im Recht war. Er hatte sich mit Vehemenz auf Georg Berthold gestürzt. Es gab zu viele Hinweise auf ihn als Tatverdächtigem. Und je mehr ihn Lynn Miller entgegengesetzt hatte, je weniger hatte er die Fakten, die für diesen Mann sprachen beachtet. Aber was sprach wirklich für oder gegen Georg Berthold? Verteidigte Lynn Miller ihren Schwager so hartnäckig weil sie in ihn verliebt war? Jetzt schmeckten ihm nicht mal mehr die Spiegeleier. Er schob seinen Teller zurück, stieß seinen Stuhl zurück und lief unruhig auf und ab. Kommissar Gruber glaubte, dass alles was bisher geschah mit der Schließung der Gärtnerei zu tun hatte. Die überwiegende Konzentration lag auf dem Dorf und den Bertholds. Vielleicht war aber gerade dieser Umstand dem Mörder von Jacqueline zu gute gekommen? Sollte er sich nicht doch noch mal eingehend mit Frank Seifert beschäftigen? Schließlich war er der Freund von Georg Berthold gewesen. Er kannte dessen Familiengeschichte und er kannte sich auf dem Grundstück aus. Kurzentschlossen wählte er die Nummer von Frank Seifert. „Ich störe Sie sehr ungern am Abend", entschuldigte er sich. „Aber es gibt da ein paar Punkte, die ich noch gerne mit Ihnen klären möchte. Wann passt es Ihnen zeitlich?"

Frank Seifert reagierte im ersten Moment überrascht. Doch nach kurzem Überlegen sagte er: „Wir könnten uns auch jetzt treffen."

„Ja gerne. Aber wo?"

„Bei mir", schlug Frank Seifert vor. „Ich hatte sowieso nur einen langweiligen Fernsehabend vor mir."

Paula war die erste, die mit der Suche von wichtigen Papieren im Keller aufgehört hatte. Es gab noch jede Menge Geschäftsunterlagen von der ehemaligen Gärtnerei. Aber auch private schriftliche Sammlungen.

Leider hatte Jemand eine Freude daran gefunden, diese verschiedenen Dinge zu vermischen. Lynn und Georg schien es auch noch Spaß zu machen, alles wieder akribisch zu ordnen. Paula hatte sich von dieser Arbeit nicht begeistern können. Ihre Kehle war schon nach zwei Stunden staubtrocken gewesen und ihre Hände hatten wieder zu zittern begonnen. Jetzt saß sie im bequemen Sessel im Wintergarten und sah hinaus aufs Grüne. Es half ihr ruhiger zu werden. Trotzdem liefen ihre Gedanken quer durcheinander. Seit Annes Unfall hatte sie Jacqueline für ihr Unglück verantwortlich gemacht. Jetzt war der Hass den sie gegen sie aufgebaut hatte, wie ein Kartenhaus zusammengefallen. Ein Funken dieses Hasses war selbst noch nach dem Tod von Jacqueline in ihr übrig geblieben. Doch nun, nach dem Unglück das Melanie getroffen hatte, erlosch auch dieser Funken.

Langsam glaubte sie daran, dass Jemand im Dorf für die Anschläge verantwortlich war. Georg kannte doch alle diese Menschen hier. Verheimlichte er ihr etwas? War er wirklich aus Liebe zu ihr heimgekehrt?" Ihre Zweifel nahmen kein Ende.

Vielleicht war er tatsächlich in Jacqueline verliebt gewesen. Und jetzt in Lynn? Ihr war nicht entgangen wie nachdenklich er sie immer ansah und wie er ständig ihre Nähe suchte. Lynn glaubte fest an Georgs Unschuld. Zu Recht?

Jedenfalls war Lynn nicht in Georg verliebt. Ihr Typ war eher der Kommissar.

Die schwüle Luft drang in den Wintergarten. Paulas Arme und Beine fühlten sich bleischwer an. Sie dachte an ihre Pillen. Aber sie war zu müde aufzustehen und sich eine zu holen. Die verdammten Pillen! Sie wollte doch gar keine mehr nehmen.

Doch sie waren das Einzige, das sie von ihren unheilvollen Gedanken loslösten. Aber es wurde Zeit, dies auf andere Art und Weise zu schaffen. Sie dachte wieder an Georg.

Bei ihm durfte sie nicht den gleichen Fehler begehen wie bei Jacqueline. Was hatten ihr das Misstrauen und der Hass gebracht?

Anne war tot. Sie musste versuchen zu vergessen.

Anne! Paula erschrak vor sich selbst. Es fiel ihr schwer sich an Annes Stimme und ihr Lachen zu erinnern.

Konnte es sein, dass auch ihr Bild in ihr verblassen würde? Nein, das würde es nie tun. Jeden Tag sah sie ihr Bild an und sprach mit ihr. Aber wenn alles hier abbrennen würde? Was würde dann sein? Sie war nach der Beerdigung nie mehr an Annes Grab gegangen, denn sie konnte nicht ertragen, dass ein Stück von ihr da unter der Erde lag. Ja, sie war feige und konnte sich noch immer nicht mit der Realität abfinden. Ach Anne.

Paulas Gedanken wurden immer träger. Ihre Augenlider fielen müde herunter. Sie schlief ein.

Lynn und Georg hatten inzwischen die privaten von den geschäftlichen Papieren getrennt. Georg erstellte die Liste der früheren Angestellten für den Kommissar. Lynn versuchte noch eine Weile in den privaten Unterlagen etwas zu finden, das auf den Täter hinwies. Doch langsam verspürte sie Hunger und Durst.

„Lass uns jetzt nach oben gehen", bat sie Georg. Wir haben lange genug im Staub gewühlt."

Georg lachte: Wo du recht hast, hast du recht." Er nahm die Liste und ging mit Lynn nach Oben. Sie fanden Paula schlafend im Sessel vor. Georg nahm sie vorsichtig auf den Arm, trug sie ins Wohnzimmer und legte sie sachte auf das Sofa. Lynn holte eine Decke und breitete sie über Paula. Georg strich Paula leicht über das Haar. Dann entfernten sich Beide leise in Richtung Küche.

Stefan Berger sah sich bei Frank Seifert bewundernd um. Die Einrichtung schwebte zwischen Eleganz und Gemütlichkeit. Nichts davon war zuviel und nichts zu wenig.
Frank Seifert war nach der Begrüßung zur Hausbar gegangen. Jetzt kam er mit einer Flasche Whisky und zwei Gläser zurück.
„Sie mögen doch Whisky oder?"
Der Kommissar zögerte kurz, dann lächelte er. „Ein Glas wird mich schon nicht gleich umhauen."
Sie setzten sich und prosteten sich zu. Kommissar Berger nahm nur einen kleinen Schluck: „Ihr Ambiente ist sehr geschmackvoll", lobte er.
Frank Seifert nickte nachdenklich: „Das Kompliment müsste ich an Frau Berthold weiterreichen."
„Wieso an Frau Berthold? fragte der Kommissar erstaunt.

„Ja, als wir uns vor Jahren kennen lernten, war mein Haus ziemlich überladen. Paula ist eine exzellente Innenarchitektin."

„Sie waren wohl gut mit den Bertholds befreundet?"

Frank Seifert drehte an seinem Glas, hob es schließlich und leerte es auf einen Zug. „Georg und ich haben schon gemeinsam das gleiche Gymnasium besucht", erklärte er.

„Als er dann nach Berlin gezogen war, um dort zu studieren, hatte es für mich den Anschein, dass er auch nach dem Studium in dieser Stadt bleiben würde. Jedenfalls schrieb er mir begeisterte Briefe über seine Wahlheimat."

„Weshalb hat sich Herr Berthold dann doch entschlossen nach Bayern zurückzukehren?"

„Das ist mir zuzuschreiben. Ich habe mich dafür eingesetzt, dass er den Job in der Firma angeboten bekommt. Nach Rücksprache mit Paula, nahm er den Posten an. Damals war ich sehr froh darüber. Aber es wäre wohl besser gewesen, er wäre in Berlin geblieben."

Stefan Berger nippte an seinem Glas. „Manche Dinge kann man nicht aufhalten", resümierte er dann.

„Ja, schade. Aber wer von uns konnte ahnen, dass das Schicksal so hart zuschlägt? Am Anfang sah alles noch so gut aus. Paula schien genau die Frau zu sein, die Georg brauchte. Wir verstanden uns alle gut. Dann wurde Anne geboren. Das Glück war nicht zu toppen. Paula stellte Jacqueline ein. Sie war ein tolles Mädchen. So voller Leben...

Frank nahm die Flasche und füllte sein Glas erneut.

„Sie sollten vorsichtiger mit dem Trinken umgehen", warnte ihn Stefan Berger.

„Ja, das sollte ich", stimmte ihm Frank zu. „Es ist auch nicht meine Art mich zu betrinken. Aber wenn ich daran denke, wie schrecklich Jacqueline umkam dann..."

„Geben Sie Paula und Georg Berthold die Schuld an Frau Martins Tod?"

„Als ich erfahren hatte, wo man Jacqueline gefunden hat, glaubte ich schon, dass es einer von Beiden war."

Kommissar Berger lehnte sich zurück und suchte Frank Seiferts Blick. „Ich habe erfahren", sagte er hart, „dass Sie, als Sie Frau Martin kennen lernten mit einer anderen Frau verlobt waren."

Über Franks Gesicht legte sich ein Schatten. „Verlobt nicht gerade", erwiderte er zögernd, „aber liiert."

„Wollten Sie zu Ihrer ehemaligen Freundin wieder zurückkehren?"

„Nein, das wollte ich nicht", brauste Frank Seifert auf.

„Frau Felden ist doch eine gute Partie. Als Tochter des Chefs..."

„Sie verrennen sich da in etwas", unterbrach Frank Seifert Stefan Berger noch immer entrüstet. „Frau Felden ist mir nach wie vor gut gesinnt. Wir haben beide erkannt dass wir zwar gute Freunde sein können aber als Ehepaar nichts taugen."

„Frau Felden besucht also Ihre Mutter aus freundschaftlichen Gründen?"

„Ja, das Eine, hat mit dem Anderen nichts zu tun. Meine Mutter leidet Zugegebenerweise darunter, dass wir nicht heiraten. Doch Frau Felden hat einen Partner gefunden, der besser zu ihr passt wie ich. Sie weiß, dass sich meine Mutter oft sehr einsam fühlt. Deshalb fährt sie ab und zu, zu ihr. Sie sieht nach, ob meine Mutter die richtige Pflege von Frau Wild erhält. Wenn es das Wetter zulässt, fährt sie mit meiner Mutter in den englischen Garten.

Ansonsten spielt sie mit ihr Karten."

„Das sieht ja nach Friede, Freude Eierkuchen aus. Hätte ihre Mutter, Frau Martin tatsächlich als ihre Schwiegertochter anerkannt?"

„Ja, das hätte sie. Zumal sich Karoline und Jaqueline gut verstanden."

Stefan Berger hob sein Glas und trank nachdenklich noch einen Schluck. Er fand Frank Seiferts Aussagen glaubhaft. Seine Miene erschien ihm offen und ehrlich.

Durfte er ihn deswegen als Verdächtigen ausschließen?

Frank Seifert räusperte sich: „Haben Sie mit den Bekannten von Jacqueline schon gesprochen?"

„Ja, das habe ich. Aber leider brachte es mich keinen Schritt weiter. Keine der Damen gab zu, jemals mit Frau Martin in dem Lokal in Schwabing gewesen zu sein."

„Ach so…" sagte Frank Seifert gedehnt. Dann muss ich noch einmal scharf nachdenken wer noch in Frage kommt.

„Tun Sie das." Stefan Berger kratzte sich verlegen am Kopf: „Ich komme im Moment keinen Schritt weiter. Aber Moment Mal! Sie sagten doch, dass Frau Felden Frau Martin kannte. Ihre Adresse stand nicht auf der Liste."

„Oh ja, entschuldigen Sie bitte. Ich dachte nicht…

„Das Denken was für diesen Fall wichtig ist, müssen Sie schon mir überlassen", murrte Stefan Berger etwas verärgert.

Frank Seifert nickte zerknirscht, dann schlug er sich an die Stirn: „Warten Sie mal, ich habe noch Jemanden vergessen."

„Und wen?", fragte der Kommissar gespannt.

„Es gab eine Arbeitskollegin von Jacqueline, die ihr ziemlich oft an den Fersen hing."

„Wie ist der Name der Frau?"

„Rita Betz. Jacqueline war schon genervt von ihr, weil sie ihr sogar während der Arbeitszeit keine Ruhe ließ. Aber dann ließ sich Frau Betz zum Glück versetzen."

Kommissar Berger horchte auf. „Frau Betz sagten Sie?

Stammt sie vielleicht aus dem gleichen Ort wie Herr Berthold?"

„Ich glaube schon. Ach ja, jetzt erinnere ich mich. Sie war es, die Jacqueline erzählt hat, dass Georg wieder hier ist. Ihre Anzüglichkeit grenzte fast schon an Beleidigung."

„Das kann ich mir gut vorstellen. Ihre Eltern sind auch sehr gehässig. Ich werde mir also ein Foto dieser Dame besorgen und dieses mit den Fotos der anderen Bekannten von Frau Martin, der Bedienung des Lokals vorlegen."

„Apropos Foto", ereiferte sich Frank Seifert. „Es existiert ein Gruppenbild von den Leuten der Abteilung. Moment mal, ich zeige es Ihnen gleich."

Frank Seifert ging zum Schrank und holte ein Fotoalbum heraus. „Ich habe mir erst gestern Abend das Album noch mal angesehen. Er blickte den Kommissar verlegen an und sagte leise: „Ich muss es erst verarbeiten, dass Jacqueline nicht mehr bei mir ist."

Stefan Berger nickte verständnisvoll: „Es tut mir leid, dass ich so unsensibel mit Ihnen umgegangen bin, aber…"

„Schon gut. Ich kann mir vorstellen unter welchem Druck sie stehen. Also, hier ist das Foto. Es entstand bei einem Betriebsausflug. Jacqueline, Karolin und Frau Betz stehen hier einträchtig beieinander."

Der Kommissar betrachtete sich die Aufnahme eingehend und analysierte sie anschließend. Die drei Damen wirken hier, als würden Sie sich ganz gut verstehen. Aber wer weiß schon was hinter dieser Fassade steckt?"

„Na ja, ich nehme an, dass man in Ihrem Beruf hinter jeder Geste etwas Unpassendes vermutet."

„Schon möglich. Vielleicht bin ich wirklich schon zu misstrauisch geworden."

„Sie betrachten die Dinge eben analytischer wie andere Leute. Sie dürfen das Foto behalten. Ich hoffe, dass es Ihnen weiterhilft."

"Danke", sagte er, steckte das Foto ein und stand auf. Er reichte Frank Seifert die Hand: Jetzt werde ich Sie nicht länger stören."

„Moment!", hielt ihn Frank Seifert zurück. „Mir ist gerade noch etwas eingefallen: „Sie hatten doch neulich mal einen alten Kanister in Ihrem Büro stehen. Ich wusste nicht mehr wo ich ihn gesehen habe. Aber jetzt, da wir von Frau Betz sprachen, weiß ich es wieder. Er stand im Kofferraum ihres Autos."

„Interessant, und wann war das?"

„Mitte Juli. Jacqueline hatte ihr einen ausrangierten Monitor überlassen. Sie hatte mich gebeten das schwere Ding in den Kofferraum des Autos von Frau Betz zu wuchten."

Stefan Berger grinste breit: „Seltsam, der alte Betz hat behauptet dass sein Kanister schon vor längerer Zeit gestohlen wurde. Und jetzt sagen Sie mir, dass ihn seine Tochter im Kofferraum aufbewahrte. Vielen Dank für den Hinweis."

Am folgendem Morgen betraten die Polizisten Bohn, Schlagbauer und Senft, pünktlich um acht Uhr das Büro von Hauptkommissar Berger. Die beiden Kommissare saßen sich gerade am Schreibtisch gegenüber und berieten sich.

Hauptkommissar Berger betrachtete die mehr oder weniger ausgeschlafenen Gesichter seiner Beamten und brachte ein kleines Lächeln zu Stande. Doch gleich darauf schlug er einen dienstlichen Ton an: „Also da wir jetzt alle vollzählig versammelt sind, werde ich gleich mit der Arbeitseinteilung für heute beginnen.

Bohn und Schlagbauer wurden für die Befragung der ehemaligen Angestellten der Gärtnerei eingeteilt. Lena Senft erhielt die Aufgabe der Bedienung des Lokals in Schwabing die Fotos der Bekannten von Frau Martin zu zeigen. Sie verließ als erste das Büro. Polizeimeister Schlagbauer übergab Kommissar Berger den Bericht vom vorhergehenden Tag.

Hauptkommissar Berger bedankte sich kühl und wartete bis die beiden Beamten gegangen waren. Dann legte er den Bericht auf seinen Schreibtisch. Anschließend sah er Hans Gruber nachdenklich an.

„Ich habe gestern Abend Frank Seifert noch einen Besuch abgestattet."

Hans Gruber hob gespannt die Augenbraue. „Und? Haben Sie etwas Interessantes herausgefunden?"

Hauptkommissar Berger zog die Schultern hoch: „Wie man's nimmt. Im Laufe des Gesprächs mit Frank Seifert, habe ich mich davon überzeugt, dass Sie mit ihrer Vermutung recht lagen. Er hat sicher nichts mit dem Tod von Frau Martin zu tun. Meinen Verdacht auf Frau Felden hat er auch fast ausgelöscht. Trotzdem werde ich sie heute aufsuchen und mit ihr sprechen. Ich möchte mir gerne selbst ein Bild von ihr machen."

„Er kann uns also auch nicht weiter helfen?"

„Nicht direkt. Aber er hat mir ein Foto überlassen auf dem Frau Martin mit Frau Felden und Frau Betz abgebildet ist. Ich habe es zu den Unterlagen von Frau Senft gelegt. Vielleicht ist eine der beiden Damen die besagte Unbekannte mit der man sie zum letzten Mal lebend gesehen hat."

„Die drei Frauen auf einen Foto? Wie ist denn das zustande gekommen?"

„Auf dem letzten Betriebsausflug der Firma Felden", erklärte Kommissar Berger dem erstaunten Kommissar. „Aber das ist noch nicht alles. Herr Seifert hat sich erinnert wo er den alten Blechkanister gesehen hat. Er lag in dem Wagen von Frau Betz. Damit ist bewiesen, dass er tatsächlich dem Bauer gehört."
„Oh weh! Da ist uns Rita Betz wohl eine Erklärung schuldig."
„Ihrem Vater wohl auch", grinste Stefan Berger."

Paula erwachte von der ungewohnten Helligkeit im Zimmer. Anscheinend war sie gestern zu müde gewesen, die Jalousien zu schließen. Sie richtete sich auf und bemerkte, dass sie im Wohnzimmer auf dem Sofa geschlafen hatte. Das letzte an das sie sich erinnerte war, wie sie sich wohlig müde in den gemütlichen Sessel gekuschelt hatte. Wahrscheinlich hatte Georg sie so vorgefunden und auf das Sofa gebettet. Sie hatte die ganze Nacht tief und fest geschlafen, ohne eine Tablette eingenommen zu haben. Ihre Kleider rochen nach Schweiß. Sie schlug die Decke zurück und machte sich auf den Weg ins Bad. Dabei sah sie durch das Wohnzimmerfenster hinaus auf die saftige grüne mit Tau bedeckte Wiese. Einen Impuls folgend zog sie ihre Socken aus, lief hinaus und tanzte barfuss über das feuchte Gras. Wie lange war es her, dass sie sich so frei und wohl gefühlt hatte wie an diesem Morgen? Als dieser Gedanke sie streifte, entschwand die leichte Sorglosigkeit wieder. Wie oft war Anne fröhlich lachend über diese Wiese gelaufen? Sie sah Anne vor sich, wie sie mit Jacqueline hier herumtollte. Ein Schleier riss. Jacqueline hatte Anne wirklich geliebt. Sie hatte ihr unrecht getan.

  Der Mörder ihres Kindes war mit aller Wahrscheinlichkeit auch der Mörder von Jacqueline. Ein Schluchzen erfüllte ihren Körper. Die Tränen rollten ins Gras.

  Lynn stählte ihren Körper mit den täglichen Liegestützen. Dann schritt sie hinaus auf den Balkon um dort ihre weiteren gymnastischen Übungen zu machen. Sie sog die würzige, kühle Morgenluft in ihre Lungen und stieß die verbrauchte Luft wieder aus. Was wohl der Tag heute bringen würde? Sie beugte sich über die Balkonbrüstung und sah hinunter in den Garten. Im ersten Moment traute sie ihren Augen nicht. Aber es gab keinen Zweifel. Da unten saß Paula auf der Wiese. Sie versagte sich das Rufen und trat einen Schritt zurück. Dann lief sie in ihr Zimmer und von da aus gleich ins Bad. Nach einer kurzen Dusche und einem schnellen Ankleiden, beeilte sie sich nach unten zu kommen.

  In der Küche rumorte es. Lynn öffnete die Tür und sah hinein.

„Heute bin ich wohl vor keiner Überraschung sicher", sagte sie zu Georg, der soeben dabei war, das Frühstück vorzubereiten.

Er sah sie verlegen lächelnd an: „Ich hatte keine Lust den Tag ohne Gesellschaft zu beginnen. Eine einsame Kaffeetasse auf dem Tisch ist manchmal recht frustrierend."

„Das stimmt. Aber ist es nicht noch einwenig früh am Morgen?"

„Eigentlich schon, aber..."

„Du hast Paula auch im Garten gesehen", unterbrach ihn Lynn.

„Paula? Nein! Sie lag nicht mehr auf dem Sofa.

Deswegen dachte ich, sie wäre in der Nacht nach oben gegangen. Ist sie wirklich im Garten?"

Lynn überhörte die Frage und stürmte hinaus. „Paula", rief sie, „Paula..."

Paula hob ihren Kopf. Ihre Tränen waren versiegt. Sie war nicht alleine in ihrer Not. Lynn war da. Der Gedanke beruhigte sie. Mit ihr konnte sie es schaffen wieder in das normale Leben zurück zu finden. Die kühle Nässe kroch an ihren Beinen hoch. Es wurde Zeit ins Haus zu gehen.

Georg war Lynn nicht nachgelaufen. Irgendetwas hemmte ihn. Langsam rollte er den Servierwagen in das Esszimmer und deckte mechanisch den Tisch. Die Zeit kroch im Schneckentempo dahin. Von den Frauen war weder etwas zu hören noch zu sehen. Er rückte die Vase mit den Blumen, die er schon in aller Frühe gepflückt hatte, einwenig zur Seite. Dann stellte er eine Obstschale daneben. Hatte er etwas vergessen? Der Frischgepresste Orangensaft stand in der Nähe von Paulas Lieblingsplatz.

Aber wo blieb sie? Sein Kopf begann zu glühen. Lynn hatte Paula im Garten gesehen. Doch sie hätte sicher gleich nach seiner Hilfe gerufen wenn Paula…Endlich näherten sich Schritte. Er atmete auf. Paula und Lynn traten ein. Paula wünschte ihm mit gerötetem Gesicht einen guten Morgen und er erwiderte leise diesen Gruß.

Dann setzten sie sich schweigend an den Tisch. Lynn wartete bis Paula sich Kaffee eingeschenkt und sich ein Brot bestrichen hatte, dann fragte sie so beiläufig wie möglich: „Wann hast du heute den Termin bei der Therapeutin?"

„Um zehn Uhr", erwiderte Paula kurz und trank einen Schluck Orangensaft. Dann lächelte sie Georg zu: „Danke für den Saft."

„Soll ich dich dann in die Stadt fahren?" fragte Lynn

„Nein", erwiderte Paula fest. Dann wandte sie sich an Georg: „Es wäre mir lieb, wenn du mich zur Therapeutin begleiten würdest".

„Ich?", fragte Georg erstaunt.

„Ja, du. Es ist mir klar geworden, dass wir beide die Therapie gemeinsam machen müssen. Die Therapeutin gehört dem Verein der verwaisten Eltern an. Ich glaube es ist an der Zeit, dort Mitglied zu werden".

Georg starrte Paula ungläubig an: „Ist das dein Ernst? Du würdest mit mir…?"

„Ja, das würde ich. Wenn du allerdings noch nicht dazu bereit bist, nehme ich dir das auch nicht übel."

Georg schluckte: „Danke. Ich begleite dich gerne."

Später, als Paula und Georg auf dem Weg in die Stadt waren, überlegte sich Lynn, wie sie die Zeit des Alleinseins in diesem Haus sinnvoll gestalten könnte. Im Keller weiterarbeiten? Dazu verspürte sie nicht die geringste Lust. Den Garten weiter erkunden oder die noch vorhandenen Gebäude der ehemaligen Gärtnerei durchzustöbern? Das wollte sie lieber mit Georg tun. Sie fühlte sich irgendwie abgehängt. Doch sie musste sich eingestehen, dass Paula richtig gehandelt hatte. Aber was hatte die plötzliche Sinneswandlung von ihr in Gang gesetzt? Eigentlich hatte sie angenommen, dass Paula sich von der Therapeutin, die ihr Doktor Schreiber empfohlen hatte, behandeln liess. Und jetzt ging sie zum Verein verwaister Eltern? Das hörte sich eher wie eine Paartherapie an. Sie sollte nicht alles zergrübeln, sollte sich lieber darüber freuen, dass Paulas Lebensmut zurückkehrte.

Und das Beste wäre doch, wenn Paula und Georg auf diesen Weg wieder zurück ins normale Leben finden würden. Der Gedanke hätte sie beruhigen können; aber es wollte sich heute keine frohe Laune bei ihr einstellen. Sie dachte an ihre Mutter, die selten Zeit für sie gehabt hatte, an ihren kalten Vater, an John, der ihm so sehr ähnelte, und der sie wegen einer Anderen verlassen hatte. Das ferne Australien rückte immer noch weiter weg.

Sie mochte nicht darandenken wieder dorthin zurückzukehren. Aber was hielt sie hier? Jetzt brauchte Paula sie aber dann...! Sie ging auf die Terrasse und sah hinüber zur Brandstelle. Wie es Melanie wohl ging? Statt hier zu stehen und zu grübeln könnte sie sich doch Paulas Wagen ausleihen und Melanie in der Klinik besuchen.

Auf dem ersten Blick sah es so aus, als liege Melanie völlig teilnahmslos in ihrem Krankenbett. Aber als sich Lynn neben sie setzte, bemerkte sie das unruhige Rollen ihrer Augen unter den Lidern. Ihr Gesicht wirkte unter dem starken Kopfverband klein und zerbrechlich.

Bis zu ihrem Eintritt in das Krankenzimmer hatte Lynn noch die vitale, fröhliche und manchmal auch borstige Melanie vor ihrem Auge gehabt. Erschüttert strich sie ihr über die Hand.

Irgendwie war sie froh darüber, dass sie Melanie alleine angetroffen hatte. So konnte sie still Spiesprache mit ihr halten. Wer hat dir das nur angetan?

Das Rollen der Augen verstärkte sich. Melanies Lider schoben sich nach oben. Ihr Blick wirkte trübe. Doch dann erhellte er sich um eine Nuance.

„Lynn", sagte sie leise und fuhr sich mit der Zunge über ihre trockenen Lippen.

Lynn nahm die Seltersflasche von Melanies Nachtisch, füllte ein Glas und setzte es an Melanies Mund.

„Danke", hauchte Melanie, nachdem sie einen Schluck getrunken hatte. „Wie geht es meinen Kindern?"

Lynn stellte das Glas wieder zur Seite und beruhigte Melanie: „Deinen Kindern geht es gut. Du wirst sie bald wieder sehen."

„Ich weiß nicht", flüsterte Melanie matt. „Vielleicht erschrecken sie vor mir, sie sollten mich nicht so sehen."

Lynn begann zu verstehen. „Du glaubst dein Gesicht ist entstellt. Aber das ist nicht so. Du wurdest am Kopf operiert, deshalb ist er bandagiert. In ein paar Wochen werden deine Haare wieder nachwachsen. Dann wirst du genauso flott aussehen wie früher."

„Du willst mich nur trösten."

„Nein, warte, ich habe einen Handspiegel in meiner Tasche." Lynn kramte ihn hervor und drückte ihn Melanie in die Hand.

Melanie hob ihn zögernd hoch und betrachtete ihr Gesicht. Dann lies sie den Spiegel sinken und lächelte erlöst: „Du hast mir nicht gesagt, dass ich so weiß um die Nasenspitze bin."

Lynn atmete auf: „Ganz die alte Melanie. So gefällst du mir."

Melanies Miene wurde wieder ernst. „Die Binderei stand doch in Flammen. Wie bin ich denn da ohne Brandwunden heraus gekommen?"

„Ich weiß nicht wie du es bis zur Tür geschafft hast.

Georg hat dich dort gefunden und in Sicherheit gebracht."

„Georg war da?"

„Ja, das heißt, wir waren alle da. Paula, Georg und ich.

„Wir saßen im Wintergarten als wir Rauch im Garten bemerkten. Georg war als erster bei der Binderei. Weißt du wie der Brand entstand?"

Auf Melanies Stirne bildeten sich Schweißperlen. Lynn tupfte sie mit einem Taschentuch ab und sagte: „Beruhige dich bitte. Du brauchst nicht darüber zu sprechen."

„Es ging alles so schnell", stammelte Melanie. „Plötzlich waren überall nur noch Flammen. Ich bin auf dem Ausgang zugestürzt, mehr weiß ich nicht mehr." Ermattet schloss sie die Augen: „Ich bin so müde..."

Lynn blieb an Melanies Bett sitzen und wartete bis sie eingeschlafen war. Sie nahm ihr den Spiegel aus der

Hand, legte ihn in ihre Tasche zurück und verließ sachte das Zimmer.

Als sie die Tür hinter sich schloss, kam ihr Hauptkommissar Berger entgegen. Er grüßte Lynn. Sie nickte und hielt ihn zurück: „Frau Kiesel ist gerade eingeschlafen."

Seine Hand lag schon auf der Klinke: „Schade", sagte er. „Ich muss dringend mit Frau Kiesel sprechen."

„Sie sollten ihr noch Zeit lassen."

Er zog seine Hand zurück und sah sie nachdenklich an.

Es war das erste Mal dass ihm ihr Ton nicht rechthaberisch, sondern besorgt vorkam. „Haben Sie mit Frau Kiesel gesprochen?"

Lynn errötete ungewollt: „Ja das habe ich. Aber sollten wir vor ihrer Tür diskutieren?"

„Nein, natürlich nicht", erwiderte er angespannt. „Unten gibt es ein kleines Cafe…"

Lynn folgte ihm zum Aufzug. Er war schon fast übersetzt. Doch sie zwängten sich noch hinein. Es schien so, als wären sie froh, nicht alleine mit einander sein zu müssen. Ihre Augen trafen sich und wichen sich schnell aus.

Das Cafe war auf Selbstbedienung eingerichtet. Sie holten sich ihre Getränke und suchten sich einen Platz.

„Hat Ihnen Frau Kiesel geschildert wie es zu dem Brand kam?"

„Leider nicht. Sie ist noch sehr erschöpft und kann sich kaum erinnern."

„Schade, ich hatte gehofft, dass Frau Kiesel mir weiterhelfen könnte. Wie steht es mit Ihnen? Haben Sie schon etwas entdeckt, das Ihre Schwester und Ihren Schwager entlasten könnte?"

Lynn hob ratlos die Schultern. „Wir haben den ganzen Keller systematisch durchsucht und das Private von dem Geschäftlichen getrennt. Als nächstes werde ich die ganze Korrespondenz lesen. Vielleicht findet sich da ein Anhaltspunkt."

„Sie glauben also auch, dass alles was in der Gärtnerei geschah, mit dem Tod von Hans und Erna Berthold zusammenhängt?"

„Ja, das nehme ich stark an. Sie auch?"

„Das ist schon eher die Ansicht von Kommissar Gruber. Ich…"

„Das hätte ich mir denken können", fauchte Lyn. „Sie lassen sich immer noch von Vorurteilen leiten. Ich habe Sie klüger eingeschätzt."

„Danke, ich nehme es als Kompliment", grinste Stefan Berger. Dann wurde er wieder ernst. Wir sollten uns nicht bekämpfen. Das bringt uns in der Sache keinen Schritt weiter."

Lynn, hatte schon beschlossen den Hauptkommissar alleine dasitzen zu lassen. „Und was bringt uns Ihrer

Meinung nach weiter? Ich habe versucht vernünftig mit Ihnen zu sprechen aber..."

„Sie haben mich meinen Satz nicht vollenden lassen", unterbrach er sie jetzt seinerseits. „Ich wollte sagen, dass ich erst die Akten über die vorangegangenen Fälle lesen muss, ehe ich das alles beurteilen kann. Kommissar Gruber war bei den Ermittlungen dabei und kennt außerdem schon einige Leute vom Dorf. Er sieht die Sache mit anderen Augen. Wie sehen Sie den Zusammenhang?"

„Ich kann auch nur Vermutungen anstellen", musste Lynn einräumen. „Vielleicht hat ein ehemaliger Angestellter die Hetzkampagne gegen Georg angezettelt."

„Das wäre möglich. Meine Beamten sind gerade dabei die Leute zu überprüfen."

„Und Frank Seifert?"

Kommissar Berger schüttelte den Kopf. „Er kommt nicht in Betracht. Ich habe ihn auf Herz und Nieren überprüft.

Außerdem hatte ich heute Morgen ein ausführliches Gespräch mit Frau Felden, seiner ehemaligen Verlobten.

Sie hat meinen letzten Zweifel an ihm ausgeräumt."

„Und sonst gibt es keinen anderen Verdächtigen?"

„Nein. Im Moment nicht. Ich hatte Frau Kiesel noch im Visier. Doch nach den Ermittlungen von Kommissar Gruber kommt sie nicht als Täterin in Frage."

Meine Schwester, mein Schwager und ich, stehen also noch weiterhin unter Beobachtung?"

„Ja", gab er zu. „Zum einen ist der Verdacht gegen Frau und Herrn Berthold noch akut. Zum anderen möchten wir einen weiteren Anschlag verhindern."

„Ich verstehe", sagte Lynn niedergeschlagen. „In der Binderei gab es sicher Hinweise auf den Täter. Leider habe ich mich auf das Gewächs und Gartenhaus konzentriert."

„Das war auch unser Fehler. Es ist mit ein Grund, weswegen ich mit Frau Kiesel sprechen möchte. Vielleicht bringt sie uns auf die richtige Spur. Noch eine Frage. Mir wurde gemeldet dass Frau und Herr Berthold zurzeit mit dem Wagen unterwegs sind. Wissen Sie wo sie hingefahren sind?"

„Sie sind Beide bei einer Therapeutin. Es fällt ihnen schwer über den Tod ihrer Tochter hinweg zu kommen."

„Das versteh ich." Er hob sein Glas und trank es aus.

„Jetzt muss ich mich verabschieden", sagte er freundlich und reichte Lynn die Hand. „Wir sehen uns!"

Lynn sah ihn versonnen nach.

Hans Gruber hatte an diesem Morgen noch ein paar Akten studiert. Dann war er zur Firma Felden gefahren.

Doch dort musste er feststellen, dass er sich diesen Weg hätte ersparen können. Rita Betz hatte sich krank gemeldet. Also war er ins Dorf gefahren.

Jetzt stand er verärgert am Zaun. Der Hund von Bauer Betz machte es ihm unmöglich das Grundstück zu betreten. Das Gebell weckte Tote auf. Aber keiner der Familie Betz ließ sich blicken. Er klingelte Sturm an der Gartentür und wartete eine Weile. Dann drückte er noch einmal auf die Klingel. Der Hund fletschte die Zähne und sprang am Zaun hoch. Sonst rührte sich nichts. So fuhr er zum nächsten Nachbarn. Der gab ihm nur zähneknirschend Auskunft. „Die sind weggefahren. Die Rita hatte wieder einen Rückfall."

„Welchen Rückfall denn?"

„Ich denk die Polizei weiß alles", höhnte er. „Vielleicht finden Sie sie in der Klapsmühle oder beim Doktor Schreiber in der Stadt. Bei dem ist sie auch in Behandlung." Nach dieser spärlichen Auskunft schlug er dem Kommissar die Tür vor der Nase zu.

„Freundlich", murmelte Hans Gruber. „Sehr freundlich."

Einen Moment blieb er nachdenklich stehen. Was sollte der Ausspruch des Nachbarn bedeuten? Hatte Rita Betz einen Nervenzusammenbruch? Er wandte sich vom Haus ab und griff zum Handy. Dann ließ er sich von der Auskunft die Nummer von Doktor Schreiber geben. Er speicherte sie vorsorglich. Dann rief er den Arzt an. Aber es ertönte nur der Anrufbeantworter. „Wir sind momentan im Urlaub. Unsere Vertretung ist Doktor Häusler Bahnhofstrasse acht." „Auch das noch", schimpfte

Inspektor Gruber. Dann fiel ihm Werner Siebert ein und er beschloss spontan ihn aufzusuchen. Er wusste sicher etwas über die Krankheit von Rita Betz.

Werner Siebert war gerade dabei sich eine Jacke anzuziehen, als es Sturm klingelte. „Ach du bist es", sagte er erleichtert und ließ Hans Gruber eintreten.
„Wen hast du denn erwartet?"
„Niemand, ich wollte gerade zu Melanie in die Klinik fahren."
„Hast du trotzdem einen Moment Zeit für mich?"
„Ja natürlich, setz dich schon mal. Ich hol uns was zu trinken."
Als er die Gläser und den Orangensaft auf den Tisch stellte, fragte er: „Was gibt es denn so dringendes?"
„Ich war gerade bei der Familie Betz. Aber sie scheinen ausgeflogen zu sein. Der Nachbar hat von irgendeinem Rückfall von Rita gefaselt und mich an Doktor Schreiber verwiesen. Aber der ist gerade in Urlaub."
„Ach, und jetzt glaubst du, ich könnte dir weiterhelfen?"
„Ja, zumindest hoffe ich es. Ist dir etwas über die Krankheit von Rita Betz bekannt?"
Werner Siebert runzelte die Stirn:
„Für Frau Betz habe ich mich eigentlich nicht sonderlich interessiert. Allerdings weiß ich, dass sie nach dem Selbstmord von Hans und Erna Berthold einen Nerven-

zusammenbruch hatte und eine längere Zeit in der Klinik verbrachte. Erinnerst du dich nicht mehr daran?"

Hans Gruber sann eine Weile nach. Dann schüttelte er den Kopf. „Nachdem der Fall Berthold zu den Akten gelegt wurde, habe ich mich weder für die Angestellten der Gärtnerei, noch für die Leute vom Dorf interessiert."

„Ja klar, du wurdest doch gleich danach mit anderen Fällen eingedeckt. Bei mir riss der Kontakt zum Dorf allerdings nie ab. Du weißt schon, Melanies Mutter…"

Hans Gruber hörte nur halb hin. „Aber mir fällt gerade ein", unterbrach er Werner Sieberts Erklärung, dass Rita Betz zur Zeit des Unfalls von Anne Berthold sich wieder im Dorf aufhielt. Ich habe sie damals vernommen."

Werner Siebert horchte gespannt auf: „Was willst du damit sagen? Verdächtigst du sie etwa?"

Hans Gruber fuhr erregt hoch: „Du etwa nicht? Überlege doch mal. Sie war die einzige Angestellte, die bis zu dem Tod der Bertholds in der ehemaligen Gärtnerei arbeitete.

Melanie befand sich auf Hochzeitsreise. Also hätte Rita Betz die Möglichkeit gehabt, ihre Arbeitgeber zu vergiften und den Verdacht auf Melanie zu lenken. Und sie hätte den Unfall von Anne inszenieren können. Herr Bauer hat damals eine Frau mit Kopftuch aus dem Garten kommen sehen…"

Werner Siebert wiegte den Kopf: Man könnte es so sehen. Aber inzwischen bin ich vorsichtig geworden mit meinen Prognosen."

„Das verstehe ich ja", bemerkte Hans Gruber. „Aber es hat sich auch noch herausgestellt, dass der Benzinkanister, der im Schuppen von Georg Berthold stand, dem Bauer Betz gehört. Und Herr Seifert hat ihn in dem Wagen von Rita Betz gesehen."

„Das hört sich wirklich alles nach einer Beteiligung von Frau Betz an", gab Werner Siebert zu.

„Wieso nur nach einer Beteiligung? Traust du ihr nicht zu, das alles alleine getan zu haben?"

„Ehrlich gesagt nicht. Ich weiß zwar, dass sie mit Melanie zerstritten ist und in Georg Berthold einmal sehr verliebt war. Aber glaubst du wirklich, dass ihr Hass soweit reichte um diese Taten auszuführen? Sie zeigt ihre Gehässigkeit zu offensichtlich. Irgendwer könnte das ausgenutzt haben."

Hans Gruber schüttelte heftig mit den Kopf: „Dieses Mal befinde ich mich sicher auf der richtigen Spur. Entschuldige bitte, aber ich fahr lieber mal zurück ins Kommisserat. Ich muss den Aufenthalt von Rita Betz ermitteln."

„Na dann! Viel Glück. Ich fahre jetzt zu Melanie. Ich hoffe es geht ihr schon besser. Und vielleicht erinnert sie sich wieder an einige Dinge."

Als Lynn nach Hause kam, saßen Paula und Georg im Wohnzimmer. „Oh, ihr seit schon zurück", sagte sie heiter. „Wie ist es euch denn ergangen?"

„Ganz gut", antwortete Paula. „Im Verein für verwaiste Eltern haben wir eine sehr nette Frau kennen gelernt. Sie hat mir ein Gefühl der Hoffnung gegeben aus meiner Selbstauferlegten Isolation wieder herauszufinden. Aber es war nur ein Anfang. Ich muss abwarten wie sich alles entwickelt. Vielleicht war es nur ein froher Moment."

„Ich glaube nicht, dass es nur eine kurze entspannte Phase war", versuchte Georg, Paulas gute Stimmung aufrecht zu erhalten. „Beim nächsten Treffen werden wir mit verschiedenen Paaren bekannt gemacht, die ein ähnliches Schicksal haben wie wir. Sie werden ihre Erfahrungen mit uns austauschen…"

Paula winkte ab: „Lass uns später darüber sprechen."

Dann wandte sie sich an Lynn. „Und wo warst du? Du strahlst so, als ob du ein Date gehabt hättest."

Lynn lächelte: „Ich habe Melanie in der Klinik besucht. Es geht ihr schon wesentlich besser. Darüber bin ich froh. Sie hat sich sogar ein wenig mit mir unterhalten. Allerdings haperts noch mit ihrem Erinnerungsvermögen. Aber das ist sicher nur eine Frage der Zeit."

„Das sind wirklich gute Nachrichten", freute sich Paula

Georg atmete auf: „Das kann man wohl sagen. Es wäre schon der Kinder wegen furchtbar gewesen… Ach denken wir lieber nicht an die Ausmaße. Hatte sie sonst noch Besuch?"

Lynn errötete: „Nein, aber Hauptkommissar Berger war auf dem Weg zu ihr. Ich konnte verhindern, dass er sie schon heute vernahm. Sie war gerade eingeschlafen."

Paula lächelte zweideutig: „Und wie hast du das verhindert?"

„Ich habe ihn in das Cafe in der Klinik begleitet und ein paar Worte mit ihm gewechselt", erklärte Lynn und ärgerte sich über ihre Verlegenheit.

„Hat der Hauptkommissar uns immer noch in Verdacht, oder hat er endlich eine neue Spur?", fragte Georg gespannt.

„Sein Verdacht besteht noch, aber er wackelt schon. Jedenfalls streckt er seine Fühler jetzt auch anderweitig aus.

Paula erhob sich: „Wisst ihr was? Ich habe einen Mords Hunger. Was haben wir denn noch im Kühlschrank?"

„Ich sehe schon", lachte Lynn. „Diesen Tag streiche ich mir im Kalender rot an."

„Aber sicher nicht nur wegen meinem Appetit", lachte Paula zurück.

Später, als sie ihren Hunger gestillt hatten, ging Paula in ihr Zimmer. Sie benötigte dringend ihren Mittagsschlaf.

Lynn sah Georg nachdenklich an: „Wir sollten noch einmal runter in den Keller gehen. Als wir das letzte Mal unten waren, hatte ich das Gefühl etwas übersehen zu haben."

„Glaubst du wirklich, dass das noch etwas bringt?", fragte Georg nicht gerade begeistert. „Wir haben doch schon alles auf den Kopf gestellt und sortiert. Ich würde lieber im Garten weiter arbeiten."

„Na gut, dann gehe ich halt alleine in den Keller."

„Bist du jetzt verärgert?"

Lynn gab ihm einen kameradschaftlichen Klaps. „Geh schon in den Garten. Und mache dir nicht immer unnötige Vorwürfe."

Georg grinste verlegen: „Danke Lynn." Dann eilte er hinaus.

Kurz darauf vertiefte sich Lynn weiter in den Papieren.

Sie nahm sich vor, alle Unterlagen der Angestellten zu überprüfen. Vielleicht hatten Georgs Eltern irgendwo einen Vermerk angebracht, der ihr weiter helfen würde.

Doch dann fühlte sie die ungemütliche Atmosphäre im Keller. Oben strahlte die Sonne und hier unten? Sie legte die Papiere zu einem Stapel zusammen und schleppte sie hinauf in den Wintergarten. Dort legte sie jede Mappe wieder einzeln hin. Sie nahm die Liste mit den Namen der Angestellten und prüfte nach ob sie auch für jeden von ihnen die Unterlagen mit nach oben gebracht hatte.

Eine Mappe fehlte. Und zwar die, mit den Unterlagen von Rita Betz. Sie eilte in den Keller und suchte nach ihnen. Aber sie fand sie auch bei den geschäftlichen Papieren nicht. Jetzt fiel ihr ein, was ihr schon beim Sortieren seltsam vorgekommen war. Schon da, gab es eine Mappe weniger, als Namen auf der Liste. Sie lief erregt hinauf und stürmte in den Garten.

Georg sah ihr überrascht entgegen: „Hast du etwas wichtiges entdeckt?"

„Ich weiß noch nicht", entgegnete Lynn außer Atem.

„Hast du die Arbeitspapiere von Frau Betz abgesondert von den anderen?"

„Ich? Nein. Ich hatte sie gar nicht in den Händen."

„Dann muss sie irgendjemand entwendet haben."

„Aber wer sollte das tun?"

„Da fragst du noch? Rita Betz natürlich. Sie besitzt bestimmt noch einen Schlüssel für den Keller."

„Du meinst, dass sie es war, die im Keller diese Unordnung anstellte?"

„Ja, das meine ich. Wahrscheinlich hat sie geglaubt, dass deine Eltern über sie einige Notizen gemacht haben."

„Oh Gott, dann war sie es, die mit ihrem Lärm Paula verunsichert hat. Vielleicht war sie auch die Frau, die du in der Nacht im Garten gesehen hast."

„Ja, es deutet alles darauf hin. Vorsichtshalber suche ich noch mal alles durch. Aber wenn ich die Unterlagen nicht finde, rufe ich Hauptkommissar Berger an."

Als Kommissar Gruber ins Kommissariat kam, ging er sofort zum Büro des Hauptkommissars. Dieser saß gerade am Schreibtisch und las in den Akten. Er sah kurz auf und bemerkte die Erregung im Gesicht des Kommissars.

„Gibt es Neuigkeiten im Dorf?", fragte er gespannt

„Das kann man wohl sagen. Rita Betz hatte aller Wahrscheinlichkeit nach einen Nervenzusammenbruch. Ich muss herausfinden in welcher Klinik sie liegt."

„Ihre Eltern müssten das doch wissen!"

„Natürlich müssten sie das, erwiderte der Kommissar grummelig. „Aber ich habe sie nicht angetroffen."

„Warum liegt Ihnen so daran Frau Betz zu finden. Ist es wegen dem Kanister? Das hat sicher Zeit bis Morgen.

Dann wird Herr Betz bestimmt wieder Zuhause sein."

„Es ist nicht nur wegen dem Kanister. Ich habe den Verdacht dass Rita Betz Frau Martin ermordet hat."

Kommissar Berger hob überrascht den Kopf:

„Wie kommen Sie auf diese Idee?"

„Das ergibt sich aus den Dingen, die ich in den letzten Stunden erfahren habe. Allerdings muss ich meine Theorien erst beweisen."

„Welche Theorien?"

„Ich erkläre es Ihnen gleich. Aber vorher muss ich noch ein paar Anrufe tätigen." Hauptkommissar Berger sah den Kommissar erstaunt an:

„Sie machen's aber spannend."

Über das Gesicht des Kommissars huschte ein wissendes Lächeln. Dann schaltete er seinen Computer ein und sagte: „Ich muss die Telefonnummer von Doktor Häusler herausfinden."

„Was hat Doktor Häusler mit Rita Betz zu tun?" Dem Hauptkommissar schien die Sache immer verworrener.

„Er ist die Vertretung von Doktor Schreiber, der gerade in Urlaub ist. Doktor Schreiber ist der Hausarzt von Frau Betz."

„Ich dachte von den Bertholds", murmelte der Hauptkommissar.

„Ach hier ist er ja schon", atmete der Kommissar befreit auf und wählte sofort die Nummer des Arztes. Doch der Arzt war nicht bereit am Telefon über eine Patientin zu sprechen.

„Verflixt", schimpfte der Kommissar. Jetzt muss ich wegen einer kurzen Auskunft den Arzt aufsuchen."

In dem Moment klopfte es. Die Beamten Bohn und Schlagbauer traten ein. „Wir haben jetzt alle Angestellten befragt. Alle haben ihre Schlüssel gleich nach ihrer Entlassung bei den Bertholds abgegeben. Nur ein Lastwagenfahrer tat dies später, weil er zu der Zeit krank war."

Hauptkommissar Berger sah die beiden Beamten ernst an: „Wer war der Mann? Und zu welchem Zeitpunkt hat er die Schlüssel abgeliefert?"

„Es ist Herr Wibke. Er hat die Schlüssel etwa eine Woche später Frau Betz ausgehändigt."

„Warum denn das?"

„Er konnte weder Herrn noch Frau Berthold erreichen. Frau Betz hat den Erhalt der Schlüssel schriftlich bestätigt."

„Gibt es sonst noch etwas Außergewöhnliches?"

Die beiden Beamten schüttelten gleichzeitig den Kopf. „Nein." „Gut, ich rufe Sie, wenn ich Sie heute noch einmal benötige. Ansonsten möchte ich alle Aussagen der Angestellten bis heute Abend auf meinen Schreibtisch liegen sehen."

Als die Beamten den Raum verlassen hatten, triumphierte Kommissar Gruber. „Noch ein wichtiger Hinweis auf Frau Betz. Sie kann die Schlüssel zurückbehalten oder nachgemacht haben."

Der Hauptkommissar nickte: „Das stimmt allerdings, muss aber erst überprüft werden."

„Das wird ein harter Brocken", überlegte der Kommissar.

Schließlich ist das ja schon einige Jahre her. Ich muss unbedingt mit Frau Betz selbst sprechen."

„Wenn sie es getan hat, wird sie es nicht so einfach zugeben."

„Natürlich nicht aber…"

Es klopfte wieder an die Tür. Dieses Mal wurde sie von Frau Senft geöffnet. Sie schritt zielbewusst auf Hauptkommissar Berger zu und berichtete ihm von dem was sie erreicht hatte.

„Die Serviererin aus dem Schwabinger Lokal hat an Hand des Fotos, einwandfrei Frau Betz als die Frau, die sich am Abend des neunzehnten Juli mit Frau Martin im Lokal aufhielt, identifiziert."

Frau Senft reichte das Foto auf dem Frau Felden, Frau Betz und Frau Martin abgelichtet waren, dem Hauptkommissar.

„Und es gibt keinen Zweifel an der Aussage der Kellnerin?", vergewisserte sich der Hauptkommissar noch einmal.

„Nein, sie hat sie einwandfrei erkannt. Die Dame trägt auf dem Foto sogar den gleichen Ring, den sie an jenem Abend getragen hatte."

„Danke", sagte der Hauptkommissar. „Und jetzt gehen Sie in ihr Büro und beginnen mit der Recherche. Ich will alles über Frau Betz wissen, was überhaupt herauszufinden ist."

„Wird sofort erledigt", ereiferte sich Frau Senft und eilte gleich darauf hinaus.

Kommissar Gruber konnte seine Erregung kaum verbergen.

„Das Netz spannt sich immer weiter um Frau Betz. Bald werden wir einen Haftbefehl erreichen können."

Hauptkommissar Berger winkte ab: „So schnell geht es auch wieder nicht. Ich glaube kaum, dass die paar Hinweise dem Staatsanwalt genügen Frau Betz in Gewahrsam zu nehmen."

Der Kommissar musste dem Hauptkommissar Recht geben. Doch sein anfänglicher Ärger verflog gleich wieder: „Falls sie sich wirklich in der Klinik befindet ist sie ja gut aufgehoben."

„Sie meinen, da kann sie wenig Schaden anrichten", grinste der Hauptkommissar. „So wie ich Frau Senft kenne, hat sie bald die entsprechende Klinik ermittelt. Möchten Sie trotzdem noch zu Doktor Häusler fahren?"

Der Inspektor hob die Schultern: Schaden kann es jedenfalls nicht."

„Gut dann machen Sie sich schon auf dem Weg. Sie finden ja sonst keine Ruhe."

Kommissar Gruber ließ sich das nicht zweimal sagen. Er stand sofort auf und lief hinaus.

Hauptkommissar Berger sah ihm mit gewölbter Stirne nach. Hoffentlich befanden sie sich nicht schon wieder auf der falschen Spur. Er versuchte sich wieder in die Akten zu vertiefen. Aber er kam nicht dazu. Das Telefon klingelte. Er hob ab und sofort spannten sich seine Gesichtsmuskel. Dann sagte er: „Gut Frau Miller. Ich bin in einer halben Stunde bei Ihnen. Als er den Hörer hinlegte spürte er eine krippelnde Nervosität in sich.

Paula erwachte schon nach einer Stunde aus dem Mittagsschlaf. Sie richtete sich auf und fühlte sich besser als an den Tagen zuvor. Eine leichte Unruhe lag noch in ihr, aber ihre Hände zitterten nicht mehr so stark. Sie hatte es geschafft zwei Tage ohne Beruhigungspillen auszukommen. Vielleicht konnte sie in Zukunft ganz darauf verzichten? Lag es an der Therapie? Oder lag es daran, dass sie begonnen hatte, Georg wieder in ihr Leben mit einzubeziehen? Doktor Schreiber hatte ihr geraten, nicht so abrupt mit der Absetzung der Pillen zu beginnen. „Sie müssen ihren Körper langsam daran gewöhnen ohne Medikamente auszukommen", hatte er ihr geraten. Das hatte sie ja versucht. Aber wenn sie immer wieder mal nur eine Tablette zwischen durch genommen hatte, war sie so zerschlagen gewesen, dass sie eine Spritze benötigte, um ein paar Stunden schlafen zu können. Und danach hatte sie sich meistens noch müder und depressiver gefühlt als zuvor. „Man muss eben doch mehr auf sein eigenes Gefühl acht geben", dachte sie und beschloss die Pillen wegzuschließen. Sie stand auf und ging hinaus auf den Balkon. Dann schob sie den alten Korbsessel in die richtige Lage und setzte sich darauf. Eine Weile genoss sie die warmen Sonnenstrahlen und beobachtete die kleinen weißen Schäfchenwolken, die von einem leichten Lüftchen sachte dahingetrieben wurden. Und schon überfiel sie wieder ein unruhiges Gefühl. Was war nur mit ihr los? Vor wem oder vor was hatte sie solche Angst? Alles hier um sie herum wirkte so still und friedlich. Aber sie wusste auch wie schnell sich das hier ändern konnte. Wann würde dieser Alptraum zu Ende sein? Sie stand auf und blickte über das Balkongeländer. Georg arbeitete da unten. Er spürte ihre Blicke und winkte hinauf. Sie winkte zurück und seufzte. Sie sollte sich auch eine Beschäftigung suchen.

Dann fiel ihr Melanie ein. Es wurde Zeit sie zu besuchen.

Der Gedanke belebte sie wieder. Sie lief ins Schlafzimmer, öffnete den Kleiderschrank und suchte sich die passende Garderobe aus. Dann eilte sie nach unten in den Garten und bat Georg sie in die Klinik zu begleiten.

Georg hätte gerne seine Arbeit im Garten fortgesetzt aber Paula eine Absage erteilen? Das brachte er nicht übers Herz.

So kam es, dass Lynn, als Hauptommissar Berger eintraf, sich ganz alleine in dem großen Haus aufhielt. Er versuchte die forsche Art herauszukehren und ging gleich auf den Kern der Sache los.

„Sie sind also auf etwas Wichtiges gestoßen…"

„Ja, ich…kommen Sie bitte mit in den Wintergarten.

Lynn lief voran und versuchte ruhig zu bleiben.

Hauptkommissar Berger folgte ihr. „Tadellose Figur", dachte er, „und ihr beschwingter Gang." Lynn Miller gefiel ihm von mal zu mal besser. Aber wo sollte das schon hinführen?

Im Wintergarten zeigte Lynn auf die ausgebreiteten Mappen. „Georgs Mutter", erklärte sie, „hat für jeden ihrer Angestellten eine Mappe angelegt. Sie enthält für jeden Mitarbeiter genaue Arbeitspläne und die Daten dazu, wann und wo die Arbeiten ausgeführt wurden. Wir wissen dadurch auch wann die Leute eingestellt und entlassen wurden. Durch die zusätzlichen Berichte von Frau Berthold können wir uns über alle Angestellten ein genaues Bild machen."

„Interessant! Haben Sie irgendwelche Unstimmigkeiten entdeckt?"

„Das überlasse ich lieber Ihnen herauszufinden. Was mich eigentlich veranlasst hat, Sie anzurufen, ist die fehlende Mappe von Frau Betz."

„Frau Berthold hat also über Frau Betz keine Mappe angelegt?"

Lynn sah den Hauptkommissar kopfschüttelnd an: „Ich würde mal logisch denken. Wieso sollte sie ausgerechnet Frau Betz auslassen? Die Mappe wurde aus dem Keller entwendet. Und fragen Sie jetzt bloß nicht von wem.

Dann…"

„Was dann? Dann zweifeln Sie an meinem Verstand?"

„Ja", blitze ihn Lynn verärgert an.

„Wir benehmen uns wie Kinder", grinste der Hauptkommissar.

Auf Lynns Zunge lag schon eine widerborstige Antwort.

Doch dann begann sie zu lachen: „Sie haben ja recht aber..."

„Nichts aber." Er nahm sie in den Arm und küsste sie.

Als er sie wieder los lies, sagte er atemlos: „Das war schon längst fällig."

„Und wie soll's nun weitergehen Herr Hauptkommissar?", fragte Lynn lächelnd.

„Das liegt an Ihnen Frau Rechtsanwältin", lachte er zurück. Doch dann wurde er wieder ernst: „Leider müssen wir vor allen Dingen erstmal den Fall aufklären."

„Dieser Meinung schließe ich mich an. Im Übrigen, mein Name ist Lynn."

„Stefan", sagte er lächelnd. Dann wandte er sich wieder seiner kriminalistischen Aufgabe zu. „Du glaubst also an eine Schuld oder Mitschuld von Frau Betz?"

„Ja, sie ist schon lange mit Melanie verfeindet. Außerdem hasst sie Georg weil er sie nicht geheiratet hat."

Stefan Berger nickte: „Kommissar Gruber hat mir heute auch schon ein paar Dinge über Frau Betz gesagt, die deine Theorie bestätigen."

„Ich will dich ja nicht fragen, welche Dinge das sind. Aber wir sollten so schnell als möglich stichhaltige Beweise gegen sie finden. Wer weiß was sie sich sonst noch alles einfallen lässt."

Stefan Berger versuchte sich Lynns Blick zu entziehen. Er irritierte ihn zu sehr. Verlegen räusperte er sich: „Frau Betz kann im Moment nicht viel unternehmen. Sie liegt in einer Klinik."

„Wieso denn das?"

„Anscheinend hatte sie einen Nervenzusammenbruch."

Lynn schüttelte verwundert ihren Kopf: Das kann ich mir nicht vorstellen. Nach der Schilderung von Georg und Melanie ist sie eine boshafte Frau, die ständig darauf aus ist, andere seelisch zu verletzen."

„Mag schon sein. Aber anscheinend war sie als junges Mädchen nicht so. Sonst wäre Melanie Kiesel doch sicher nicht ihre Freundin gewesen."

Lynn nickte nachdenklich: „Stimmt, aber vielleicht schlägt die zänkische Art ihrer Mutter jetzt bei ihr durch. In welcher Klinik befindet sie sich denn?"

„Das weiß ich noch nicht. Kommissar Gruber wollte heute Morgen mit ihr wegen dem Kanister mit ihr sprechen. Aber er hat weder sie noch ihre Eltern angetroffen. Wir wissen nur von einem Nachbarn dass sie diesen Zusammenbruch hatte."

„Und wenn es ihr hier zu heiß geworden ist?"

„Nein, das glaube ich nicht, sie weiß doch nicht, dass sie von uns verdächtigt wird. Außerdem habe ich von Kommissar Gruber erfahren, dass Frau Betz schon einmal ein paar Monate in der Klinik war."

„Ist sie schizophren?"

„Vielleicht, aber darüber kann ich mir noch kein Urteil bilden."

„Ja natürlich, aber du hast von einem Kanister gesprochen. Etwa von dem aus Georgs Schuppen?"

Stefan Berger setzte eine ernste Miene auf:

„Eigentlich ist das ein Dienstgeheimnis."

Doch dann begann er hintergründig zu lächeln.

„Dir kann ich ja doch nichts verheimlichen. Der Kanister gehört tatsächlich Herrn Betz und Rita Betz bewahrte ihn in ihrem Wagen auf. Doch es war nicht der Plastikkanister vom Schuppen, sondern der Blechkanister der bei der abgebrannten Binderei gefunden wurde."

„Oha, sie wollte also noch mehr abfackeln…"

„Keine voreiligen Schlüsse Frau Anwältin", grinste er. Ich glaube, ich fahr jetzt lieber wieder ins Kommissariat. Bei dir wird es mir zu heiß. Er küsste sie erneut. Dann lief er mit federnden Schritten nach draußen.

Als Hauptkommissar Berger in sein Büro kam, war Kommissar Gruber von seinem Besuch bei Doktor Häusler auch schon zurück. Frau Senft hielt sich gerade bei ihm auf.

Sie sprachen über Rita Betz.

Hauptkommissar Berger sah die beiden forschend an: „Gibt's was Neues?"

„Ja, ereiferte sich Lena Senft: „Ich habe den Aufenthalt von Frau Betz herausgefunden.

„Gute Arbeit", lobte der Hauptkommissar.

„Das ist noch nicht alles", strahlte Frau Senft: „Frau Betz ist schon seit längerer Zeit die Patientin von Doktor Schreiber."

„Daran finde ich nichts Außergewöhnliches."

Lena Senft zeigte, dass sie eine gut geschulte Polizistin ist. Sie ließ sich nicht aus der Ruhe bringen. „Ich habe eine der Sprechstundengehilfinnen ausfindig gemacht.

Sie wohnt im Nachbardorf von Frau Betz. Dort gibt es einen Landarzt der die Leute, der näheren Gegend betreut. Die Familie Berthold und die junge Frau Betz sind die einzigen im Dorf, die bei Doktor Schreiber in Behandlung sind."

Der Kommissar zuckte mit den Achseln: „Die Leute fahren halt nicht gerne extra in die Stadt zum Arzt."

„Schon möglich, aber vielleicht liegt es auch daran, dass Doktor Schreiber fast überwiegend Privatpatienten hat."

„Aha, der gute Doktor nimmt nicht jeden als Patienten.

Ist Frau Betz auch eine Privatpatientin?"

„Nein, Erna Berthold hat ihn vor ein paar Jahren gebeten, Frau Betz zu behandeln."

„Dann ist die Sache ja geklärt. Mir ist vor allem wichtig in welcher Klinik sich Frau Betz gerade aufhält."

„Es ist eine kleine private Nervenklinik im Gebirge", erklärte Lena Senft und gab ihm die Adresse.

Hauptkommissar Berger zeigte sich höchst zufrieden:

„Dann werden wir der Dame mal einen Besuch abstatten..."

„Darf ich Sie noch um etwas bitten?" fragte Lena Senft.

„Natürlich", grinste der Kommissar. „Solange Sie nicht gerade jetzt ein paar freie Tage benötigen."

„Nein, nein, es ist dienstlich. Ich würde gerne mit der Arztgehilfin von Doktor Schreiber, einer gewissen Gitta Berend ein Gespräch von Frau zu Frau führen. Sie ist im Moment die einzige aus der Praxis, die nicht verreist ist. Ich hoffe, sie kann mir etwas über Rita Betz erzählen."

Hauptkommissar Berger wiegte zustimmend den Kopf.

Dann gab er ihr blaues Licht. „Tun Sie das. So eine Sprechstundenhilfe weiß oft mehr als der Arzt über die Patienten."

In den Augen von Lena Senft blitze es tatendurstig. „Gut, dann fahre ich gleich zu ihr."

Hauptkommissar Berger nickte. Dann wandte er sich an Kommissar Gruber: „Wie ist es bei Doktor Häusler gelaufen?"

Der Kommissar rümpfte wenig begeistert die Nase.

Der Doktor besteht auf seine Schweigepflicht.Ohne richterlichen Befehl gibt er keine Informationen über die Patienten heraus."

„Auch gut", winkte der Hauptkommissar ab. „Wir wissen ja jetzt wo sich Frau Betz aufhält. Also fahren wir!"

Paula und Georg erschraken, als sie Melanie so blass und schmal in ihrem Krankenbett liegen sahen. Aber Melanie fühlte sich schon weit aus besser. Sie freute sich die Beiden zu sehen.

„Nehmt doch bitte Platz", sagte sie nach der Begrüßung und schaut nicht so bedrückt. Bald bin ich wieder fit wie ein Turnschuh. Paula atmete erleichtert auf.

„Echt Melanie. Aber sag, wie geht es dir wirklich?"

„Na ja, ich schaffe es jetzt schon ein wenig länger wach zu bleiben und die Kopfschmerzen sind auch erträglicher geworden."

Paula und Georg holten sich Stühle und setzten sich zu ihr.

„Kommt Martin mit den Kindern zurecht?", fragte Georg besorgt.

Melanie lächelte: „Zum Glück ja. Er hat eine Woche frei bekommen. Mutter und er wechseln sich bei der Betreuung der Kinder ab und unsere Nachbarin hilft auch aus." „Und wenn Martin wieder zur Arbeit muss, kann deine Mutter die Kinder gerne zu uns bringen", bot Paula ihr stockend an.

Melanie schluckte: „Danke Paula. Mutter wird sicher gerne von deinem Angebot Gebrauch machen so bald es nötig sein wird. Aber die Kinder haben sich auch schon an ihren Opa gewöhnt. Ich hätte nie gedacht, dass er so einfühlsam sein kann."

„Ihren Opa?" fragte Georg erstaunt. „Ich dachte Martin hat keine Eltern mehr."

„Das stimmt", erwiderte Melanie froh.

„Aber mein Vater hat sich endlich zu mir bekannt. Er besucht mich jeden Tag."

„Dein Vater?" Georg fasste es nicht. „Woher weiß er plötzlich dass du existierst. Und warum hat er sich nicht früher um dich gekümmert?"

„Das ist eine lange Geschichte. Es wäre jetzt zu mühevoll für mich, sie zu erzählen. Ich verspreche dir. Ich hol das bald nach. Manchmal ist eine Situation schwer zu verstehen."

Paula sah die Anstrengung in Melanies Gesicht. „Quäl dich nicht so Melanie. Werde erst wieder gesund. Dann können wir über alles sprechen."

„Danke Paula", hauchte Melanie. „Jetzt werde ich doch wieder müde."

Georg sah wie ihr fast die Augen zufielen. Dennoch fragte er Melanie: „Sagst du uns noch wer dein Vater ist?"

„Ja", sagte Melanie leise. „Es ist Werner Siebert, der ehemalige Hauptkommissar."

Paula und Georg sahen sich überrascht an. Aber noch ehe einer von Beiden ein fragendes Wort fand, war Melanie eingeschlafen. Leise verließen sie das Krankenzimmer.

Als sie dann wieder in ihrem Auto saßen, sagte Georg: „Auf Herrn Siebert wäre ich nicht gekommen."

„Ich auch nicht", erwiderte Paula einsilbig. Dann schwiegen sie beide. Georg konzentrierte sich auf den Verkehr und Paula hing ihren Gedanken nach. Sie blickte auf Georgs Hände am Steuer. Wie kraftvoll sie waren.

Früher hatte sie es geliebt, wenn er ihr Gesicht liebevoll in diese großen Hände gebettet hatte. Aber jetzt fürchtete sie schon die kleinste Berührung von ihm. Sie war zwar von dem Gedanken, dass er mit dem Mord an Jaqueline etwas zu tun hatte, abgerückt. Doch sie zweifelte trotz der Therapie noch immer an seiner Treue und seiner Ehrlichkeit ihr gegenüber. Sie war zu lange allein gewesen mit ihrem Schmerz. Der Aufenthalt in der Klinik war ihr mehr an die Nieren gegangen als sie erwartet hatte. Zwar war es jetzt Melanie gewesen, die so hilflos da gelegen war.

Doch vor ihrem geistigen Auge hatte sich das Bild ihres kranken Kindes geschoben. Wird diese Trauer, dieser Schmerz jemals aufhören? Ging es Georg ähnlich? Sie konnte es sich nicht vorstellen. Plötzlich zweifelte sie an den Wert der gemeinsamen Therapie. Sollte sie diese lieber alleine fortsetzen?

Kurz vor ihrem Haus atmete Georg hart auf: „Ich weiß nicht", murmelte er, „ob ich es schaffe, Melanie noch einmal in der Klinik zu besuchen. Es gelingt mir eh nicht, ihr recht viel Mut zu machen."

Paula starrte noch immer geradeaus: „Aber du hast doch ganz normal mit ihr gesprochen", sagte sie härter als gewollt.

„Ja, was sollte ich auch in dem Moment anderes tun?

Verzeih, dass ich dich an vergangene Zeiten erinnere.

Aber ich musste, während ich mit Melanie sprach, an Anne denken."

Langsam wandte sie ihm ihren Kopf zu, sah sein schmerzerfülltes Gesicht und fühlte zum ersten Mal wieder so eine Art Verbundenheit mit ihm. Doch sie brachte kein Wort über ihre Lippen.

Lynn erwartete Paula und Georg schon aufgeregt. Sie überraschte die Beiden schon in der Diele mit der Nachricht über Rita Betz.

„Stefan, ich meine, Hauptkommissar Berger", verbesserte sie sich errötend, „ist sicher schon auf dem Weg zur Klinik in der sie sich befindet.

Georg stand wie vor dem Kopf gestoßen da: „Rita soll einen Nervenzusammenbruch gehabt haben? Das kann ich mir fast nicht vorstellen."

Paulas Interesse galt eher Lynn und ihren Versprecher, als an Rita. Noch ehe Lynn Georg antworten konnte fragte sie hintergründig lächelnd: „Stefan? Habe ich das richtig verstanden? Habt ihr endlich gemerkt, dass ihr euch liebt?"

Lynn nickte verlegen: „Vielleicht ist es noch zu früh darüber zu sprechen."

Paula nickte verständnisvoll. Und Lynn begann mit ihrem Bericht über Rita Betz.

Nach einer Stunde Fahrt näherten sich Hauptkommissar Berger und Kommissar Gruber endlich ihrem Ziel. Sie hatten die Schnellstrasse hinter sich gelassen und waren auf einer Waldumrandeten schmalen Landstraße dahin gezottelt. Hauptkommissar Berger atmete auf. „Ohne das Navigationssystem hätten wir uns sicher verfahren", sagte er zu Kommissar Gruber. „Oder hätten Sie in dieser Einöde eine Klinik erwartet?"

„Nein, sicher nicht", erwiderte der Kommissar.

„Aber dem Schild nach handelt es sich ja auch nicht um eine Klinik, sondern um ein Privatsanatorium. Auf diesen Unterschied legen die da drinnen sicher großen Wert.

„Das nehme ich auch an", pflichtete ihm der Hauptkommissar bei und las laut, „Privatsanatorium Doktor Sylvia Auber." Als er den Wagen auf dem Parkplatz abgestellt hatte, fügte er hinzu: „Mich wundert dass sie das Sanatorium nicht Waldfrieden oder so ähnlich getauft haben."

Das schmiedeeiserne Tor war verschlossen. Der Kommissar drückte auf dem Klingelknopf. Daraufhin meldete sich eine angenehmklingende weibliche Stimme aus der Sprechanlage und fragte nach dem Grund des Besuches. Hauptkommissar Berger erklärte es ihr. Der Ton der Stimme färbte sich misstrauisch. Dann wurde er um einen Moment Geduld gebeten. Vom Tor aus sah man in den parkähnlichen großen Garten.

Kommissar Gruber wunderte sich: „Trotz des schönen Wetters sieht man keinen einzigen Patienten herumspazieren."

Das Tor gab einen summenden Ton von sich. Sie traten ein und marschierten auf den Eingang zu. Eine hagere Frau, Mitte Dreißig mit strengen Gesichtszügen empfing sie.

„Mein Name ist Ritter", stellte sie sich kurz vor. „Bitte folgen Sie mir". Sie geleitete sie durch eine pompöse Empfangshalle bis zum Büro der Direktorin. Im Vorzimmer durften sie Platz nehmen.

„Bitte warten Sie hier",

bat Frau Ritter tönern. Anschließend wandte sie sich um und ging in kerzengerader Haltung hinaus.

Die beiden Kommissare saßen in den bequemen Ledersessel und harrten der Dinge. Sie fühlten sich in dieser kalten Atmosphäre, in der man dachte, man sei von unsichtbaren Kameras und Abhörgeräten umgeben, fehl am Platz.

Nach endlos langen Minuten trat eine junge Frau ein.

„ Sie sind von der Kriminalpolizei?", fragte sie im singenden Ton und gab den Beamten die Hand. Mein Name ist Vera Keller. Ich bin die Sekretärin von Frau Doktor Auber.

Sie ist heute leider nicht zugegen. Was kann ich für Sie tun?"

Weder Hauptkommissar Berger noch Kommissar Gruber ließen sich von ihrem aufgesetzten Lächeln irritieren. Ihr misstrauischer Blick verriet sie.

Kommissar Berger sah sie durchdringend an: „Wir würden gerne mit Frau Betz sprechen."

Vera Keller tat erstaunt: „Frau Betz? Ach ja, jetzt erinnere ich mich. Unser Neuzugang. Wir haben im Moment viele Patienten..."

„Uns interessiert nur Frau Betz. Wo finden wir sie?" drängte der Kommissar.

„Das hier ist ein privates Nervensanatorium. Die Patienten benötigen absolute Ruhe. Wenn Sie Fragen über den Gesundheitszustand von Frau Betz haben, kann ich ihren behandelnden Arzt rufen lassen. Er gibt Ihnen gerne Auskunft."

Hauptkommissar Berger winkte ab: „Das mag sein, aber wir müssen Frau Betz persönlich sprechen."

Vera Keller straffte sich: „Tut mir leid. Unsere Patienten sind nur selten ansprechbar. Der Arzt allein entscheidet ob sie Besuch empfangen können oder nicht."

„Gut, dann führen Sie uns bitte zum Arzt", sagte der Hauptkommissar in befehlendem Ton.

Vera Keller sah ausdruckslos an ihm vorbei. Dann ging sie in ihr Büro. Kurz darauf trat Frau Ritter ein. Sie blieb an der Tür stehen und sagte: „Doktor Klinger erwartet Sie.

Bitte folgen Sie mir."

Doktor Klinger besaß eine stattliche Figur aber einen schwachen Händedruck. „Bitte nehmen Sie Platz meine Herren." Er fuhr ohne Umschweife zu machen fort: „Sie möchten also Frau Betz sprechen? Aber leider muss ich Ihnen sagen, dass Sie den Weg hierher umsonst gemacht haben. Frau Betz ist im Moment nicht ansprechbar."

„Davon möchten wir uns selbst überzeugen", entgegnete der Kommissar.

Doktor Klinger blieb hart. „Haben Sie die richterliche Befugnis? Ansonsten müsste ich Sie bitten das Sanatorium zu verlassen.

Kommissar Berger gab noch nicht auf: „Machen Sie sich doch nicht lächerlich. Sie wissen genau, dass ich mir so ein Papier jeder Zeit besorgen kann. Frau Betz ist eine wichtige Zeugin. Ich kann sie auch vorladen lassen."

„Sie vergessen, wo sich Frau Betz befindet. Sie hat sich nicht nur mal so das Bein gebrochen. Wenn ich sage, sie ist nicht ansprechbar, so bedeutet es, dass sie absolut nichts wahrnimmt. Wir mussten sie in einen künstlichen Schlaf versetzen."

„Und wann glauben Sie, können wir mit ihr sprechen?" fragte der Kommissar resigniert.

„Vielleicht in zwei Wochen. Ich werde Sie verständigen."

Doktor Klinger stand auf: „Meine Patienten benötigen mich."

„Einen Moment", hielt ihn der Hauptkommissar zurück.

„Ich würde gerne wissen weswegen Frau Betz sich hier befindet."

„Tut mir leid, wehrte Doktor Klinger ab, „auch darüber kann ich Ihnen keine Auskunft geben."

„Wann ist Frau Doktor Auber zu sprechen?" wollte Kommissar Gruber wissen.

„In zwei Tagen. Sie befindet sich auf einen Ärztekongress. Also bitte meine Herren. Sie verschwenden meine und ihre Zeit. Er ging zur Tür und öffnete sie. Auf dem Gang erwartete sie Frau Ritter. Sie begleitete die beiden Kommissare bis zur schweren Haustür.

Gitta Berend, die Sprechstundengehilfin von Doktor Schreiber hatte Lena Senft gebeten, sich mit ihr in einem kleinen Cafe am Rande der Stadt zu treffen. Sie wollte dem Gerede der Leute aus dem Dorf entgehen. Die Polizei vor ihrer Haustür war ihr zu problematisch. Am Telefon hatte Lena Senft, Gitta Berend als spießig und verklemmt eingeschätzt. Jetzt, da sie ihr gegenüber saß, revidierte sie ihr Urteil über sie. Die beiden Frauen waren sich auf Anhieb sympathisch. Gitta Berend war es genauso wie Lena Senft gewohnt mit Menschen umzugehen.

„Wie lange sind Sie schon bei Doktor Schreiber beschäftigt?" fragte Lena Senft soeben.

Gitta Berend stellte ihr Glas ab. „Zwölf Jahre", erwiderte sie. Zwölf lange Jahre." Sie lächelte: „Wir sind ein gutes Team. Er hatte damals gerade seine Praxis eröffnet. Ich war seine erste Angestellte."

„Dann sind Sie diejenige, die Doktor Schreiber am besten kennt und über alles was in der Praxis vor sich geht Bescheid weiß. Ist in der letzten Zeit etwas Ungewöhnliches vorgefallen?"

„Nein. Der Doktor kam mir nur sehr überlastet vor. Es wurde Zeit für ihn auszuspannen."

„Überlastet, sagen Sie. Hat er zu viele Patienten?"

„Das nicht. Aber wir haben überwiegend Privatpatienten.

Die sind oft sehr schwierig. Der Doktor wird meistens auch mit den Familienproblemen der Patienten konfrontiert. Sie machen auch vor seinem Privatleben nicht halt. Ständig muss er irgendwelchen Einladungen folgen."

„Vielleicht macht es ihm aber auch Spaß, Gast bei seinen Patienten zu sein?"

„Bei manchen kann ich mir das schon vorstellen. Aber nicht bei allen."

„Gehört Rita Betz auch zu seinen Privatpatienten?"

Gitta Berend lächelte ironisch: „Nein, sie ist eine normale Kassenpatientin. Aber sie führt sich so auf als ob sie eigene Privilegien hätte. Sie ist arrogant und anmaßend."

„Wie kommt Doktor Schreiber mit ihr klar?"

„Manchmal weist er sie zurecht, aber er ist sehr nachsichtig mit ihr. Ich an seiner Stelle hätte ihr schon längst einen anderen Arzt empfohlen."

„Wie lange ist sie schon seine Patientin?"

„Etwa acht Jahre."

„So lange schon? War sie damals nicht bei der Firma Berthold beschäftigt?"

„Ja, ich glaube das war auch der Grund warum Doktor Schreiber sie als Patientin aufnahm. Frau Berthold war damals ziemlich besorgt über den Gesundheitszustand von Rita Betz. Doch so genau möchte ich mich nicht festlegen. Damals nahmen wir auch noch mehr Kassenpatienten an."

„Sie kennen die Krankenakte von Frau Betz?"

„Ja, aber darüber darf ich nicht sprechen."

„Verstehe. Aber es fällt bestimmt nicht in ihre Schweigepflicht, wenn Sie mir sagen ob Frau Betz schon einmal im Sanatorium Auber behandelt wurde."

„Wieso schon einmal? Mir ist nur ein Aufenthalt von ihr in diesem Sanatorium bekannt. Und das ist schon lange her. Es war nach dem Freitod ihrer beiden Arbeitgeber.

Dieser Vorfall muss ihr ziemlich nahe gegangen sein.

Doktor Schreiber war damals sehr besorgt um sie."

„Doktor Schreiber hat Frau Betz erneut in das Sanatorium einweisen lassen. Allerdings wundere ich mich, dass sie dort aufgenommen wurde. Es ist doch ein Privatsanatorium. Bezahlt die Kasse die hohen Kosten?"

Vera Berend starrte Lena Senft verwundert an: „Ich wusste gar nicht, dass Frau Betz wieder so krank ist. Und ich weiß auch nichts von einem erneuten Aufenthalt von ihr im Sanatorium. Wie die Kosten abgerechnet werden müssen Sie bei der Krankenkasse selbst recherchieren."

„Seit wann sind Sie im Urlaub?"

„Seit vergangenem Freitag", sagte Gitta Berend nervös.

Sie kaute an ihrer Lippe. „Sie beunruhigen mich mit all den Fragen."

„Es betrifft nicht sie, oder Doktor Schreiber", versuchte Lena Senft Frau Berend zu besänftigen. Es geht einzig und allein um Frau Betz. Ich muss soviel wie möglich über sie in Erfahrung bringen. Sie wurde am Samstagvormittag in das Sanatorium gebracht. Können Sie sich vorstellen warum Doktor Schreiber Frau Betz nicht in eine Münchner Klinik überwiesen hat?"

„Vielleicht liegt es daran, dass er selbst an dem Sanatorium beteiligt ist. Frau Doktor Auber ist seine Schwester."

„Seine Schwester?" Jetzt war es an Lena Senft erstaunt zu sein.

„Ja, aber mehr weiß ich wirklich nicht. Alles Weitere wird Ihnen Doktor Schreiber sicher selbst erklären."

„Das dauert mir ehrlich gesagt zu lange. Sie wissen, dass Doktor Schreiber momentan nicht zu erreichen ist.

Aber Sie kennen doch sicher seine bevorzugten Urlaubsziele…"

„Das schon. Aber um diese Zeit war er noch nie verreist. Da widmet er sich seinen Hobbys und erholt sich Zuhause."

Lena Senft horchte auf: „Seltsam! Ich hatte gehofft, dass er sie in seine Reisepläne eingeweiht hat."

„Normalerweise tut er das auch", ereiferte sich Frau Berend.

„Der August ist doch eigentlich der Monat, in dem die meisten Leute verreisen."

„Aber nicht unser Doktor. Wir haben unseren Betriebsurlaub aufgeteilt. Im August und im Dezember. Im

Sommer bleibt er hier und im Winter vereist er in sonnige Länder. Das war in all den Jahren zuvor so. Er muss sich kurzweilig zu einer Reise entschieden haben."

„Vielleicht gab es private Probleme", mutmaßte Lena Senft. Dann hob sie die Achseln: „Doktor Schreiber wird schon seine Gründe haben. Aber Sie sehen, Sie sind im Moment die einzige Frau, die mir über Frau Betz näheres berichten kann."

Gitta Berend schüttelte zweifelnd ihren Kopf: „Was ist mit ihren Eltern, oder Freunden?"

„Ihre Eltern sind anscheinend verreist. Die Leute im Dorf schweigen sich aus und wer ihre Freunde sind, weiß ich nicht."

Gitta Berend lächelte spöttisch. „Freunde war von mir auch falsch ausgedrückt. Ich glaube kaum, dass sie welche hat. Aber vielleicht kennen sie ihre Arbeitskollegen näher."

„Ja, da könnte ich nachhaken. Wissen Sie wie lange Frau Betz schon in der Firma Felden arbeitet?"

Frau Berend nickte: „Etwa zwei Jahre."

„Erst so lange?

„Ja, vor sechs Jahren, als die Bertholds starben, hatte sie den Nervenzusammenbruch. Sie war wenigstens ein Jahr im Sanatorium. Danach soll sie zwei Jahre in der Schweiz bei einer Tante gewesen sein, was ich allerdings nur vom Hörensagen weiß. Ein Jahr half sie bei ihren

Eltern auf dem Bauernhof aus. In dieser Zeit war sie unser Dauerpatient. Als Doktor Schreiber ihr die Stelle bei der Firma Felden vermittelte ging es ihr wieder besser.

Sie besuchte uns zwar in regelmäßigen Abständen; aber ich hielt sie jetzt eigentlich für stabiler als früher."

„Hat Doktor Schreiber ein persönliches Interesse an Frau Betz?", fragte Lena Senft nachdenklich.

Gitta Berend lächelte kühl: „Das kann ich mir nicht vorstellen, aber ich habe mich des Öfteren gefragt, weswegen er sich so für sie einsetzt."

„Sie sagten, Doktor Schreiber habe ihr die Stelle bei der Firma Felden vermittelt. Demnach kennt er Herrn Felden oder den Personalchef der Firma gut."

„Ja, Herr Felden ist ein Patient von uns. Er ist mit dem Doktor befreundet. Sie gehen miteinander Golfen."

„Ah, das erklärt einiges."

Gitta Berends Blick wanderte unruhig hin und her.

Schließlich sagte sie: „Ich glaube wir haben genügend miteinander gesprochen."

Lena Senft nickte zustimmend. „Sie haben ja meine Visitenkarte. Falls Ihnen noch etwas über Frau Betz einfällt wissen Sie wo Sie mich erreichen können."

Frau Berend atmete auf: „Ja danke. Ich hoffe der Doktor bleibt nicht allzu lange weg. Er ist mir noch eine Einladung zum Essen schuldig."

„Ist es üblich für Sie, von ihm eingeladen zu werden?"

„Üblich kann man nicht sagen, aber er weiß, dass ich wegen meiner kranken Mutter heuer nicht wegfahren kann. Außerdem habe ich vor dem Urlaub viele Überstunden eingelegt und zum Dank dafür wollte er mich mal groß zum Essen ausführen."

Lena Senft lächelte: „Das freut mich für Sie. Doktor Schreiber wird sein Versprechen sicher noch einlösen."

Sie sah auf ihre Uhr und sagte gequält: „Wie die Zeit vergeht. Es war angenehm sich mit Ihnen zu unterhalten.

Aber jetzt muss ich leider zurück ins Büro." Sie schob ihren Stuhl zurück, erhob sich und gab ihr die Hand. „Ich danke für das Gespräch und wünsche Ihnen noch einen erholsamen Urlaub."

Sie hatten sich im Wintergarten niedergelassen. Lynn hatte ihren Bericht unterbrochen und Kaffee gekocht. In der kurzen Zeit, in der Paula und Georg sich alleine gegenübersaßen, sprachen sie kein einziges Wort. Paula ließ Lynns Erklärung der Dinge in sich nachhallen. Aber es stellte sich zu ihrer Verwunderung kein erleichtertes Gefühl ein. Sie kannte Rita Betz und traute ihr einiges zu.

Doch ihr Unterbewusstsein warnte sie. Irgendetwas fehlte in dem Puzzle.

Georg hingegen fühlte sich erleichtert. Er sah Ritas zynisches, ja boshaftes Gesicht vor sich, als er sie zum letzten Mal gesehen hatte. Zwar hatte er sie damals noch nicht mit dem Geschehen hier bei ihnen in Verbindung gebracht. Aber jetzt glaubte er, dass mit ihrer Festnahme der Spuk hier endlich zu Ende wäre.

Lynn war mit dem Tablett hereingekommen und hatte den Tisch gedeckt. Jetzt schenkte sie den Kaffee in die Tassen und setzte sich zu den Beiden.

„Du glaubst also, dass Rita Jaqueline umgebracht und die Binderei in Brand gesteckt hat?", fragte Paula ihre Schwester. „Aber aus welchem Grund hätte sie das tun sollen?"

Lynn zuckte mit den Achseln: Anscheinend ist sie psychisch krank.

Paula nippte nachdenklich an ihrem Kaffee. „Ich weiß nicht", sagte sie dann zweifelnd. „Für mich sieht alles was geschah, so planmäßig aus. Damit will ich nicht sagen, dass sie mit der Sache nichts zu tun hat. Aber irgendjemand muss ihr dabei geholfen, oder sie gar gesteuert haben."

Georgs Gesicht rötete sich. „Das glaube ich nicht!", sagte er erregt. „Du kennst Rita nicht so gut wie ich. Sie hasst mich und ist zu allem fähig."

„Wir sollten nicht so voreilig mit unseren Verdächtigungen sein", warnte Paula. „Du vergisst, dass gegen uns auch viele Indizien sprechen. Hauptkommissar Berger…"

„Du meinst der Hauptkommissar verdächtigt uns, besser gesagt mich, noch immer?", fiel Georg Paula ins Wort.

„Stimmt", enthob Lynn Paula ihrer Antwort. „Im Zweifel für den Angeklagten, heißt es. Diese Rita scheint ein ziemlich hinterhältiges Biest zu sein. Sie war es sicher, die ihre Unterlagen im Keller gesucht hat und dich Paula in Schrecken versetzt hat. Ich vermute auch, dass sie die Frau war, die ich in der Nacht im Garten gesehen habe.

Außerdem scheint es so gut wie erwiesen, dass sie die Brandstifterin war. Aber ob sie wirklich eines Mordes fähig ist? Ich glaube, ich muss noch mehr Unterlagen herbeisuchen."

„Wie willst du das denn anstellen?" sagte Georg verärgert. „Wir sollten es der Polizei überlassen nach weiteren Beweisen zu ahnden."

„Im großen und ganzem sehe ich das auch so", beschwichtigte Lynn ihren Schwager. „Aber ob ich jetzt vor der Glotze sitze und die Zeit totschlage oder versuche noch irgendwelche Hinweise zu finden, bleibt sich eigentlich gleich. Nur besteht beim Letzteren doch noch ein Funken Hoffnung."

Georg schwieg. Der Gedanke an Rita als Täterin hatte sich in ihm fest gebohrt. So wie die drauf war? Er griff nach seiner Tasse und trank sie leer. Dann stand er auf.

„Ich würde gerne in den Garten gehen. Stört euch das?"

Lynn schüttelte den Kopf und Paula erwiderte mit müder Stimme: „Ich wollte jetzt sowieso hinauf in mein Zimmer gehen."

Lynn stellte nachdenklich das Geschirr auf das Tablett. War Paula wirklich so müde oder wollte sie nur einer weiteren Diskussion aus dem Wege gehen? „Dann gehe ich mal in die Küche", sagte sie leicht bedrückt zu Paula.
Soll ich dir noch einen Orangensaft zubereiten?"
„Nein danke", winkte Paula ab. „Ich habe oben noch eine Flasche Wasser. Das genügt mir. Aber wenn du später vielleicht ein wenig Zeit hast zu mir nach oben zu kommen, wäre ich dir sehr dankbar."
Lynn horchte auf: „Du willst mich also ungestört sprechen?"
Die Müdigkeit von Paula schien doch nicht so ausgeprägt zu sein. Sie lächelte verschmitzt: „Du weißt doch, ich bin schrecklich neugierig. Ich meine was dich und den Hauptkommissar betrifft."
Lynn wurde puterrot. Die Tassen klirrten auf dem Tablett, aber sie brachte alles heil in die Küche. Kurz darauf lief sie hinunter in den Keller. Doch es fiel ihr schwer sich zu konzentrieren. „Was mich und Stefan Berger betrifft", überlegte sie. Es war doch nur ein harmloser Kuss. Durch ihn waren sie zum Du gelangt. Was bedeutete es denn schon? Bald würde sie wieder zurück zu den Eltern nach Australien fliegen. Er würde sie schnell wieder vergessen. Und sie? „Bei mir wird es einwenig länger dauern bis ich nicht mehr wehmütig an ihn denken werde. Sie betrachtete einen alten ausge-

dienten Tresor. Vielleicht befand sich noch irgendwo im Haus ein anderer Tresor oder ein Safe? Sie lief hastig die Treppen nach oben und eilte in den Garten zu Georg.

„Ich muss dich etwas fragen", rief sie ihm entgegen.

Georg hatte sich wieder beruhigt: „Hast du etwas Neues entdeckt?"

„Noch nicht!", sagte Lynn erregt. „Aber ich möchte wissen, ob sich im Haus ein Safe befindet?"

„Ein Safe?" Georg begriff im ersten Moment nicht was sie mit dieser Frage bezweckte. „Glaubst du etwa ich verberge hier einen heimlichen Schatz?", grinste er.

„Du solltest dich nicht lustig über mich machen. Du weißt genau nach was ich suche."

Georgs Miene wurde wieder ernster. „Das glaube ich nicht. Der Tresor meiner Eltern liegt ausrangiert im Keller.

Du hast ihn doch schon gesehen."

„Schade. Mir war gerade so ein Gedanke gekommen…"

„Du hast wahrscheinlich gehofft, dass meine Eltern irgendetwas Geheimnisvolles aufbewahrt haben."

„Eigentlich schon", sagte Lynn enttäuscht. „Kannst du dich noch daran erinnern was sich in dem Tresor befand?"

„Ja, etwas Geld. Ein paar Sparbücher, die Münzsammlung meines Vaters und der Schmuck meiner Mutter."

„Keine wichtigen Papiere?"

„Achso, ja, ein paar Versicherungspolicen und einige Geschäftsverträge."

„Das war wirklich alles?"

Georg legte die Hand auf Lynns Schulter: „Gib es auf, Lynn. Du verrennst dich in etwas. Wenn du weiter im Haus herumwühlst machst du dich noch ganz verrückt."

Lynns Blick glitt an Georg hoch: „Glaubst du immer noch daran, dass sich deine Eltern umgebracht haben? Ich nicht! Und ich gebe nicht auf. Irgendetwas muss sich finden, das beweist, dass sie ermordet wurden."

Georg wurde blass: „Wenn das stimmen würde… Nein Lynn, das kann nicht sein. Meine Eltern waren krank.

Vielleicht sogar unheilbar."

„Sprachen sie mit dir über ihre Krankheit?"

„Über irgendeine ernsthafte Krankheit nicht. Aber sie wollten mich sicher nicht beunruhigen."

„Du solltest Doktor Schreiber fragen."

Das werde ich gleich, wenn er aus dem Urlaub zurück ist, tun. Bist du jetzt beruhigt?"

„Was heißt beruhigt? Es treibt mich einfach weiter zu suchen. Das untere Stockwerk des Hauses wurde doch nach Paulas Plänen umgebaut. War da jedes Zimmer davon betroffen?"

„Eigentlich schon. Das einzige was nicht verändert wurde ist mein Büro. Es war einmal Mutters Arbeitszimmer. Und es gefiel mir so wie es ist. Das einzige neue darin ist mein Computer."

„Darf ich mich mal näher in deinem Büro umsehen?"

„Warum nicht? Warte, ich begleite dich."

Sie schritten schweigend ins Haus. Vor seinem Büro zog Georg seinen Schlüsselbund hervor und öffnete den Raum.

„Wieso hast du die Tür verschlossen?"

„Das ist lange her", sagte Georg verstimmt, gab jedoch keine weitere Erklärung ab.

Lynn folgte ihm ohne auf seine abwehrende Haltung einzugehen in sein Büro. Die Regale und der wuchtige Schreibtisch waren im dunklen Palisander gehalten. Sie wirkten auf Lynn wie aus einer längst vergangener Zeit.

Der Computertisch und die modernen technischen Geräte gaben einen seltsamen Kontrast ab. Zu diesem Kontrast gehörte auch ein helles freundliches Gemälde.

Lynn drehte sich zu Georg: „Bist du ein Liebhaber von Monet?"

„Ja, das bin ich", gab er zu. Aber das Bild stammt noch von meiner Mutter. Sie konnte sich für die gleiche Kunstrichtung begeistern wie ich. Leider ist es nur eine Kopie."

„Hängt es schon immer am gleichen Fleck?"

„Ja, schon seit vielen Jahren."

Lynn ging auf das Gemälde zu und nahm es von der Wand.

Georg starrte erstaunt auf die leere Stelle: „Ich hatte wirklich keine Ahnung davon", verteidigte er sich erregt.

„Ich glaube es dir doch", beruhigte ihn Lynn „Die Hauptsache ist doch dass wir den Safe gefunden haben."

Georg stand noch immer perplex da: „Das schon", sagte er schließlich. Aber Mutter hat den Safe nie erwähnt.

Deswegen habe ich auch keinen blassen Schimmer wie man ihn öffnet."

Lynn öffnete die äußere Tür. „Es ist ein Zahlenschloss", stellte sie dann fest.

„Das sehe ich auch", sagte Georg mürrisch. Aber wie sollen wir die Kombination herausfinden?"

Lynn lies sich nicht entmutigen. Nacheinander probierten sie die Daten der Familie aus. Die Geburtstage, den Hochzeitstag der Eltern, den Tag der Firmengründung.

Aber der Safe blieb verschlossen. „Ich glaube, da muss doch ein Fachmann her", sagte Lynn schließlich. Georg erging es inzwischen wie einen Spieler, der nicht aufhören konnte. „Lasse mir noch einwenig Zeit", bat er Lynn. „Ich möchte ungern einen Fremden Einblick in den Safe gewähren."

„Warum nicht?", lachte Lynn: „Manchmal geschehen noch Zeichen und Wunder. Doch mir ist gerade eingefallen, dass ich Paula versprochen habe, nach ihr zu sehen. Sie wird schon auf mich warten."

Georg nickte nervös. Dann wandte er sich wieder dem Safe zu.

Auf der Rückfahrt vom Sanatorium zum Büro, saß Hans Gruber am Steuer. Es wirkte so, als konzentriere er sich nur auf den Verkehr. Doch ihn liess der Gedanke an Rita Betz nicht los, warum befand sie sich ausgerechnet in diesem Sanatorium? Und war sie wirklich so krank, dass sie dort derartig abgeschottet wurde?

Stefan Berger steckte das Heft in dem er sich soeben Notizen gemacht hatte, in seine Mappe. Er dachte fast das Gleiche. Und er sprach es aus. „Frau Betz ist doch eine ganz normale Kassenpatientin", sagte er. „Warum hat Doktor Schreiber sie nicht in eine Münchner Klinik eingewiesen?"

„Das frage ich mich auch", erwiderte Hans Gruber.

Vielleicht hat Doktor Schreiber irgendeine Verbindung zu dieser Klinik."

„Das muss er ja wohl haben. Er hat Frau Betz doch schon vor einigen Jahren mal dort einliefern lassen."

Hans Gruber räusperte sich: „Ich glaube, Hauptkommissar Siebert und ich haben nach dem Tod von Erna und Hans Berthold einige Fehler begangen. Wir hätten Rita Betz damals schon besser unter die Lupe nehmen sollen."

Stefan Berger winkte ab: „Schon möglich. Aber über vergangene Fehler nachzudenken, bringt uns im Moment nicht weiter. Allerdings sollten wir nachprüfen, ob der Tod der Bertholds wirklich der Grund für die Nervenkrise von Frau Betz war."

Sie meinen, es könnte noch andere Auslöser gegeben haben?"

„Natürlich! Ich glaube einfach nicht, dass Frau Betz nicht schon vorgeschädigt war. Wir müssen unbedingt an ihre Krankenakte gelangen."

Jetzt näherten sie sich München. Der Verkehr verstärkte sich und Hans Gruber konzentrierte sich verstärkt darauf.

Frau Senft und die beiden Kriminaler trafen fast zeitgleich im Kommissariat ein. Sie strahlte ihre Vorgesetzten siegessicher an:

„Ich habe allerhand in Erfahrung gebracht."

„Na, dann mal los", ermunterte sie der Hauptkommissar.

Sie nahmen alle Drei Platz. Dann fasste Lena Senft alles was sie mit Gitta Berend gesprochen hatte, kurz zusammen.

Hauptkommissar Berger zeigte sich voll zufrieden: „Das ist ja interessant.

Doktor Schreiber und Doktor Auber sind Geschwister. Jetzt wissen wir zumindest warum der Doktor Frau Betz in dieses Sanatorium überwiesen hat."

Kommissar Gruber zog trotzdem seine Stirn in Falten:

„Das schon", wandte er ein. „Aber es lässt die Frage immer noch offen, weswegen er an Frau Betz so ein Interesse zeigt. Meines Wissens nach gibt es in diesem Sanatorium fast nur Privatpatienten."

„Ja eben, fast", überlegte der Kommissar. „Vielleicht leidet Frau Betz an einer seltenen Krankheit..."

„Ach, ich verstehe", nickte der Kommissar. „Sie vermuten, dass Doktor Auber sie zu Versuchszwecken aufgenommen hat. Das würde auch erklären, dass jeder Besuch bei ihr abgeblockt wird."

„So ähnlich", stimmte ihm der Hauptkommissar zu, „habe ich mir das gedacht. Aber man muss vorsichtig sein mit solchen Äußerungen. Vielleicht gibt uns der Staatsanwalt die Befugnis die Krankenakten von Frau Betz einzusehen und mit ihr zu sprechen. Anderenfalls müssen wir warten bis Doktor Schreiber aus seinem Urlaub zurückkehrt und darauf hoffen, dass er uns weiterhilft."

Kommissar Gruber wandte sich jetzt Lena Senft zu:

„Ich finde noch einen weiteren Punkt ihres Berichtes interessant. Und zwar die Freundschaft zwischen Doktor Schreiber und Herrn Felden. Sie erwähnten doch, dass

Frau Betz auf Bitte von Doktor Schreiber eine Anstellung in den Feldenwerken erhielt."

Lena Senft nickte eifrig: „Das stimmt. Aber ich glaube, das tat er nur aus Mitleid mit Frau Betz. Schließlich ist sie schon sehr lange seine Patientin. Und Erna Berthold hat sie ihm damals besonders ans Herz gelegt."

Hauptkommissar Berger sah seine Mitarbeiterin nachdenklich an:

„Das könnte bei Doktor Schreiber tatsächlich ausschlaggebend gewesen sein", sagte er. „Leider kennen wir ihn zu wenig und können ihn deshalb auch schwer einschätzen. Wie sind Sie mit Frau Berend verblieben?

Treffen Sie sich noch mal mit ihr?"

„Ich habe ihr meine Visitenkarte gegeben und sie gebeten, mich anzurufen, falls ihr noch etwas einfällt", erklärte Frau Senft.

„Heften Sie sich weiter an ihre Fersen", ordnete der Kommissar an. „Versuchen Sie noch mehr aus ihr herauszubringen."

„Geht klar, Herr Kommissar", sagte Lena Senft. „Kann ich mich jetzt zurückziehen um meinen Bericht zu schreiben?"

Der Hauptkommissar lächelte: „Tun Sie das."

„Tüchtige Person, diese Lena Senft", schmunzelte er als sie das Zimmer verlassen hatte.

Kommissar Gruber grinste zweideutig: „Und eine hübsche dazu."

Hauptkommissar Berger überhörte diese Äußerung und wurde wieder ernst. „Wissen Sie was ich mich noch frage?"

„Sie werden es mir gleich sagen".

„Wo halten sich die Eltern von Frau Betz auf?"

„Gute Frage", überlegte der Inspektor. „Ich hatte gedacht, dass wir sie bei ihrer Tochter im Sanatorium antreffen."

„Sie sollten sich heute Nachmittag darum kümmern", schlug der Kommissar vor.

„Das werde ich tun", erwiderte der Kommissar. Doch zuvor gönne ich mir beim Dorfwirt einen guten Schweinebraten zum Mittagessen. Den sollten Sie mal probieren! Der wird dort wirklich noch nach echt bayerischem Rezept angerichtet. Außerdem ist der Wirt ein symphatischer Mensch. Er weiß über die Leute im Dorf bestens Bescheid."

„Aha", lächelte der Hauptkommissar. „Sie möchten zwei Fliegen auf einmal schlagen. Na dann, guten Appetit und ein erfolgreiches Gespräch. Vielleicht nehme ich mir ihren Vorschlag bald einmal zu Herzen und gehe dort essen.

Aber jetzt höre ich mich mal in den Feldenwerken um."

„Auch keine schlechte Idee", sagte der Kommissar.

Als Stefan Berger zu seinem Wagen schritt, kam ihm Lynn in den Sinn. Was sie wohl gerade tat? Viel lieber wäre er jetzt zu ihr gefahren. Aber Dienst ist Dienst. Wie lange sie wohl in Deutschland bleiben würde? Darüber hatte er jetzt schon viele Male nachgedacht. Ein Abschied von ihr würde ihn mehr schmerzen wie bei allen Frauen die er vor ihr gekannt hatte. Nie war es ihm so ernst gewesen wie mit ihr. Und doch schien es keine gemeinsame Zukunft für sie Beide zu geben. Resigniert stieg er in seinen Wagen und fuhr los. Die Gedanken blieben bei Lynn. Sollte er wirklich so schnell aufgeben? Das war doch sonst auch nicht seine Art. Es musste eine Lösung geben.

Kurz darauf stand er im Büro der Sekretärin von Direktor Felden. Er bat sie Herrn Felden seinen Besuch anzukündigen.

„Die Sekretärin musterte ihn abschätzend, warf einen Blick auf seine Dienstmarke und sagte naserümpfend

„Direktor Felden ist sehr beschäftigt. Ich glaube kaum, dass er Sie empfangen wird."

Er mochte diese Art von hochnäsigen Gänsen nicht.

Sein Blick wurde strengdienstlich: „Direktor Felden wird mich empfangen. Mordkommission. Melden Sie mich jetzt an, oder soll ich sie wegen unterlassenener Hilfeleistung belangen?"

Sie sah ihn verächtlich an, griff aber dann doch zum Telefon und kündigte ihren Boss den Besuch des Hauptkommissars an.

Schneller als erwartet stand er Direktor Felden in seinem grossen, hellen Büro gegenüber.

Der Firmenboss erhob sich langsam aus seinem bequemen Chefsessel und gab ihm mit einem aufgesetzten Lächeln die Hand. „Nehmen Sie doch Platz", bat er, und fügte wenig interessiert hinzu: „Wie kann ich Ihnen helfen?"

„Ich möchte gerne eine Auskunft über Frau Betz einholen."

„Über Frau Betz? Wenn es sich um eine unserer Mitarbeiterinnen handelt, muss ich Sie bitten sich an die Personalabteilung zu wenden. Ich dachte Sie ermitteln noch im Fall Berthold – Martin."

„Ganz recht", überging der Kommissar den abweisenden Ton von Herrn Felden. „Und genau wegen diesem Fall bin ich hier. Sie haben Frau Betz persönlich eingestellt."

„Ich?" Herr Felden schien eine Gedächtnislücke zu haben.

„Ich mische mich in die Personalvergebung nicht ein", sagte er dann abwehrend.

„Doktor Schreiber hat Sie damals gebeten..."

Direktor Felden kräuselte nachdenklich die Stirn:

„Doktor Schreiber sagen Sie? Ach ja, ich erinnere mich, aber das ist schon eine Weile her. Er fragte mich damals, ob ich eine seiner Bekannten in unserem Betrieb unterbringen könnte. Ich habe die Anfrage der Personalleitung weitergegeben. Es war tatsächlich eine Stelle frei geworden, in der man Frau Betz einsetzen konnte."

„Und zufällig war es die Abteilung, die ihrer Tochter unterstellt ist."

„Ich verstehe Sie nicht! Was hat Frau Betz mit meiner Tochter zu tun?"

Hauptkommissar Berger zog das Foto heraus, auf dem Frau Felden mit Frau Betz und Frau Martin abgebildet war. Er legte es vor Herrn Felden hin und sagte:

„Ihre Tochter schien mit diesen beiden Damen befreundet zu sein."

Direktor Felden warf nur einen kurzen Blick auf das Foto. Dann sah er den Hauptkommissar ironisch an:

„Ach wissen Sie. So eine Art Fotografien gibt es in jeder Menge im Betrieb. Sie entstehen bei den Betriebsfesten.

Meine Tochter ist sehr loyal gegenüber dem Personal."

Der Haptkommissar Berger ging über diese Äußerung hinweg: „Kennen Sie Frau Betz persönlich?"

„Ich? Nein. Wissen Sie wie viele Leute bei uns arbeiten?"

„Und Frau Martin?"

„Von deren Existenz habe ich auch erst nach ihrem Tod erfahren."

„Frau Martin war mit dem Mann verlobt, der zuvor mit ihrer Tochter liiert war. Wissen Sie das auch nicht?"

„Meine Tochter hat die Verbindung mit Herrn Seifert selbst aufgelöst. Warum sollte ich mich für ihre Nachfolgerin interessieren?"

„Gut, noch eine Frage zu Frau Betz. Kurz vor dem Tod von Frau Martin ließ sie sich in die Abteilung versetzen in der Herr Berthold arbeitete…

„Davon ist mir nichts bekannt. Dafür ist wie gesagt die Personalleitung zuständig. Und jetzt müssen Sie mich entschuldigen. Dringende Termine…"

Hauptkommissar Berger stand auf und reichte Direktor Felden die Hand. „Danke für das Gespräch."

Der nächste Weg führte Hauptkommissar Berger zum Büro von Frau Felden. Doch da bekam er nur die lakonische Antwort: „Frau Felden ist außer Haus." Hatte Direktor Felden seine Tochter angerufen? Unzufrieden schlenderte er den Gang entlang. Eigentlich hatte er Herrn Felden viel mehr Fragen stellen wollen. Aber er hatte gehofft von dessen Tochter noch einiges zu erfahren. Ihm fiel Frank Seifert ein. Er arbeitet doch hier in dieser Abteilung.

Frank Seifert sah ihn überrascht an: „Guten Tag Herr Berger. Sagen Sie bloß nicht, es ist schon wieder was passiert!"

Hauptkommissar Berger ging nicht weiter darauf ein: „Haben Sie ein paar Minuten Zeit für mich?"

„Natürlich", sagte Frank Seifert.

„Eine kleine Pause kann nicht schaden." Sie gingen miteinander ins Raucherzimmer.

„Also was gibt es?", fragte Frank Seifert gespannt.

„Frau Betz hatte einen Nervenzusammenbruch und liegt jetzt in einem Sanatorium", erklärte ihm der Kommissar.

„Frau Betz? Ich verstehe nicht…"

„Es gibt einige Hinweise, die Frau Betz mit den Ereignissen bei den Bertholds in Verbindung bringen."

„Und Sie glauben, ich könnte Ihnen da weiterhelfen? Aber wie?"

„Gehen Sie Golfen?"

„Golfen? Früher oft, jetzt selten. Aber was hat das mit Frau Betz zu tun?"

„Nur indirekt. Frau Betz ist eine Patientin von Doktor Schreiber. Und Doktor Schreiber trifft sich oft mit Herrn Felden beim Golfen."

„Ja, das ist mir bekannt, aber…"

„Ist Ihnen auch bekannt, dass Frau Betz auf Bitte von Herrn Schreiber hier im Betrieb eingestellt wurde?"

„Nein, das ist mir neu. Und ehrlich gesagt hätte ich es ihm nicht zugetraut, dass er sich für Menschen einsetzt, die ihm finanziell nicht viel bringen."

Hauptkommissar Berger wurde hellhörig: „Sie kennen Doktor Schreiber also näher?"

„Das kann man wohl sagen, aber bitte verstehen Sie mich nicht falsch. Ich hege keinen Groll gegen ihn. Außer seiner finanziellen Gier ist nichts gegen ihn auszusetzen.

Wenn er charakterlich nicht in Ordnung wäre, hätte er bei Caroline keine Chance gehabt."

„Caroline?

„Ja, ich glaube, dass Caroline Felden und Doktor Schreiber heiraten werden."

Hauptkommissar Berger verbarg sein Erstaunen.

„Ist Frau Felden zurzeit in Urlaub?"

„Nein, warum?"

„Ich dachte nur. Sie war nicht zu sprechen. Und nachdem Sie mir jetzt gesagt haben wie Doktor Schreiber zu Frau Felden steht, dachte ich, sie sei mit ihm verreist."

„Doktor Schreiber ist also vereist? Na ja, er wird seine Gründe gehabt haben, dies alleine zu tun."

„Wie meinen Sie das?"

„Ach nichts", wehrte Frank Seifert ab. „Caroline scheint im Moment ziemlich viel um die Ohren zu haben. Sie ist nervös und gereizt. Meiner Mutter ist das auch schon aufgefallen.

„Sie hat also ihre Mutter besucht. Wann genau war das?"

Frank Seifert starrte den Hauptkommissar verständnislos an: „Was geht hier eigentlich vor. Wenn Sie glauben Caroline hätte etwas mit dem Nervenbruch von Frau Betz zu tun, dann irren Sie sich. Seit Frau Betz in der anderen Abteilung arbeitet hat Caroline diese Frau nicht mehr gesehen."

„Können Sie das beschwören?"

„Natürlich nicht. Aber…"

„Also, wann war Frau Felden bei Ihrer Mutter?"

„Gestern", sagte Frank Seifert zögernd.

„Hielten Sie sich gestern auch bei Ihrer Mutter auf?"

„Nein, ich habe sie am Abend angerufen."

„Na gut, dann will ich Sie mal nicht länger von Ihrer Arbeit abhalten", sagte der Kommissar. Und kurze Zeit darauf hatte er die Feldenwerke verlassen.

Kommissar Gruber saß inzwischen schon im Gasthof von Ralf Bauer. Zuvor hatte er noch einmal sein Glück bei der Familie Betz versucht. Aber er hatte wieder Niemand angetroffen.

Ralf Bauer hatte ihm seinen gewünschten Schweinebraten gebracht und sich dann mit neugieriger Miene zu ihm gesetzt. „Was führt sie dieses Mal ins Dorf Herr Kommissar?"

„Wer weiß?", lächelte Kommissar Gruber hintergründig.

„Vielleicht hat mich der Schweinebraten gelockt.

Vielleicht erhoffe ich mir bei Ihnen etwas zu erfahren.

Vielleicht hat man im Dorf eine Ahnung wer der Brandstifter war, der Frau Kiesel fast umgebracht hat. Und vielleicht können Sie mir sagen, warum Rita Betz mit den Nerven so am Ende ist?"

Ralf Bauer sah Kommissar Gruber vorsichtig an: „Ich glaube, Sie stellen Ihre Erwartungen an mich, zu hoch.

Viel weiß ich auch nicht. Außerdem betrachten die Leute vom Dorf es als Nestverschmutzung, wenn man zuviel ausplaudert."

Kommissar Gruber nickte ernst und sagte zwischen zwei Bissen: Anderseits machen Sie sich strafbar wenn Sie wichtige Dinge der Polizei verschweigen." Dann fragte er ohne Überleitung: „Wer arbeitet jetzt an Stelle von Frau Kiesel hier bei Ihnen?"

Ralf Bauer war es anzusehen, dass er ganz andere Fragen erwartet hatte. „Meine Cousine hilft mir ab und zu beim Ausschank."

„Sie halten also die Stelle für Frau Kiesel frei?"

„Das ist doch klar. Ich bin froh, wenn sie wieder gesund ist."

„Es liegt Ihnen also etwas an Frau Kiesel?"

„Natürlich! Sie hat so eine erfrischende Art einem die Dinge an den Kopf zu werfen, wie sie nun mal sind, dass ich sie schon echt vermisse. Die Leute im Dorf mögen sie auch."

„Dann möchten Sie doch sicher auch, dass der, oder die Brandstifterin gefasst wird?"

Ralf Bauer lehnte sich bedächtig zurück: „Ach so, darauf wollen Sie hinaus." Er schwieg eine Weile, dann nickte er:

Sie haben ja recht. Da muss man die Rücksicht auf andere Leute vergessen. Allerdings ist es aber auch leicht möglich, dass man mit dem Gehörten, das man nachquasselt, die falschen Leute in Verdacht bringt."

„Das kann passieren, gab der Kommissar zu. „Aber Hauptkommissar Berger und ich fügen alle Aussagen wie ein Mosaik zusammen. Das was nicht passt, wird zur Seite gelegt. Jede Aussage ist wie ein kleines Steinchen.

Jedes davon ist erstmal wichtig. Wenn alles passt, zerbröselt alles Unnütze."

Jetzt lächelte Ralf Bauer: „Besser kann man es nicht erklären. Ich sag Ihnen halt mal alles, was mir so zu Ohren gekommen ist. Aber mit was beginne ich am besten?"

Kommissar Gruber sah seinem Gegenüber aufmunternd an: „Naja, zum Beispiel mit dem Morgen nach dem Brand."

„Das können Sie sich ja denken, wie aufgewühlt die Stimmung im Dorf war. Die alte Betz hat noch in der Nacht gewettert, dass man dem Georg jetzt endlich das Handwerk legen sollte. Wenn die Leute nicht gewusst hätten, dass die Polizei das Grundstück überwacht, hätte es bestimmt noch ein größeres Unglück gegeben."

„Warum legen die Dorfleute überhaupt soviel Wert auf das gehässige Gerede von Frau Betz?"

„So genau weiß ich das auch nicht. Vielleicht liegt es daran, dass der Betz, der reichste Bauer im Dorf ist, und lange Zeit als Bürgermeister hier im Amt war."

„Das sind echte Argumente. Aber es scheint doch so, dass Frau Betz ihren Hass auf die Familie Berthold gerichtet hat. Davon können sich doch nicht alle Leute hier angesteckt haben."

Ralf Bauer schüttelte den Kopf: „Es sind ja auch nicht alle, die der alten Betz recht geben."

„Seit wann verhält sich Frau Betz so gehässig gegenüber den Bertholds?"

„Als der Georg nach Berlin gegangen ist, tat die Familie Betz, als ob sie noch immer die besten Freunde der Bertholds wären. Aber die Gerüchte, die da ausgestreut wurden, konnten meiner Meinung nach nur von der alten, oder der jungen Frau Betz stammen. Rita Betz wurde krank. Man munkelte, dass sie von Georg schwanger war und eine Fehlgeburt hatte. Jedenfalls war sie seitdem ständig in Behandlung von Doktor Schreiber."

„Aber warum sollte Frau Betz, das an die große Glocke hängen?"

„Sehen Sie, das habe ich mich damals auch gefragt. Georg ist mein Freund. Ich wollte nicht dass dieses üble Gerede an ihm hängen bleibt. Ehrlich gesagt, hatte ich damals Melanie im Verdacht, Rita so etwas angehängt zu haben. Die beiden Frauen waren nach dem Wegzug von Georg zerstritten. Deshalb habe ich Melanie zur Rede gestellt. Aber sie konnte mir glaubhaft erklären, dass sie mit der Sache nichts zu tun hat."

„Haben Sie mit Rita Betz auch über dieses Thema gesprochen?"

„Ich bin zu der Familie Betz gegangen und wollte mit der Rita sprechen. Es war aber nur ihre Mutter da. Sie hat gleich feindselig gegen Georg gewettert und mir Vorwürfe gemacht, dass ich der Freund von so einem bin, der seine Freundin sitzen lässt und die Eltern dazu zwingt die Gärtnerei aufzugeben."

„War die Aufgabe der Gärtnerei damals schon beschlossene Sache?"

„Ich weiß es nicht, aber es war das erste Mal, dass ich davon gehört hatte."

„Sprachen Sie mit Jemandem darüber?"

„Bestimmt nicht! Ich hatte beschlossen Georg anzurufen und ihn selbst zu befragen ob etwas Wahres an der Geschichte sei. Aber dazu bin ich damals nicht mehr gekommen."

Der Kommissar trank sein Bier aus.

„Möchten Sie noch eins?" fragte Frank und griff nach dem leeren Glas.

„Lieber ein Wasser", sagte der Kommissar. „Aber ehe Sie mir es holen, möchte ich noch gerne wissen, warum Sie nicht mit Georg Berthold sprechen konnten."

„Daran erinnere ich mich nicht sehr gerne", sagte Ralf unbehaglich. „Ich hatte auf dem Heimweg einen Motoradunfall. Die Bremse hat nicht mehr richtig funktioniert." Er nahm das Glas des Kommissars und ging zur Theke. Als er ihm das Wasser brachte, setzte er sich wieder zu ihm.

„Mussten Sie etwa ins Krankenhaus?"

„Das kann man wohl sagen. Ich war einige Monate außer Gefecht. Deshalb weiß ich auch nur von Mutter, was in dieser Zeit alles im Dorf geschah."

„Dann waren Sie nicht hier, als Erna und Hans Berthold starben?"

„So war es. Ich habe im Krankenhaus erfahren, dass die Gärtnerei geschlossen wurde, Melanie geheiratet hat, die Bertholds Selbstmord begangen hatten und Rita im Sanatorium gelandet war. Georg hat mich nach der Beerdigung seiner Eltern im Krankenhaus besucht. Er hat mir versichert, dass er außer einem einzigen Kuss, nie etwas mit Rita hatte. Außerdem hat er mir erzählt, dass seine Eltern schon seit längerem geplant hatten, die Gärtnerei zu schließen. Sie hatten eine längere Reise nach Indien vor.

Ich glaube, sie hatten dort den Bau einer Schule und eines Krankenhauses unterstützt und wollten sich die fertigen Projekte ansehen. Georg war sehr verzweifelt. Er machte sich entsetzliche Vorwürfe, dass er nicht bemerkt hatte, wie krank seine Eltern waren."

„Sie waren krank?"

„Ja, Doktor Schreiber hat Georg erzählt, dass beide nicht mehr lange zu leben gehabt hätten."

Kommissar Grubers Mund wurde trocken. Er trank einen Schluck Wasser, dann fragte er: „Besuchte Herr Berthold sie dann später noch einmal?"

„Nein, er hat mir ab und zu geschrieben. Wir trafen uns erst wieder, als er zurück ins Dorf gezogen war."

„Gab es nach seinem Einzug wieder Unruhen im Dorf?"

Ralf Bauer sah den Kommissar nachdenklich an:

„Eigentlich nicht. Die Leute begegneten Georg zwar zurückhaltender als früher, aber man liess ihn und seine Frau in Ruhe. Erst als Rita wieder Zuhause war, wärmte man die alten Geschichten wieder auf. Deswegen glaube ich, dass das böse Gerede von der Familie Betz geschürt wird."

„Sieht fast danach aus", murmelte der Kommissar. Dann sah er Ralf Bauer prüfend an: „Wissen Sie, dass Rita Betz sich wieder im Sanatorium befindet?"

Ralf Bauer nickte: „Ja, der Nachbar von der Familie Betz hat mir erzählt, dass die Rita am Freitagabend bei Doktor Schreiber in der Praxis zusammengebrochen ist. Der Arzt hat sie gleich ins Sanatorium bringen lassen."

„Woher weiß der Nachbar das?"

„Er selber wüsste es nicht, weil der Betz nicht mehr mit ihm spricht. Aber seine Frau versorgt die Tiere vom Bauer Betz, wenn sie verreist sind."

„Herr und Frau Betz sind demnach zu ihrer Tochter gefahren?"

„Ja, sie bleiben wahrscheinlich ein paar Tage im Gebirge. Der Betz soll angerufen haben. Er soll ganz schön wütend sein."

„Weil seine Tochter krank ist?"

„Nein, weil der Doktor abgereist ist und die Leiterin des Sanatoriums auch nicht zu sprechen ist. Das Personal soll die strikte Anweisung haben, niemand, auch nicht die Eltern zu der Rita zu lassen."

„Das ist schon seltsam", sagte Kommissar Gruber. „Aber mich interessiert viel mehr, warum Herr Betz nicht mehr mit seinem Nachbar spricht."

Einen Moment zögerte Ralf Bauer mit seiner Antwort.

Doch dann rückte er doch mit seinem Wissen heraus.

„Ich kann jedoch nur das wiederholen, was der Nachbar behauptet." Wieder legte er eine kleine Pause ein, bevor er weiter sprach. „Entschuldigen Sie bitte, aber der Nachbar ist ein guter Kumpel von mir. Er hat sich mir anvertraut, weil bei ihm jetzt auch der Haussegen schief hängt.

Seine Frau meint, es wäre besser wenn er sich da raus hielte. Vielleicht spricht er kein Wort mehr mit mir, wenn er erfährt, dass ich Ihnen verraten habe, was er mir erzählt hat."

In Kommissar Gruber spannten sich alle Muskeln und seine leichte Mittagsmüdigkeit, die ihn belastet hatte, war mit einem Schlag verflogen. „Ich glaube, es wird das Gegenteil von dem was Sie befürchten, eintreffen. Er wird erleichtert sein, sein Wissen nicht mehr verbergen zu müssen", versuchte er Ralf Bauer zu beruhigen.

Ralf Bauer hob noch immer zweifelnd die Achseln. Aber jetzt konnte er nicht mehr zurück. Also fuhr er stockend weiter: „Kurz bevor Rita zu Doktor Schreiber gefahren ist, hat der Nachbar mit ihr gesprochen. Er hatte ihr gesagt, dass er sie am Abend, als es in der Gärtnerei brannte, dort in verdächtiger Weise beobachtet hätte. Aber Rita hat ihn nur ausgelacht. Dann hat er ihr auf den Kopf zugesagt, dass er sie für die Brandstifterin hält. Denn er hat gesehen, wie sie am Eingang zu den Garagen der Gärtnerei aus ihrem Auto gestiegen ist, den Kofferraum geöffnet hat und was Schweres zum Tor geschleppt hat.

Zuerst wollte er auf sie zugehen. Doch die Sache ist ihm komisch vorgekommen. Also hat er sich hinter einer Hecke versteckt. Sie hat sich kurz umgeschaut. Dann hat sie ohne Schwierigkeit das Tor geöffnet und ist mit ihrer Last in die Gärtnerei gegangen. Es hat nicht lange gedauert und sie ist wieder zurück zu ihrem Auto gelaufen und weggefahren. In dem Moment hat er sein Versteckspiel als lächerlich empfunden und ist nach Hause gegangen. Spät am Abend ist ihm eingefallen, dass er sein Fahrrad in der Nähe der Gärtnerei stehengelassen hatte. Er ist also noch einmal zurückgegangen. In der Nähe vom Tor stand ein Fahrrad. Doch es war nicht sein eigenes. Dann hat er gesehen, dass in der Binderei Licht gebrannt hat. Und das seltsame war, dass Jemand draußen mit einer Taschenlampe herumgeleuchtet hat.

Aber er hat gedacht, dass es ihm nichts angehe, was in der Gärtnerei vor sich gehe und hat sein Fahrrad geholt.

Bevor er aufsteigen konnte, ist Rita durchs Tor gegangen, ist auf das Fahrrad gestiegen und davon geradelt. Er ist auch weggefahren. Aber als kurz darauf das Heulen der Feuerwehr zu hören war, und er erfuhr wo es brannte, dachte er sofort an Rita. Später, als im Dorf nach einem Kanister gesucht wurde und er erfuhr, dass es sich dabei um den Kanister von Herrn Betz handelte, wurde ihm bewusst, dass es wahrscheinlich das Teil war, das Rita in die Gärtnerei geschleppt hatte. Er sagte nun zu Rita, dass er seine Beobachtung der Melanie zuliebe nicht mehr geheim halten kann. Die Rita hat ihn daraufhin wüst beschimpft und er glaubt nun, dass sie wegen ihm den Zusammenbruch hatte."

Kommissar Gruber atmete tief durch: „Sie haben mir sehr weitergeholfen. Ich muss Sie aber bitten, das, was Sie mir berichtet haben, im Kommissariat zu Protokoll zu geben."

„Wenn es sein muss!", schnaufte Ralf Bauer hart. „Kann ich das am Morgen erledigen? Da ist meine Wirtschaft noch nicht geöffnet."

„Gut", stimmte der Inspektor zu. „Morgen früh um acht Uhr. Leider muss ich jetzt auch mit ihrem Bekannten sprechen."

Ralf Bauer fühlte sich total unwohl in seiner Haut. „Kann ich ihn anrufen und hierher bitten? Sie wissen schon - seine Frau. Sie macht ihm sicher ein Riesentheater. In solchen Momenten bin ich froh, dass ich nur mir selbst verantwortlich bin.

Kommissar Gruber lächelte verständnisvoll: „Also rufen Sie ihn schon an."

Ralf Bauer ging zum Telefon und bat seinen Kumpel mal schnell zu ihm zu kommen. Auf die Frage von ihm, was so wichtig wäre, sagte er, „das erfährst du, wenn du da bist." Als er den Hörer aus der Hand gelegt hatte, sagte er trübe: „Ich komme mir vor, als ob ich ihn in eine Falle locken würde."

Doch es lief dann weniger dramatisch ab, wie Ralf erwartet hatte. Sein Kumpel Günter Metz war sichtlich erleichtert, sein Wissen an den richtigen Mann bringen zu können. Er erklärte sich bereit, am nächsten Morgen mit Ralf Bauer ins Kommissariat zu kommen.

Paula war aus ihren Mittagsschlaf erwacht. Aber sie lag noch in ihrem Bett und döste vor sich hin. Sie hatte die Kunst entwickelt sich einfach treiben zu lassen. Früher war ihr das nie gelungen. Sie hatte sich in einer ständigen Hektik befunden. Langsam wurden ihre Gedanken munterer. Die Hektik von früher war zuweilen schlecht für sie. Aber übertrieb sie es jetzt nicht mit ihrem Nichtstun?

Nahm sie die Hilfe von Lynn und Georg nicht zu selbstverständlich an? Es war ja jetzt schon so weit, dass sie Angst vor der Zeit bekam, in der Lynn wieder in Australien sein würde. Und Georg? Sie hatte geglaubt ihn zu hassen. Dann hatte die Gleichgültigkeit dieses Gefühl abgelöst. Zwischendurch misstraute sie ihm und ab und zu mischte sich Mitleid für seine Lage in ihr Empfinden.

Im Moment fühlte sie sich sicher wenn er bei ihr war. Sie vernahm Lynns Schritte, hörte ihr Klopfen an der Tür und ihre Frage: „Paula, bist du schon wach?"

Sie richtete sich auf und antwortete mit ja. Lynn schien ihr irgendwie erhitzt. „War Hauptkommissar Berger wieder hier?"

Lynn errötete. „Nein Paula, was du immer so denkst!"

Paula lächelte, „ich denke sicher das Richtige. Ich sehe es dir doch an, dass du in ihn verliebt bist."

Lynn seufzte: „Du hast ja recht. Aber wohin soll das denn führen? Du weißt was unsere Eltern geschrieben haben. Sie erwarten, dass wir sobald hier alles geklärt ist, nach Australien kommen."

„Ja, das erwarten sie", wiederholte Paula nachdenklich.

Vater möchte, dass du wieder in seiner Praxis arbeitest.

Aber als ich den letzten Brief von ihm gelesen habe, hatte ich den Eindruck, dass dich dein Exverlobter sehr gut bei ihm vertritt."

Lynn zögerte einen Moment. Dann sagte sie mit belegter Stimme. „Das stimmt. Er ist sein Juniorpartner. Die Beiden passen auch gut zusammen. Seit ich hier bei dir bin, habe ich mir oft über meine Zukunft Gedanken gemacht.

Australien rückt nicht nur räumlich immer weiter weg von mir. Das Fremde zwischen unseren Eltern und mir hat sich wieder so eingeschlichen wie in unserer Jugend als wir die Zeit entweder in Internaten oder bei den Großeltern verbracht haben. Die Eltern geben mir die Schuld, dass aus meiner Verbindung mit John nichts geworden ist. Mutter hat gesagt, wenn ich nur einen Funken deiner heiteren, unbeschwerten Art hätte, wäre John nie auf den Gedanken gekommen sich in eine andere Frau zu verlieben. Und Vater hätte dich auch viel lieber um sich gehabt wie mich."

Paula wirkte bestürzt: „Du hast mir nie gesagt, dass du dich in meinem Schatten fühlst. Manchmal hatte ich das Gefühl, ich müsste ein wenig von deinem ernsten, starken Charakter besitzen. Ich wäre nie dazu fähig gewesen in Vaters Fußstapfen zu treten."

Jetzt begann Lynn zu lächeln: „So haben wir uns beide mit falschen Maßstäben gemessen. Niemand kann aus seiner Haut. Ich wäre froh, wenn du wieder die fröhliche, unbeschwerte Paula werden könntest."

„So wie früher wird es wohl nie mehr werden", sagte Paula. „Das Schicksal setzt uns Grenzen auf. Doch ich habe erkannt, dass es auch etwas Gutes auf sich hat. Du bist in der letzten Zeit trotz aller Widrigkeiten etwas heiterer geworden. Und ich habe gelernt, die Dinge nachdenklicher zu betrachten. Du siehst, wir nähern uns an.

Ich bin noch nie zuvor so froh gewesen, dass es dich gibt."

„Ich glaube, wir haben jetzt genug über uns Beide nachgedacht", erwiderte Lynn verlegen. „Eigentlich bin ich heraufgekommen um dich etwas zu fragen."

„Gut", gab sich Paula im Moment geschlagen. „Aber das Gespräch ist nur unterbrochen. Was gibt es denn so wichtiges?"

„Georg und ich haben einen Safe entdeckt. Aber leider finden wir die richtige Zahlenkombination nicht heraus."

„Meinst du den Safe in Georgs Büro?"

„Du weißt davon?"

„Natürlich, ich habe doch die Pläne für den Umbau entworfen. Ich habe im unteren Stockwerk alle Decken und Wände begutachtet. Georg wünschte zwar, dass das Arbeitszimmer seiner Mutter in seiner alten Form bestehen bleibt, doch ich habe es bei meiner Inspektion nicht ausgeschlossen."

„Georg hat keine Ahnung davon, dass seine Mutter einen Safe einbauen ließ."

Paula schlüpfte aus ihrem Bett. „Siehst du", flachste sie, so entstehen Missverstände. Ich dachte der Safe enthalte vielleicht Geheimnisse die nur Georg etwas angingen.

Und da er nie über dem Safe sprach, habe ich ihn auch nicht erwähnt. Ich mache mich einwenig frisch. Dann gehe ich mit nach unten. Ich habe so eine Idee…"

„Dann lasse ich Georg mal nicht so lange zappeln", lachte Lynn und verlies Paulas Zimmer.

Georg war noch immer dabei das Schloss zu öffnen. Die steilen Falten über seiner Stirn verrieten seine nervöse Angespanntheit.

„Ich will dich ja nicht stören, sagte Lynn, aber Paula kommt gleich herunter."

Georg machte verbissen weiter. „Ich glaube nicht", knurrte er, „dass Paula dieses Problem lösen kann."

„Und warum nicht?", tönte Paulas Stimme an der Tür.

„Wenn ich du wäre, würde ich mal das Bild über dem Schreibtisch umdrehen."

Georg sah auf und schüttelte den Kopf: „Und was soll das bringen?"

Paula begann zu lachen: „Wenn du dich jetzt sehen könntest! Du siehst wie ein trotziger Junge aus, dem man sein Spielzeug genommen hat." Sie ging auf das Bild zu und drehte es um.

„Na und?" fauchte Georg. „Ich sehe da bloß Buchstaben."

Paula lies sich nicht aus der Ruhe bringen. „Ich würde halt mal meine grauen Gehirnzellen anstrengen. A steht für eins C für drei, F für sechs…"

Georg wurde rot. „Du meinst?"

„Probier es halt aus!", forderte ihn Paula auf.

Lynn beobachtete die Beiden froh. „Jetzt benehmt ihr euch endlich mal wie ein altes Ehepaar."

Paula sah verlegen zur Seite. Lynn hatte Recht.

Georg folgte Paulas Rat. Und es funktionierte. Der Safe lies sich öffnen. Georg griff hinein und brachte zuerst ein Schmuckkästchen hervor. Darunter lagen einige Briefe, ein Sparbuch für Melanie und eine dicke Mappe. Auf der Mappe stand der Name von Doktor Schreiber. Georg legte die Mappe verstört zur Seite. Sein Blick suchte Paula. „Hier drinnen ist sicher die Krankengeschichte meiner Eltern. Ich glaube, ich bin nicht fähig sie zu lesen."

Paula strich Georg behutsam über das Haar: „Es muss nicht das sein, was du befürchtest. Ich schlage vor, wir übergeben die Mappe Hauptkommissar Berger."

Georg reagierte unentschlossen. „Ich weiß nicht, ob er der Richtige dafür ist. Schließlich sind das private Unterlagen meiner Mutter."

Paula trat einen Schritt zurück und schwieg. Ihre Miene verschloss sich wieder.

Lynn versuchte die Situation zu retten. „Soll ich mal nachsehen was die Mappe enthält?"

Georg atmete auf: „Ja bitte."

Lynn nahm die Mappe, ging zum Schreibtisch und sah hinein. Georg blieb wie angewurzelt beim Safe sitzen und Paula stand am Fenster und starrte verloren in den Garten.

Schon nach dem ersten Blatt, das Lynn las, sagte sie.

„Das ist keine Krankenakte. Das ist wirklich ein Fall für die Polizei. Es tut mir leid Georg, aber Paula hatte Recht. Wir sollten die Mappe Hauptkommissar Berger übergeben."

Nach dem Besuch in den Feldenwerken hatte sich Hauptkommissar Berger eine kurze Rast in einer Imbissstube gegönnt. Während er einen kleinen Happen aß, dachte er über die Unterhaltung mit Direktor Felden und Frank Seifert nach. Ständig ergaben sich neue Verbindungen; aber überall fehlte etwas. Alles, was er im Fall Berthold – Martin ermittelt hatte, erschien ihm wie ein großes Puzzle, dem wichtige Teile abhanden gekommen waren. Er musste diese Teile endlich finden. Melanie Kiesel fiel im ein. Es wurde Zeit mit ihr zu sprechen.

Gesättigt stand er auf und verließ die Imbissstube. Draußen wehte ein kühler Wind. Der Sommer schien sich zu verabschieden. Würde es Lynn auch tun, wenn der Fall gelöst war? So gesehen wäre es ratsamer für ihn, alles noch eine zeitlang hinauszuzögern. Als er in seinen Wagen stieg schüttelte er den Kopf über sich selbst. Was für ein absurder Gedanke.

Melanie Kiesel hatte gerade Besuch von ihrem Mann. Er versuchte Hauptkommissar Berger von einer Befragung seiner Frau abzuhalten. Melanie sagte: „Lass es gut sein Martin. Ich möchte selbst gerne mit Hauptkommissar Berger sprechen."

Martin sah Melanie unschlüssig an: „Du weißt, dass du dich noch schonen musst. Soll ich bei dir bleiben?"

„Nein Martin, die Kinder warten sicher schon auf dich.

Ich komme schon klar."

Martin stand noch einen Moment zögernd da. Doch dann beugte er sich zu Melanie herunter und gab ihr einen Kuss. Versprich mir, dass du das Gespräch mit dem Hauptkommissar beendest, wenn es dir zuviel wird."

Melanie nickte und Martin wandte sich zum Gehen: „Ich ruf dich heute Abend an", versprach er ihr noch. Dann schloss er die Tür hinter sich zu.

Hauptkommissar Berger nahm neben Melanie Platz:

„Wie geht es Ihnen?", fragte er, und beobachtete sie nachdenklich. Sie sah blass aus, aber ihre Augen wirkten klar.

Melanie versuchte zu lächeln: „Gut, ist übertrieben. Aber langsam kommt meine Erinnerung zurück und damit steigt auch wieder mein Lebensmut." „Das höre ich gerne", freute sich Hauptkommissar Berger. „Aber sagen Sie mir, wenn es zu anstrengend für Sie wird, meine Fragen zu beantworten."

„Das werde ich", konterte Melanie. „Ich dachte Sie wären so eine Art Polizeiroboter ohne Gefühle. Doch jetzt klingen Sie ja schon fast wie mein Mann. Also fragen Sie schon!"

„Diese Frau scheint das Leben einer Katze zu besitzen", kam es Stefan Berger in den Sinn. „Kaum geht es ihr ein wenig besser, beginnt sie zu fauchen, wenn man sich ihr als Fremder nähert."

Doch dann konzentrierte er sich auf seine Fragen.

„Erinnern Sie sich", begann er, „was Sie an dem Tag als das Feuer ausbrach, getan haben?"

Melanie nickte: „Kommissar Gruber besuchte mich am Morgen. Er stellte mir wieder allerhand Fragen. Dann sagte er mir, dass er von Rita erfahren habe, dass ich in der Binderei ein Zimmer hätte.

Aus seinem ganzen Benehmen entnahm ich, dass die Binderei bald von der Polizei durchsucht werden würde.

Eigentlich war mir das egal. Aber mir war eingefallen, dass ich als junges Mädchen dort mein Tagebuch und ein Fotoalbum versteckt hatte. Sie hatten mich sowieso schon in Verdacht und Sie würden sicher falsche Schlüsse aus meiner jugendlichen Schwärmerei ziehen."

Melanies Atem klang nun doch erregt. Hauptkommissar Berger bemerkte es. Er ließ ihr Zeit sich zu beruhigen.

Dann begann er erneut mit seinen Fragen: „Sie sind also zur Gärtnerei gefahren um das Tagebuch zu holen.

Wollten Sie noch andere Spuren vernichten?"

„Welche Spuren denn? Ich bin mir keiner Schuld bewusst."

Kommissar Berger überging diese Rechtfertigung. „Um welche Zeit sind Sie zur Gärtnerei gefahren?"

„Gefahren bin ich gar nicht", sagte Melanie mürrisch.

„Mein Fahrrad hatte einen platten Reifen."

„Dann sind Sie eben gelaufen!" Hauptkommissar Berger stieg die Röte ins Gesicht. Er musste sich bremsen um nicht in den herausfordernden Ton von Melanie Kiesel zu fallen. „Ich möchte nur wissen wie spät es war."

„Es hat schon gedämmert. Ich wollte zum Haus der Bertholds gehen, um Georg zu sagen, dass ich in die Binderei möchte. Doch dann habe ich eine Frau im Garten bemerkt. Sie stand bei der Garageneinfahrt. Ich dachte es sei Lynn oder Paula und bin in diese Richtung gegangen. Als ich jedoch dort ankam, sah ich Niemanden mehr. Ich habe mich ans Tor gelehnt und in den Garten gesehen und in dem Moment gab das Tor nach. Ich habe daran gedacht, dass Georg schon öfter das Tor vergessen hatte zu schließen. Warum sollte ich nicht einfach hineinspazieren und meine Sachen holen? Danach konnte ich mich noch immer bemerkbar machen."

„Wie sind Sie in das Gebäude gekommen?"

„Der Schlüssel liegt immer unter einem Stein. Aber es war nicht nötig ihn hervorzuholen. Die Tür stand einen Spaltbreit offen."

„Hat Sie das nicht verwundert?"

„Doch! Ich habe mich im Haus umgesehen und nichts Verdächtiges bemerkt. Dann bin ich runter in mein Zimmer gegangen und habe nach meinen Sachen gesucht. Ich bin richtig sentimental geworden. Hier hatte ich den größten Teil meiner Kindheit und Jugend verbracht. Statt das Tagebuch und das Album einfach zu nehmen und wieder zu gehen, habe ich mich noch bis es dunkel geworden ist, dort unten aufgehalten. Als ich die Treppe hochging, habe ich seltsame Geräusche gehört, die ich mir nicht erklären konnte. Oben angekommen ist mir der Benzingestank in die Nase gekrochen."

Melanies Lippen fühlten sich trocken an. Sie griff nach dem Glas Wasser, das auf ihren Nachttisch stand und trank es in einem Zug leer. Dann sprach sie stockend weiter: „Ich habe automatisch nach Georg gerufen und bin auf dem Ausgang zugeraunt. Dann habe ich hinter mir ein aufgeregtes Keuchen bemerkt. Gleich darauf bekam ich einen Schlag auf den Kopf. Ich bin gestolpert und hingefallen. Ich habe nur noch ein paar Schuhe gesehen. Es waren Ritas Schuhe. Ich weiß nicht wie lange ich so gelegen habe. Aber ich erinnere mich noch an ein Feuer.

Ich bin zum Ausgang gekrochen. Dann wurde mir schwarz vor den Augen."

Melanie schwieg erschöpft. Sie nahm ihr Taschentuch und wischte sich den Schweiß von der Stirne.

„Nur noch eine Frage, "sagte der Hauptkommissar, dann sind Sie mich los. „Woher wissen Sie, dass es Ritas Schuhe waren?"

„Rita mag Schuhe mit Verzierungen. Es waren schwarze Schuhe mit Strasssteinen."

Kommissar Berger stand auf und reichte Melanie die Hand: „Sie haben mir sehr geholfen. Ich wünsche Ihnen alles Gute für die Zukunft."

„Sie können ganz schön förmlich sein", unkte Melanie und fügte hinzu: „Grüßen Sie Lynn. Ich würde mich über ihren Besuch freuen."

Die eintretende Schwester enthob ihn einer Antwort.

„Die Besuchszeit ist zu Ende. Frau Kiesel benötigt unbedingt ihre Ruhe", sagte sie befehlend.

Als Stefan Berger das Krankenhaus verließ, klingelte sein Handy. Lynn rief an und bat ihn zu kommen. „Nichts lieber als das", lächelte er.

Georg war damit einverstanden gewesen, dass Lynn die Mappe seiner Mutter, Hauptkommissar Berger zur Einsicht überlassen wollte.

„Ich hoffe, hatte er gesagt, „dass Mutters Aufzeichnungen Licht in die verfahrene Geschichte bringen wird."

Lynn hatte Georg und Paula fragend angesehen und gefragt: „Möchtet ihr die Papiere erstmal einsehen?"

Georg war einen Moment unruhig auf und abgegangen.

Dann hatte er abgelehnt: „Ich kann das jetzt nicht machen. In der letzten Zeit sind meine Gefühle überstrapaziert worden. Wenn alles vorüber ist, werde ich mich mit dem Vergangenem vielleicht besser auseinandersetzen können." Dann hatte er sich an Paula gewandt: „Möchtest du…?

Paula hatte ihn sofort mit einem Nein unterbrochen und gesagt: „Das werden wir eines Tages gemeinsam tun."

Paula hatte Georg an den gemeinsamen Termin bei der Therapeutin erinnert und kurze Zeit darauf waren die Beiden weggefahren.

Nachdem Lynn Stefan Berger angerufen hatte, war sie ziemlich aufgeregt. Aber in ihr war die Neugier der Anwältin erwacht. Die überwog ihre Nervosität und so hatte sie sich hingesetzt und die Unterlagen durchgelesen. Als es nun an der Haustür klingelte, war es nicht nur das Kommen von Stefan Berger, das sie so überreizt erscheinen ließ.

Stefan Berger stand im Flur und betrachtete ihr erhitztes Gesicht. Wie schön sie war! Er küsste sie und vergaß fast die Zeit.

Lynn löste sich von ihm: „Ich muss dir etwas Wichtiges zeigen. Sie führte ihn in Georgs Büro und übergab ihm die Mappe. Setz dich lieber", riet sie ihm. „Du wirst staunen wie brisant diese Unterlagen sind."

Er tat, was sie ihm geraten hatte. Dann schlug er die Mappe auf und begann zu lesen. Schon nach der ersten Seite sah er erregt auf: „Das muss ich sofort ins

Kommissariat bringen. Nachdem, was wir bis jetzt ermittelt haben, rundet dieser Bericht von Frau Berthold alles ab. Der Staatsanwalt wird mir noch heute ein paar Haftbefehle ausstellen. Danke Lynn, du hast mir sehr geholfen."

Er küsste sie noch einmal. Dann nahm er die Mappe, eilte hinaus und fuhr so schnell als möglich zum Kommissariat.

Lynn sah befreit hinter seinem Wagen her. Jetzt, so hoffte sie, würde für Paula und Georg alles wieder gut werden. Doch gleich darauf machte sich ein dumpfes, trauriges Gefühl in ihr breit. Und sie? War sie dann überflüssig? Der Gedanke an Australien lag schal auf ihrer Zunge.

Nachdem Kommissar Gruber das Gasthaus verlassen hatte, war er zu einigen Leuten im Dorf gefahren, von denen er wusste, dass sie sich gut mit der Familie Betz verstanden. Er hatte gehofft noch nähere Dinge über den Verbleib von Ritas Eltern zu erfahren. Aber dem war leider nicht so gewesen. So fuhr er am späten Nachmittag zurück ins Kommissariat. Auf dem Parkplatz traf er Hauptkommissar Berger. Schon an dessen heiterer Miene erkannte er, dass er zumindest genauso viel Neues zu berichten hatte, wie er selbst.

„Gut, dass Sie auch schon da sind", strahlte Stefan Berger. „Wir müssen uns so schnell als möglich mit dem Staatsanwalt in Verbindung setzen."

„Das heißt also, Sie haben schon genügend Beweise für einen Haftbefehl?"

„Ja, das stimmt!"

„Dann sind meine Recherchen wohl hinfällig."

Stefan Berger schüttelte den Kopf: „Ganz sicher nicht.

Sie wissen doch, dass man vor Gericht nie genug Beweise haben kann."

Sie fuhren miteinander zum Gericht. Doch sie trafen weder den Staatsanwalt, noch einen der Richter an.

„Schöne Pleite", seufzte Stefan Berger. „Ich hätte mir denken können, dass die Herren eher in Feierabend gehen wie wir."

Hans Gruber behielt die Ruhe: „Wissen Sie was?", entgegnete er ihm. „Vielleicht ist es sogar gut, dass wir den Staatsanwalt nicht angetroffen haben. So verbleibt uns noch genügend Zeit alle Recherchen zusammen zu tragen und einen umfassenden Bericht zu schreiben.

Dann gibt es hundertprozentig weder beim Staatsanwalt noch beim Richter einen Grund einen Haftbefehl zu verweigern."

„Ich glaube, diesen Grund hätte es auch so nicht gegeben. Aber Sie haben Recht. Fügen wir alles zusammen. Allerdings wäre es mir lieber heute, als morgen recht gewesen, den Fall endlich abgeben zu können."

„Ja, es war eine langwierige Sache."

Im Büro angekommen, zeigte Stefan Berger Hans Gruber die Mappe von Frau Berthold. „Die Unterlagen hier drinnen, „entwirren einen sehr komplizierten Fall.

Eigentlich sind es mehrere Fälle mit einem Auslöser."

„Sie machen es aber sehr spannend", sagte Hans Gruber. „Von wem stammt diese Mappe?"

Herr Berthold hat sie im Safe seiner Mutter gefunden.

Warum er das nicht eher tat, erzähle ich Ihnen später.

Kommen wir zu den Fakten. Die ganze Geschichte beginnt tatsächlich bei Erna und Hans Berthold."

Sie nahmen erstmal Platz und dann fuhr Stefan Berger weiter fort.

Herr und Frau Berthold waren schon bei dem Vorgänger von Doktor Schreiber in Behandlung."

„Sie waren also wirklich krank?"

„Nicht in dem Sinne, wie Sie es vermuten. Sie waren ganz normale Patienten. Als Doktor Schreiber die Praxis übernahm, freundeten die Bertholds sich mit ihm an. Er war Gründer eines Vereins für notdürftige indische Kinder.

Damals lief die Gärtnerei sehr gut. Die Bertholds wurden Mitglieder dieses Vereins und waren auch sehr spendabel. Sie waren überhaupt sehr mitfühlende Menschen. Als sie erfuhren, dass Rita Betz trotz ihrer mittleren Reife aus gesundheitlichen Gründen keine Arbeit erhielt stellten sie diese ein und schickten sie zu Doktor Schreiber in Behandlung."

Hans Gruber räusperte sich: „Diese Behandlung war wohl nicht sehr erfolgreich."

Stefan Berger zuckte die Achseln: „Am Anfang schon.

Aber dann ging Georg Berthold nach Berlin. Zu der Zeit hatte Rita Betz den ersten Nervenzusammenbruch. Sie kam in das Sanatorium von Doktor Auber. Und hier beginnt die eigentliche Ursache des Dramas."

„Rita Betz wurde schizophren", konnte Hans Gruber sich nicht zurückhalten zu sagen."

„Vielleicht war es so", überlegte Stefan Berger. Aber davon spreche ich nicht. Frau Berthold wollte Rita besuchen, wurde aber nicht zu ihr gelassen."

„Dieses alte Spiel kennen wir ja."

„Ja gut, aber Sie bringen mich aus dem Konzept."

„Entschuldigen Sie bitte. Es wird nicht wieder vorkommen."

Stefan Berger murmelte etwas, wie das hoffe ich und berichtete weiter: „Als Frau Berthold das Sanatorium verließ, drehte sie sich um, und sah an einem der Fenster eine Frau winken. Dieses Winken war ein seltsames Gestikulieren. Es wirkte auf Frau Berthold, als ob sie ihr ein Zeichen geben wollte. Beim näheren Hinschauen erkannte sie in ihr eine alte Bekannte. Frau Berthold ist noch einmal zurückgegangen und hat darum gebeten, die Frau besuchen zu dürfen. Aber auch das wurde strickt abgelehnt.

Als sie aus der Klinik ging, war die Frau am Fenster verschwunden. Von diesem Moment an, war das Misstrauen in Frau Berthold geweckt. Sie wusste, dass diese Frau eine ehemalige Patientin und Mitglied des Vereins von Doktor Schreiber war.- So, und bis dahin habe ich den Bericht gelesen. Das übrige müssen wir Beide weiterverfolgen."

„Sie glauben also Doktor Schreiber und seine Schwester sind in den Fall verwickelt?"

Stefan Berger knurrte erregt: „Das ist doch deutlich zu erkennen. Aber blättern wir mal weiter." Er nahm sich das nächste Blatt vor, und las es leise durch. Dann reichte er es Hans Gruber. „Hier, lesen Sie selbst. Frau Berthold hat Doktor Schreiber zur Rede gestellt."

Hans Gruber überflog das Geschriebene. „Ja gut, Doktor Schreiber hat ja auch zugegeben, dass diese Frau auf seinen Rat hin in das Sanatorium ging. Sie war anscheinend demenzkrank."

„Ja, aber sehen Sie nach, was in der nächsten Spalte steht. Frau Berthold hat herausgefunden, dass noch sechs weitere wohlhabende Damen und Herren das gleiche Schicksal erlitten und in dem Sanatorium landeten."

„Das gibt mir allerdings zu denken. Waren diese Herrschaften alle Mitglieder des Vereins?"

"Nein, nur zwei davon. Doch jeder Patient, der von Doktor Schreiber in das Sanatorium eingewiesen wurde, wurde auch entmündigt."

„Hut ab, vor Frau Berthold", sagte der Inspektor. „Wie hat sie es nur geschafft, das alles herauszufinden?"

„Ganz einfach. Sie hat zu illegalen Mitteln gegriffen. Mit Geld kann man auch eine Sprechstundengehilfin kaufen.

Sie hat ihr Einsicht in die Krankenakten gewährt."

Hans Gruber legte das Blatt ab und Stefan Berger war schon dabei, das nächste zu lesen. „Aha, jetzt kommt Rita Betz wieder ins Spiel", betonte er. Frau Berthold berichtet, dass die alte Frau Betz böse Gerüchte über ihre Familie im Dorf verstreut hat. Sie wollte diese Frau zur Rede stellen, aber sie hat sie nicht ins Haus gelassen. Daraufhin ist Frau Berthold noch einmal zum Sanatorium gefahren um mit Rita zu sprechen. Dieses Mal wollte sie sich nicht abweisen lassen. Aber man verwehrte ihr den Besuch auch nicht. Rita Betz hat sich von dem gehässigen Gerede von ihrer Mutter distanziert. Sie stand kurz vor der Entlassung aus dem Sanatorium und suchte eine neue Bleibe. Zu ihren Eltern wollte sie zu dieser Zeit nicht zurückkehren. Frau Berthold hat Rita Betz dann bei sich aufgenommen."

„Hat Frau Berthold nicht bemerkt, welche Natter sie da zu sich nahm?" fragte Hans Gruber verwundert,

„Anscheinend nicht", sinnierte Stefan Berger. „Aber sehen wir nach, was als nächstes kommt."

Hans Gruber starrte gespannt auf seinen lesenden Chef.

„Und wie geht es weiter?"

„Ich hatte Sie bisher nicht so ungeduldig eingeschätzt", sagte Stefan Berger. „Aber gut, ich fahre ja schon fort.

Hier schreibt Frau Berthold, dass sie die Gärtnerei aufgeben und endlich mal mit ihrem Mann in Urlaub gehen will. Rita Betz bleibt als einzige Angestellte im Haus. Sie ist für die restliche Buchhaltung und für die Betreuung des Hauses in der Abwesenheit der Familie Berthold zuständig."

„Rita Betz muss sich ganz schön eingeschleimt haben bei Frau Berthold", stellte Hans Gruber verwunder fest.

„Vielleicht hat sie ihr Leid getan. Jeder macht halt so seine Fehler.

Aber jetzt halten Sie sich fest! Die Bertholds befanden sich im Urlaub in Indien."

„Etwa bei den Not leidenden Kindern, für die sie seit langer Zeit spendeten?"

„Sie haben es erfasst. Nur gab es nach Frau Bertholds Aussage weder, das Kinderheim, noch die Schule, und auch nicht das Krankenhaus, von dem ihr Doktor Schreiber in regelmäßigen Abständen berichtet hatte."

„Oha! Jetzt kann ich mir vorstellen, was dann geschah."

„Sie glauben, dass Hans und Erna Berthold den Doktor gleich nach ihrer Heimkehr zur Verantwortung gezogen haben? Falsch gedacht. Frau Berthold schreibt hier, dass Melanie die Absicht hatte, kurz nach dem Urlaub von ihnen, zu heiraten. Deshalb hatten sie und ihr Mann es verschoben, die Sache auffliegen zu lassen. Es hätte sicher einen großen Skandal gegeben. Frau Berthold spricht hier davon, dass Melanie ihr so ans Herz gewachsen ist, wie eine eigene Tochter. Sie hat Melanie und ihren Mann eine Hochzeitsreise spendiert. Und gleich an dem Tag, als die Beiden abreisten, wollten sie Doktor Schreiber mit ihrem Wissen konfrontieren. Doch es war ein Samstag und sie erreichten ihn nicht."

„Aber warum hat Frau Berthold nicht gleich die Polizei eingeschaltet?"

„Anscheinend wollten sie Doktor Schreiber die Chance geben sich selbst zu stellen. Jetzt kommen die letzten Eintragungen von Frau Berthold. Sie schreibt, dass Rita Betz sich so seltsam verhält, so als ob sie unter Drogen stehe oder wieder einen Rückfall erleiden würde. Sie hat die Befürchtung, dass auch hier Doktor Schreiber dahinter stehe. Beide, Hans und Erna Berthold vermuten, dass er Rita die falschen Medikamente verabreiche. Der letzte Satz lautet: "Wir werden uns heute Nachmittag mit Rita im Gartenhaus treffen."

Hans Gruber wurde blass: „Sie haben sich wahrscheinlich ihre Mörderin selbst ins Haus geholt."

Kommissar Berger nickte: „So sieht es aus. Aber aus welchen Gründen Rita Betz zu solch einer Tat bereit war, muss sie uns selbst erklären."

Jetzt legte Hans Gruber seine Stirn in Falten: „Trotz allem ist es noch nicht bewiesen, dass Rita Betz wirklich eine Doppelmörderin ist. Zwar scheint sie die Letzte gewesen sein, die mit Ihnen zusammen war. Aber es könnte ihr ja Jemand Hilfe geleistet haben."

„Ja", stimmte ihm Stefan Berger zu. Der Tatbestand der Ermordung muss noch geklärt werden. Aber zumindest reichen diese Unterlagen hier, zu einer Verhaftung von Doktor Schreiber."

„Sehr gut", atmete Hans Gruber auf. Und zur Verhaftung von Rita Betz reichen meine Ermittlungen aus. Morgen früh erscheint der Nachbar von der Familie Betz, ein gewisser Günter Metz, wird aussagen, dass er Rita Betz zur fraglichen Zeit des Brandes, bei der Binderei gesehen hat. Also wird sie sich zumindest als Brandstifterin zu verantworten haben."

„Sehr gut", lobte ihn Stefan Berger. „Es passt alles zusammen. Frau Kiesel hat mir heute gesagt, dass sie die Person, die sie niedergeschlagen hat, an den Schuhen erkannt hat. Es war Rita Betz. Ich denke, unsere übrigen

Ermittlungen gegen Frau Betz werden auch zu einer Anklage für den Mord an Frau Martin ausreichen."

„Und glauben Sie, dass der Unfall von Anne Berthold auch auf ihr Konto geht?"

„Möglich wäre es. Aber auch das muss noch bewiesen werden. Ich merke schon, dass uns das Geschehen im Dorf und das merkwürdige Treiben von Doktor Schreiber noch lange in Atem halten wird."

Lena Senft klopfte an die Tür und schritt sofort danach ins Büro ihres Chefs. Sie berichtete, dass sie in ihrer normalen Kluft und ihren Privatauto zu Gitta Berend gefahren war. Gitta Berend habe sich ziemlich überrascht gezeigt. Sie wäre zu einer Kommode gegangen und habe ein Bild genommen und in der Schublade verschwinden lassen. Doch sie hätte noch gesehen, dass es ein Foto von Doktor Schreiber war. Aber viel mehr, wie beim ersten Gespräch hätte sie aus Frau Berend nicht herausgebracht."

Kommissar Berger begann breit zu lachen: „Das wird sich sicher schnell ändern, wenn sie erfährt, dass Doktor Schreiber mit Frau Felden verlobt ist."

Lena Senft starrte den Kommissar überrascht an:

„Davon haben Sie mir gar nichts gesagt. Ich hätte Frau Berend sonst ganz anders angesprochen."

„Leider habe ich das auch erst heute von Frank Seifert erfahren. Aber ihre Beobachtungen sind gut. Sie werden uns später sicher weiterhelfen. Im Moment haben wir genügend Beweismaterial für den Staatsanwalt. Wir sollten uns an die Arbeit machen und alles zusammenfassen. Ich befürchte allerdings, dass wir ein paar Überstunden einlegen müssen."

„Ja leider", seufzte Hans Gruber. „Ich muss unbedingt meine Frau anrufen. Sie wird nicht gerade begeistert sein."

Stefan Berger nickte: „Langsam verstehe ich Sie. Ich hatte heute Abend auch etwas Schöneres vor, als hier im Büro zu schuften."

Lena Senft grinste anzüglich: „Sie werden doch nicht ein Tetate verpassen? Und ich hatte mir schon Hoffnungen gemacht. Na ja, so kann man sich täuschen."

„Ganz schön frech, die Kleine", murmelte der Hauptkommissar. Dann machten sie sich an die Arbeit.

Als Paula und Georg nach Hause kamen, hatte Lynn schon das Abendessen zubereitet. Sie servierte es im Wintergarten.

„Euch scheint die Therapie gut zu tun", stellte sie erleichtert fest.

Paula lächelte verlegen: „Wir haben nach dem Besuch der Ärztin noch einen Bummel im Park gemacht."

„Ja, strahlte Georg: „Wir haben uns endlich mal Zeit genommen uns auszusprechen. Allerdings benötigen wir sicher noch lange, um alles zu überwinden."

Paula nickte nachsichtig: „Es könnte uns zumindest gelingen, mit der Vergangenheit zu leben."

„Ihr strebt also beide wieder eine gemeinsame Zukunft an?"

„Wir werden sehen…" flüsterte Paula.

Lynn ließ die Stimmung nicht in die Tiefe sinken. „Ihr werdet doch hoffentlich von eurem Ausflug eine Portion Hunger mitgebracht haben."

„Das schon", lachte Georg und setzte sich an den Tisch.

Paula tat es ihm nach und begann zu essen. Dann sah sie Lynn an und fragte sie: „Und, wie war dein Nachmittag?"

Lynn freute sich, dass Paula sich nun auch Gedanken über sie machte. Es zeigte, dass ihre Schwester wieder begann am Leben um sie herum teil zu nehmen. Jetzt konnte es nur noch besser werden. Aber zugleich ahnte sie, dass jetzt bald aufregende Zeiten vor Paula und Georg standen. „Zuerst habe ich den Bericht durchgelesen", antwortete sie und sah Georg an. „Ich weiß", sagte sie zögernd, dass dir die Auseinandersetzung mit der Vergangenheit zu schaffen macht. Aber glaube mir Georg es ist besser, wenn ich dir und Paula alles erkläre, was deine Mutter an Beweisen gegen Doktor Schreiber zusammengetragen hat. Der trockene Ton der Polizisten könnte euch verletzen."

Die Gesichter von Paula und Georg zeigten den gleichen erstaunten Ausdruck. Georg fragte schließlich:

„Beweise gegen Doktor Schreiber? Hat er meine Eltern falsch behandelt?"

„Falsch schon", erwiderte Lynn. „Aber nicht in dem Sinn wie du erwartest. Darf ich offen mit euch sprechen?"

„Ja, es ist wahrscheinlich wirklich besser, im Kreis der Familie über das Geschehene zu diskutieren", gab Georg zu. Und Paula schloss sich dem an.

Lynn hatte den ganzen Bericht noch im Kopf. Es gab viele Fragen und Gegenfragen, Kopfschütteln, Unverständnis und schließlich drei erschöpfte Menschen, die nach weiteren Erklärungen suchten.

„Ich weiß ja nicht, was Stefan und der Kommissar sonst noch alles ermittelt haben", sagte Lynn abschließend.

„Aber ich weiß, dass jetzt eine Lawine ausgelöst wird, die nicht zu stoppen ist. Doktor Schreiber hat anscheinend aus lauter Geldgier jede Art von Anstand und Moral überschritten. Wer in diesem Sumpf mitbeteiligt war, wird sich noch zeigen."

Georg hob verzweifelt den Blick: „Warum hat mir Mutter nichts davon gesagt? Ich wäre doch sofort nach Hause gekommen."

„Hier gibt es viele Wenn und Aber", versuchte Paula ihn zu beruhigen. Deine Mutter wollte dich nicht belasten. So wie du sie mir geschildert hast, versuchte sie immer mit allem zuerst mal alleine damit fertig zu werden. Sie hat mit all ihrem Entsetzen, das sie durchlebt haben muss, noch zuviel Rücksicht auf Doktor Schreiber genommen.

Sie hätte ihn sofort anzeigen müssen. Aber vielleicht hättest du auch nicht anders gehandelt wie sie."

Ihr Blick wanderte zu Paula: „Ich kenne da noch eine, die alles viel zu lange alleine mit sich herumschleppt."

„Du brauchst reden", wehrte sich Paula. „Du versuchst doch auch, soviel Probleme wie möglich ohne Hilfe zu lösen. Was ist denn zum Beispiel mit deinem Stefan. Hast du schon mit ihm über deine Zukunft gesprochen?"

Lynn fuhr erregt auf: „Er ist nicht mein Stefan! Was sind schon ein paar Küsse? Ich glaube nicht, dass er sich über uns Beide großartige Gedanken macht. Er weiß doch, dass ich bald wieder nach Australien fahre."

„So, das weiß er, aber machst du das wirklich? stichelte Paula weiter. „Wenn ich du wäre, würde ich mir das zweimal überlegen."

Georg mischte sich in das Gespräch. „Was sagst du denn da Paula? Ich würde es auch begrüßen wenn Lynn hier bliebe. Aber ich dachte, euer Vater hält die Anwaltskanzlei für Lynn aufrecht."

Noch ehe Paula etwas erwidern konnte, sagte Lynn hart:

„Ich glaube, da täuscht du dich. Natürlich hat er sich gewünscht, dass eine seiner Töchter in seine Fußstapfen tritt. Aber ich bin mir sicher, dass er John lieber als Nachfolger sieht wie mich."

Georg betrachtete Lynn ungläubig: „Ich hätte nie gedacht, dass du dich so klein machst. Dein Vater weiß sicher was er an dir hat."

Lynns Miene verfinsterte sich: „Natürlich weiß er das. Er sieht in mir die kleine Anwältin, die ihm die belanglosen Fälle vom Halse hält."

„Jetzt wirst du bitter", sagte Paula. „Vater versteht sich halt gut mit John. Er hat schon immer mehr Wert auf männliche Mitarbeiter gelegt. Neben ihm wirst du als Frau immer im Schatten stehen. Und das wird ihm nicht einmal bewusst werden. Deshalb würde ich an deiner Stelle hier bleiben und eine eigene Kanzlei aufbauen."

Das ist leichter gesagt als getan", seufzte Lyn. „Ich besitze zwar noch die deutsche Staatsbürgerschaft aber ich weiß nicht ob ich hier eine Zulassung als Anwältin erhalte. Außerdem müsste ich Vater um finanzielle Hilfe bitten und das möchte ich nicht."

Gerade, als Paula etwas erwidern wollte, klingelte Lynns Handy.

Stefan Berger meldete sich: „Es ist zwar spät geworden im Büro, aber ich würde mich freuen, dich noch sehen zu können. Darf ich dich abholen?"

„Ja, ist gut", sagte sie knapp. „Bis bald." „Ich treffe mich noch mit Stefan", erklärte sie Paula und Georg. Dann stand sie auf und lief zur Tür. „Ich muss mich noch umziehen." Gleich darauf eilte sie schon nach oben in ihr Zimmer.

Am nächsten Morgen zeigte sich das Wetter von seiner schlechten Seite. Der Wind peitschte den strömenden Regen in alle Richtungen. Jeder der Beamten versuchte einen Parkplatz zu ergattern, der nahe am Gericht lag.

Hauptkommissar Berger und Kommissar Gruber versuchten es auch. Doch sie kamen trotzdem durchnässt in das Gebäude. Dem Staatsanwalt hatte das Wetter auch die Stimmung vermiest. Jedenfalls wirkte er so. Als der Hauptkommissar sein Anliegen vorbrachte, wurde seine Miene eiskalt.

Sind Sie sich sicher, dass Sie genügende Beweise gegen Doktor Schreiber besitzen? Er ist ein angesehener Arzt, der von vielen hochgestellten Persönlichkeiten sehr geschätzt wird.

„Das mag ja sein", erwiderte der Hauptkommissar. Und genau deswegen haben wir einen ganz genauen Bericht über ihn erstellt. Lesen Sie ihn bitte selbst."

„Das werde ich tun. Kommen Sie Mittag wieder", versuchte er die beiden Beamten abzufertigen.

„Ich gehe erst, wenn ich den Haftbefehl für ihn und Frau Betz in der Tasche habe", erklärte der Kommissar bestimmt.

„Dann sagen Sie mir, was gegen Frau Betz vorliegt."

Hauptkommissar Berger und Kommissar Gruber, klärten den Staatsanwalt an Hand von den Aussagen der Zeugen abwechselnd über die Vergehen, deren sie Frau Betz beschuldigten auf.

Der Staatsanwalt stellte einige Fragen. Dann stellte er den Haftbefehl gegen Frau Betz aus.

„Und jetzt kommen wir zu Doktor Schreiber", sagte der Hauptkommissar. Bei dieser Beweislast kommen sie nicht umhin, auch ihn verhaften zu lassen."

„Wie ich mein Amt ausführe müssen Sie schon mir selbst überlassen!", schnauzte ihn der Staatsanwalt an.

Doktor Schreiber ist soviel mir bekannt ist, im Urlaub.

Direktor Felden, sein zukünftiger Schwiegervater, hat es mir auf dem Golfplatz erzählt." Er warf einen Blick auf den Bericht und schob ihn zurück. „Diese Anschuldigungen gegen Docktor Schreiber sind einzig und allein der Fantasie einer Frau entsprungen, die sich selbst umgebracht hat."

Kommissar Berger ließ sich nicht irritieren. „Ein Anruf in Neu Delhi wird Sie davon überzeugen, dass es die Einrichtungen des Vereins von Doktor Schreiber nicht gibt.

418

Die Spenden sind nur in den Taschen von Doktor Schreiber gelandet. Er hat sich nicht nur über den Verein bereichert. Er hat dazu beigetragen, dass wohlhabende Menschen, darunter Direktor Feldens Mutter, entmündigt und in das Sanatorium seiner Schwester Doktor Auber eingeliefert wurden."

Der Staatsanwalt schluckte nervös. „Noch einmal, wir sprechen hier über die Aufzeichnungen einer längst verstorbenen Frau. Gibt es lebende Zeugen für diese ungeheure Behauptung?"

„Schreiben Sie uns einen Durchsuchungsbefehl für die Praxis von Doktor Schreiber aus. Dann können wir Ihnen die Krankenakten der Patienten, die in das Sanatorium Auber überwiesen wurden, vorlegen."

„Das ist alles?" Der Staatsanwalt schüttelte den Kopf.

„Leben diese Patienten überhaupt noch?"

„Das weiß ich nicht", musste der Hauptkommissar zugeben.

Der Staatsanwalt schritt in seinem Büro auf und ab.

Dann knurrte er den Kommissar an: „Wo leben Sie denn? Auf dem Mond? Glauben Sie wirklich, dass es Jemanden gibt, der bestätigt, dass er einen seiner Elternteile gegen eine Bezahlung an Doktor Schreiber entmündigen und in ein Nervensanatorium einweisen ließ? Um gegen Doktor Schreiber vorzugehen, benötigen Sie hochkarätige Beweise. Hinter ihm steht der hiesige Geldadel."

„Und diese Leute, glauben Sie, spenden Geld für einen Verein, der nur auf dem Papier besteht?", fragte der Kommissar verärgert.

„Wie auch immer", konterte der Staatsanwalt. Diesen Bericht wird jeder Richter als Verleumdung abtun. Dafür kann ich keinen Haftbefehl erlassen. Aber überlassen Sie die Mappe mir. Ich werde sie überprüfen. Vielleicht findet sich doch etwas, was Doktor Schreiber tatsächlich belastet."

Hauptkommissar Berger weigerte sich ihm die Mappe zu überlassen. „Tut mir leid", sagte er. „Ich benötige diese Unterlagen für weitere Ermittlungen."

Der Staatsanwalt betrachtete ihn ironisch: „Kennen Sie eigentlich Ihren Stellenwert bei der Polizei? Ich kann Ihnen jederzeit den Fall entziehen. Also legen Sie bitte die Mappe auf den Tisch und kümmern sich um Frau Betz.

Und jetzt habe ich einen anderen Termin."

Kommissar Berger zitterte innerlich vor Wut, aber er musste sich dem Staatsanwalt beugen.

Lena Senft sah Stefan Berger und Hans Gruber erwartungsvoll entgegen: „Und, wie ist es bei Gericht gelaufen?"

„Fragen Sie mich lieber etwas anderes", winkte der Kommissar ab.

„Wir brauchen gegen Doktor Schreiber noch jede Menge Beweise."

„Schade, seufzte Lena Senft. „Ich dachte, jetzt wäre Interpol schon auf der Fährte von Doktor Schreiber."

„Falsch gedacht", knurrte der Kommissar. „Aber Sie, Kommissar Gruber und ich, werden jetzt einen Ausflug ins Gebirge machen."

Lena Senft wunderte sich: „So frustriert sind Sie? Wir kommen dem Doktor bestimmt noch auf seine Schliche."

„Der Hauptkommissar winkte ab: „Im Moment verschwende ich keine Gedanken an ihn. Wir werden jetzt Frau Betz abholen."

Lena Senft horchte auf: „Also hatten Sie wenigstens einen Teilerfolg zu verbuchen."

„Allerdings."

Der Wind hatte sich gelegt. Aber der Himmel zeigte sich in einem dichten Grau, das einen Dauerregen versprach.

Als die Drei im Polizeiauto saßen, murrte Lena Senft: „Jetzt komme ich mal endlich in die Berge und in die Natur und sehe nur Regen."

„Kismet", grinste Kommissar Gruber.

Danach verlief die Fahrt ziemlich schweigsam. Hauptkommissar Berger konzentrierte sich auf den Verkehr und ab und zu schweiften seine Gedanken zu Lynn. Er hatte sich gestern Abend wie ein verliebter Pennäler benommen. Das meiste, was er sich vorgenommen hatte, zu Lynn zu sagen, war unausgesprochen geblieben. Und Sie, die ihn früher immer mit ihren Sprüchen herausgefordert hatte, schien ständig in anderen Welten zu schweben. Die baldige Abreise von Lynn stand zwischen Ihnen. Warum hatte er sie nicht einfach gebeten, hier in München zu bleiben? Zum ersten Mal hatte er eine derartige Scheu gegenüber einer Frau empfunden, das auszusprechen, was er sich wünschte. Vielleicht hatte er sich auch vor einer endgültigen Absage von ihr gefürchtet?

Aber lange durfte er die Aussprache mit ihr nicht mehr hinauszögern.

Kommissar Gruber dachte an seine Familie. Wie lange war es her, dass sie mal wieder etwas gemeinsam unternommen hatten? Dieser verdammte Fall. Er raubte ihm sogar die Freizeit. Seine Frau war zwar keine die ihm ständig in den Ohren hing, auszugehen. Aber in letzter Zeit, hatte sie ihn schon öfter mal Vorwürfe gemacht, dass er die Kinder vernachlässige.

Lena Senft, die auf der Rückbank saß, beschäftigte sich gedanklich mit Gitta Berend und Doktor Schreiber. Gitta Berend war hübsch, besaß eine schnelle Auffassungsgabe, war humorvoll und äußerte manchmal tiefsinnige Gedanken, die ihre Intelligenz zeigten. Warum lief so eine Frau alleine durchs Leben? War sie in Doktor Schreiber verliebt? Auf diesen Mann war Lena neugierig. Er musste eine gewisse Seriosität ausstrahlen, die seine dunkle Seite verbarg.

Als sie am Sanatorium ankamen, erwartete sie die gleiche Prozedur wie bei ihrem ersten Besuch. Frau Doktor Auber war noch nicht von ihrer Reise zurück.

Und der behandelnde Arzt sträubte sich wieder gegen einen Besuch bei Rita Betz. Doch dieses Mal hielt ihm Hauptkommissar Berger den Haftbefehl unter die Augen.

Dann ging alles erwartungsgemäß schnell von statten.

Rita Betz stand unter Tabletteneinwirkung. Lena Senft war ihr beim Anziehen behilflich. Die beiden Männer nahmen sie in die Mitte und führten sie hinaus zum Auto.

Es schien, als erwache Rita Betz aus einem Delirium.

Sie versuchte plötzlich um sich zu schlagen und fauchte: „Wohin bringen Sie mich? Lassen Sie mich los! Ich muss zu Doktor Schreiber." Sie wurde auf die Rückbank bugsiert, und Lena Senft setzte sich neben sie. Sie versuchte Frau Betz zu beruhigen: „Sie werden bald mit Doktor Schreiber sprechen dürfen." Rita Betz sah Lena Senft aus glasigen Augen an. Dann hing sie schlaff im Sitz und schlief ein. Die Haare von Rita Betz waren kurz geschoren, was ihren burschikosen Ausdruck verstärkte.

Um ihren Mund lag ein verbissener Zug.

„Was hat diese Frau zu dem gemacht, was sie ist? dachte Lena. Man wird doch nicht böse geboren. Sie beugte sich nach vorne und sagte zu ihren Kollegen: „Ich glaube, es wird schwirig werden, mit ihr vernünftig zu reden. Man hat sie anscheinend bis oben hinauf mit Medikamenten voll gestopft."

„Das habe ich auch nicht anders erwartet", erwiderte der Hauptkommissar. „Aber die Wirkung hält ja nicht ewig an."

„Wenn sie tatsächlich schizophren ist, werden uns ihre Aussagen nicht viel weiterbringen", vermutete der Kommissar.

Hauptkommissar Berger kräuselte die Stirn:

„Pessimismus bringt uns auch nicht weiter."

„Das stimmt allerdings", gab ihm Lena Senft Recht.

„Wissen Sie was mir gerade eingefallen ist?"

„Nein", knurrte der Hauptkommissar. „Aber Sie werden es uns sicher gleich verraten."

Lena Senft ereiferte sich: „Es stimmt doch, dass der Verein von Doktor Schreiber karitativen Zwecken dienen sollte?"

„Ja, worauf möchten Sie hinaus? Fragte der Kommissar.

„So ein Verein muss bei Gericht angemeldet werden und benötigt sieben Gründungsmitglieder. Außer Doktor Schreiber muss es also noch sechs weitere Gründer geben."

„Der Hauptkommissar nickte zustimmend: „Auf diese Tatsache hätte ich selbst kommen müssen. Da können wir ansetzen."

„Die Bertholds können wir schon mal ausschließen. Die sind dem Verein erst beigetreten, als er schon bestand", sagte der Inspektor.

„Gut", bemerkte der Kommissar. „Aber ich nehme stark an, dass Frau Doktor Auber mit von der Partie war."

„Das ist anzunehmen", sagte Lena Senft. Wenn Sie es erlauben, werde ich gleich, wenn wir wieder in Landshut sind, noch einmal Gitta Berend aufsuchen. Sie war seine erste Angestellte, vielleicht sogar mehr als das. Ich werde ihr mal ganz genau auf den Zahn fühlen."

Hauptkommissar Berger musste trotz der ernsten Situation lächeln. „Sie haben meinen Segen."

Kurz darauf brachten sie Rita Betz in das Kommissariat.

Beim Aussteigen zeigten sich wieder ein paar lichte Momente bei ihr. Sie versuchte sich von Lena Senft loszureißen. Aber Kommissar Gruber kam Lena schnell zu Hilfe. Gemeinsam brachten sie die Widerspenstige ins Vernehmungszimmer. Hauptkommissar Berger hatte den Wagen noch zum Parkplatz gebracht. Als er jetzt eintrat, gab Lena Senft, Rita Betz gerade ein Glas Wasser zu trinken. „Sie können jetzt zu Frau Berend fahren", sagte er freundlich zu seiner jungen Kollegin.

„Lena Senft stellte das Glas zur Seite und nickte eifrig: „Ich hoffe, ich komme mit guten Nachrichten zurück."

Kommissar Gruber schaltete das Aufnahmegerät ein.

Dann setzte er sich hin und hörte bei der Vernehmung zu die Hauptkommissar Berger jetzt mit Rita Betz vornahm.

Rita Betz blickte misstrauisch um sich. Dann fragte sie mit schwerer Zunge: „Wieso haben Sie mich hierher gebracht?"

„Wir brauchen ihre Hilfe", antwortete der Hauptkommissar.

Rita Betz musste diese Worte erst langsam verdauen.

Sie war zwar benommen, aber diese zwei Männer, die da im gleichen Raum saßen wie sie, waren ihr bekannt.

Ihr Instinkt sagte ihr, dass sie in Gefahr geriet. „Sie sind von der Polizei", lallte sie. Ich helfe solchen Leuten nicht."

Hauptkommissar Berger tat so, als habe er sie nicht verstanden. „Ich habe versucht", sagte er, „das große Tor vor den Garagen zur Gärtnerei zu öffnen. Aber ich war zu schwach dazu. Wie haben Sie das bloß geschafft?"

Rita Betz grinste verschlagen: „Sind Sie dumm. Ich habe doch einen Schlüssel." Dann sah sie ihn lauernd an: „Sie wollen mich hereinlegen."

„Dazu besteht kein Grund. Wir wissen dass Sie das Feuer in der Binderei gelegt haben."

Rita Betz verzog verächtlich ihr Gesicht. „Niemand kann das wissen. Niemand war dabei."

„Doch, es war jemand da. Oder haben Sie vergessen, dass Sie Frau Kiesel niedergeschlagen haben?"

Einen Moment starrte Rita Betz verwirrt zum Hauptkommissar. Doch dann ließ sie sich wie ein nasser Sack hängen und jammerte: „Ich bin krank. Ich brauche meine Tabletten."

Der Kommissar blieb unerbittlich: „Sie haben heute schon genügend Medikamente eingenommen. Beantworten Sie meine Fragen."

„Holen Sie Doktor Schreiber. Er soll mir eine Spritze geben."

„Doktor Schreiber ist nicht hier. Er ist ins Ausland abgereist."

„Sie lügen!", schrie sie jetzt hasserfüllt.

„Doktor Schreiber lässt mich nicht im Stich."

„Doch, das hat er. Sie werden jetzt alles ganz alleine verantworten müssen. Den Mord an Hans und Erna Berthold, den Unfall von Anne Berthold, den Tod von Frau Martin und schließlich die Brandstiftung und den versuchten Totschlag an Frau Kiesel. Ein ganz schönes Register."

„Von was reden Sie da eigentlich?" zischte Rita Betz.

„Die alten Bertholds waren beide krank."

„Haben sie Ihnen das selbst gesagt?"

„Nein, sie haben sogar mit Doktor Schreiber gestritten, weil sie es nicht glauben wollten, dass sie krank sind."

„Ach, und wo fand dieser Streit statt?"

„Im Gartenhaus."

Sie waren bei diesem Streit dabei?"

„Das nicht. Aber ich hielt mich vor dem Gartenhaus auf. Das Fenster war geöffnet..."

„Sie haben also alles gehört, was da gesprochen wurde?"

„Alles nicht. Ich glaube, die Behandlung war den Bertholds zu teuer, weil sie ständig über Geld sprachen."

Wiederholen Sie mir ein paar Sätze die Doktor Schreiber und die Bertholds damals gebrauchten."

Rita Betz wippte nervös auf ihrem Stuhl hin und her.

„Können Sie mir nicht wenigstens eine Tablette geben?"

„Es tut mir leid, wies sie der Hauptkommissar zurück. Zuerst müssen wir uns noch eine Weile unterhalten."

„Ich weiß nichts mehr."

Hauptkommissar Berger fuhr ohne darauf einzugehen fort: „Ist Doktor Schreiber nach diesem Streit gleich wieder weggefahren?"

„Ja, nein, das heißt, er hat mir ein Pulver gegeben, das ich den Bertholds in den Tee geben sollte, damit sie wieder gesund werden."

„Wann haben Sie das getan?"

Ich habe den Doktor noch nachgesehen, wie er weggefahren ist, dann bin ich ins Gartenhaus gegangen. Die Bertholds haben ganz blass ausgesehen. Ich habe sie gefragt, ob ich ihnen einen Tee kochen soll. Es war sowieso schon fünf Uhr. Sie haben gesagt, ich soll ihn schon mal aufbrühen. Frau Berthold hat die Papiere, die auf dem Tisch herum gelegen sind in eine Mappe getan und ist in Richtung Binderei gegangen. Ich bin in die Küche gegangen und habe den Tee gekocht."

„Und das Pulver hineingeschüttet?"

„Ja natürlich!"

„Was hat Herr Berthold während seine Frau in der Binderei war, getan?"

„Zuerst hat er einen Prospekt auf dem Kinder abgebildet waren, in die Ecke geschmissen. Dann hat er Zeitung gelesen."

„Wie lange hielt sich Frau Berthold in der Binderei auf?"

„In der Binderei? Ich weiß nicht." Rita Betz starrte den Kommissar zuerst nachdenklich, dann entsetzt an: „Jetzt weiß ich, was ich damals falsch gemacht habe."

„Sie bereuen also, das Pulver in den Tee getan zu haben?"

„Das nicht!" Aber ich habe Doktor Schreiber nur gesagt, dass Frau Berthold zur Binderei gegangen ist, aber nicht, dass sie aus der Richtung vom Wohnhaus zurückgekommen ist."

„Was ist daran so schrecklich?"

„Ach nichts, nichts…" Rita Betz wurde immer fahriger.

Kommissar Gruber unterbrach das Gespräch. „Soll ich einen Arzt rufen?"

Der Kommissar nickte: „Ja, tun Sie das."

Der Kommissar griff zum Telefon und der Kommissar setzte mit seinem Verhör fort. „Was geschah nachdem Sie den Bertholds den Tee serviert hatten?"

„Sie haben ihn getrunken, aber herum gemäkelt weil er ihnen nicht geschmeckt hat. Dann sind sie beide eingeschlafen."

„Ist Ihnen das nicht merkwürdig vorgekommen?"

„Was soll das? Nach der Medizin vom Doktor werde ich auch immer müde."

„Wie ging es dann weiter?"

„Was denn? Ich weiß nicht. Lassen sie mich in Ruhe."

„Hat Doktor Schreiber sie angerufen und sich erkundigt wie es den Bertholds geht?"

„Ja. Ich bin ins Büro gegangen und hab weitergearbeitet.

Dann hat mich der Doktor angerufen und gefragt wie es den Bertholds geht. Ich habe ihm gesagt, dass sie eingeschlafen sind. Kurz danach ist er gekommen und hat mir geholfen die Beiden ins Bett zu legen."

„Im Gartenhaus?"

„Ja, er hat gesagt, dass die Beiden absolute Ruhe brauchen. Ich habe die Fensterläden schließen müssen.

Dann hat er mir einen Saft gegeben, den ich ihnen in einer halben Stunde einflössen soll."

„Das haben Sie auch getan?"

„Klar! Doktor Schreiber hat mir erklärt, dass die Krankheit der Bertholds jetzt so richtig ausbricht. Er hat gesagt, dass ich ihnen ungefähr in drei Stunden noch einmal den Tee mit dem Schlafpulver zu trinken geben soll. Ich wollte nicht so lange dableiben. Aber dann hätte mir der Doktor, die Spritze, die ich brauche um gesund zu bleiben auch nicht gegeben."

„Sie sind also regelmäßig mit Spritzen und Medikamenten von Doktor Schreiber versorgt worden?"

„Ja, ja, Doktor Schreiber muss kommen. Ich brauche jetzt eine Spritze. Bitte rufen Sie ihn an."

„Wir haben schon einen Arzt verständigt. Aber Sie müssen uns noch sagen, wie es zum Tod von den Bertholds kam."

„Ich…, ich hab ihnen den Tee gegeben und bin nach Hause gegangen. Am nächsten Morgen habe ich nach den Bertholds gesehen. Sie hatten heftige Schmerzen.

Ich habe den Doktor angerufen. Der ist dann auch gekommen. Er hat sie verarztet und mir gesagt, dass ich mich nicht mehr um die Beiden kümmern brauche, weil er das jetzt selbst tut. Ich solle nur darauf achten, dass die Tür und die Fensterläden immer verschlossen bleiben."

„Das ist Ihnen nicht seltsam vorgekommen?"

„Warum denn?"

„Und wann haben Sie erfahren, dass die Bertholds tot sind?"

„Ich weiß nicht mehr. Vielleicht nach zwei Tagen.

Irgendwann hat mich Doktor Schreiber angerufen und mich gebeten, doch mal nach den Bertholds zu sehen.

Aber da hatten sie sich schon umgebracht."

„Wer hat das gesagt?"

„Doktor Schreiber. Er war sehr bedrückt, weil die Bertholds sich vergiftet haben, um weiteren Schmerzen zu entgehen."

„Und was war mit Anne Berthold?"

„Der Georg, der Schuft", geiferte sie, „hat mich nicht mehr gewollt, weil ich krank geworden bin und ins Sanatorium musste. Er hat eine andere geheiratet. Ich war lange weg. Aber jetzt halte ich es nicht mehr aus. Ich brauch…"

Kommissar Gruber brachte ein Glas Wasser. „Trinken Sie bitte", forderte er sie auf. Ich habe ein paar Tropfen ihres Medikamentes hineingetan."

Erst sah ihn Rita Betz misstrauisch an, dann glaubte sie es ihm anscheinend, denn sie trank das Glas auf einen Zug leer.

Danach fuhr sie der Hauptkommissar hart an:

„Beantworten Sie meine Frage!"

„Was haben Sie mit Anne gemacht?"

Ritas Augen glänzten vor Zorn: „ Das blöde Balg muss weg! Ich setz mich in den Garten hinter einen dicken Busch neben der Terrasse und rufe Jacqueline an. Jetzt reiße ich Anne aus dem Laufstall und renne mit ihr zum

Weiher. Ich tauche ihren Kopf ins Wasser. Sie zappelt, dann schmeiße ich sie hinein und renne schnell aus dem Garten." Jetzt stockte sie so atemlos als wäre sie wirklich gerade gerannt.

Hauptkommissar Berger ließ nicht locker: „Warum haben Sie das getan? Hat Doktor Schreiber ihnen das befohlen?"

„Nein, Georg und seine Frau müssen genauso leiden wie ich." Ihr Blick wurde immer glasiger und die Schweißperlen verstärkten sich auf ihrer Stirn. Der Kommissar nahm ein Papiertaschentuch und wischte ihr den Schweiß weg.

Aber es gab noch eine Menge ungeklärter Dinge.

Hauptkommissar Berger hoffte bis zum Eintreffen des Arztes noch genügend von Rita Betz zu erfahren.

„Und was war mit Jaqueline Martin?"

„Doktor Schreiber hat mir eine Arbeitsstelle verschafft.

Und genau da, hat sie auch gearbeitet. Ich wollte gleich wieder weg. Aber der Doktor hat gesagt, dass ich freundlich mit ihr sein sollte. Sie wäre mir auf die Schliche gekommen."

„Doktor Schreiber hat also gewusst, dass Sie Anne in den Weiher geworfen haben?"

„Ja, ich hab's ihm gesagt. Er hat mich ja auch verstanden."

„Und was hat er Ihnen empfohlen zu tun, damit Frau Martin Sie nicht anzeigt?"

„Zuerst sollte ich in der Binderei eine Mappe suchen, auf der sein Name stand. In der Mappe sind die Beweise gegen mich, hat er gesagt."

„Die Mappe haben Sie aber nicht gefunden?"

Rita Betz nickte verstört: „Das hat mich ja so fertig gemacht. Ich hab jede Ecke ausgesucht. Dann habe ich im Keller vom Wohnhaus gesucht, weil ich wusste, dass dort die anderen schriftlichen Sachen von der Gärtnerei aufbewahrt sind."

„Wie hat sich Frau Martin Ihnen gegenüber verhalten?"

„Sie hat mir scheinheilig getan und mir geraten, nicht ständig Tabletten zu schlucken. Das hab ich Doktor Schreiber gesagt."

„Wie hat er darauf reagiert?"

„Er hat mir geraten, im Dorf zu verbreiten, dass Georg ein Verhältnis mit Jaqueline hat. Das würde Georg und Paula endgültig Auseinanderbringen."

„Ich verstehe den Zusammenhang nicht."

Rita Betz sah den Kommissar verächtlich an: „Das hätte doch ihren guten Ruf geschadet. Der Doktor sagt zuerst kommt sie in den Verdacht, an Annes Unfall schuld gewesen zu sein. Und dann macht sie sich nach der Heimkehr von Georg aus Russland, gleich an ihn ran."

„Aber das hätte doch die Gefahr, dass Frau Martin ihr Wissen über sie preisgibt, nicht gebannt."

„Wer hätte der denn geglaubt? Sie hätte es nicht ertragen und sich sicher in ihre Heimat nach Frankreich abgesetzt."

„Sind sie ihr danach aus dem Weg gegangen?"

„Ich hab mich in die Abteilung von Georg versetzen lassen. Aber der hat sich mir gegenüber so schroff verhalten, dass ich wirklich an ein Verhältnis von ihm und Jacqueline geglaubt hab.

„Dann begannen Sie ihn zu hassen?"

„Ja. Der Doktor hatte dann eine prima Idee."

„Sie haben wohl jedes Problem mit Doktor Schreiber besprochen?"

„Er ist der Einzige, dem ich vertrauen kann."

„Gut, was hat er Ihnen vorgeschlagen zu tun?"

„Ich soll Jacqueline irgendwo zum Essen einladen und sie dabei aushorchen, was sie über mich und die Bertholds herausgefunden hat."

„Haben Sie das getan?"

„Ja", erwiderte sie jetzt stolz auf sich. „Aber ich habe sie zuvor in eine Zwickmühle gebracht. Ich habe mich in Georgs Büro geschlichen und hab ihr eine Email von ihm geschickt, in der er sie bittet, ihn zu treffen." Sie kicherte in sich hinein. „Das hat voll gewirkt. Sie war ganz durcheinander und hat gar nicht gemerkt, dass ich ihr ein Schlafmittel in den Saft getan habe."

„Hat das Treffen in einem Lokal stattgefunden?"

„Ja, sie hat sich gewundert dass sie so müde wird. Und ich habe Ihr angeboten, sie nach Hause zu bringen."

„Hatten Sie zuvor erfahren, was Sie von ihr wissen wollten?"

„Das war mir inzwischen egal. Ich hab sie in das Gartenhaus der Gärtnerei gebracht. Dort habe ich ihr die gleiche Medizin, die ich damals den Bertholds gegeben habe, eingeflösst und sie ins Bett gelegt. Ich hab das Gartenhaus abgeschlossen. Dann bin ich in den Keller des Hauses gegangen und hab noch mal nachgeschaut ob ich die Mappe finde."

„Dabei hat sie Niemand bemerkt?"

„Zuerst nicht. Aber später. Ich hatte mich in der Nacht rauf zu Georg geschlichen und versucht zu ihm in die Wohnung zu gelangen."

„Woher wussten Sie, dass er jetzt oben wohnt?"

„Das geht Sie nichts an. Er hat mir ja nicht aufgemacht. Aber als ich mich wieder heruntergschlichen habe, muss Paula davon Wind bekommen haben. Jedenfalls war sie am Balkon gestanden und wollte wissen, wer im Garten ist. Ich hab mich so schnell als möglich verdrückt und bin nach Hause gefahren."

„Und um Frau Martin haben Sie sich nicht mehr gekümmert?"

„Nein, in der zweiten Nacht danach bin ich wieder in den Garten gegangen und hab in das Gartenhaus geschaut.

Jacqueline hatte sich erbrochen. Ich habe gedacht, dass sie die Medizin nicht vertragen hat."

„Hat sie da noch gelebt?"

„Klar. Ich habe den Schubkarren geholt und sie an den Weiher gelegt. „Da finden Sie sie schon", hab ich gedacht und geglaubt, dass sie sich nicht mehr daran erinnern kann, wie sie dahin gekommen ist."

Hauptkommissar Berger und Kommissar Gruber sahen sich unbehaglich an. Sie fühlten Beide den gleichen kalten Schauer über sich rinnen. Draußen klopfte es. Der Amtsarzt betrat das Büro.

Hauptkommissar Berger stellte seine letzte Frage an sie: „Haben Sie danach das Gartenhaus noch gesäubert?"

„Ja klar. Doktor Schreiber hat mir eingetrichtert, alles sauber, ohne Spuren, zu hinterlassen."

Kommissar Berger hätte sie noch gerne wegen der Brandstiftung befragt; aber der Arzt begann mit der Untersuchung. Er schob die Ärmel ihrer Jacke hoch und erschrak. Ihre Arme waren von Einstichen übersät. Er sah die beiden Kommissare ernst an: „Frau Betz muss zum Entzug."

Staatsanwalt Ziegler hörte aufmerksam die Aufnahme der Vernehmung von Frau Betz an. Dann zuckte er die Achsel:

„Alles schön und gut. Ich glaube Ihnen jetzt, dass Doktor Schreiber ein schlechtes Spiel treibt. Aber es ist die Aussage einer Drogenabhängigen. Ein guter Anwalt wird alles zerpflücken."

Hauptkommissar Berger sah den Staatsanwalt verärgert an: „Aber ich habe Ihnen doch diese Mappe, von der Frau Betz spricht, übergeben."

„Könnten Sie beschwören, dass es die gleiche Mappe ist; oder wäre es möglich, dass noch eine zweite, ähnliche existiert?"

„Das sind Spitzfindigkeiten!", empörte sich Hauptkommissar Berger.

„Aber Herr Berger. Ich darf doch annehmen, dass Sie schon mehreren Gerichtsverhandlungen beigewohnt haben", sagte der Staatsanwalt gewichtig. Dann beugte er sich nach vorne und sah den Hauptkommissar eindringlich an: „Ich verstehe, dass Sie den Fall endlich abschließen möchten. Aber Sie sehen doch, wie schwierig das ist. So wie es aussieht wurden in der Vergangenheit arge Fehler gemacht. Die Presse wird sich auf uns stürzen. Köpfe werden rollen. Ich darf gar nicht an das Ausmaß denken."

„Das verkneife ich mir allerdings auch", erwiderte der Hauptkommissar. „Aber sollen wir den gleichen Fehler wie damals machen und alles bagatellisieren? Sie glauben, Sie haben jetzt in Rita Betz einen Sündenbock, der zudem noch nicht mal voll zurechnungsfähig ist.

Ihr kann man leicht den Unfall von Anne Berthold, den Mord an Frau Martin und die Brandstiftung mit Körperverletzung alleine aufbürden. Und es ist ja auch nicht nötig einen Doppelsuizid als Mord aufzudecken…"

Staatsanwalt Ziegler hatte sich jetzt wieder aufgerichtet.

Sein Gesicht war gerötet und seine Pupillen wirkten wie Stecknadelköpfe. „Sie vergessen in Ihrem Eifer, vor wem Sie sitzen. Ich will es Ihrer Erregung zuschreiben, dass Sie mir unlautere Handlungen unterstellen. Es ist beileibe nicht meine Absicht, Straftaten unter den Teppich zu kehren. Ich wollte Sie nur darauf hinweisen, dass wir sehr vorsichtig sein müssen. Wir müssen Hundertprozentige Beweise gegen Doktor Schreiber besitzen um gegen ihn vorgehen zu können."

Hauptkommissar Berger stieß seinen Stuhl zurück und schleuderte dem Staatsanwalt sarkastisch entgegen: „Ich werde Ihnen diese Beweise liefern!"

Draußen auf dem Gang ebbte seine Erregung langsam ab, aber eine gewisse Unruhe blieb ihm auf dem Weg zu seinem Büro erhalten.

Kommissar Gruber erwartete ihn schon gespannt. Aber als er die niedergeschlagene Miene des Hauptkommissars sah, bemerkte er enttäuscht: „Er hat Ihnen keinen Haftbefehl für Doktor Schreiber ausgestellt."

„Leider", knurrte der Kommissar. „Er verlangt noch mehr Beweise."

„Hm…", nickte der Kommissar. „Dann müssen wir sie ihm eben liefern. Frau Senft sitzt mit Frau Berend im Nebenzimmer. Ich glaube, die beiden haben uns eine Menge zu berichten."

„Frau Senft? Hauptkommissar Berger atmete befreit auf.

Dieser Frau traute er einiges zu.

Hans Gruber klopfte an die Verbindungstür. Kurz darauf traten die beiden Frauen ein. Lena Senft sah höchst zufrieden drein. Doch Gitta Berend schien sich nicht wohl in ihrer Haut zu fühlen. Sie hatte Lena Senft alles zu Protokoll gegeben, was sie über Doktor Schreiber wusste.

Und das war eine Menge. Doktor Schreiber war sich in seiner maßlosen Selbstüberschätzung sicher gewesen, dass Gitta Berend alles für ihn tun würde.

Er wusste, dass sie in ihn verliebt ist. Doch Lena Senft hatte ihr die Augen geöffnet.

Lena Senft übergab dem Kommissar das Protokoll.

Dann setzten sie sich alle. Hauptkommissar Berger begann die Aussagen von Gitta Berend zu lesen.

Lena Senft und Kommissar Gruber beobachteten ihn gespannt dabei. Gitta Berend rieb nervös die Hände ineinander. Als der Hauptkommissar jetzt nachdenklich aufsah, fragte sie zaghaft: „Werde ich jetzt auch strafrechtlich verfolgt?"

Hauptkommissar Berger schüttelte beruhigend den Kopf.

„Sie sind unsere wichtigste Zeugin. Sie haben die Krankenakten geführt und bemerkt, dass die Patienten, die später entmündigt wurden, zu viele und zu starke Medikamente erhielten. Aber verantwortlich allein ist Doktor Schreiber. Sie hatten zwar Einblick auf die Buchhaltung. Doch Niemand kann von Ihnen verlangen, nachzuprüfen, wo die vielen hohen Geldbeträge, die er erhielt, herstammen. Ich sehe hier auch, dass Sie Zugang zum Safe hatten, in dem die Unterlagen über dem gemeinnützigen Verein lagen. Haben Sie ihn jemals ohne Beisein des Doktors geöffnet?"

„Nein, nie", wehrte Gitta Berend ab.

„Gut, dann konnten Sie auch nicht wissen, für welchen Zweck Doktor Schreiber diese Spenden und Vereinsbeiträge verwendet hat. Kennen Sie die Gründungsmitglieder?"

„Ja, leider war ich eines davon. Ich habe damals fest daran geglaubt, dass ich damit vielen Menschen in Not helfen kann."

„Verstehe. Und sie geben hier an, dass Doktor Schreiber Ihnen vor einigen Jahren die Ehe versprochen hat. Stimmt das?"

„Ja, aber er hat die Hochzeit immer wieder verschoben. Jetzt weiß ich auch warum", sagte Frau Berend bitter.

„Er hat mich nur benutzt. Wenn ich ihm lästig geworden wäre, hätte er mich ebenso beseitigt wie die alten Leute.

Heute habe ich im Safe im Beisein von Frau Senft, meine Einweisung ins Sanatorium gefunden. Es hat nur das Datum gefehlt."

Kommissar Berger hatte schon Hartgesottene Menschen erlebt, aber Doktor Schreiber übertraf alle. Gitta Berend tat ihm leid. Er wusste was nun auf sie zukommen würde.

Doch darauf konnte er jetzt keine Rücksicht nehmen. Er griff zum Telefon und ließ sich mit dem Staatsanwalt verbinden. Noch am gleichen Tag wurde der Haftbefehl für Doktor Schreiber ausgestellt und über Interpol nach ihm gefahndet.

Georg war am vergangenem Abend so aufgewühlt wie schon lange nicht mehr gewesen. Lynns Bericht hatte ihn erschüttert und war ihm nicht mehr aus dem Sinn gekommen. Wie hatte er Doktor Schreiber die Version von der unheilbaren Krankheit seiner Eltern und deren Selbstmord nur abnehmen können? Wie blind war er bloß gewesen? Und an Annes Schicksal durfte er erstrecht nicht denken. Ihm graulte vor der Zeit, des Prozesses gegen Doktor Schreiber. Er würde sich über Monate hinziehen. Sie würden alle aussagen müssen. Und Paula? Würde Paula das seelisch überstehen? Er musste verhindern, dass Lynn wieder nach Australien zurückkehrt. Lynn war Paulas große Stütze. Früher hätte er noch auf Melanie gebaut. Aber Melanie würde jetzt selbst Hilfe benötigen. Und würde Paula seine Hilfe annehmen?

Gestern Abend hatte sie ihn zum ersten Mal seit langer Zeit einen Gutenachtkuss auf die Wange gehaucht.

Trotzdem hatte er eine unruhige Nacht hinter sich gebracht. Jetzt am Morgen fühlte er sich auch nicht besser. Der Regen trommelte auf das Dach. Doch er störte sich nicht an dem nassen Wetter. Er zog seine Regenkleidung an. Dann versuchte er so leise als möglich, die Treppen hinunter zu gehen.

Paula war es in der Nacht ähnlich ergangen wie Georg.

Ihre Gedanken waren wild durcheinander geraten. Aber im Gegensatz zu den vergangenen Monaten, war es ihr gelungen, bis am Morgen ein paar klare Vorsätze und Vorstellungen für ihr weiteres Leben auf die Reihe zu bringen. Jetzt hörte sie Georgs Schritte auf der Treppe.

Sie stand auf und ging ins Bad. Dann warf sie sich eine Regenjacke über und eilte hinunter in den Garten. Sie sah

Georg gedankenverloren am Schuppen stehen. Ihre Blicke trafen sich. Sie lächelten sich durch den Regen zu.

Dann sagte Paula: „Schade, dass wir so verschiedene Interessen haben. Du liebst deinen Garten, möchtest am liebsten Tag und Nacht hier herumarbeiten. Und ich sehne mich nach der Stadt. Das heißt nach einem Haus am Stadtrand. Weniger groß und pompös wie dieses hier, mit einem gemütlichen kleinen Garten."

Georg gab einen befreiten Seufzer von sich: „Wer sagt dir, dass ich an dem hier noch hänge? Früher glaubte ich, den großen Garten wie einen Park herrichten zu müssen.

Ich dachte, nichts ist schön und groß genug für uns zwei. Ein Paradies wollte ich dir schaffen. Dabei blieb mir weder Zeit für dich, noch für Anne. Arbeit im Betrieb, Arbeit im Garten. Und du hast viel zu viele Aufträge angenommen. Wir haben vergessen zu leben und uns zu lieben Paula. Jetzt wünsche ich mir wohnungsmäßig das Gleiche wie du.

Am liebsten würde ich dies hier alles verkaufen."

„Das würdest du wirklich tun?"

„Ja", versicherte ihr Georg. „Meine Kindheit und Jugend verlief hier wirklich unbeschwert. Aber was danach kam, wird mich hier immer verfolgen."

Paula hakte sich bei Georg unter: „Komm mit ins Haus und lass uns frühstücken.

Lynn hantierte schon in der Küche herum.

„Guten Morgen", lachte sie Paula und Georg entgegen.

„Ihr braucht nur noch den Tisch zu decken. Der Kaffee ist gleich fertig."

Paula befreite sich aus ihrer nassen Jacke und fragte Lynn: „Hast du etwas vor?"

„Ja, ich möchte Melanie am Vormittag besuchen. Kommt ihr mit?"

Paula nickte: „Das wollte ich eigentlich am Nachmittag tun. Aber ich schließe mich dir auch jetzt gerne an."

Georg lächelte: „Gut, ich begleite euch."

„Wie war dein Treffen mit dem Hauptkommissar gestern Abend?", erkundigte sich Paula neugierig.

„Einsilbig würde ich sagen", erwiderte Lynn. „Wir haben uns mehr oder weniger angeschwiegen."

Paula studierte Lynns traurige Miene. „Weißt du, sagte sie dann. „Hauptkommissar Berger steht unter einem wahnsinnigen Druck. Dieser Fall benötigt seine ganze Kraft. Das Private muss hinten anstehen. Aber es wird ihn schwer zu schaffen machen. Jung verliebt und gleich die Trennung vor Augen. Du solltest ihm entgegenkommen."

„Ich? Wie meinst du das?"

„Ach Lynn, stell dich doch nicht so an. Sag ihm einfach, dass du hier bleibst und alles wird gut."

Georg hielt sich aus diesem Gespräch heraus. Er stellte sein Gedeck auf das Tablett und sagte: „Ich gehe mal nach oben und ziehe mich um. Oder soll ich beim Abräumen helfen?"

„Geh nur, ich mache das schon", sagte Lynn und sah ihm nach bis zur Tür. Dann wandte sie sich an Paula. „Du gibst mir gute Ratschläge und was machst du? Zeigst du Georg, dass du ihn noch immer liebst?"

Paula senkte verlegen den Blick: „So einfach ist das nicht. Es gibt Momente, da wäre ich glücklich, wenn Georg mich wieder in die Arme nähme. Aber zugleich spüre ich eine Gegenwehr in mir. Wer sagt mir, dass ich nicht wieder von Georg enttäuscht werde, wenn ich mich wieder meinem Gefühl hingebe und ein neues Leben mit ihm beginne? Vorhin, draußen im Garten, hat er angedeutet, dass er genau wie ich, wieder in die Stadt ziehen würde. Ein kleiner Garten, sagt er, würde ihm genügen.

Aber würde er den Umzug nicht bald wieder bereuen?"

Lynn legte den Arm um Paula. „Du weißt, dass es keine hundertprozentige Sicherheit gibt. Gefühle können sich ändern. Aber ich bin mir sicher, dass Georg dich liebt.

Pack das Glück am Schopf. Mir ist jetzt klar geworden, dass ich es auch tun muss."

Melanie wirkte zwar noch blass, aber aus ihren Augen strahlte wieder die alte Lebensfreude. Sie sah Paula nach der Begrüßung prüfend an. Dann sagte sie: „Du bist endlich wieder etwas voller geworden. Es steht dir gut."

Paula lachte: „Das Kompliment kann ich dir weitergeben. Du wirkst schon wieder so tatendurstig wie früher."

Melanie wartete bis sich ihre Besucher Stühle herangezogen hatten. Dann kam sie auf Ralf Bauer, den Dorfwirt zu sprechen. „Ralf sieht das mit meinem Tatendrang wohl auch so. Er kann es gar nicht mehr erwarten, mich wieder in seiner Gaststube beim Bedienen zu sehen."

„Das klingt ja nicht gerade euphorisch", meinte Lynn dazu.

Melanie seufzte theatralisch: „Ich darf überhaupt nicht daran denken. Die einzige Arbeit, die mir wirklich am Herzen lag, war die Floristik. Blumen sind halt mein Leben. Und jetzt weiß ich sogar von wem ich das geerbt habe. Mein Vater ist ein begeisterter Hobbygärtner. Aber ich werde, wenn ich gesund bin, doch wieder in den sauren Apfel beißen und weiter bedienen."

„Vielleicht brauchst du das doch nicht mehr", beruhigte Georg Melanie. „Meine Mutter hat dir ein Sparbuch angelegt, das du jederzeit auflösen kannst. Sie wollte es dir wahrscheinlich nach deiner Hochzeitsreise geben. Ich habe es erst vor kurzem entdeckt. Mutter hat sogar für deinen Nachwuchs vorgesorgt, denn es gibt noch ein Sparbuch, das in fünfzehn Jahren auszahlungsreif ist."

„Aber sie konnte doch nicht wissen, ob ich jemals Kinder bekomme", staunte Melanie.

„Wie auch immer", unkte Georg. Mutter wusste ja, dass bei dir ein finanzieller Nachschub nie unpassend kommt."

Melanie feixte: „Red nur, ich lasse mich nicht ärgern.

Aber interessieren tut es mich schon, wie hoch die Sparsumme ist."

Georg ließ Melanie nicht lange zappeln. „Am Tag deiner Hochzeit ist es ausgestellt. Da waren es Zwanzigtausend.

Ein paar Zinsen…"

„Ach Georg!" Jetzt rannen ihr ein paar dicke Tränen über die Wangen. „Glaube mir, ich habe deine Eltern auch ohne den Batzen Geld geliebt. Aber froh bin ich trotzdem darüber."

Georg wirkte verlegen: „Na ja, so groß ist der Batzen auch nicht. Aber sag, würdest du dir zutrauen, die Gärtnerei wieder auf Hochtrab zu bringen?"

„Ich?" Melanies Wangen begannen zu glühen. „Das fragst du noch? Ich hätte tausend Ideen. Ein Gewächshaus voller Orchideen oder…Ach, du hältst mich zum Narren. Du wirst nie und nimmer die Gärtnerei wieder eröffnen."

In diesem Moment hätte man eine Stecknadel fliegen hören können. Melanie starrte Georg zweifelnd an. Lynn sah wie Paulas Schultern immer tiefer sanken. Es war, als könnte sie ihre Gedanken lesen. „Das ist also deine Absicht. Die Gärtnerei soll wieder in voller Pracht erstehen.

Und wo bleibt der Vorsatz mit mir in die Stadt zu ziehen?" Aber Georg schien Paulas Enttäuschung nicht wahr zu nehmen. Er sprach nach dieser kleinen Unterbrechung hastig weiter.

„Ich meine es ernst Melanie. Heute Nacht habe ich mich mit diesen Plänen beschäftigt. Und heute Morgen ist mir bewusst geworden, dass es das einzig richtige ist, diese Pläne auch in die Tat umzusetzen."

„Aber, das wird doch einen Haufen Geld kosten."

„Natürlich wird es das. Ich werde die Gärtnerei vom Wohnhaus abgrenzen. Die Binderei wird mit einem integrierten Blumenladen wieder aufgebaut. Die Gärtnerei wird wieder in Schuss gebracht. Und das ganze wird durch den Verkauf des Wohnhauses, den großen Garten und die Felder, die uns gehören finanziert. Natürlich werde ich einen Teil des Geldes vom Verkauf zurückbehalten, denn das benötigen Paula und ich, für ein Haus am Stadtrand von München. Also, jetzt beeile dich mit dem Gesundwerden. Als Pächterin einer Gärtnerei wirst du alle Hände voll zu tun haben."

Lynn traf sich am Nachmittag mit Stefan Berger. Sie hatte beschlossen ebenso wie Paula und Georg nach München zu ziehen.

Paula saß in ihrem Zimmer und versuchte ein Buch zu lesen. Doch es fiel ihr schwer sich darauf zu konzentrieren. Nach dem Krankenbesuch bei Melanie, bei dem Georg soviel gesprochen hatte, wie lange nicht mehr, hatte sie erwartet, dass er das Gespräch mit ihr fortsetzen würde. Doch außerhalb der Klinik verhielt er sich so schweigsam und zurückhaltend wie früher. Er taute erst wieder auf, als sie in der Gastwirtschaft von Ralf Bauer zu Mittag aßen. Aber kaum waren sie Zuhause, begann das gleiche ruhige Spiel von vorne. Einen Moment lang hatte Georg den Arm um sie gelegt und gesagt: „Du wirst dich jetzt sicher hinlegen wollen." Und sie hatte genickt und war in ihr Zimmer gegangen.

Lynn hatte noch kurz ihren Kopf hereingestreckt und ihr aufgeregt mitgeteilt, dass sie nach Landshut fährt.

Paula war gewohnt ihren Mittagsschlaf einzuhalten. Aber heute gelang es ihr nicht. Immer wieder lauschte sie nach Georgs Schritten. Aber es blieb still. Und dann lief ein Film vor ihr ab. Sie sah sich allein vor Annes Grab stehen und fühlte die anschließende Einsamkeit in diesem großen Haus. Dann war Georg plötzlich nach Hause gekommen. Sie hatte ihn gehasst, hatte ihn für das Unglück, das sie Beide getroffen hatte, ganz alleine verantwortlich gemacht. In ihrem Schmerz war sie ihm gegenüber ungerecht geworden. Melanie war wieder aufgetaucht und Lynn zu ihr gekommen. Und dann gerieten ihre Gedanken durcheinander. Das, was in den letzten Monaten auf sie und Georg eingestürzt war, prasselte im

Schnelldurchlauf noch einmal auf sie nieder. Es war fast nicht zu verkraften. Sie hörte die Ratschläge ihrer Therapeutin. Lassen Sie ihren Schmerz frei. Ihr Kopf dröhnte, ihre Hände begannen zu zittern. Eine Träne kämpfte sich aus ihren Augen. Und es folgten immer mehr. Das Schluchzen ging durch ihren ganzen Körper.

Dann ebbte es langsam ab.

Georg klopfte an ihre Tür. Dieses Mal fand sie sein Kommen nicht bedrohlich. Erlöst sah sie ihm entgegen. Er nahm sie in die Arme und trocknete ihre Tränen.

„Komm Paula", sagte er. „Wir haben noch einen wichtigen Gang vor uns."

Und so standen Paula und Georg kurz vor der Abenddämmerung gemeinsam am Grab von Anne und verabschiedeten sich von ihr.

Danksagung
Meinen besonderen Dank möchte ich an alle Leser meiner Bücher richten.

Einen lieben Dank an meine Tochter Eva:
„Danke das Du Deine wenige Zeit die Du hast dem Durchlesen meiner Bücher widmest und auch das Cover gestaltest."

Namen und Schauplätze der Protagonisten sind frei erfunden.